ECB

ENEMIGOS CON BENEFICIOS

N.R. WALKER

CRÉDITOS

Fotógrafo: Xram Ragde
Artista de portada: N.R. Walker
Editor: Boho Edits
Editorial: BlueHeart Press
Traductor: Francisco David
EWB © 2023 N.R. Walker
ECB © 2023 N.R. Walker

Advertencia:

Destinado únicamente a mayores de 18 años. Este libro contiene material que puede resultar ofensivo para algunos y está destinado a un público adulto y maduro. Contiene lenguaje gráfico, contenido sexual explícito y situaciones para adultos.

Los personajes también participan en una ligera degradación y humillación consensuadas.
También existen trastornos alimentarios no diagnosticados.
Se recomienda discreción del lector.

Marcas Registradas:

Todas las marcas registradas son propiedad de sus respectivos dueños.

Marshall

Odio a Valentine Tye.

Lo odio desde que teníamos diez años. Odio todo lo que es, todo lo que representa. Incluso la mención de su nombre me desanima.

¿Y cuándo lo veo?

Mi sangre hierve. Mi mandíbula se presiona y mis manos se cierran en puños. Eso es lo mucho que lo odio.

Quiero causarle dolor. Quiero sujetarlo y realmente hacerle daño.

Y si eso no es suficientemente malo, eso es exactamente lo que quiere que le haga.

Valentine

Sé lo que la gente piensa de mí. Sé lo que suponen. Todos piensan que soy un hombre rico mimado al que le han dado todo.

Para nada me conocen.

Detrás de mis muros cuidadosamente construidos hay un vacío tan oscuro que ahuyenta a los hombres. Me gusta el dolor. Me gusta que me utilicen. Por alguna rara razón, me valida. No necesito amor, ni afecto, ni, maldita sea, apego emocional.

Lo que necesito es un hombre que me odie, un hombre que me desprecie.

Un hombre como Marshall Wise.

Porque nunca en un millón de años, alguna vez, él sentiría algo por mí.

¿Verdad?

N.R. WALKER

CAPÍTULO 1
MARSHALL WISE

ODIABA A VALENTINE TYE.

Lo odiaba con cada fibra de mí ser, con el fuego abrasador de mil soles ardientes. Lo odiaba de maneras que ni siquiera podía describir.

¿Te preguntas por qué?

Déjame contar las malditas razones...

Comenzó en la escuela primaria. Sí. Odio a ese cabrón desde entonces. Quinto año, Gran Final de la Unión de Rugby Sub-10. Era el capitán de su equipo. Yo era el capitán de mí equipo. Marcó el tanto ganador y llevó a su escuela a las finales estatales. La mitad de mi equipo lloraba con sus padres mientras yo solo lo fulminaba con la mirada. ¿Y sabes lo que hizo?

El cabrón me sonrió.

Llega el instituto. Séptimo año, Colegio de Chicos St. Ignatius. Una de las escuelas privadas más exclusivas de Sídney, donde Valentine Tye y yo seríamos compañeros de clase, compañeros en el equipo de rugby. Él era el capitán del equipo, porque claro que lo era. Notas perfectas, cabello perfecto, rostro perfecto.

Quizás incluso me hubiera gustado el chico.

Hasta dos semanas antes de los finales. Llegué a casa y mis padres me sentaron. Mamá había estado llorando, papá estaba callado y malhumorado. Devastado.

Tenía que cambiar de escuela y mudarme de casa. Papá había perdido su negocio y yo tendría que asistir al instituto público local. No podían pagar la matrícula porque la muy querida ferretería de mi padre había sido desguazada y vendida por unos centavos nada menos que al gigante de las ferreterías Tye Corp.

Del maldito Valentine Tye.

Avance rápido hasta las semifinales de rugby de octavo grado. Instituto Público North Ryde contra St Ignatius; chicos pobres de barrio contra los esnobs ricos de muy buen gusto. Mi vieja escuela, mis viejos amigos y mi nuevo archienemigo.

A los diez minutos del segundo tiempo íbamos ganando por cuatro. Valentine hizo un avance por la banda, a punto de anotar con seguridad. Alineé a ese cabrón, despejé la mitad del campo para aplastarlo contra el suelo. Lo derribé por las piernas y lo llevé hasta la banca. Le impedí anotar y salvé el partido. Todos aplaudieron y fui nombrado jugador del partido. Pero ni siquiera podía alardear porque tuve que ir al hospital ya que, cuando lo abordé, me rompí el brazo.

Me perdí la gran final por su culpa.

Odiaba a Valentine Tye. Lo odiaba porque yo había decepcionado a mi equipo, y lo odiaba porque él todavía estaba en la escuela privada y yo en el hoyo de mierda que era el instituto público.

Lo odiaba más porque mi padre luchaba muchísimo. Nunca volvió a ser el mismo después de eso.

Avance rápido nuevamente al décimo grado. El carnaval de rugby de los institutos de Sídney. En realidad, nunca pude jugar contra él, pero lo veía. Con su uniforme del equipo del instituto, con su novia rica, su cabello largo y su bonita sonrisa. Odiaba que él tuviera la vida perfecta, una vida fácil, mientras yo mantenía la cabeza gacha, tratando de no ser obvio al mirar a los chicos en los vestuarios.

Sin camisa, sudorosos, acalorados.

Odiaba haberme fijado en él. Era alto, delgado y estaba en forma. Su cabello oscuro y suelto, su piel pálida y sus mejillas sonrojadas.

Lo odiaba por hacerme desearlo.

Sin esperanzas de ir a la universidad, dejé el instituto al final del décimo grado y comencé a trabar en la construcción como aprendiz. Lo disfrutaba y era bueno en ello. Salía con mis amigos. Todavía jugaba rugby los fines de semana, pero estaba fuera de la división escolar, así que nunca volví a jugar contra él.

Aunque lo veía en algunos partidos.

Se hizo aún más alto, ganó músculo. Con su cabello todavía suelto, sus pómulos altos y su mandíbula afilada, tenía suficiente atractivo para ser modelo y llamaba la atención allí donde iba.

También lo odiaba por eso.

Luego no lo vi durante algunos años. Quizás fue a la universidad. Demonios, por lo que yo sabía, podría haber estado en una pasarela en Milán. Pero era difícil no recordarlo cuando la mega empresa de ferretería de su familia se hizo nacional y joder, tenía carteles publicitarios en todas las malditas partes, todo el maldito tiempo. Televisión, radio, internet. Ese maldito anuncio publicitario me irritaba intensamente. Lo odiaba.

A pesar de todo, hubo alrededor de dos años de mi vida en los que nunca pensé en el maldito Valentine Tye.

Dos años maravillosos de trabajar y jugar duro, tanto dentro como fuera del campo.

De lunes a viernes era el encargado de obra de mi equipo de construcción. El sábado por la tarde era día de partido o de entrenamiento, y los sábados por la noche los pasaba bebiendo con mis amigos y normalmente terminaba en una pelea a puñetazos borracho o metido hasta las bolas en el culo de algún tío.

Dos años maravillosos sin Valentine Tye.

Hasta que empezó la nueva temporada de rugby. Un partido de prueba contra los Lane Cove Tigers y, *¿quién* debía salir al campo como uno de sus centrales titulares?

El maldito Valentine Tye.

Además, se veía bien. Muy jodidamente bien. Y tuve la satisfacción de que él mirara dos veces cuando me vio. Sus ojos se encontraron con los míos y ese imbécil sonrió alrededor de su protector bucal.

Y toda esa amarga rabia simplemente brotó a la superficie. Nunca había querido hacerle tanto daño a alguien.

A los pocos minutos él ya tenía el balón. Intenté derribarlo. Me lancé hacia sus piernas, pero el cabrón resbaladizo era rápido. Luego nos vimos atrapados en un *scrum*, con los hombros apretados con fuerza, y ese cabrón murmuró algo.

—¿Tienes algo que decir princesa? —gruñí.

Rio. De hecho, se rio.

Rompí el *scrum* y agarré su camiseta, retiré mi puño, listo para comenzar la pelea. Iba a romperle la puta nariz perfecta. También vino hacia mí, burlándose mientras se lanzaba a por mí, pero nuestros equipos nos separaron.

Mi mejor amigo, Taka, me sujetó.

—Tómatelo con calma, hermano —dijo arrastrándome.

—Odio a ese hijo de puta —dije tratando de contener mi ira.

—Lo sé. —Taka había sido mi mejor amigo desde el día que comencé en el instituto público Hoyodemierda. Conocía mi historia. Él sabía por qué.

—Solo déjalo estar.

Típico de Taka. Era un hombre gigante, un samoano de dos metros de alto y un metro de ancho. Podría detener un tren de carga en el campo de rugby. Fuera del campo, era el hombre más amable y gentil que jamás hayas conocido. Lo único más grande que su sonrisa era su corazón.

Yo era más bien del tipo de persona que guarda rencor para siempre.

El partido terminó y el hecho de que hubiéramos ganado en su propio terreno compensó el hecho de no haber podido darle un puñetazo a Valentine. Después volvimos al pub, patrocinador de su equipo. Se sentaron alrededor de unas mesas en un rincón; nos sentamos en el otro. Intenté deshacerme de mi ira, pero no pude evitar mirar de vez en cuando a ya sabes quién.

Con su suéter caro y de muy buen gusto que hacía juego con su cabello oscuro y hacía que su piel pareciera extra pálida.

Taka golpeó su rodilla contra la mía.

—Para.

Odiaba que después de dos años, el maldito Valentine Tye estuviera bajo mi piel como si no se hubiera perdido ni un día. Necesitando aclarar mi cabeza, me levanté.

—Es mi turno de pedir. —Fui a la barra, pedí una ronda para mi mesa y repartí cerveza a todos. Tomé un largo trago de la mía—. Tengo que orinar —dije.

—No empieces nada —dijo Noah. Otro compañero mío, y un chico que siempre me apoyaba cuando alguien necesitaba una lección de buenos modales fuera de un bar a las dos de la mañana.

Le sonreí.

—Por supuesto que no.

Fui al baño de hombres, oriné en el urinario y cuando me estaba lavando las manos, ¿quién debía entrar?

Sí.

El maldito Valetine Tye.

Se detuvo cuando me vio y luego ese cabrón sonrió.

La reacción de mi cuerpo fue visceral e instantánea. Mi sangre se incendió, la rabia me atravesó y mis manos se cerraron en puños.

—¿Qué demonios quieres?

Antes de que pudiera responder, se escuchó una fuerte carcajada justo fuera de la puerta. Valentine se giró ante el sonido antes de lanzarme una mirada de pánico, me agarró y me empujó hacia uno de los cubículos.

Casi me caigo, mi mano en la pared para mantenerme erguido.

—¿Qué mierda...?

Pero en un abrir y cerrar de ojos, cerró la puerta y mantuvo su antebrazo sobre mi pecho y su otra mano sobre mi boca.

—Shh.

Intentaba apartarlo cuando uno de los chicos que entraba habló.

—Sí, es Marshall Wise.

¿Yo?

Con la mano de Valentine todavía sobre mi boca, presionó su cuerpo contra el mío y se llevó el dedo a la boca en señal de *silencio*. Sus ojos eran de un marrón tan oscuro que casi eran negros, sus labios eran del mismo rosa que corría en manchas por sus mejillas.

Dios mío, lo odiaba.

Odiaba cómo mi cuerpo reaccionaba ante él.

Odiaba que probablemente pudiera sentirlo.

—Bueno, es un pedazo de mierda —dijo otra voz en el urinario—. ¿Ves cómo casi golpea a Tye? El hijo de puta recibirá su merecido.

Intenté apartar a Valentine de mí, pero él me empujó con más fuerza.

—Aparentemente pelea bastante bien —dijo el primer tío—. Para un chico gay.

—¿Es homosexual?

Mi pecho se agitó y los ojos de Valentine se movieron entre los míos. Negó con la cabeza.

—Sí. Se folla a cualquier cosa, lucha contra cualquier cosa. Es un pedazo de mierda.

Los urinarios fueron descargados y el otro hombre dijo algo sobre que debía cuidar mi espalda, y me habría reído si las caderas de Valentine no estuvieran presionadas contra las mías.

Si no pudiera sentir su polla rozando la mía. Se sentía bien, además.

¿Qué demonios?

Entonces recordé quién era. Intenté apartarlo de mí otra vez, pero entonces, con su mano todavía sobre mi boca, deslizó su otra mano hacia abajo y palmeó mi polla. Tomó mis bolas y las apretó, luego acarició mi polla. Un poco demasiado duro, un poco demasiado áspero.

Un poco demasiado bueno.

—¿Qué estás...? —Traté de decir detrás de su mano. Ya no estaba peleando con él y lo sabía.

Movió su mano hacia mi garganta, apretando un poco.

—Mantén la boca cerrada —susurró.

Fue una amenaza.

No debería haberme gustado.

Odiaba que me gustara.

Entonces pasó su mano por mi cuello, por mi pecho, más abajo. Desabrochó el botón de mis vaqueros y abrió la bragueta. Con un destello de advertencia en sus ojos, cayó de rodillas.

Cuando vio mi polla traidora, lanzó el más suave gruñido. Luego me hizo la mejor mamada de mi vida.

Usó sus manos, su boca, su lengua.

Todo lo que podía hacer era agarrarle el pelo y concentrarme en no hacer ningún sonido mientras me la mamaba.

Hizo que me corriera tan rápido, tan intensamente. Tragó todo lo que le ofrecí y no se detuvo hasta después de la última gota.

Y mientras estaba desplomado contra la pared con mis vaqueros alrededor de mis muslos, mi cabeza dando vueltas y mis huesos hechos de gelatina, sin decir una palabra, se levantó y salió.

Durante uno o dos minutos, me pregunté si lo había imaginado.

Pero mi polla estaba muy feliz, el zumbido en mi sangre y mis bolas vacías me decían que era muy real.

Después de recomponerme, volví a mi mesa, con mis amigos.

—¿Estás bien? —me preguntó Taka.

—Sí, estoy bien —dije bebiendo mi cerveza.

Estaba tan jodidamente bien.

Pero observé a Valentine al otro lado de la barra mientras bebía su cerveza y reía con sus compañeros de equipo. Luego lo vi irse con ellos y ni una sola vez se dio la vuelta. Ni una sola vez me miró.

Simplemente se fue como si lo que había hecho no significara nada en absoluto.

Sí. Realmente odiaba a Valentine Tye.

CAPÍTULO 2
VALENTINE TYE

HABÍA oído rumores sobre Marshall Wise.

Había oído que era gay, declarado y orgulloso desde el instituto. También había oído que tenía una polla enorme y habilidades que hacían que los hombres pidieran más.

Esto no me sorprendió. Lo había visto en los vestuarios del instituto sin nada más que calzoncillos o pantalones cortos ajustados. Incluso cuando éramos adolescentes, él ya tenía un buen paquete. Sólo podía imaginar que todo mejoraría ahora que éramos hombres adultos.

Y ciertamente se había llenado muy bien.

Era de constitución sólida. Unos cuantos centímetros más bajo que mi metro ochenta y ocho, pero era más ancho que yo. Musculado. Claramente hacía ejercicio o trabajaba duro.

¿Y los rumores sobre su polla?

Todo cierto.

Al menos veintitrés centímetros de largo, lo suficientemente gruesa para que apenas pudiera rodearla con mis dedos.

O mis labios.

No sabía qué me impulsó a hacerlo.

Bueno, sí sabía...

Yo también había oído esos rumores.

Que le gustaba pelear y follar, y que no habría sido la primera vez que le sacaban la polla en el baño de un pub.

Dado que los rumores habían afirmado que estaba dotado como un caballo, quería comprobarlo por mí mismo. También escuché que nunca estaba dos veces con el mismo chico. Una aversión al compromiso o algo así. Lo cual era perfecto para mí. Justo lo que quería.

Necesitaba.

Había pasado demasiado tiempo desde que probé una polla.

Meses desde que dejé Melbourne. Meses desde que asumí el cargo de director general de la oficina de Sídney bajo la atenta mirada de mi padre.

Había estado demasiado ocupado y encerrado para buscar una dosis gay. Así que, cuando tuviera la oportunidad, la iba a aprovechar.

No me dolía que Marshall Wise me mirara como si quisiera matarme.

Lo encontraba increíblemente provocativo.

Excitante.

Y siempre me había mirado como si me odiara.

Quizás me odiara.

Ciertamente había intentado abrirme la cabeza en el campo de rugby cada vez que podía.

Dios me ayudara, lo disfrutaba cada vez que sucedía.

Entonces, ¿por qué lo metí dentro del baño? Porque los chicos de mi equipo querían golpearle la cabeza, y si lo hubieran encontrado solo en el baño de hombres, habría sido una pelea injusta y un baño de sangre. Y nos habrían echado a todos del pub y habrían puesto a nuestros patrocinadores fuera de juego incluso antes de que comenzara la temporada.

¿Por qué me importaba que le aplastaran la cabeza?

Todavía me preguntaba eso.

Culpabilidad, probablemente.

No es que me arrepintiera de lo que había hecho. Ni un poco. Si tuviera la oportunidad, lo haría de nuevo. Demonios, con esa polla y su odio ardiente hacia mí, le dejaría hacer lo que quisiera.

En los últimos días, me había masturbado dos veces con fantasías de su gorda polla dentro de mí.

—Valentine. —La voz de papá me sacó de algunos pensamientos muy sucios—. ¿Escuchaste lo que dije?

Gracias a Dios estábamos solos en mi oficina y no en una reunión de la junta al completo.

—Lo siento, estaba pensando...

—¿Acerca de?

Mentí.

—Esta fusión.

—¿Y?

—Y creo que estamos listos.

Me sonrió de una manera que me hizo sentir incómodo.

—Bien. Espero el informe en mi escritorio el viernes.

LAS ADQUISICIONES ERAN algo que hacíamos mucho. Donde las empresas más pequeñas eran absorbidas por Tye Corp, lo que nos permitía lograr eficiencia económica y de activos, mitigar las debilidades y diversificar los riesgos. También nos permitía obtener personal calificado que requería poca o ninguna capacitación industrial.

Por supuesto, no todos lo veían así.

La fría realidad de los negocios era a veces un trago amargo. Especialmente para aquellos que habían tenido que tragar pastillas tan amargas antes.

Entré en *Kaplan Constructions* a las 9:00 de la mañana en punto del lunes siguiente con mi equipo legal y financiero, justo a tiempo para captar el final de lo que solo podía suponer que era el actual director ejecutivo notificando a su personal su intención de vender la empresa.

Bueno, intención de vender era incorrecto. Para notificarles que su empresa había sido vendida.

Se oyeron fuertes gritos ahogados y luego la puerta de la oficina casi se arranca de sus bisagras cuando alguien la abrió.

Marshall Wise salió furioso sólo para detenerse en seco cuando me vio. Su pecho palpitaba, el asesinato en sus ojos. Me señaló.

—¡Tú! Tenías que estar jodiendo todo.

Luego se lanzó hacia mí y probablemente me habría matado si hubiera llegado hasta mí, pero lo detuvo un hombre muy grande a quien reconocí del equipo de rugby de Marshall. Taka, creo que se llamaba.

Detuvo a Marshall de la misma manera que supongo que lo haría un adiestrador al intentar meter un gato salvaje en una jaula. Marshall luchó contra él durante todo el trayecto, pero Taka era demasiado fuerte.

La mitad de mi equipo legal y financiero había dado algunos pasos atrás, pero yo no. Logré mirar a Marshall a los ojos antes de que lo sacaran por la puerta, y no había nada más que odio desenfrenado en sus ojos.

Me gustaba.

Podría haberle sonreído mientras lo arrastraban afuera.

El señor Kaplan estaba ahora en la puerta, despidiéndose de sus otros encargados y, con un suspiro, señaló la habitación detrás de él.

—Disculpa. Por favor entra.

Sus equipos jurídico y financiero nos estaban esperando y se intercambiaron bromas. Se habían revisado y aceptado todos los detalles en letra pequeña, se habían firmado los contratos y lo único que quedaba por hacer eran meras formalidades.

El señor George Kaplan se salía del juego por la edad. Sus palabras, no las mías. Había trabajado duro toda su vida para hacer crecer su empresa de construcción desde cero, y lo había hecho con mucho éxito, pero quería vender mientras aún era lo suficientemente joven para disfrutar de su botín.

Estaba a punto de jubilarse como un hombre muy rico, y estábamos a punto de unir su negocio a nuestra corporación en constante crecimiento.

—Supongo que no todo el mundo está contento con los acontecimientos —dije señalando la puerta, ante el hecho de que fue necesario sujetar y sacar a Marshall Wise.

El señor Kaplan suspiró mientras agitaba la mano.

—Ah. Es uno de mis mejores empleados. Él es... apasionado.

Casi resoplé. Apasionado. Ésa era una manera de decir fogoso, testarudo e incapaz de contener sus emociones.

—No está muy feliz, no. —El señor Kaplan me miró a los ojos—. Pero ha firmado como director de obra para el contrato con Mercer. En Mercer no estaban muy contentos con el cambio de propiedad tal como estaba, pero les aseguré que nada cambiará, que todo seguirá igual. Insistieron en que el actual encargado y su equipo se quedaran mientras durara la construcción. Les agrada. —Suspiró—.

Pero a partir del cierre de operaciones de este viernes, esa será tu decisión.

Mercer era un contrato de construcción industrial enorme e incluirlo fue un gran edulcorante para este acuerdo de adquisición. Si este contrato se concluía con éxito, quizás también podríamos asegurar con ellos futuros desarrollos industriales.

No me arriesgaría a estropear un acuerdo tan lucrativo. Mi padre me mataría.

—Entonces deberíamos asegurarnos de que el encargado del sitio esté feliz de quedarse —dije con una sonrisa.

Iba a odiarlo, y perdería la cabeza por completo. Quería presenciarlo.

—¿Deberíamos llamarlo de vuelta? —sugerí—. ¿O tal vez concertar una reunión con él en un momento más adecuado?

El señor Kaplan sonrió.

—¿Qué tal si le damos un día para que se calme?

Dudaba que su rabia hacia mí se disipara pronto.

—Está bien —dije—. Sólo házmelo saber.

Casi esperaba que Marshall me estuviera esperando fuera de su oficina central. Estaba medio esperando que me acusara, gritara y me insultara, posiblemente incluso me lanzará puñetazos.

Me decepcioné un poco cuando quedó claro que se había ido.

También me decepcionó un poco que no apareciera en el pub después del entrenamiento de rugby el jueves por la noche. No es que normalmente bebiera en nuestro local, pero seguramente sabía que yo estaría allí.

Esperaba que quisiera decir lo que pensaba antes de nuestra reunión en la mesa de la sala de juntas a primera hora del viernes por la mañana.

Pero no.

No apareció.

Pero estuvo allí antes que yo el viernes, sentado a la mesa de forma ovalada de la sala de juntas con los brazos cruzados. Llevaba un polo de la empresa, pantalones largos de trabajo y botas de trabajo sucias. Después de todo, él era un trabajador, pero otros encargados de equipo estaban allí con pantalones de vestir y camisas de negocios.

Quizás era un testimonio de la voluntad de Marshall de trabajar realmente en el sitio y no solo supervisar. Quizás era su forma de decir que no pensaba lo suficiente de mí como para vestirse para la ocasión. Supuse que era lo último.

Todos se pusieron de pie cuando entramos. Todos excepto Marshall. Se quedó allí sentado con los brazos cruzados y su mirada dirigida directamente a mí.

Bien.

El señor Kaplan hizo las presentaciones, se intercambiaron bromas y mi equipo hizo un resumen extenso del modelo de negocios y la declaración de misión de Tye Corp. Les explicamos que, para ellos, *Kaplan Constructions* permanecería exactamente como estaba: todo el personal, desde los gerentes de oficina hasta los conserjes; todos los acuerdos laborales se transferirían. No perderían nada. Se trataba de hacer una incorporación perfecta. Después de todo, queríamos empleados felices.

—Aunque si alguien quisiera renunciar a su empleo —agregó mi gerente legal—, podrá hacerlo sin lugar a duda y todos los beneficios se pagarán en su totalidad.

Mi mirada se dirigió a Marshall, y su mirada seguía quemando agujeros en mi cráneo con precisión láser. Su mandíbula se movió y sus fosas nasales se dilataron.

Pero permaneció en silencio.

Así que se *quedaba*.

Leal a las personas que trabajaban con él y bajo su mando, y a la empresa que dependía de él para completar el trabajo.

Y así, este juego que jugábamos, donde él me odiaba y yo lo disfrutaba, entró en un nuevo terreno.

Y en lo único que podía pensar durante esta importante reunión de transición era en cómo había estado de rodillas ante él y en cuánto quería chuparle la polla otra vez.

—Algo que añadir señor Tye —preguntó mi asesor legal.

Les sonreí a todos y mi mirada se posó en Marshall por última vez.

—Espero trabajar con todos ustedes.

EL PARTIDO del sábado fue contra Epping y jugamos bien en el primer partido de la temporada. Todo el entrenamiento y la preparación de pretemporada no se comparaban con la condición física real para el partido.

Pero se sentía bien correr, gastar energía, atacar y ser atacado.

Cuando nos duchamos y volvimos al pub para celebrar nuestra victoria, ya había superado una gran semana de trabajo y me sentía bastante bien.

Lleyton puso una cerveza delante de mí.

—Mierda, ¿es eso una sonrisa de verdad?

—Vete a la mierda.

Rio.

—Es una broma. Es bueno verlo. —Brindó su botella contra la mía—. Ha pasado un tiempo.

Tomé un trago de mi cerveza. Había pasado tiempo. No desde que regresé de Melbourne. Tampoco es que hubiera sido muy feliz en Melbourne, pero era más libre para ser más yo mismo allí que aquí.

No es que pudiera ser abiertamente gay en Melbourne, pero al menos mi padre no estaba allí observando todo lo que hacía, controlando mi comportamiento y mi reputación. Claro, había tenido encuentros de una sola noche y algunos encuentros habituales discretos.

Pero nada parecido a permanente.

Nadie cercano con quién cumplir.

Aquí en Sídney tenía aún menos libertad.

Claro, tenía muchas cosas buenas. Tenía dinero, tenía un bonito apartamento, un bonito coche. Tenía un trabajo que me desafiaba y, a pesar de que trabajaba para mi padre, necesitaba demostrar mi valía.

Constantemente.

Vivía bajo el radar de las expectativas, probablemente más que cualquier otra persona que trabajara para Tye Corp.

Mi padre no había construido un imperio sin esperar la perfección.

De sus hijos, especialmente.

—¿El trabajo bien? —preguntó Lleyton.

Sólo Dios sabía cuánto tiempo estuve desconectado.

—Eh, sí —dije—. Está yendo bien. Acabo de cerrar una gran incorporación.

—Magnífico.

Asentí y tomé otro trago de mi cerveza.

Lleyton era lo más parecido que tenía a un mejor amigo. Era mi mejor amigo, aunque probablemente yo no fuera el suyo. Él era mi único amigo, si era honesto.

Lo conocía desde que estábamos en el último año del instituto, durante toda la universidad, y le contaba la mayoría de las cosas que pasaban en mi vida. La mayoría de las cosas. Sabía mi secreto, que me gustaban los hombres. Y guardaba mi secreto. Confiaba en él.

Cuando regresé a Sídney después de tres años en Melbourne, simplemente volví a encajar con él. Rugby y unas cuantas cervezas. Era todo para lo que tenía tiempo.

Al menos eso es lo que me decía a mí mismo.

Sin embargo, tenía necesidades que no estaban satisfechas, una necesidad de liberación física, y trataba de controlarla. Intentaba decirme a mí mismo que estar solo estaba bien. Y me gustaba mi propia compañía; no tenía ningún problema con estar solo. Sólo necesitaba que alguien me rascara una picazón que, para mí, no era sólo física.

También aliviaba una picazón emocional.

Un secreto que nunca le había contado a nadie. Algunos hombres habían sido una solución temporal, pero pedir una solución permanente significaba revelar mis necesidades sexuales. Eso significaba exponer mis vulnerabilidades y arriesgar demasiado.

Ni siquiera Lleyton lo sabía.

Porque el hijo mayor, heredero y probable sucesor del imperio Tye Corp, no podía ser menos que perfecto.

Y ser gay, como a mi padre le gustaría recordarme, no era perfecto.

Y ser gay ni siquiera era mi secreto más oscuro.

Lleyton golpeó su rodilla contra la mía.

—¿Buscando a alguien?

Mierda. Me había perdido en mis pensamientos de nuevo.

—¿Qué?

—Sigues mirando esa puerta como si estuvieras esperando que alguien la cruzara.

Me burlé de lo ridículo que era eso, pero luego miré hacia la puerta.

Rio.

—Está bien, escúpelo.

—No es lo que crees —dije, disipando su insinuación que implicaba que estaba esperando que entrara un interés romántico. Luego suspiré—. ¿La empresa que adquirimos, la gran adquisición que cerré?

—¿Sí?

—Fue Kaplan —dije en voz baja—. Y espero algunas represalias por parte de uno de mis nuevos encargados de obra.

Resopló.

—¿En serio? ¿Como si fueran a localizarte el fin de semana, seguirte hasta aquí y hacerte qué?

Me encogí de hombros porque sonaba ridículo.

—Bueno, estoy bastante seguro de que quiere matarme.

Farfulló.

—¡Qué demonios! ¿Quién? Patéale el culo.

Me reí.

—No puedo. —Bueno, técnicamente podría, pero no lo haría—. Es Marshall Wise.

Se quedó mirando, con la boca abierta y la botella a medio camino de los labios.

—¿Hablas en serio?

Choqué mi botella con la suya a modo de brindis y bebí.

—Sí.

—El tío que estos muchachos. —Señaló con la barbilla hacia donde estaba sentado la mitad de nuestro equipo en la mesa de al lado—. Querían matar la semana pasada.

—Shh, baja la voz —siseé.

—¿Crees que aparecería aquí? ¿Es por lo que sigues vigilando la puerta?

—Podría aparecer —dije encogiéndome de hombros—. Sabe que yo estaría aquí.

—Sí, pero él no lo haría...

Terminé mi cerveza.

—Estaba bastante cabreado. ¿Conoces al gran samoano Taka?

Lleyton asintió.

—Buen chico.

—Tuvo que sacar a Wise fuera de la oficina.

Sus ojos se abrieron como platos.

—Mierda. ¿Qué hiciste?

—Le sonreí.

Lleyton se rio y negó con la cabeza.

—Entonces déjalo venir y probar suerte. Hasta entonces, es tu turno de invitar.

Unas cuantas cervezas más después, Lleyton miró por encima de mi hombro.

—Ah, mierda. No mires ahora. Pero alguien está aquí para probar suerte.

Me di vuelta y, efectivamente, entró la mitad del equipo de rugby de North Ryde, habíamos oído que habían obtenido una victoria convincente, y un Marshall Wise borracho estaba al frente y al centro.

Escaneó la barra, me encontró y trató de enderezarse. Su sonrisa murió y sus ojos se endurecieron. Su gran compañero, Taka, lo rodeó con su brazo y lo condujo hasta la barra.

—Dios —murmuró Lleyton—. Realmente te odia, ¿no?

Sonreí, ese fuego en mi pecho ardía un poco más.

—Cuento con ello.

—¿A qué demonios le estás sonriendo? —gritó Marshall desde la barra. Me estaba mirando fijamente, con fuego ardiendo en sus ojos—. ¿Quieres salir?

Sonriendo, me levanté, junto con todo mi equipo que ahora estaba detrás de mí, y dejé mi cerveza.

—No tienes idea de cuánto quiero que lo intentes.

Se lanzó hacia mí, pero dos de sus compañeros lo detuvieron y la seguridad lo echó. Sus compañeros lo metieron en un taxi y probablemente debería haberme alegrado de que no se dieran golpes.

¿Pero honestamente? Estaba decepcionado.

El trabajo del lunes iba a ser interesante.

CAPÍTULO 3
MARSHALL

HONESTAMENTE, que se jodiera Valentine Tye.

Que se jodiera por arruinar el rugby. Que se jodiera por arruinarme la noche del sábado.

Que se jodiera por arruinar mi vida.

No iba a dejar que arruinara mi trabajo también.

Era bueno en mi trabajo. Trabajé duro e hice todo lo que estuvo a mi alcance para ser el mejor. Yo era el encargado de obra más joven de una de las mejores empresas de construcción de Sídney por una buena y jodida razón.

Bueno, de las mejores empresas constructoras de Sídney hasta que Tye Corp la compró.

Que se joda especialmente Tye Corp.

No era suficientemente malo que hubieran monopolizado toda la industria de ferretería en Australia, sino que ahora habían comenzado a diversificarse en empresas de construcción, tratando de unir toda la puta industria.

Y si Valentine pensaba que iba a responderle sobre cualquier maldito asunto, se llevaría un duro impacto. Completaría mis informes, marcaría todas las casillas, como siempre hacía. Pero yo era el encargado de la obra. No un gerente de oficina.

Mantendría mi trasero en el sitio de construcción y solo pondría un pie en su nueva y elegante oficina central si me arrastraban pataleando y gritando.

Lo cual funcionó bien hasta el miércoles por la mañana cuando llegó un coche. Un coche muy caro que supuse pertenecía a mi cliente. Los jefes de Mercer tenían suficiente dinero para comprar *Lamborghinis*, así que me limpié las manos y comencé a acercarme a saludarlos.

Hasta que Valentine salió del coche, con su traje caro y su cabello perfecto.

Dejé de caminar, gruñí, me di la vuelta y regresé al interior.

—Señor Wise —gritó.

Dejé de caminar.

Me había llamado Señor Wise. Sin duda un recordatorio del profesionalismo que se esperaba de mí.

Y este *era* mi trabajo. Y posiblemente mi salida. Porque al final de este contrato, cuando los jefes de Mercer estuvieran impresionados conmigo, les pediría un trabajo.

Así que tenía que hacer el mejor trabajo que pudiera. Lo que significaba no ser despedido antes de esa fecha.

Me di vuelta para encontrarlo más cerca de lo que esperaba.

—Señor Tye —dije con todo el desprecio que me atreví.

Sonrió.

Odiaba esa sonrisa más que cualquier otra cosa.

No le des un puñetazo en su estúpida boca. No le des un puñetazo en su estúpida boca.

—Estoy ocupado —dije dándome la vuelta y alejándome.

No me detuve hasta que regresé a mi mesa de trabajo,

que era una hoja de madera contrachapada sobre dos caballetes con planos y hojas de cálculo desparramadas. Mi cinta métrica era mi pisapapeles.

No quería nada más que darme la vuelta y gritar, pero respiré hondo y bajé la cabeza, tratando de recuperar la compostura.

—Estás tan enfadado. —Su voz suave estaba demasiado cerca detrás de mí, y cuando me di la vuelta, estaba jodidamente de pie allí. Con su traje caro, oliendo a colonia cara. Su mandíbula abultada. Sus ojos brillando con... algo.

Luego su mirada se posó en mis labios.

¿Qué demonios?

—Tienes toda la razón, estoy enfadado —dije. La forma en que me miraba me molestó aún más. Entonces lo recordé de rodillas con mi polla en su boca y mi mirada se posó en la suya.

Apostaría dinero a que sus pensamientos habían ido al mismo lugar.

Se lamió los labios.

Como si fuera su estratagema todo el tiempo para tomarme por sorpresa.

—Se esperaba que te presentaras en la oficina el lunes —dijo con un tono molestamente neutral.

—Estábamos echando hormigón —dije—. Si supieras algo sobre construcción, sabrías que tenía que estar aquí.

—Lo sé —dijo como si lo supiera muy bien, y no podría importarle menos.

—Terminaron ayer —agregué.

—Lo sé. —Estudió mi cara. La punta de su lengua humedeció la comisura de sus labios—. Sin embargo, tampoco apareciste esta mañana.

—Estoy ocupado. Envié los informes. Revisa tu correo.

—Lo hice.

Volví a mi papeleo.

—¿Estaban equivocados?

—No. Todo estaba perfecto.

—Entonces, ¿qué estás haciendo aquí?

—Pensé que te habrías sentido mal después de tu arrebato del sábado por la noche.

Me giré para mirarlo, la ira burbujeando justo debajo de la superficie.

Se mordió el interior del labio, sus ojos se dirigieron a mi boca y luego a mis ojos. Había algo en su mirada, algo en esos ojos oscuros que se parecía mucho a emoción. Audacia. Deseo.

Como si mi ira dirigida hacia él lo estuviera excitando.

¿Se estaba excitando con esto?

Entonces lo entendí.

Quería que lo golpeara para poder despedirme. Probablemente presentar cargos. Arruinarme como su padre arruinó al mío.

—Si quieres despedirme —murmuré—, hazlo. Si crees que puedes imponerme esto como si fuera una especie de juego de poder, estás totalmente equivocado. Porque me importa una mierda. Y por mucho que me encantaría golpearte la puta cabeza, no te daré la satisfacción de llevarme a los tribunales.

Parecía complacido por esto.

—No quiero llevarte a la corte Marshall. Yo no juego así.

—¿Entonces qué quieres?

Miró mi boca de nuevo, luego ese cabrón miró mi polla antes de que sus ojos volvieran a los míos.

—Creo que quiero jugar este juego un poco más. Es divertido, ¿no crees?

¿Qué cojones?

—¿Es mi vida un juego para ti? —pregunté, mi voz mortalmente tranquila. Me acerqué y mis ojos se clavaron en los suyos—. ¿Crees que es gracioso? ¿Quieres *que* pierda la cabeza contigo?

Él gruñó en voz baja. Ni una burla ni un gruñido de disgusto.

Oh, no, esto fue un gruñido de deseo.

Santo Dios.

Se lamió los labios de nuevo, luego los separó e inhaló como si estuviera a punto de decir algo...

—¿Todo bien por aquí? —dijo Millsy desde el final de la habitación. Taka estaba justo detrás de él. Ambos nos miraban con los ojos muy abiertos.

Valentine dio un pequeño paso atrás.

—Todo está bien. El señor Wise me estaba explicando cómo se debe hormigonar.

¿Qué mierda estaba diciendo?

—Sí, estaba llegando a la parte en la que él debería saber que no hay que entrar a un sitio de construcción sin el equipo de seguridad y salud ocupacional adecuado. —Recogí un casco de mi mesa y se lo lancé.

Lo atrapó fácilmente y sonrió.

—Muy cierto. —Entonces me asintió y luego hizo un gesto con la cabeza a Millsy y Taka al salir—. Continúen con el buen trabajo.

Vi a ese cabrón alejarse hasta que ya no pude verlo más. Incluso entonces, mi sangre todavía estaba justo por debajo del punto de ebullición y mi pecho palpitaba.

—¿Qué pasó? —preguntó Taka.

Lo miré y luego volví al lugar por donde se había ido Valentine.

—Ojalá lo supiera.

EL ENTRENAMIENTO de rugby fue bien y, considerando que nunca vi a Valentine durante el resto de la semana, el trabajo también fue bien.

Todo estuvo según lo previsto y dentro del presupuesto.

Cuando llegó la noche del viernes, esperaba pasar una noche tranquila con unas cervezas, una pizza y todo lo que Netflix tuviera para ofrecer.

No quería una gran noche. Necesitaba estar en plena forma mañana. Jugábamos contra Randwick y siempre eran duros. Habían llegado a cuartos de final el año pasado, así que estaba emocionado de ver su forma esta temporada.

Necesitaba estar con la mente en el juego.

Y necesitaba *no* pensar en el maldito Valentine Tye y en cómo me miraba con esos ojos oscuros, a mi boca como si quisiera devorarme, en cómo hizo ese gemido.

Y cómo se veía de rodillas en ese cubículo del baño con esos labios perfectos alrededor de mi polla.

No, *basta*.

Necesitaba pensar en mi partido de rugby. No en el juego que estuviera jugando él y cómo estaba confundiendo mi cabeza.

Dios, cómo lo odiaba.

RANDWICK FUE DURO. Me golpearon fuerte, me golpearon con el brazo en la barbilla y vi estrellas por un segundo, pero afortunadamente no me derribaron. También fui aplastado en un ruck y tendría algunas bonitas marcas de los muchachos en mis costillas.

Pero di todo lo que recibí.

Crawford, el tipo que había intentado romperme la mandíbula, tendría un bonito hematoma mañana, y no me arrepentía en absoluto.

Y ganamos. Nada como echarle sal a la herida.

Pero, curiosamente, los chicos de Randwick estaban hechos de buen material. Todos volvimos al pub local a tomar unas cervezas después del partido y me reí con Crawford, incluso lo invité a una cerveza.

Después de eso, algunos de los chicos querían ir a Bondi. Sabía que había muchas posibilidades de ver a Valentine allí, hoy tocarían en Bondi, y había recibido suficiente alcohol y un buen golpe en la cabeza para hacerme pensar que era una gran idea.

Era tarde y había una vibra diferente a la que había en Randwick: muchas miradas de reojo y una evidente falta de sentido del humor. Los chicos no se quedaron mucho tiempo, pero yo quería seguir adelante. La banda era genial, y hubo algunos chicos que me dieron una segunda mirada y, con el potencial para un encuentro, me quedé.

No tenía nada que ver con el hecho de que Valentine estuviera allí con sus compañeros pijos, y no tenía absolutamente nada que ver con el hecho de que lo sorprendí mirando en mi dirección.

Así que tal vez quería antagonizar un poco con él. Demándame.

Después de haber bebido suficiente cerveza y dos vodkas largos, decidí que tal vez lo correcto era relacionarme con algún extraño frente a Valentine.

Quería ver cómo reaccionaría. A ver si le importaba.

Y cuando un jovencito lindo me dio una sonrisa tímida, asentí en su dirección. Se sonrojó y me gustó cómo se veía, así que levanté su barbilla para inspeccionarlo más de cerca.

Excepto que aparentemente al novio del jovencito

bonito no le gustó eso. Se me acercó a la cara y hubo empujones y algún braceo, y la seguridad me dio una escolta privada hasta la calle.

Ciertamente no era mi primera vez.

Intenté conseguir un Uber, pero a las dos de la mañana del fin de semana en Bondi, era como ganar la maldita lotería.

Y luego, para hacer mi noche mucho más divertida, un grupo de chicos decidió que yo era una presa fácil. Me empujaron al callejón detrás del pub.

—Es el maricón del bar —dijo uno de ellos.

Ah, ¿entonces eso es lo que era? Un crimen de odio.

Eran cuatro y me gustaban las posibilidades de tomar al menos dos de ellos. Animado por las inyecciones de coraje y adrenalina, y de espaldas a la pared, los evalué, levanté los puños y les sonreí.

—Sí. Así que mañana podréis decirles a todos vuestros amigos que un maricón os golpeó.

Golpeé al primer tío y uno de ellos me golpeó desde un costado, así que me lo quité de encima y otro tío vino hacia mí, pero de repente había toda una maldita multitud en medio de nosotros. Por un segundo pensé que probablemente iba a morir en una pelea salvaje... hasta que me di cuenta que estaban de mi lado.

Bueno, en realidad no.

Pero detuvieron la pelea.

Y unos chicos conocidos me arrastraban calle arriba. Eran los chicos de Lane Cove Tiger.

—Metedlo en mi coche —dijo una voz.

—¿Seguro?

Hubo murmullos, pero luego me encontré dentro de un Lamborghini negro muy familiar.

—¿Qué cojones estás haciendo?

—Cállate y ponte el cinturón —dijo uno de ellos. Creo que se llamaba Lleyton. Entonces la puerta se cerró de golpe y mi sangre todavía bombeaba por la pelea. Y entonces Valentine Tye se puso al volante.

Maldito Valentine Tye.

—¿Qué haces? —pregunté.

—Ponte el cinturón de seguridad —espetó, y luego condujo por la calle.

—Que te jodan.

Sonrió.

Dios, lo odiaba.

Pasamos por delante del hotel, donde la multitud estaba siendo dispersada.

—Esos cabrones merecen una buena paliza —dije.

—¿Y se la ibas a dar? ¿Cinco contra uno?

Intenté recordar. Pensaba que solo eran cuatro...

Como mierda fuera.

—Sí, podría haberme defendido.

Me miró y luego volvió a mirar por el parabrisas. Joder, odiaba que su perfil lateral fuera tan jodidamente bueno. Todo líneas y ángulos nítidos, con su puto cabello perfecto.

Nos abrió paso entre el tráfico, probablemente demasiado rápido. O tal vez era sólo este coche.

Odiaba que me gustara su coche.

El interior era completamente negro, todo era elegante y odiaba que le quedara bien.

—Buen coche.

Una breve pausa.

—Gracias.

Mi ojo estaba empezando a dolerme ahora. Bueno, más concretamente, estaba empezando a sentirlo ahora. Y estaba mojado.

Lo toqué y tenía sangre en los dedos.

—Mierda.

Me dio otra mirada poco impresionada.

—Mmm.

Bajé la visera para mirarme en el espejo y, sí, estaba partido en el rabillo del ojo, debajo de la ceja.

Íbamos por el túnel del puerto y el silencio y el suave ronroneo del motor fueron suficientes para adormecerme.

Quizás fue el alcohol. O los dos golpes decentes en la cabeza que había recibido hoy.

Pero lo siguiente que supe fue que me estaban sacando del coche y conduciéndome a un ascensor. *¿Dónde diablos estoy?*

—No vivo aquí —dije.

—No. Yo sí.

Me concentré en la voz para encontrar a quién pertenecía y gemí.

Él de nuevo.

O todavía.

Lo que fuera.

—¿Qué carajo estamos...?

Entonces se abrió el ascensor y me tomó del brazo por un pasillo corto. Sólo había dos puertas. Se detuvo en la de la derecha, la abrió y me empujó dentro.

O tal vez me caí.

Luego me empujaron hacia un asiento en la mesa del comedor. La habitación estaba oscura, pero pude ver que era enorme, con enormes ventanales del suelo al techo. Se encendió una luz que iluminó en parte una elegante cocina de diseño y un gato negro que me observaba y me juzgaba desde el suelo, cerca del frigorífico.

Era negro azabache, con patas largas y una cara puntiaguda, y me miraba con tanto desdén como solía hacerlo Valentine.

Era el gato con más aspecto de Valentine que jamás hubiera visto.

—¿Cómo se llama tu gato?

—Enzo.

Resoplé. No tenía ni idea de lo que era un Enzo, pero le sentaba bien.

—Se parece a ti.

Valentine ahora estaba sentado frente a mí, con sus rodillas contra las mías. Tenía un botiquín de primeros auxilios sobre la mesa y una bola de algodón mojada en la mano, su mirada fija en el rabillo de mi ojo.

Eché la cabeza hacia atrás.

—¿Qué mierda estás haciendo?

—Quédate quieto —dijo. Su voz era muy tranquila, muy sosegada.

Me pasó el algodón por la piel y me picó, pero no me inmuté. No quería darle la satisfacción.

Después de algunos toques, lo inspeccionó.

—No deberías necesitar puntos —dijo. Luego fue a ponerme una de esas banditas tipo mariposa, pero lo agarré de la muñeca.

—No necesito eso.

Sus ojos oscuros se cruzaron con los míos.

—Es esto o te llevo al hospital. Tú eliges.

Le gruñí y dejé que me pusiera la estúpida bandita.

Recogió su botiquín de primeros auxilios.

—Puedes dormir aquí esta noche —dijo.

¿Qué?

—¿Por qué habría de hacer eso? —O más concretamente —: ¿Qué te hace pensar que haría eso?

—El hecho de que has estado bebiendo, recibiste un golpe en la cabeza y en el coche estuviste perdiendo intermitentemente el conocimiento.

—No perdí el conocimiento, joder.

Me dio otra de esas miradas poco impresionadas y se levantó, luego caminó hacia la cocina.

—Puedes acostarte en el sofá. O el suelo. La elección es tuya.

No perdí el conocimiento. Estaba quedándome dormido.

Tal vez.

—Mi elección es mi propio lugar —dije, luego me levanté. No estaba tan borracho. Ciertamente había estado mucho más bebido que esto.

Pero entonces, por alguna razón, Valentine me agarraba del brazo y la habitación estaba llena de ángulos extraños.

Mierda.

Quizás *estaba* borracho.

Pero todavía me molestaba. Su mano sobre mí. Su cuerpo tan cerca del mío. Esos ojos.

Esa boca.

—Joder.

Tarareó, un sonido muy bajo y sucio.

—Yo diría *sí, por favor*, pero no estás en condiciones.

¿Qué...?

—Mi polla funciona muy bien.

Estudió mi cara y luego se acercó mucho, su nariz a unos centímetros de la mía, y palmeó mi polla.

Mierda.

Mi cerebro y mi cuerpo tardaron un segundo en ponerse al día, y aunque mi cerebro decía que *no, él no*, mi polla definitivamente estaba a bordo.

Mi polla siempre estaba a bordo. Un soplo de atención y empezaba a endurecerse.

Valentine sonrió, levantó una ceja y comenzó a acariciarme a través de mis vaqueros.

—Mmm. Tal vez...

—¿Qué demonios quieres decir con *tal vez?* —pregunté. Quité su mano de mi polla—. Como si de cualquier manera te fuera a follar. Te odio, joder.

Sus ojos brillaron con fuego negro y se lamió los labios, todavía demasiado cerca.

—Bien. En eso confío.

¿Qué demonios pasaba por esa cabeza?

Me empujó contra la mesa, su cuerpo presionado contra el mío.

—Quiero que me odies. *Necesito* que me odies. —Luego abrió el botón de mis vaqueros y envolvió sus dedos alrededor de mi polla, masajeándola fuerte y duro—. Y cuando me folles con tu polla monstruosa, necesito que me *odies* tan intensamente como puedas.

CAPÍTULO 4
VALENTINE

ERA una situación de ahora o nunca. Había bebido lo suficiente como para estar de acuerdo conmigo o darme un puñetazo en la boca. A mí tampoco me habría importado, pero esperaba lo primero.

También estaba lo suficientemente borracho para que, si aceptaba, estuviera libre de inhibiciones y tal vez el dolor fuera mayor.

Más duradero.

No tenía nada que perder y muy pocas posibilidades de volver a tener esta oportunidad.

Al menos no con él. Alguien que me odiaba y tenía una polla de ese tamaño...

Tenía que hacer la oferta.

Y su polla estaba interesada.

No me importaba si estaba borracho y no me importaba el corte encima de su ojo. Había dejado de sangrar y, para ser honesto, un toque de dolor lo hacía divertido.

Así que tal vez si él no quisiera follarme, podría chupársela hasta dejarlo seco otra vez.

Eso tampoco me habría importado.

—¿Cuál es tu maldito problema? —preguntó con voz áspera. No hizo ningún intento de quitarme la mano.

Toqué su hendidura, untando el presemen, y giré mi mano hacia abajo por su polla para poder bombearlo de nuevo. *Dios mío, su tamaño.*

—Quiero que me folles... duro. Y mi problema es que no estoy boca abajo en mi cama con tu polla de caballo dentro de mí, ese es mi puto problema.

Su boca se abrió.

—Entonces, o me sigues a mi habitación y te follas el mejor culo que jamás hayas tenido —dije. Solté su polla y me di vuelta, caminando hacia el pasillo. No me di vuelta—. O, si la respuesta es no, puedes llamar a un taxi o dormir en el sofá o en la calle. No me importa.

Llegué a mi habitación con el corazón acelerado.

Esto era todo.

Este era el momento.

El comentario de dormir en la calle probablemente fue demasiado, pero necesitaba recordarle que yo era un pedazo de mierda y que él me odiaba.

Dejé el lubricante y condones sobre la cama, me quité los zapatos y los vaqueros. Me estaba quitando la camisa por la cabeza cuando la puerta se abrió completamente y él se paró allí con su enorme y erecta polla todavía colgando fuera de sus pantalones.

Pero sus ojos.

Parecía salvaje.

Y cabreado.

Sonreí y, dejando caer mi camisa al suelo, me arrodillé en la cama.

Y esperé.

Mi pecho palpitaba y mi sangre ardía. Había pasado

mucho tiempo, demasiado tiempo, y lo necesitaba intensamente.

Cuando escuché que se abría el envoltorio de aluminio, podría haber llorado. Luego, cuando su rodilla presionó el colchón detrás de mí, bajé la cabeza hacia la cama y estiré la espalda como un gato.

Todavía llevaba sus vaqueros, desabrochados y abiertos. Todavía llevaba los zapatos y la camisa, como si no valiera la pena que se los quitara.

Me acicalé un poco.

Un rápido chorro de lubricante, pero sin preparación ni advertencia.

Simplemente agarró mis caderas y se introdujo dentro de mí. Pensé que podría abrirme en dos. Pensé que era demasiado grande y no podría soportarlo. Solté un grito, un gemido.

—¿Esto es lo que querías? —preguntó con voz áspera.

—Sí —grité agarrando las sábanas. Era exactamente lo que quería. Lo que necesitaba.

Empujó hasta el fondo. Hasta el final, estaba seguro de ello. Y cuando sus caderas encontraron mi trasero, golpeó esa pared dentro de mí y corcoveé, gritando.

Empujó mi cabeza hacia el colchón, áspero y fuerte, su gran mano sosteniendo la parte posterior de mi cabeza hacia abajo. Su polla estaba tan profundamente enterrada en mí que el dolor era exquisito.

—Quédate inclinado, pedazo de mierda —dijo—. ¿Quieres que te folle como si te odiara? —Él salió y volvió a entrar en mí—. Porque te odio.

Me jodió. Duro, salvajemente.

Sí. Sí. Justo así. Esto es lo que necesitaba.

—No sirves para nada —espetó mientras me follaba una y otra vez—. Pedazo de mierda.

Sí. *Sí.*

Luego su mano estuvo sobre mi hombro, presionándome hacia abajo, y la otra agarró mi cadera, sus uñas se clavaron en mi piel, sosteniéndome para poder llenarme como quería. Se inclinó sobre mí, introduciendo su polla más profundamente, en un ángulo mucho mejor.

Infinitamente mejor.

Joder, sí.

Su aliento caliente en la nuca, el raspar de sus dientes. Su polla increíblemente dura, golpeando los mismos lugares dentro de mí que anhelaban esto.

—Mira cómo tomas mi polla —gruñó—. Como la maldita puta que eres.

Esa serenidad que había estado anhelando, buscando, por la que había estado desesperado, se instaló sobre mí.

Y me corrí.

Sin haberme tocado. Simplemente pura felicidad.

Mi liberación fue intensa, física y emocional. Lo dejé todo y ese manto de oscuridad que me había envuelto durante demasiado tiempo desapareció. Fue mejor de lo que había imaginado que podría ser. Tan absolutamente perfecto.

Él se corrió con un rugido, empujándome hacia la cama y embistiendo contra mí, su gruesa polla palpitaba en mi interior, llenando el condón.

Dios, podía sentirlo.

Cada punzada de su orgasmo.

Era el cielo.

Se estremeció y gimió, pero luego salió de mí.

Me sentí desconsolado por su ausencia, vacío y hueco. Quería que se quedara dentro de mí. Quería que se quedara dentro de mí hasta que estuviera listo para follarme otra vez.

Quería su semilla dentro de mí. Así sabría que era mi

dueño y podría tratarme como si fuera mi dueño cuando quisiera.

Quería que esto nunca terminara.

Con un gemido, caí sobre el colchón. La apertura de mi trasero, el dolor y el placer residuales hicieron que mis muslos temblaran y mi cuerpo se sacudiera.

Me sentía increíblemente bien. Ese fuego en mí, una simple brasa ardiente por ahora, brillando cálido y encantador. Me atreví a ponerme boca arriba y enfrentarlo. Quizás para afrontar las consecuencias. Y pedirle que lo hiciera de nuevo.

Pero él ya se había ido.

PASÉ el domingo sumergiendo mi cuerpo dolorido y usado en un baño caliente, y solo salí de mi casa para recoger una entrega de comestibles en el vestíbulo por la noche.

También pasé el día saboreando cada dolor, cada punzada. La euforia de la increíble follada que tuve la noche anterior persistía en cada nervio.

Estaba descansando frente al televisor con Enzo dormido sobre mí cuando recibí un mensaje de texto de Lleyton.

¿Cómo se portó Rocky borracho en el coche? ¿Asumo que sobreviviste?

Rocky borracho. Resoplé ante eso, pero para responder a su pregunta, hice más que sobrevivir. Nunca me había sentido tan bien.

Ciertamente sobreviví.

Llegó el lunes por la mañana y no me sorprendió que Marshall no se presentara a la reunión de encargados. Debería haberlo hecho, pero había dejado bastante claro que pensaba que sería mejor invertir su tiempo en otra parte. Y yo tenía su documentación e informes, por lo que estar sentado en la oficina central durante una hora probablemente no era el mejor uso de su tiempo. Pero no era una invitación opcional.

Los otros encargados tenían que cumplir, y él también.

Su insubordinación dejaba una mala impresión y necesitaba establecer algunas reglas.

Reglas *y* límites.

Porque también lo necesitaba para satisfacer mis otras necesidades, así que este era un campo minado por el que navegar, y no era un campo minado por el que hubiera caminado antes.

Sabía que se estaban cruzando líneas y que esto tenía *mala idea* escrito por todas partes, y también sabía que la balanza del privilegio estaba inclinada a mi favor.

Sabía todo eso.

Y aun así no quería parar.

Cuando terminó la reunión de personal, llamé a mi asistente, Shayla.

—¿Podrías por favor concertar una reunión con el señor Marshall Wise en mi oficina hoy a las cinco en punto? Gracias.

—Claro —respondió ella.

Lo dudaba. Probablemente preferiría caminar sobre lava antes que reunirse conmigo, pero esto era una cuestión de trabajo.

Sin embargo, a las cinco y dos minutos, Marshall Wise llegó a mi oficina. Su ojo estaba un poco hinchado en la esquina, pero el corte estaba sanando. Llevaba puestos pantalones largos y botas de trabajo, y estaba cubierto de lo que parecía ser polvo y suciedad. No se disculpó por hacer un desastre en los muebles de mi oficina y pude deducir que era porque no se arrepentía en lo más mínimo.

Su mandíbula se abultó y esos ojos ardientes se clavaron en mí.

—Gracias por venir —comencé.

—Como si tuviera una opción.

Reprimí una sonrisa porque, oh, vaya, su ira dirigida hacia mí era muy buena.

—Necesitamos discutir tus ausencias en las reuniones de nuestro equipo —comencé. Él fue a hablar, abrió la boca para hacerlo y yo levanté la mano—. Es un requisito para todos los encargados de obra y otorgarte una exención no es justo para los demás y da una mala imagen de mí.

—No, hacer que sea un requisito que los encargados de obra pierdan el tiempo aquí, da una mala imagen de ti.

Apenas pude ocultar mi sorpresa, pero... ¿Se equivocaba?

No estaba seguro de que lo hiciera.

—¿Tienes alguna sugerencia para las comunicaciones en el lugar de trabajo que se adapten mejor al tiempo de todos?

Me miró entrecerrando los ojos.

—¿Estás tomándome el pelo?

—No. Es una pregunta seria. Si puedes presentar una opción mejor, estaré feliz de escucharla.

Me miró fijamente, claramente sin esperar que le preguntara esto, luego su mirada se dirigió a la ventana y a mi oficina, luego de nuevo a mí.

—Tendría... Tendría que pensarlo. Pero nada de reuniones. Tienes toda la información que necesitas en nuestros informes y demás documentos. Y un lunes por la mañana de entre todos los días de la semana. Es el peor día. ¿Cuándo un cliente quiere ver algo, hacer cambios o solicitar mi tiempo, qué día elige? El lunes por la mañana.

—Está bien, es justo. Espero escuchar algunas alternativas.

Me miró de nuevo con los ojos entrecerrados como si estuviera tratando de entenderme.

Buena suerte con eso...

—Muy bien —dijo a punto de levantarse—. ¿Hemos acabado?

Aquí va todo...

—Con los asuntos relacionados con el trabajo, sí.

Estaba a medio camino cuando me lanzó una mirada de oh-mierda. Llegó a su altura máxima más lentamente, su rostro era una máscara estoica.

—Ah, sí, sobre eso...

—No discutiré asuntos personales aquí —dije bruscamente—. Aunque me gustaría hablar, sí.

—¿Y si no quiero?

—No puedo obligarte —dije mirándolo con expresión neutral. Gracias a Dios que no podía oír mi corazón golpeando mis costillas—. Pero si estás interesado en escuchar mi propuesta, ven a mi casa a las nueve.

—¿Propuesta?

—Nueve en punto.

Sus fosas nasales se dilataron y el odio en su mirada hizo que mi sangre se calentara. Quería decirle que guardara su enfado, que lo reprimiera hasta que estuviera listo para que él lo desatara, pero hablaba en serio acerca de no discutir asuntos personales en el trabajo.

Un límite más para su protección que para la mía.

Se dio la vuelta y se fue sin decir una palabra más, y tuve que preguntarme si aparecería. Esperaba que lo hiciera, aunque una parte de mí cuestionaba su desafío y cómo tal vez no apareciera simplemente por despecho.

Pero tenía el presentimiento de que vendría. Una sensación de ardor en la parte baja de mi vientre que me recordó a la esperanza.

A LAS OCHO Y MEDIA, mis nervios estaban casi eléctricos. A las ocho y media me convencí de que no vendría, y cuando llegaron y pasaron las nueve me sentí decepcionado.

Pero no sorprendido.

Me serví una copa de vino tinto como una especie de premio de consolación cuando sonó el timbre del intercomunicador y sonreí cuando vi que era él en la cámara. Eran las nueve y diez y tuve que preguntarme si me había hecho esperar a propósito.

Probablemente.

Le abrí la puerta y, dejándole la puerta abierta, tomé un sorbo de vino para armarme de valor. Escuché el ascensor, pero aun así salté ante el suave golpe en mi puerta.

—Adelante.

Se detuvo incómodamente cerca del sofá. Llevaba vaqueros y una sudadera con capucha y se metió las manos en los bolsillos.

En lugar de cualquier tipo de saludo o sonrisa, señalé la botella.

—¿Te gustaría una copa de vino?

—No.

Genial entonces.

Tomé mi copa y opté por el sofá, esperando que fuera

más informal que la mesa del comedor. Me senté y él esperó unos segundos, claramente inseguro de qué hacer.

—Toma asiento —sugerí.

Dio la vuelta al sofá, incómodo y serio, y se sentó al mismo tiempo que Enzo me vio y decidió saltar a mi regazo. Pasé mi mano desde su cabeza hasta su espalda y él se sentó y miró fijamente a nuestra compañía.

—¿Vine aquí para que *ambos* podáis juzgarme? —preguntó Marshall.

—No te estoy juzgando —dije.

Marshall asintió hacia Enzo.

—Él sí.

Luego, como el traidor saco de pulgas que era, Enzo se apartó de mí y cruzó la distancia entre nosotros para acurrucarse en el regazo de Marshall.

Hizo una mueca.

—Ehh.

—Ahora veo por qué su nombre completo de pedigrí es Enzo el Traidor.

La mirada de Marshall se cruzó con la mía.

—Eso fue... ¿Acabas de hacer una broma?

—Tal vez. —Suspiré y bebí un sorbo de vino—. Tu ojo se ve bien. Sin hinchazón, ligeros hematomas. Pensé que seguramente tendrías un ojo morado.

Me miró fijamente, con la mandíbula contrayéndose.

—Dijiste que tenías una propuesta —dijo yendo directo al grano.

Entonces sin charla trivial.

Bien.

—Sí. Sobre lo que hicimos el sábado por la noche.

Sus ojos se abrieron y sus mejillas se llenaron de color.

—Ah, sí, sobre eso. —Fijó su mirada en la ventana, estremeciéndose de incertidumbre—. Yo, eh, no estoy del todo seguro de qué fue eso.

No le quité los ojos de encima y bebí mi vino.

—Fue exactamente lo que quería que hicieras.

Sus ojos se encontraron con los míos y sus labios se abrieron. Estaba claramente inseguro de qué decir. O tal vez no estaba seguro de qué hacer conmigo.

—Tú, eh... tú...

—Me gustaría que lo hicieras de nuevo —dije como si estuviera hablando del clima.

Me miró como si le acabara de pedir que robara un banco conmigo.

—¿Qué demonios?

—Sí. Salvajemente y con todo el desprecio que puedas.

Dejó a Enzo en el sofá y caminó hasta el final de la habitación, luego se volvió hacia mí, con la mano en la frente. Se veía un poco pálido, o tal vez era la poca iluminación.

—Lo digo con la mayor sinceridad posible... ¿Qué cojones? ¿Quieres que te odie-folle?

Odie-folle.

Eso me hizo sonreír.

—Sí.

Ahora me miró como si hubiera perdido la cabeza. Tal vez la había perdido.

—¿Entonces esa es tu propuesta? —preguntó. Estaba obviamente aturdido—. Quieres que yo... ¿Cómo *Propuesta Indecente* o alguna mierda rara? ¿Qué cojones está mal contigo?

—Esa lista es bastante larga.

—Exactamente. No quieres que te folle, necesitas un terapeuta.

—Tuve uno. Me aseguró que mis métodos, si eran seguros y consensuados, estaban perfectamente bien.

Marshall me miró boquiabierto. Fue casi cómico.

—Entonces necesitas un nuevo terapeuta.

También tuve uno de esos. Tuve varios terapeutas, psicólogos e incluso un psiquiatra. Sabía cuáles eran mis problemas, sabía de dónde procedían y sabía muy bien cómo calmarlos.

—No, necesito que alguien que no me soporte me inmovilice y me folle.

Me miró fijamente y luego se rio.

—Estás... estás... —Negó con la cabeza—. ¿Qué te hace pensar que estaría remotamente interesado en cumplir tus jodidas fantasías? ¿Por qué haría esto por ti?

—Porque me odias. Me miras como si quisieras estrangularme o darme una paliza. —Tomé un sorbo de vino nuevamente y encontré su mirada—. Además, tienes una polla enorme y sabes cómo usarla.

Su boca se abrió.

—Y tienes que admitirlo —dije con un toque de suficiencia—. Tengo un culo increíble y lo tendrías seguro dos veces por semana.

—¿Dos veces a la semana?

—Sí. Una vez a la semana sería anal, tal como lo hiciste el sábado por la noche. La otra noche, la que elijas, puedes usarme para lo que quieras.

Me miró fijamente, obviamente tratando de medir mi sinceridad, y cuando vio que no estaba bromeando, soltó una carcajada.

—Mierda, hablas en serio.

—Sí.

Se giró hacia la pared de cristal y se llevó la mano al pelo. Me dio una maravillosa vista lateral de su cuerpo. Fuerte, en forma y... ¿Era eso un bulto en sus vaqueros?

Sinceramente, era difícil saberlo, dado el tamaño de su polla.

Le di tiempo para pensar en esto, aunque rápidamente estaba perdiendo la esperanza. Sabía que, en el mejor de los casos, era una posibilidad remota.

—En cuanto al trabajo —agregué—, nada cambia. Tú sigues haciendo tu trabajo y yo hago el mío. No recibes ningún favor especial y todavía espero que cumplas con todos los requisitos de tu deber. Ni más ni menos. Y debes esperar que siga siendo justo y razonable, como lo soy con todos los demás encargados. Ni más ni menos. —Me encogí de hombros—. Y no se lo contamos a nadie, por supuesto.

—Sabes que para ti es muy fácil decir eso. Tú eres el jefe. Nada *cambiaría* para ti. Pero cuando tú "propuesta" termine mal, lo cual sabes que sucederá, ¿verdad? Me arrojarás debajo del autobús.

—¿Cómo?

—¿No puedes ver el intercambio de poder aquí? Jesucristo, ¿sabes qué? El hecho de que no puedas verlo es motivo suficiente para decirte que te vayas a la mierda. —Negó con la cabeza—. Esto es una locura.

—El intercambio de poder está a tu favor —dije. No era exactamente cierto, pero sostuve su mirada—. Puedes tratarme como basura. Puedes entrar aquí cuando quieras, derribarme, llenarme de semen, y salir.

Su boca se abrió más, al igual que sus ojos.

Me encogí de hombros y bebí un sorbo de vino.

—¿Estás...? —Negó con la cabeza, claramente le fallaban las palabras.

—¿Loco? No. ¿Hablo en serio? Sí. —Miré su entrepierna—. Y puedo decirte que te gusta cómo suena.

Se acomodó su paquete.

—Jesucristo.

Dejé mi copa de vino sobre la mesa de café y crucé las piernas.

—Tu trabajo no se verá afectado. Tienes mi palabra.

—Eso no es lo suficientemente bueno.

—¿Qué más quieres?

—No sé. Cristo. —Volvió a pasarse la mano por el pelo—. ¿Sabes que hay clubes para este tipo de mierda? Clubes de sexo o lo que sea. Ellos hacen esta mierda.

—Los he probado —respondí—. Ellos sólo desempeñan el papel. *Realmente* no me odian. Tú, en cambio, ni siquiera intentas ocultarlo.

—¿Por qué debería ocultarlo? —preguntó. Esa mirada de absoluto desprecio hacia mí había vuelto. Me hizo sentir... algo—. No es ningún secreto lo que tu familia le hizo a la mía. La gente debería saber qué puto pedazo de mierda eres.

Contuve un zumbido y traté de no sonreír cuando su insulto me provocó un escalofrío.

—Sí —murmuré—. ¿Y no te gustaría que yo pagara por eso? Presionando mi cara contra el colchón mientras me follas duro, para demostrar una y otra vez que estás...

Levantó la mano.

—Sí, eso es suficiente. Ya terminé aquí.

Llegó a la puerta cuando mi voz lo detuvo.

—Te daré una semana para pensar en ello. Sin condiciones, sin preguntas, solo sexo y nada más. Como amigos con beneficios...

Con la mano en el pomo de la puerta, me lanzó un gruñido por encima del hombro.

—*No* somos amigos.

Le sonreí.

—Y eso lo hace mucho mejor.

CAPÍTULO 5
MARSHALL

EL MALDITO VALENTINE TYE estaba hecho un desastre.

Sabía que había algo acechando bajo esa fachada perfecta. Simplemente no sabía lo complicado que era su problema.

Había algo entre nosotros. Una chispa innegable. Una chispa que pensaba que era odio puro y sin adulterar.

Resulta que él pensaba que era otra cosa.

Y de acuerdo, lo admito... Cuando estaba borracho y en su casa, ese deseo ardiente de darle un puñetazo era emocionante. Puso mis sentidos en alerta máxima.

Luego me pidió que me lo follara. Duro y salvajemente. Que lo jodiera con cada gramo de odio que pueda reunir.

Y estaba lo suficientemente borracho y excitado para hacerlo.

Lo follé *duro*.

Nunca había sido tan duro con nadie en mi vida. Al menos nunca durante el sexo.

Presioné su cara contra la cama y lo golpeé como si mi

vida dependiera de ello. Quería lastimarlo y quería mostrarle su lugar.

Que yo era mejor que él y que estaba a cargo, y que lo follaría hasta someterlo.

Tuvo que haberle dolido.

Muchos chicos se negaban a que los follara o se detenían a mitad de camino porque era demasiado grande.

Él me tomó como un campeón.

Y aunque sabía que tenía que estar lastimándolo, no podía parar. Quería *lastimarlo*. Quería que me rogara que parara. Quería escuchar la súplica en su voz.

Me habría detenido... si me lo hubiera pedido.

Pero nunca lo hizo.

Ah, no. De hecho, había rogado por más. Y cuando lo sujeté por la nuca y lo inmovilicé, llamándolo pedazo de mierda, se corrió sin tocarse.

No me importó en ese momento. Fue muy caliente, y su culo...

Cristo.

Cuando decía que su trasero estaba bien, no estaba mintiendo. Sin duda, el mejor culo que había tenido jamás.

Apretado, hasta el fondo. Y me tomó por completo. Y cuando se corrió, su cuerpo me ordeñó. Fue exquisito.

Me corrí tan jodida e intensamente fuerte.

Cuando salí de él, esperaba ira o lágrimas, amenazas o algo así.

Pero todo su cuerpo temblaba, se había corrido sobre sí mismo sin siquiera tocarse. Y la expresión de su rostro... No había lágrimas, ni conmoción, ni ira.

Oh, no. Tenía una expresión de serenidad en su rostro. Como si hubiera arrojado su cuerpo a las puertas del cielo.

Así que, sí. Valentine Tye estaba hecho un desastre mental.

Y entonces me pidió que fuera a su casa. Tenía una propuesta, había dicho.

No iba a ir. Estaba seguro de que me iba a decir que lo había lastimado y me despediría o algo así.

Pero él había dicho *propuesta*.

Así que fui por curiosidad morbosa, y de todas las cosas que me había imaginado que diría, lo que dijo no estaba en mi lista.

Él quería que lo hiciera de nuevo.

Una o dos veces a la semana.

Quería que usara el odio que sentía por él para odio-follarlo tan fuerte como me atreviera. Cuanto más duro, mejor incluso.

Puedes cruzar esa puerta cuando quieras, llenarme de semen, y salir.

Llenarme de semen.

Oh, sí. Estaba hecho un desastre, de eso no había duda.

¿Y la parte aún más loca?

Estaba considerando decir que sí.

En realidad, estaba bastante seguro de que iba a decir que sí, sólo estaba esperando que la voz de la razón anulara mi polla.

Y seguía esperando.

Pero nada que pasaba.

No, porque en lugar de que la voz en mi cabeza dijera, *esta es la bandera más roja que jamás haya existido y esto terminará tan mal que no habrá sobrevivientes*, la voz en mi cabeza decía, *puedes mostrarle a ese hijo de puta qué pedazo de mierda es dos veces por semana y puedes poseerlo con tu polla y tratarlo como la basura que es.*

Y seguía escuchándolo decir *llenarme de semen* una y otra vez y mi polla nunca había deseado algo tan desesperadamente. Desde entonces había tenido una semi erección permanente.

Cristo.

Iba a decir que sí.

Taka chasqueando sus dedos frente a mi cara me sacó de mis pensamientos.

—¿Estás ahí? —preguntó.

Estábamos en el trabajo. Era viernes, justo antes del almuerzo, y sólo Dios sabía cuánto tiempo había estado desconectado.

—Mierda, lo siento. ¿Qué pasa?

Señaló con la cabeza hacia el aparcamiento.

—Tienes compañía.

Me volví y, efectivamente, había un Lamborghini negro al lado de los camiones de trabajo y Valentine venía caminando.

Joder.

Vestido con sus trajes estúpidamente caros, hechos a medida para ajustarse a su cuerpo como un guante. Llevaba un ordenador portátil o algo así. Aunque al menos esta vez llevaba un casco de trabajo bajo el brazo. Se lo puso mientras se acercaba, sus largas piernas recorrieron la distancia en poco tiempo.

Dios, lo odiaba.

La sangre me ardía y mis manos se cerraron en puños automáticamente. Tuve que hacer un esfuerzo concertado para aflojar la mandíbula.

Incluso solo verlo me cabreaba.

—Buenos días —dijo, más a Taka y Millsy que a mí. Entonces me miró—. ¿Tienes un minuto?

Mi estómago se revolvió, seguro de que estaba a punto de pedirme mi respuesta. Seguro de que estaba a punto de decirme que lo olvidara. Seguro de que me iba a decir que era una broma.

Nos acercamos a mi escritorio improvisado y él abrió su ordenador portátil.

Habló de un nuevo retraso en el envío, de un intercambio de existencias entre nosotros y otro lugar de trabajo para que ambos siguiéramos adelante con la menor cantidad de interrupciones. Simplemente significaba que la semana siguiente teníamos que centrarnos en el equipamiento eléctrico en lugar del aislamiento, pero deberíamos volver a la programación normal la semana siguiente.

Nunca mencionó nada más.

Nada personal, tal como él había dicho.

No estaba seguro de por qué eso me molestaba.

Odiaba que me inquietara tan fácilmente.

Cerró su ordenador portátil y se lo puso nuevamente bajo el brazo, me agradeció por mi tiempo y se fue.

Estaba seguro de que simplemente estaba dejando claro un punto para que no olvidara su oferta. Como al aparecer aquí con esos pantalones de traje que abrazaban su culo de manera que eso influyera en mi decisión.

No necesitaba más incentivos.

O tal vez apareció aquí sabiendo que eso avivaría un poco más mis fuegos de odio.

Tampoco necesitaba ayuda con eso.

Porque lo odiaba lo suficiente como para sustentarme durante tres vidas.

—¿Todo bien, jefe? —dijo Taka.

—Sí —respondí sin quitar los ojos de Valentine hasta que su coche pretenciosamente caro estuvo fuera del aparcamiento—. Todo está bien.

—Ya sabes —respondió con su sonrisa habitual—.

Cuando juguemos contra su equipo de rugby, creo que quizás quieras quedarte fuera del partido.

Le lancé una mirada.

—¿Por qué?

—Porque te conozco. Intentarás arrancarle la cabeza y eso no terminará bien para ti.

Le sonreí.

—Pero valdría la pena.

—Sí, pero uno de sus muchachos te devolverá el golpe y entonces tendré que involucrarme. Todo el equipo se involucrará y luego todo su equipo se involucrará. Habrá ojos morados y tarjetas amarillas por todas partes.

Me reí.

—Suena divertido para mí.

Negó con la cabeza.

—Amigo mío, necesitas encontrar una mejor manera de lidiar con tu ira.

Como entrando a la casa de Valentine cuando quisiera, follármelo hasta correrme y salir.

—Estoy trabajando en ello —dije.

—Genial. Primero trabajemos en algo de almuerzo. Estoy hambriento.

<hr>

EL SÁBADO JUGAMOS contra Leichhardt en casa y, por supuesto, ganamos. Me las arreglé para mantener la calma durante el partido, podría haber tacleado más fuerte de lo que era completamente necesario y haber maldecido un poco, pero no hubo empujones, ni puñetazos.

Y después incluso me porté lo mejor posible en el pub.

Me emborraché lo suficiente como para tumbar a dos hombres, pero en general fue una buena noche. Nos reímos, vimos el partido del Waratah en la pantalla grande y a medianoche ya estaba en casa en la cama.

Solo.

El domingo me desperté con resaca y pensé que una buena paja en la ducha me haría sentir mejor. Normalmente lo hacía.

Normalmente podría arrancar cualquier recuerdo de cualquier encuentro sexual y correrme bastante rápido, pero esta vez cierta persona protagonizó mi fantasía.

Él, inclinado sobre su cama, su pequeño trasero tomando cada centímetro de mí polla, enterrada profunda y apretada. De mí empujando su cabeza hacia abajo, sujetándolo, follándolo implacablemente mientras le decía cuánto lo odiaba...

Sí, en esta ocasión también me corrí igual de fuerte.

Esto estaba empezando a afectarme los pensamientos.

No, *Valentine* estaba empezando a afectarme.

Así que pasé el resto del día como lo hacía todos los domingos. Lavandería, compras, tareas domésticas y cena con mis padres.

Cenaba con mis padres todos los domingos. Mamá preparaba un banquete y me decía que fuera. Normalmente comía hasta que me daban ganas de vomitar, luego ella me daba suficientes sobras en recipientes para una semana.

No era una tarea ardua. Me encantaba pasar tiempo con ellos. A veces mamá pasaba por mi unidad sin ser invitada y tomábamos una taza de té. Éramos una familia unida. Después de todo lo que habíamos pasado...

—Estaré por aquí el próximo domingo —dije mientras me subía a mi camioneta de doble cabina, con las sobras en el asiento a mi lado. Y regresé a mi casa sintiéndome bastante bien...

Hasta que me metí en la cama y deslicé mi mano hacia

mi polla, y mis pensamientos cayeron en picado hacia el territorio Valentine.

Solté mi polla con frustración y disgusto porque, maldita sea, él estaba arruinando mi vida.

Yo estaba dejando que arruinara mi vida.

Tal vez si me lo follara dos veces por semana, mi cuerpo dejaría de desearlo y mi mente dejaría de pensar en ello.

¿Qué pasa con tu trabajo, Marshall? Sabes que esto no terminará bien.

Sí, pero de todos modos no tenía intención de quedarme después de que este contrato con Mercer terminara. Nos veríamos durante los próximos seis meses, me lo follaría dos veces por semana durante ese tiempo y luego me daría la vuelta y lo dejaría cuando terminara con él.

Usarlo, jugar con él, destrozarlo.

Mi gran plan maestro.

Entonces, poniendo mi plan en acción y necesitando recuperar algo de control, y quizás necesitando sacarlo un poco de su juego, decidí ser un buen empleado encargado de obra y presentarme a la reunión el lunes por la mañana a primera hora.

De todos modos, no tenía que estar en la obra para recibir ninguna entrega y mi equipo podía apañárselas solo durante una hora.

Valió la pena sólo por ver la sorpresa en la estúpida cara de Valentine.

No contribuí en nada a la reunión, ninguno de nosotros lo hizo. Era más bien Valentine discutiendo los problemas de la semana pasada, retrasos, presupuestos, bla, bla, bla...

Simplemente dejó claro mi punto. Estas reuniones no eran más que una gran pérdida de tiempo para todos.

Aunque me gustaba verlo hablar. Sus palabras cuidadosamente elegidas, sus dedos largos y elegantes, su mandíbula cincelada y sus ojos oscuros y penetrantes. Porque me gustaba saber que había estado dentro de él, que me lo había follado. Que lo había follado tan intensamente que se corrió sin tocarse.

Y aquí nadie tenía idea.

Para ellos, él era muy tranquilo, sosegado y sereno, tan superior e imponente de respeto.

Para mí, él no era más que un puto vicioso deseoso de polla, que tenía un mundo de problemas que el propio Freud no sería capaz de solucionar.

Así que sí, me gustó sentarme ahí sabiendo todo esto.

—¿Señor Wise? —dijo Valentine. Mierda, me había distraído otra vez. Cristo, necesitaba concentrarme. Los demás parecían dispuestos a marcharse—. ¿Algo que añadir?

Dejé caer mi bolígrafo en mi libreta en blanco.

—No. Nada.

Estaba a punto de añadir que había sido una enorme pérdida de tiempo, pero no quería ser irrespetuoso. Al menos, no delante de su personal. Respetaba *mi* trabajo lo suficiente como para mostrar algunos modales.

Dio por terminada la reunión y todos se pusieron de pie.

—Marshall, un momento —dijo en voz baja.

Obtuve algunas miradas cautelosas de los demás mientras salían, pero me quedé sentado y sonreí.

Cuando la puerta se cerró detrás del último de ellos, esperó unos segundos para hablar.

—Así que *puedes* morderte la lengua —dijo con una sonrisa.

Me encontré con su mirada.

—¿Qué?

—Querías agregar algo al final, pero decidiste no hacerlo.

—Porque ya habías hecho perder suficiente tiempo a todos y querían irse —dije rotundamente.

Se quedó mirando y luego se mordió el interior de la boca. ¿Estaba tratando de no sonreír? Era difícil decirlo.

—Entonces, ¿has pensado en algo más? —preguntó.

Le lancé una mirada. *No* íbamos a discutir asuntos personales aquí...

—Sobre lo que podríamos hacer para mejorar las reuniones del personal —añadió.

Estaba jugando conmigo.

Dios, lo odiaba.

—Sí, podríamos no tener que asistir a las reuniones. ¿Esta reunión de hoy? —Señalé la mesa ahora vacía—. La mayor puta pérdida de mi tiempo.

Su cara, sus cejas, hicieron un breve movimiento. Era difícil saber si estaba sorprendido, ofendido o divertido.

—Esto podría haber sido un correo electrónico —agregué—. O si *tienes* que hacer reuniones cara a cara, hazlas cada dos semanas. Y si tu objetivo es hacer de esto una tontería de trabajo en equipo o si quieres saber qué está pasando realmente, no sé, tal vez incluyas un desayuno después. Rollos de beicon y huevos y un café. Te sorprendería lo que la gente realmente discutirá en una conversación abierta en la sala de descanso. Porque sentarse en una mesa como ésta parece una conferencia o una entrevista. No somos empleados corporativos de negocios como tú. Somos constructores, comerciantes. No hacemos lo que sea que sea esto.

Me miró fijamente y una lenta sonrisa se dibujó en su rostro.

—Gracias.

Y mientras estaba en racha y necesitaba seguir siendo quien tomara las decisiones, garabateé en una hoja de papel de mi libreta. Me levanté y le deslicé la nota por encima de la mesa.

Caminé hacia la puerta, sin querer darme la vuelta, aunque lo vi por un momento cuando cerré la puerta detrás de mí.

Leyó la nota y sonrió.

21:00

Tu casa

SABÍA que con toda probabilidad Valentine esperaba que la gente llegara a tiempo, así que me senté en mi coche unos minutos más y llamé a su apartamento a las 21:06.

El rencor y el odio eran algo poderoso. La petulancia también, pero si a lo que estábamos jugando era un juego jodido, tenía que jugar más inteligentemente.

Quería hacerlo esperar más, pero mi polla estaba plenamente consciente de lo que iba a pasar esta noche, y básicamente me *hizo* salir del coche.

Mi cerebro, por otro lado, pasó el viaje en ascensor diciéndome que era una muy mala idea.

Pero aún... no me detuvo.

Abrió la puerta antes de que pudiera llamar y se quedó allí con una toalla alrededor del cuello. Claramente se acababa de duchar, vestía pantalones holgados caros y una sencilla camiseta negra. También parecía cara, por la forma en que se ajustaba tan perfectamente a él.

Dios, odiaba que fuera tan guapo.

Además, olía bien, lo cual también odiaba.

Se hizo a un lado, una invitación silenciosa, y cerró la puerta detrás de mí. Caminó hasta la cocina, frotándose el cabello con la toalla.

—No hace mucho que estoy en casa —dijo. Como si me importara—. Tengo sesiones de entrenamiento los lunes por la noche, pero dijiste a las nueve. ¿Puedo ofrecerte algo de beber?

Si me importara algo, le habría preguntado qué sesiones de entrenamiento tenía, no eran entrenamientos de rugby porque sabía que para él eran los martes, pero no me importaba, así que no pregunté.

—No, estoy bien. Gracias.

Se sirvió un vaso de agua del grifo y bebió la mitad, luego caminó hacia el sofá y se sentó, mirándome expectante para seguirlo. Habría preferido sentarme a la mesa donde teníamos un espacio entre nosotros, pero ese no fue el caso. Entonces me senté en el sofá de enfrente.

—Entonces, sobre tu propuesta...

Esta vez tomó un sorbo de agua, su expresión era ilegible.

—¿Sí o no?

Me molestó que se mostrara tan indiferente al respecto, pero tal vez la sensatez y la poca charla eran parte del atractivo.

—Tengo preguntas. Y condiciones.

Hubo un atisbo de sonrisa cuando deslizó el vaso de agua sobre la mesa de café.

—Bien. Yo también.

—Dijiste dos veces por semana.

—Sí. Sexo anal una vez, la otra como mejor te parezca.

Cristo. Era muy metódico en esto.

Pasé mi mano por mi cabello.

—Sin embargo, creo que "como mejor me parezca" es muy amplio.

Me miró fijamente, estudiando mí rostro por un segundo, luego dejó escapar un suspiro silencioso.

—Si prefieres que establezca algunas reglas básicas, lo haré —dijo con total naturalidad.

Preferiría eso. Parece que tienes algún requisito perverso. Yo sólo estoy aquí para follar.

—Dos veces a la semana. El sábado por la noche y el miércoles por la noche me funcionan, pero estoy abierto a tu horario. Preferiría que el sábado por la noche fuera la noche en que me folles porque me da el domingo para recuperarme.

—¿Recuperarte?

—Sí. Tu polla es mucho que soportar y quiero saborear los dolores y molestias.

Jesucristo.

—Dicho esto, si quieres follarme también los miércoles, no me opondré en absoluto. Después de todo, puedes hacer lo que quieras.

Maldito infierno.

—Me gusta el sexo rudo. Me gusta que me sujeten y me follen duro.

—Ah, sí, lo recuerdo.

—Lo que hiciste esa noche fue perfecto. Por eso propuse este... acuerdo.

—Mero sexo.

—Nada más —añadió con frialdad—. Preferiría no usar condones, pero eso requeriría pruebas completas para ambos de antemano si lo hiciéramos. Lo que también significa que no puedes tener ningún tipo de relación sexual con nadie más durante la vigencia de este acuerdo. Si lo haces, se acabó. Si conoces a alguien con quien quieres salir, esto se acabó. Si esto no funciona para alguno de nosotros, se acabó.

Dios, ayúdame.

No buscaba salir con nadie, así que eso no era un problema. Y me hacían pruebas con regularidad, así que eso tampoco era un problema. Pero dulce Jesús, la idea de follármelo a pelo.

Puedes cruzar esa puerta, llenarme de semen y salir.

Sí, mi polla estaba realmente a bordo.

—¿Tienes alguna pregunta sobre algo de esto?

Negué con la cabeza.

—No.

—Entonces —agregó—, aunque digo que puedes hacerme lo que quieras, y sí, me gusta que me sujeten y me follen duro, no tolero la crueldad ni el abuso. Espero que sepas la diferencia.

Cristo.

—Sí. ¿Quieres que te diga qué pedazo de mierda eres mientras te castigo con mi polla?

Sus ojos brillaron de deseo y trató de ocultarlo, pero ya era demasiado tarde. Lo vi.

—Sí —respiró.

—¿Y quieres que reúna cada gramo de odio que tengo hacia ti mientras lo hago?

Él sonrió, sus ojos fijos en los míos.

—Sí.

—Eso no será difícil.

Porque lo odiaba. Cuanto más tiempo pasaba sentado allí, luciendo perfecto en su apartamento de dos millones de dólares, lo odiaba un poco más.

Me sonrió como si acabara de leer mi mente.

—No toleraré la mala educación ni los retrasos —dijo con un ligero movimiento de ceja. Entonces sí, mi espera en el coche unos minutos más lo había molestado. Bien—. No seré compartido. Vienes aquí solo. Sin filmaciones, sin fotos. No, significa no. Si digo que pares, te detienes. ¿Comprendido?

—Perfectamente.

—Si necesitas cambiar el día, solo pídelo. Este es un acuerdo mutuo, no un contrato legalmente vinculante. Necesitamos ser flexibles porque en la vida real surgen situaciones. Conversaremos solo por mensaje de texto, no en el trabajo. Esto nunca se discute en el trabajo. Incluso si estamos solo nosotros dos en una habitación o lugar de trabajo.

—Bien —dije—. Y si alguna vez siento que esto está comprometiendo mi trabajo, o si me tratas injustamente o mejor que a nadie, esto se acabó.

Asintió.

—Asimismo. Espero que tu trato hacia mí en el trabajo siga siendo el mismo. Me gustaría poder decir que seguirás siendo respetuoso, pero no me muestras respeto en el trabajo tal como es, así que, si eso cambiara, la gente podría sospechar que algo está pasando.

—Te muestro respeto —respondí—. Deberías escuchar la mierda que no digo en voz alta.

Me miró fijamente, levantando un poco la barbilla, con la mirada llena de humor y calidez.

—Nueva regla: aquí no hablamos de trabajo. Nada.

Sonreí ante eso.

—Acordado. Para ser honesto, avanzar en este acuerdo... —Hice un gesto entre nosotros—. Esta es la conversación más larga que quiero tener contigo.

Sosteniendo mi mirada, cruzó las piernas como si estuviera tratando de tentarme. Ahora que se habían discutido las reglas, el juego podía continuar.

Y éste era un juego al que podía jugar.

—Si terminamos —dije levantándome—, me iré.

Su mirada se dirigió hacia mi polla semidura y sus fosas nasales se dilataron.

Me palmeé y reorganicé mi paquete, luego le sonreí.

—Es una pena que no sea miércoles.

Sus ojos volvieron a los míos y el fuego volvió.

—Mmm.

Aunque no estaba cediendo. De repente la espera hasta el miércoles me pareció más divertida. Llegué a la puerta.

—Espera —dijo.

Pensé que me iba a pedir que me quedara, que lo arreglara esta noche en lugar del miércoles, pero me encontró en la puerta con su teléfono.

—Tu número.

—Puedes conseguirlo en el trabajo —dije con la mano en la manija de la puerta.

—No. No utilizaré mi posición como empleador para obtener información personal. O me lo das o no hacemos esto.

Mierda.

Bien, entonces tal vez eso era justo.

Le di mi número y él envió un mensaje de texto, y un segundo después sonó mi teléfono.

No me molesté en leerlo. Me gustaba estar al mando, me gustaba estar un paso por delante en el juego. Así que abrí la puerta y tuve que entrar en su espacio personal para poder abrirla de par en par.

—Nos vemos el miércoles —murmuré.

Y para consternación de mi polla, me fui.

Sí, esperar hasta el miércoles iba a ser muy divertido. La anticipación, la emoción, el conocimiento...

Hasta que me subí a mi coche y leí su texto. Sin hola, sin preámbulo.

Reenvíame los resultados de pruebas de salud sexual a este número.

¿Eso lo puso por delante de mí en este juego de tira y afloja? No estaba seguro. Pero tan pronto como llegué a casa, concerté una cita online en la clínica para hacerme las pruebas.

Tan pronto como fuera jodidamente posible.

EL MARTES en el trabajo fue como cualquier otro día. Estuve muy ocupado y no me decepcionó en absoluto que al final del día Valentine no hubiera aparecido en mi lugar de trabajo.

Conduje directamente a la clínica después del trabajo. Me hicieron las pruebas y me tomaron muestras para analizar todos los parámetros, me fui a casa y me cambié para el entrenamiento de rugby.

El entrenamiento siempre era una buena distracción. Me sentía bien desahogándome, correr vueltas, aclarar mi mente y reírme con los chicos.

Llegué a casa, me duché y deliberadamente no me masturbé. Quería aguantar.

El miércoles no pudo llegar lo suficientemente rápido.

¿Era esto parte del juego que él estaba jugando?

Jugando conmigo, haciéndome pensar en nada más que él. ¿Hacerme contar los malditos minutos, para que cuando llegaran las nueve en punto, casi irrumpiera por su puerta para darle lo que quería?

Estaba desesperado por darle lo que quería.

Ni siquiera me importaba si eso lo hacía feliz o si solo le quitaba alguna picazón pervertida que tuviera.

Porque, joder, yo también lo quería.

Lo que realmente quería hacer era tirarlo al suelo y enterrarme dentro de él, pero él había dicho que preferiría que fuera algo para el sábado por la noche. También dijo que podía hacerlo un miércoles si quería, pero se aseguró de decir lo que *preferiría*...

Así que lo respetaría.

A este ritmo, con lo mucho que pensaba en lo que estaba haciendo, y sin pensar en nada más, estaba tan excitado que iba a durar un máximo de treinta segundos.

A las siete en punto del miércoles, sonó mi teléfono con algunos resultados de mis pruebas. Las pruebas de veinticuatro horas eran ahora algo muy conveniente. Pero no eran los resultados de todas las pruebas que me habían hecho; algunos tardaban un poco más, y estaba seguro de que él lo sabía muy bien. Obtuve un resultado negativo en la prueba rápida de VIH incluso antes de salir de la clínica, pero también quería que me hicieran una prueba de laboratorio completa. Nunca había tenido relaciones sexuales sin protección (sin incluir mamadas), pero nunca sexo con penetración, y quería estar seguro.

Le envié los resultados y respondió con los suyos cinco minutos después. Le habían hecho sus pruebas la semana pasada... como si hubiera estado anticipando esto. Como si supiera que estaría de acuerdo, como si supiera que sería un blanco fácil.

Dios, lo odiaba.

Logré cenar algo y fingí no mirar el reloj, y llegué a su casa a las nueve menos diez.

Esta vez no hubo espera en el coche. Y no fue porque mi espera de unos minutos lo hubiera enfadado la última vez, fue simplemente porque mi polla estaba desesperada por jugar.

No estaba seguro de cómo sucedería esto. No tenía ni idea de qué esperar. Pero aparentemente no habría cortejo, ni preludio, ni necesidad de conversación. Presioné el botón de su apartamento y me abrió.

Cristo, en realidad estaba haciendo esto...

Nunca había tenido un "acuerdo sexual". Ni siquiera tuve un amigo con beneficios.

No es que Valentine y yo fuéramos amigos. Éramos lo contrario de eso.

¿Éramos qué con beneficios? ¿Enemigos?

¿Existían los "enemigos con beneficios"?

Sonreí ante ese pensamiento mientras subía en el ascensor. Abrió la puerta antes de que pudiera tocar, aunque no me invitó a pasar. Ni siquiera me saludó. Simplemente abrió la puerta, se dio la vuelta y caminó hacia la cocina.

Todavía llevaba los pantalones y la camisa del traje, los botones superiores ahora desabrochados y las mangas medio arremangadas. Su cabello oscuro parecía como si se hubiera pasado la mano por él una docena de veces.

Odiaba que fuera sexi.

Parecía que había tenido una tarde realmente de mierda y eso me dio un pequeño destello de felicidad.

—¿Quieres algo de beber? —preguntó. Cogió un vaso de whisky de la mesa y tomó un sorbo.

—¿Mal día? —pregunté.

Me lanzó una mirada asesina y dejó el vaso.

—¿Vas a hacer lo que viniste a hacer aquí? ¿O simplemente te quedarás ahí parado?

Reprimí la llamarada de ira que floreció en mi pecho, aunque mi voz era áspera y hablé con los dientes apretados.

—Ponte sobre tus malditas rodillas.

Su comportamiento cambió en un instante. No hubo ninguna chispa de fuego dirigida hacia mí, ninguna respuesta mordaz. En cambio, exhaló y una expresión de calma se apoderó de su rostro. Incluso sus hombros se relajaron.

Y muy lentamente, cayó de rodillas.

Jodida mierda.

Mi polla palpitó al verlo y mis pies se movieron por instinto. Me detuve frente a él y él me miró con una mirada vidriosa en sus ojos. Mantuvo las manos en los muslos y me di cuenta de que tal vez era porque no le había dicho que me tocara.

Me desabroché el botón de mis vaqueros y lentamente bajé la bragueta, y él suspiró.

Jesús, esto era caliente.

Saqué mi polla, dura y dolorida. Después de tres días de tortura, finalmente conseguiría lo que quería.

Valentine se lamió los labios y, joder, ahora casi estaba jadeando.

—Abre tu maldita boca —murmuré con voz áspera.

Él sonrió antes de abrirse de par en par y le golpeé el labio inferior con la cabeza de mi polla.

—Lengua —ordené.

Su lengua cálida y húmeda lamió la hendidura de la cabeza de mi polla y lamió las gotas de presemen.

—Ahora, chúpala —dije con crudeza.

Me acogió, chupándome la cabeza. Tuvo que abrirse de par en par para rodearme, pero su lengua se movió alrededor del capullo mientras chupaba. Su boca, caliente y húmeda, y la succión fue muy, *muy* buena.

Pero sabía que él podía tomar más de mí. Como lo había hecho en el baño esa noche.

Lo agarré del pelo y él gimió. Cristo, realmente amaba esto.

—Toma más polla como la puta que eres —dije deslizándome adentro, sintiendo mi polla golpear el fondo de su garganta—. Abre —le dije, forzándolo mientras tomaba su cabello—. Todo el camino hasta el fondo. Sé que puedes soportarlo.

Sintió arcadas, pero tragó rápidamente y ni una sola vez retrocedió. Él gruñó y tarareó, así que tiré de su cabello con más fuerza y empujé adentro unas cuantas veces.

No iba a durar, y probablemente fuera mejor, porque no estaba seguro de cuánto más podría soportar.

Cuando puso sus manos sobre mis muslos, pensé que me iba a empujar hacia atrás. Pero deslizó sus manos alrededor de la parte posterior de mis piernas para mantenerme donde estaba.

—Eres un jodido pedazo de mierda —le dije tirando de su cabello y deslizándome adentro y afuera de su garganta —. Vas a hacer que me corra demasiado rápido.

Se atragantó y lo sostuve.

Me atreví a mirar hacia abajo, y ver *a* Valentine Tye de rodillas con mi polla metida en su garganta fue jodidamente caliente.

—¿Quieres que me corra? —pregunté.

Tarareó, incluso gimió.

Entonces, con ambas manos sosteniendo puñados de su cabello, retrocedí. Levantó la vista, casi entristecido de que le hubiera robado mi corrida.

—Puta sucia y desesperada —dije—. No te la metas hasta la garganta. Lo quiero en tu boca, quiero que lo sabores. Prueba mi semen, pedazo de mierda. Trágatelo.

Sus ojos se cerraron y el cabrón sonrió, apretó sus labios alrededor de mí y chupó.

Oh, joder, me iba a matar.

Me llevó al límite, tomando cada gota que le di. Convulsioné y traté de recordar que lo estaba sosteniendo por el cabello. Pero, maldito Dios.

La mejor mamada de mi vida.

Continuó chupándome hasta que no pude soportarlo.

Salí de él y lo solté. Cayó de culo y yo casi tenía demasiado miedo para mirarlo.

Eso había sido duro y brutal.

Lo que le había dicho...

Pero luego se secó la barbilla y el movimiento atrajo mis ojos hacia su rostro.

Tenía el pelo revuelto, pero sonreía, sereno.

Pacífico.

Dios, ¿era una mancha húmeda lo que había sobre el bulto de sus pantalones?

Se corrió sin tocarse otra vez.

Dios mío, ayúdame.

Metí mi polla todavía medio dura en mis vaqueros.

—A las diez de la noche del sábado. Ten tu culo listo para mí.

Sonrió y dejó caer la cabeza hacia atrás, como si le acabara de decir que había ganado la lotería o algo así.

Me fui, sin estar del todo seguro de qué hacer con todo lo que acababa de suceder.

Su comportamiento.

El mío.

Dios todopoderoso, nunca había tratado a nadie así.

Y joder, le había encantado cada segundo.

Tal vez me habría sentido mal si no hubiera visto cuánto lo había disfrutado. Pero él se había corrido, sin tocarse su polla. Otra vez.

Y si pensaba que mi polla estaría feliz con la mejor mamada de mi vida, no fue suficiente. Semiduro todo el camino a casa, completamente duro cuando me desnudé y tuve que masturbarme en la ducha.

Las visiones de Valentine de rodillas, con sus labios rosados a mí alrededor. Los sonidos que había hecho, y las cosas que le había dicho, cómo lo había llamado "una puta viciosa, pedazo de mierda" tantas cosas horribles. Y me corrí de nuevo.

Igual de intenso, igual de alucinante.

Caí en la cama, incapaz de mantener los ojos abiertos ni un minuto más. No estaba seguro de qué hacer con todo lo que había sucedido con Valentine, pero sabía una cosa...

Esperar hasta el sábado iba a ser una tortura.

ME TOMÓ cada pizca de autocontrol que tenía para no ir al lugar de trabajo de Marshall. Quería entrar y ver la expresión de su rostro, ver cómo actuaba y ver el breve momento de miedo en sus ojos mientras se preguntaba qué diría.

Ah, cuantas ganas tenía de verlo.

Así que me torturé al no hacerlo.

Un pequeño sacrificio para castigarme, para controlarme. No ceder a los caprichos y practicar la autodisciplina era algo de lo que me enorgullecía.

Después de todo, torturarme a mí mismo era una habilidad que había perfeccionado años atrás.

Había pasado una tarde terrible. Probablemente no fuera inmerecido, pero ser el blanco de la ira de mi padre era algo que había tenido que soportar toda mi vida.

Expectativas poco realistas, una tras otra decepción inevitable. Pie derecho, pie izquierdo, así operaba mi padre. Una marcha de arrepentimiento que me recordaba cada oportunidad que tenía.

Lo que yo hacía nunca era lo suficientemente bueno, nunca lo *sería*.

Podría desquitarme fácilmente con quienes me rodeaban. Tenía unos cientos de personas en mi nómina con las que podría descargar mis frustraciones. Tantos hombres que sí que harían cualquier cosa que les dijera, que asumirían cualquier diatriba de ira mal dirigida que les lanzara. Pero me negaba a ser como mi padre.

Así que apunté mi arsenal hacia adentro, donde pertenecía.

Y Marshall supo tan pronto como me vio que había pasado una mala tarde. ¿Vaciló y me preguntó si estaba bien? No. ¿Me preguntó si quería hablar? No, gracias a dios.

Hizo exactamente lo que necesitaba que hiciera.

Me ordenó que me arrodillara y me hizo comerle la polla.

Y qué polla tan gloriosa esa.

Mejor esta vez que el incidente del baño. Esta vez me agarró el pelo con los puños y se metió en mi garganta, haciéndome asfixiar, y me llamó puta y pedazo de mierda mientras me follaba la garganta.

Fue implacable.

Fue perfecto.

Me fui a la cama sintiéndome más ligero y menos estresado, como si él hubiera compartido el peso de mis cargas. Al día siguiente me dolía la garganta y cada vez que me dolía tragar o hablar, me sonrojaba al recordarlo.

Quería que lo hiciera de nuevo. Incluso todas las noches.

Y luego me envió un mensaje de texto con los resultados completos de su análisis de sangre. Los condones ahora eran oficialmente opcionales.

Joder, sí.

No estaba seguro de por qué deseaba eso con tanta fuerza. Ni siquiera lo había considerado con nadie más.

Una parte de mí deseaba tanto que él fuera mi dueño que ni siquiera podía pensar con claridad.

Esperar hasta el sábado fue un tipo diferente de tortura. La anticipación era deliciosa y hacía que cada minuto fuera más gratificante.

Esperaba que él no pensara en nada más. Lo quería al límite para cuando cruzara mi puerta, y simplemente me empujara sobre el respaldo del sofá, me bajara los pantalones y me empalara.

Entonces, aunque quería *verlo* en el trabajo, ver su rostro, verlo retorcerse, esperaba que mi ausencia sirviera para un propósito mayor.

Quería que no pensara en nada más. No quisiera nada más.

Quería que sufriera como yo.

Entonces, me mantuve alejado.

Sabía que estaría jugando rugby en Sutherland y la probabilidad de verlo antes de las 10 de la noche era minúscula, así que me sorprendió bastante cuando Connor, que estaba sentado junto a la ventana en el bar, dijo:

—Los chicos de Ryde están aquí.

Mierda.

Eran casi las nueve. Había bebido tal vez tres cervezas en toda la noche, ni cerca de la cantidad habitual después de una victoria. Y mis nervios se intensificaron cuando la mitad del equipo de Marshall entró por la puerta en un estallido de ruido, risas y palabrotas.

Pero no estaba Marshall.

Y de repente mis nervios fueron otra cosa.

¿Desasosiego? ¿Inquietud?

Decepción.

Él sabía que estaría aquí, así que tal vez no quería

verme. Quizás estaba follando con alguien en otro lado y no tenía intención de estar en mi casa a las diez. Tal vez él...

—A ver capullo, siéntate.

O tal vez era el último en llegar, ayudando a uno de sus compañeros lesionados a sentarse.

Su amigo, uno de los fornidos delanteros de su equipo, tenía el tobillo vendado y parecía increíblemente borracho.

Marshall, por otro lado, parecía estar completamente sobrio.

Tenía una marca roja en el pómulo y un chichón en la ceja, heridas de guerra comunes en un partido de rugby.

—Oye, Wise —gritó uno de ellos—. ¿Qué quieres beber?

—Nada —respondió—. Estoy bien, gracias.

—Oh, vamos, idiota —añadió otro de ellos. Estaba tambaleándose, con la bebida en la mano—. ¿Desde cuándo no bebes después de un partido?

—He tenido que ser vuestro chófer, gilipollas —respondió.

—Bueno, puedes tomar una cerveza ahora —dijo Taka, poniendo una botella de cerveza en su mano.

La mirada de Marshall recorrió la multitud y me encontró. Escondí mi sonrisa detrás de mi propia cerveza mientras tomaba un sorbo y luego él miró a Taka.

—Bien. Una cerveza.

¿No estaba bebiendo debido a nuestro acuerdo?

Me gustaba pensar que esa era la razón. Que estaba siendo considerado, cortés. Que no quería poner en peligro sus planes de follarme más tarde.

Me gustaría pensar que yo era la razón, incluso sabiendo que no era probable.

Me tomé mi última cerveza, manteniendo un ojo en Marshall mientras fingía ignorarlo. Al menos durante veinte minutos...

—Oh, mira, es Rocky Balboa —dijo Chris—. La última vez que te vi, estabas a punto de que cinco tipos en Bondi te aplastaran la cabeza.

—Corrección —respondió Marshall—. Estaban a punto de que yo les aplastara la cabeza.

Chris resopló.

—Sí, claro. Si Valentine no te hubiera salvado el culo, te habrías ido a casa en una ambulancia.

Me volví ante la mención de mi nombre.

—Él no me salvó el culo —dijo Marshall.

Chris me miró.

—¿No fue así, Valentine?

—Algo así —respondí.

Me encontré con la mirada de Marshall. Sólo él y yo sabíamos realmente lo que pasó esa noche, lo que me había hecho... cuanto me encantó. Y lo que me estaría haciendo esta noche.

Sólo necesitaba irritarlo un poco.

Así que me propuse mirarlo de arriba abajo con todo el disgusto que pude, y capté el bulto de su mandíbula antes de darme la vuelta.

Era tan fácil. Como agitar una bandera roja ante un toro. Realmente me odiaba. Sólo una mirada y era suficiente para enfadarlo.

Oh, lo *necesitaba* enfadado.

Sonreí mientras bebía el resto de mi cerveza y luego me levanté.

—Esa es mi señal —dije arrojando un par de billetes de veinte sobre la mesa—. Invito a una ronda.

—Oh, vamos —dijo Lleyton—. Una más. No te vayas sólo porque aparecieron estos tíos.

—No, no es por eso —dije—. Aunque el hedor seguro que ayuda un poco.

—¿Qué demonios dices?

Me volví hacia la voz familiar y, efectivamente, Marshall me estaba mirando. Dejó su cerveza en la barra y luego sus ojos acerados se clavaron en mí.

—¿Quieres volver a decir eso?

Le sonreí y él dio un paso hacia mí, y de repente había un muro de chicos entre nosotros. Lleyton me agarró y me llevó hacia la puerta.

—No vale la pena —dijo.

Pero él no tenía idea.

Valdría la pena.

—Guárdalo para el trabajo del lunes —dijo mientras salíamos al aire frío—. Hazle rehacer cada parte del papeleo o algo así.

Oh, iba a obligarlo a hacer algo, créeme...

—Está todo bien —dije caminando hacia mi coche—. ¿Quieres que te lleve a casa?

Volvió a mirar la barra.

—No, voy a seguir adelante. Uno de nosotros tiene que cuidar al equipo y claramente no eres tú. No puedo creer que nos estés abandonando.

Le sonreí por encima del techo de mi coche.

—Te veo el martes.

Se despidió e hizo un gesto con la cabeza.

—*Esa* es la *sonrisa* que hace que Marshall Wise quiera golpearte la cabeza.

Me reí. *Era por eso que la hacía.*

—Buenas noches, Lleyton.

Subí a mi coche, me abroché el cinturón y me dirigí a casa. Tenía unos cuarenta y cinco minutos antes de que Marshall dijera que estaría allí.

Si todavía lo estaba planeando.

Tal vez había cruzado una línea... Después de todo, fue

frente a nuestros compañeros de equipo.

Entonces saqué mi teléfono y le envié un mensaje de texto.

Cuando pediste que mi trasero estuviera preparado para las diez de la noche, ¿a qué preparación te referías?

Debería haberlo especificado en mis reglas o haber pedido una aclaración antes de ahora. Simplemente asumí que significaba ducha anal y lubricación, pero no debería asumir nada.

Pude ver que leyó el mensaje, pero no respondió. Así que seguí con mi negocio del baño, pensando que, si él no se presentaba, simplemente usaría uno de mis juguetes.

Pero quince minutos después sonó mi teléfono. Era el número de Marshall y casi no fui a contestar. Habíamos dicho que enviaríamos mensajes de texto, no que llamaríamos, y estaba seguro de que me llamaba para decirme que nuestro trato había terminado.

Quizás me lo mereciera.

Presioné Responder y su voz era baja y autoritaria en mi oído. Ni hola ni nada.

—Me importa una mierda lo preparado que estés —murmuró. Sonó como si se hubiera subido a un coche. El viento desapareció y entonces su motor arrancó—. Estoy a quince minutos y luego tu trasero es mío. Listo o no.

La línea se cortó y me envió una sacudida de placer. Sus palabras, la autoridad.

La propiedad.

Me calentó; mi sangre zumbaba y mi piel se erizaba de anticipación.

Ya había comenzado a relajarme, sabiendo lo que iba a pasar. Esa tranquilidad que sólo esto podría darme.

Una vez limpio a fondo, me lubriqué y estiré mi agujero tanto como me atreví. No quería exagerar porque su estiramiento era parte del placer para mí. Pero él era *grande* y parecía algo impaciente. No quería que perdiera el tiempo preparándome.

Cuando dije que quería que entrara, se corriera en mí y se fuera, no estaba bromeando.

Me puse unos pantalones deportivos grises justo cuando sonó el intercomunicador. Lo dejé entrar, escuché el ascensor y ese escalofrío de anticipación, de deseo ardiente, se acumuló en lo bajo de mi estómago. Ya estaba duro; la expectativa, el saber lo que estaba a punto de conseguir.

Nunca había deseado algo tanto.

Le abrí la puerta y allí estaba de pie, con fuego y odio en su mirada. Me miró de arriba abajo, su mirada se detuvo en mis pezones, claramente le gustaba que no usara nada más que pantalones de chándal grises.

Sonreí y me di la vuelta, caminando lentamente hacia el sofá. Puse una toalla y dejé caer una rodilla en el sofá, justo al lado de la botella de lubricante.

Cerró la puerta y observó cómo hacía un espectáculo al arrodillarme en el asiento, con los antebrazos en el respaldo. Él se quedó allí, sin moverse, así que me bajé un poco los pantalones, dejando al descubierto la parte superior de mi culo, y eso lo hizo moverse.

Se acercó, decidido y enfadado. Enfadado conmigo o consigo mismo, no me importaba.

Estiré mi espalda, ofreciendo mi culo, y él se desabrochó el botón de sus vaqueros. El sonido de su cremallera me hizo gemir.

—Eres una puta —espetó, y con su mano agarrando mi nuca, obligó mi cabeza a apoyarse en el asiento del sofá para que mi culo sobresaliera más—. Quédate abajo.

Oh, sí.

Luego me bajó los pantalones de chándal.

—¿Te lubricaste?

—Dijiste que me querías listo —dije agarrado al sofá.

Gimió.

—Lo quieres tanto, ¿eh?

Presionó la longitud de su caliente erección a lo largo del pliegue de mi trasero.

—Dios, sí.

Cogió el lubricante, pero luego se detuvo.

—¿Sin condones?

Cristo, estaba tardando una eternidad.

Me levanté usando el respaldo del sofá.

—Puedes, si quieres. Pensé que tu...

Agarró mi garganta y me atrajo hacia su pecho, su erección presionó con fuerza contra mi espalda baja, su aliento caliente en mi oído.

—No tienes idea de lo mucho que quiero follarte a pelo.

Mierda.

Estaba jadeando, mi polla goteaba presemen. Gemí.

Luego me empujó hacia abajo, con su mano en la parte posterior de mi cabeza y su polla presionando en mi entrada. Tan cerca pero tan lejos.

—Dije que te quedes abajo —espetó.

Mi corazón latía con fuerza, pero cuando escuché el estallido de la botella de lubricante, ese manto de calma me invadió. Roció más sobre mi culo y pude escuchar el sonido húmedo y resbaladizo mientras cubría su polla.

Oh, sí.

Sí, sí, sí.

Golpeó la cabeza de su polla contundente contra mi agujero y empujó dentro de mí.

Pensé que estaba preparado...

No estaba preparado para esto.

El estiramiento, el ardor. Su tamaño, su calor. Tan, tan

caliente. Gemí en el sofá, mis manos tratando de encontrar apoyo en cualquier cosa.

Empujó hasta el fondo, dejé escapar un grito mientras lo hacía.

—Joder, joder —gimió con la voz tensa—. Oh, Dios. Tan jodidamente apretado.

Yo estaba jadeando, asimilando el dolor y luchando contra el impulso de resistirme. En lugar de eso, dejé que me consumiera. Estaba tan lleno. Estaba tan dentro de mí.

Tomarlo a pelo era todo lo que esperaba que fuera.

Luego empezó a moverse.

Deslizándose hacia atrás y empujando hacia dentro, lento al principio. Luego, como si hubiera recordado a quién se estaba follando, me agarró las caderas y se estrelló salvajemente contra mí.

Grité y él empujó mi espalda.

—Joder, tómalo —gruñó—. Como la puta que eres.

Luego se inclinó sobre mí y tomó un puñado de mi cabello mientras empujaba mi cara contra el sofá. Me dolía y, Dios, me sentía tan bien al mismo tiempo. También cambió el ángulo dentro de mí y vi fuegos artificiales detrás de mis párpados.

—La forma en que me miraste esta noche, tratando de hacer que te odiara. Bueno, ¿adivina qué mierda? —Me penetró una y otra vez—. Conseguiste lo que querías.

Me folló tan fuerte, tan profundo y tan brutalmente perfecto. Los dedos de su mano izquierda se clavaron en mi cadera y su mano derecha me sujetó.

—Ahora toma lo que te mereces —dijo jodiéndome hasta someterme. Más duro, más rápido, me poseyó, tratándome como si no fuera más que un medio para un fin. Dios mío, me encantó. Luego, con un fuerte grito, se estrelló contra mí por última vez mientras se corría. Y Dios, podía sentir el pulso de su polla.

Podía sentirlo corriéndose dentro de mí.

Ahora toma lo que te mereces...

Oh, créeme. Lo tomé. Tomé cada gota.

Gimió con cada latido, hasta que su cuerpo se contrajo y sus muslos temblaron, y luego, lentamente, salió de mí.

Ya extrañaba su polla.

Sus manos permanecieron en mis caderas y yo respiraba con dificultad. Me sentía bien, utilizado para su placer y sólo para él. No me había corrido, y aunque mi polla estaba dura, la emoción que sentía era suficiente.

Esperaba que se fuera... pero no lo hizo. Mantuvo su mano en mi trasero y me di cuenta, un poco tarde, de que estaba admirando su obra. Podía sentir como su semen se escapaba de mi culo.

—Joder, sí —susurró.

Levanté la cabeza y me erguí, pero él rápidamente me agarró. Una mano en mi cadera, otra alrededor de mi garganta.

—¿A dónde crees que vas? —preguntó, su voz caliente en mi oído—. Aún no he terminado contigo.

Me estremecí y se me puso la piel de gallina por todo el cuerpo.

—¿Puedes tomar más? —preguntó, su mano en mi garganta, apretando lo suficiente.

—Siempre —susurré. Sonó como una oración.

—Tu trasero se ve tan bien —murmuró contra la parte posterior de mi cabeza—. Voy a seguir follando tu agujero abierto. —Me jaló hacia atrás para poder frotar su polla aún dura contra mi agujero hasta que estuvo empujando la parte posterior de mis pelotas.

—Oh, Dios —respiré. Agarré mi polla, el placer me recorrió.

—Joder, voy a necesitar correrme de nuevo. —Soltando mi garganta, tomó mis caderas con ambas manos y empujó su polla dentro de mí.

Grité de placer y dolor, tan entrelazados que no podía distinguirlos. Me agarré al respaldo del sofá para mantener el equilibrio y él me empaló, sosteniendo mis caderas y meciéndome sobre su polla.

Dios, él estaba tan dentro de mí.

—Eres una puta —espetó—. Recibiendo mi polla así. Bueno para nada, dejarme follarte como el pedazo de mierda que eres.

Oh, dios, sí.

Acaricié mi erección, desesperado por liberarme. Pero soltó mis caderas y hundió mi cara en el respaldo para poder sujetar mi brazo.

Me dolió mucho.

—No te toques —ladró embistiendo contra mí e inmovilizándome al sofá. Luego extendió la mano hacia abajo y pellizcó mi pezón. ¿Le abres la puerta sin camiseta a cualquiera? ¿O simplemente eres una puta inútil para mí? —Entonces me pellizcó el pezón, lo giró y tiró de él.

Grité, el dolor y el éxtasis me atravesaron, desde mi pezón directamente hasta mis bolas, y me corrí. Sujetó mis caderas y me jodió mientras mi orgasmo me desgarraba, y en ese momento, su enorme polla era casi demasiado para soportar...

Hasta que rugió, corriéndose dentro de mí una y otra vez.

Me mantuvo quieto hasta que recuperó el aliento, hasta que su polla comenzó a relajarse, y luego se retiró. Me empujó sobre el sofá y guardó su polla en sus calzoncillos.

Yo estaba en ese estado de felicidad, ese lugar entre el cielo y el infierno donde sabía que iba a sufrir de la mejor manera, y lo anhelaba.

El sonido de la cremallera de Marshall me devolvió a la realidad. Puso su mano a un lado de mi cabeza y me sujetó, no bruscamente pero ciertamente no de una manera suave.

—Pareces una puta usada llena de mi semen —susurró. Me dio un pequeño empujón—. Prepárate para lo mismo otra vez el miércoles. —Se dio la vuelta y se fue, dejándome solo después.

Esta noche había sido mucho mejor de lo que jamás había esperado. Dijo que parecía una puta usada e inútil, y Dios mío, me sentía como tal.

Estaba tan lleno de su semen.

Él me había reclamado. Me poseía como si fuera algo para usar y tirar.

Sonreí en el silencio.

CAPÍTULO 7

MARSHALL

NO HABÍA manera de que me perdiera la estúpida reunión del lunes por la mañana en la oficina central, por la única razón de ver la cara de Valentine. Quería sonreírle todo el tiempo, solo nosotros dos sabíamos lo que le había hecho, cómo lo había dejado el sábado por la noche.

Había sido el sexo más caliente de mi vida.

No me había corrido dos veces seguidas desde que tenía diecisiete años.

Pero maldita sea, él me hacía sentir algo.

Tal vez me había hecho encontrar un fetiche; tal vez eso de odio-follar era mi perversión. Ciertamente él sabía lo bueno que podía ser y tenía que admitir que estaba de acuerdo.

Nunca había tenido relaciones sexuales sin protección, así que eso también era nuevo. Y tan increíblemente bueno.

Nunca había experimentado nada parecido a lo que viví con él.

Salir de su apartamento, sabiendo que él era un desastre tembloroso en el sofá con dos de mis corridas dentro de él, como si fuera su dueño... Jesucristo. Eso fue lo más caliente que jamás haya vivido.

Y la forma en que sonrió cuando le dije que podía esperar lo mismo el miércoles por la noche...

Así que, sí, discúlpame por ser un poco engreído. Pero iba a asistir a esta reunión de pérdida de tiempo sólo para que el puto Valentine Tye recordara quién era el dueño de su culo.

Para que *supiera* que yo era su dueño.

Llegó unos minutos tarde a la reunión, pero entró corriendo, disculpándose y ocupando su lugar al frente de la sala.

—Gracias por esperar —dijo poniendo su iPad sobre la mesa. Miró alrededor de la habitación, su mirada se posó en mí durante un momento demasiado largo y luego en la siguiente persona.

Sí. Sabía quién era su dueño.

Y maldita sea si mi polla no quiso volver a intentarlo.

Cristo. Piensa en otra cosa. No te pongas duro aquí.

Porque entonces ¿quién era dueño de quién?

Maldita sea.

—La semana pasada me sugirieron que tal vez sería más apropiado un desayuno de trabajo —comenzó Valentine—. Así que he hecho arreglos para que se sirva café recién hecho, rollitos de huevo y beicon, ese tipo de comida, en la sala de descanso cuando hayamos terminado.

Todos se animaron de inmediato, los ánimos mejoraron y Valentine sonrió. No miró en mi dirección y probablemente fue mejor. Habría odiado que él viera la conmoción en mi cara.

Porque *estaría condenado*. De hecho, hizo lo que le sugerí.

—Estoy abierto a cualquier otra idea —añadió—. Sobre

la eficiencia y cómo podríamos emplear mejor nuestro tiempo. No dudéis en verme cuando hayamos terminado. — Dio una palmada y señaló el tablero inteligente—. Está bien, sé que estáis todos ocupados, así que comencemos...

Esa reunión comenzó y se terminó en veinte minutos.

Hombre, odiaba que él realmente me escuchara. Odiaba que implementara algo tan fácilmente sólo porque le había dicho que necesitaba hacerlo mejor. Odiaba que pudiera agilizar una reunión para que en realidad no fuera una mierda.

Lo que más odiaba era que lo odiaba un poco menos.

Lo que no odiaba era cómo llenaba esos pantalones de traje y cómo esa camisa blanca con botones estaba confeccionada como una maldita obra de arte. Odiaba su cabello perfecto y odiaba su cara bonita.

Pero maldita sea, me encantaba saber cómo sus mejillas se sonrojaban durante el sexo, cómo gemía y suspiraba, y que podía hacer que se corriera solo con mi polla en su culo y un fuerte pellizco en su pezón.

—Genial, entonces, si nadie tiene nada que agregar, disfrutad del desayuno en la sala de descanso.

Bien, entonces me había perdido los últimos minutos de la reunión. Definitivamente mi mente había tomado un camino muy placentero en lugar de prestar atención.

Maldición.

Cogí mi libreta sin abrir y mi bolígrafo y seguí a los demás. Me encontré con Carl y Jaman mientras comíamos nuestros rollitos y croissants para el desayuno, y deliberadamente le di la espalda a Valentine.

Aunque podía sentirlo en la habitación.

Como si mis sentidos arácnidos supieran que estaba cerca. Ese pequeño radar de saber dónde están tus enemigos en mi cabeza estaba sonando.

—Entonces, ¿quién crees que le dijo a Tye que nos ofreciera un desayuno? —preguntó Jaman en voz baja.

—Eh, podría haber sido yo —admití tomando un sorbo de mi café—. Le dije la semana pasada que estas cosas eran una pérdida de tiempo.

Carl casi escupió su café.

—¿Tú qué?

Me encogí de hombros.

—Es cierto. Y le dije que nos diera de comer. Cristo. Si quiere que los constructores hablen de trabajo, tiene que haber comida.

Jaman brindó su café con el mío.

—Te agradezco por eso. —Se metió el resto del rollo de beicon y huevo en la boca y habló mientras masticaba—. También está bueno.

El café era del bueno.

Odiaba que hiciera esto bien.

Pero hablamos sobre el trabajo de Carl, al principio había habido problemas de ingeniería de suelos que fueron una pesadilla, y luego Jaman nos contó una historia divertida con el inspector del consejo que había sido un completo idiota, pero luego se quedó atrapado cuando intentó irse.

También escuché a Harris y Andrews discutir problemas de envío y soluciones alternativas con Valentine.

No es que estuviera escuchando. No es que me importara.

Pero quería que su gente hablara con él, se sincerara sobre cuestiones relacionadas con el lugar de trabajo y mantuviera debates en grupos de expertos, y eso lo estaba entendiendo ahora.

Puede que él supiera tonterías corporativas, pero yo conocía a los constructores. Había trabajado con estos otros encargados de obra durante años. Joder, el viejo Robbie

Harris había sido mi jefe cuando era aprendiz al salir del instituto.

Y no iba a mentir. Verlo reír con Valentine me molestó un poco.

No sabía por qué, ni lo que me cabreó más. Que a Harris le agradara Valentine, o que Valentine le sonriera.

Cristo.

Me bebí el resto de mi café.

—Está bien, tíos, me tengo que ir. Que tengáis una buena semana —dije dándole una palmada en el brazo al gran Jaman mientras me marchaba.

No me giré para ver si Valentine me estaba viendo salir. Si bien me hubiera gustado que se diera cuenta, realmente no quería ver que *no* se dio cuenta.

Dios, lo odiaba.

Ponerme a trabajar y ocuparme era una gran idea, y confiaba en mi equipo para hacer las cosas cuando yo no estaba allí. También podía confiar en que me tomarían el pelo por irme temprano el sábado por la noche.

—Oh, aquí está el escapista en persona —dijo Taka cuando entré.

—Sí, la única vez que nos abandona después de un partido es cuando recibe una oferta mejor —añadió Millsy.

Taka sonrió.

—Debió haber sido una muy buena oferta, amigo mío.

No me costó mucho recordar las vívidas escenas del sábado por la noche.

—Lo fue. —Levanté dos dedos—. Dos ofertas, en realidad.

Bien, técnicamente no fueron *dos* ofertas, pero la tomé dos veces. Era más o menos lo mismo.

Millsy me dio un empujón riéndose.

—Cristo. Yo también nos habría abandonado.

Resoplé.

—Está bien, ¿cómo vamos con las especificaciones?

Y así, no le di ni un pensamiento más a Valentine Tye.

Bueno, hasta que estuve en la ducha después del trabajo... y otra vez cuando estaba solo en la cama.

¿Realmente iba a follarlo de nuevo el miércoles como había dicho que haría? ¿A pesar de que había dicho antes que preferiría que el sexo anal sólo ocurriera los sábados? Pero entonces la forma en que sonrió cuando le dije que me esperara el miércoles...

Con sus mejillas sonrojadas, su cabello revuelto y esa mirada vidriosa en sus ojos.

Realmente odiaba que fuera tan jodidamente sexi.

Odiaba que estuviera ocupando tanto espacio en mi cabeza.

Y de nuevo todo el día de trabajo el martes. Quería que apareciera en mi sitio de trabajo. No lo hizo y lo odiaba por eso. Quería que me enviara un mensaje de texto y no lo hizo.

También lo odiaba por eso.

Cuando finalmente llegó el miércoles, mi polla simplemente no se daba por vencida. Sabía que jugaría otra vez con Valentine y, que Dios me ayudara, lo odiaba por eso también.

Tener una semierección permanente era algo que no podía ocultar fácilmente en mis pantalones de trabajo. Eran pantalones largos de color azul marino, un poco ajustados también, y llevar un cinturón de herramientas sólo parecía hacer que el bulto fuera más notorio.

Consideré encargarme de ello durante mi hora de almuerzo, pero, maldita sea, quería guardarlo.

Tal vez podría volver a correrme dos veces esta noche.

Tuve que preguntarme si él estaba sufriendo tanto como

yo. Quiero decir, le dolería el trasero durante uno o dos días, y eso ya era suficiente sufrimiento. ¿Pero pensaba en mí tan a menudo como yo pensaba en él?

Y fue entonces cuando se me ocurrió... ¿Estaba haciendo esto para joderme la cabeza?

¿Era este juego mental su forma de torturarme? ¿Me odiaba tanto que haría esto sólo para molestarme?

No me sorprendería de él.

Porque al final del día, Valentine Tye nunca hacía nada que no fuera egoísta.

Entonces, si quería jugar juegos mentales...

Tomé una foto del bulto en mis pantalones. Era muy obvio lo que era, pero fue sólo una captura de la entrepierna. Solo mi paquete. Y me aseguré con mucho cuidado de que estuviera en *sus* mensajes.

Escribí un mensaje.

Será mejor que estés preparado para esto.

Y presioné Enviar.

Me dio emoción, un zumbido. Este juego del gato y el ratón, ojo por ojo. Esperé una respuesta...

Y esperé.

A las tres en punto, pude ver que aún no lo había abierto, y me molestó estúpidamente que estuviera ganando el juego mental y ni siquiera estuviera jugando.

Dios, lo odiaba.

Odiaba dejar que él me afectara.

Pero luego, a las cinco menos diez, cuando estaba enfadado y recogiendo, e incluso cuando sabía que mi equipo de trabajo me estaba evitando debido a mi estado de ánimo, mi teléfono sonó.

A las siete en punto.

Sonreí. Él tampoco quería esperar.

—Oh, alguien finalmente respondió, ¿eh?—preguntó Taka

mientras guardaba su caja de herramientas en el maletero de su vehículo—. Has estado revisando tu teléfono toda la tarde.

Guardé mi teléfono en el bolsillo.

—Cierra la puta boca.

Rio.

—Nos vemos mañana.

Sonriendo, asentí.

No debería estar tan feliz. No debería dejar que el maldito Valentine Tye me consumiera tanto.

Ni siquiera debería haber aceptado este jodido acuerdo. En realidad, no me debería gustarme follarlo fuerte y decirle que es un pedazo de mierda.

No debería gustarme que él lo deseara tanto como yo anhelaba dárselo.

No debería gustarme saber que lo dejaría esta noche con el culo lleno de mi semen.

Pero maldito fuera...

Eso es lo que más me gustaba.

PRESIONÉ el intercomunicador a las siete menos cinco. ¿Me odié por llegar temprano?

Sí.

Pero lo odiaba más a él. Por hacerme desesperar. Por ponerme tan al límite, mis bolas estaban tan llenas y mi polla tan dura que casi era doloroso.

Nunca había deseado tanto el sexo. Nunca así.

Era su culpa y lo odiaba por ello.

Y tenía toda la intención de hacerle pagar.

Abrió la puerta y se dio la vuelta, caminando hacia la mesa del comedor. Todavía vestía su ropa de trabajo: pantalones de traje, camisa ajustada con botones y la corbata floja en el cuello abierto.

Parecía que había tenido un día difícil. Incluso un mal día.

Y podría haberle preguntado si estaba bien, si estaba de ánimo para esta noche.

Pero de eso no se trataba este acuerdo.

Y no me importaba el maldito Valentine Tye. No me importaba si había tenido un día de mierda.

De espaldas a mí, se sirvió un whisky.

—¿Quiero uno?

Cerré la puerta detrás de mí.

—No.

Bebió un trago y se sirvió otro.

—Gracias por venir temprano esta noche.

Su voz era plana, distante. Realmente no había tenido un buen día.

—Si no estás preparado para esta noche...

Me lanzó una mirada por encima del hombro. Fría como el hielo y letal.

—Lo necesito esta noche más que nunca. —Bebió su bebida—. Y por la foto que me enviaste hoy, diría que tú también.

Caminé lentamente hacia él, vi que el gato estaba cenando en el suelo de la cocina, así que estaba bastante seguro de que Valentine había estado en casa durante cinco minutos. Sabía que llegaría a casa poco antes de las siete y me quería aquí al mismo tiempo. Entonces sí, debía haber tenido un día realmente malo.

Le quité el vaso de la mano. Lo puse sobre la mesa y pasé la mano por su espalda.

—Mi polla ha estado dura desde que salí de aquí el

sábado —murmuré. Se inclinó hacia mi toque y le di un apretón en el hombro.

Estaba tan tenso, tan estresado. Intentó girar los hombros, intentó soltar la tensión, pero al final, gruñó y se volvió hacia mí.

—Cualquier cosa que pretendas hacerme, hazlo bien.

Jesús.

—Creo que deberías arrodillarte y dejar de hablar.

Sus ojos brillaron con acero negro; sus fosas nasales se dilataron.

—No. No quiero chuparte la polla. Quiero que me folles.

Oh, ya veo cómo va a ir...

Le sonreí y suavemente le aflojé un poco más la corbata, y cuando fui a pasársela por la cabeza, llegué a su boca y lentamente apreté la corbata con tanta fuerza que lo amordazó.

—Dije que dejaras de hablar —murmuré.

Sus fosas nasales se dilataron de nuevo, pero esta vez sus ojos brillaron de deseo.

Luego tiré de la corbata y lo llevé a su dormitorio. Su habitación era de color gris oscuro, las cubiertas de su cama variaban en tonos carbón y una losa de granito gris oscuro cubría la pared detrás de su cama. No había duda, tenía un estilo caro.

Lo dejé ahí quieto mientras tomaba el lubricante de su mesita de noche y lo dejaba sobre la cama. No hizo ningún intento de moverse ni de quitarse la corbata de la boca.

Así que me tomé mi tiempo para desabotonarle la camisa. La dejé abierta, pasando mi palma por sus costillas y apretando su pectoral. Su pezón se endureció ante mi toque.

Cristo, era tan receptivo.

Luego, sosteniéndole la mirada, le desabroché el pantalón del traje y él gimió alrededor de la corbata que lo amordazaba.

—Eres una puta —susurré.

Sus ojos se cerraron y respiró profundamente, sus hombros ya relajándose.

Dios, él deseaba esto tanto.

Lo necesitaba.

Lo giré hacia la cama y, empujándolo para que se inclinara sobre el borde del colchón, le abrí las piernas con el pie.

Él gruñó y levantó el culo. Cristo, estaba desesperado.

—Lo necesitas tanto, ¿eh? —pregunté—. ¿Quieres que te prepare o simplemente entro sin más?

Él respondió apretando las sábanas y quejándose. Se le subió la camisa, dejando al descubierto la parte baja de su espalda, la piel pálida y la insinuación de sus calzoncillos.

Dios, me estaba provocando. Como si conociera cada casilla que debía marcar, cada una de mis perversiones, mis fantasías. Me apoyé en su culo, presionando mi erección contra su raja, y tomé ambas muñecas, estirando sus brazos por encima de su cabeza.

—Mantenlas ahí.

Apretó las sábanas justo donde yo había puesto sus manos.

—Buena puta —murmuré y besé su nuca, mordiendo su hombro.

Arqueó la espalda ante el dolor y, por supuesto, se meció contra mi polla.

Me enderecé y le bajé los pantalones y los calzoncillos, exponiendo su perfecto trasero, y por mucho que quisiera embestirlo sin más, no podía hacerlo. Literalmente lo destrozaría.

Así que vertí un poco de lubricante en su raja y le metí un dedo. Levantó la cabeza, quejándose por la corbata que tenía en la boca, así que, con mi mano libre, empujé su cabeza hacia abajo y seguí tocándolo.

—Quédate abajo —Le ordené—. Tendrás mi polla muy pronto. ¿Estás tan jodidamente desesperado por ello? —Agregué un segundo dedo, sin previo aviso, tal como a él le gustaba, pero aun así era mejor que no tener ninguna preparación.

Levantó el culo y gimió, claramente ansioso por más.

Odiaba tener que darle lo que necesitaba. Odiaba necesitarlo también.

Liberé mi mano, me desabroché los vaqueros y saqué mi dolorida erección. Le unté lubricante, extendiéndolo muy bien, luego agregué más a su culo antes de extenderlo sobre su agujero con la cabeza de mi pene.

—¿Lo quieres tanto? —dije roncamente—. ¿Quieres esto tanto como yo?

Levantó la cabeza para murmurar algo alrededor de la corbata que todavía lo amordazaba, y me empujé en su interior.

Hasta lo más profundo de su ser.

Gritó con la mordaza aun puesta, sus puños con los nudillos blancos sobre las sábanas.

Pero Dios mío, me tomó por completo.

Tan caliente y tan jodidamente apretado.

No iba a aguantar mucho. Quería que durara toda la noche, quería que este placer nunca terminara, pero se sentía demasiado bien.

—Joder, sí. Eso es lo que querías —dije con un gemido forzado. Con mis manos en sus omóplatos, lo empujé hacia abajo y lo follé unas cuantas veces—. Tómalo como el pedazo de mierda que eres. Crees que puedes hacer que no piense en nada más cada minuto de cada maldito día. Cuánto quiero hundir mi polla en ti, hasta las pelotas como lo estoy haciendo ahora.

Giré mis caderas un par de veces para demostrar mi punto y lo penetré de nuevo.

—Lo único en lo que pienso es en esto —dije en voz baja—. Así que lo tomarás como la puta que eres.

Y lo hizo. Me recibió completamente. Gimiendo y suspirando, agarrándose de la ropa de cama mientras lo follaba fuerte, levantando su culo pidiendo más. Mantuvo la cabeza hacia un lado, todavía con la mordaza en la boca, mientras yo inmovilizaba sus hombros y lo follaba aún más fuerte.

Y cuando tuvo esa mirada vidriosa en sus ojos, esa mirada serena de cuando el dolor se convierte en placer, puse mi mano sobre su cabeza y lo sujeté mientras me corría dentro de él.

Joooooooooder, se sentía tan bien.

No estaba listo para que esto terminara.

Ni siquiera cerca.

Me quedé dentro de él y le quité la corbata. Se lamió los labios, la comisura de su boca estaba roja.

No quería retirarme. Quería quedarme donde estaba hasta que estuviera listo para otra ronda. Pero necesitaba pensar en él.

Me retiré, en un deslizamiento tan exquisito, y vi como su cuerpo me liberaba. Su hermoso trasero, su cuerpo blanco pálido, delgado y fuerte, pero flexible. Muy seductor.

Sí, todavía no había terminado.

—Quédate donde estás —ordené—. No te muevas.

Fui a la cocina y abrí la nevera. Parecía del tipo de persona que tenía agua embotellada a mano, y así era. Tomé una botella, abrí la tapa y regresé a su dormitorio.

No se había movido.

Me arrodillé en la cama junto a él y le puse la botella en los labios. Fue incómodo y derramó un poco, pero lo bebió, lamiéndose los labios nuevamente.

—Puedes dejarla al lado de la cama —dijo con voz ronca.

Dejé la botella donde había dicho, pero me reí entre dientes mientras pasaba mi mano por su espalda.

—Oh, todavía no he terminado contigo —le dije masajeando su espalda y sus hombros.

No me dolió que mi polla estuviera nuevamente entre sus nalgas mientras me inclinaba sobre él, masajeando sus músculos cansados en mis manos.

—Y no te corriste —le susurré a su columna vertebral. Luego arrastré por el omóplato mis dientes y lo mordí de nuevo. No lo suficiente como para hacerle sangrar, pero sí lo suficiente como para hacerlo gemir.

Le masajeé la espalda hasta el culo, abriendo sus mejillas y, efectivamente, estaba empezando a filtrar mi semen.

Era lo más caliente que jamás había visto.

Pero esta vez quería hacer las cosas de manera diferente. Así que le quité los pantalones y los calzoncillos del traje y le di la vuelta. Su camisa estaba abierta. Estaba casi desnudo ante mí, tan jodidamente hermoso, pero inmediatamente acercó sus brazos. Un movimiento defensivo: estaba vulnerable así, frente a mí, expuesto y pude ver cada destello de miedo y pánico en sus ojos. Pero allí también había algo más. Suplica, ruego y honestidad.

Aunque todavía tenía puestos los vaqueros, me quité el suéter y la camisa para quedar tan expuesto como él.

Tomé su polla en mi mano y comencé a acariciarlo. Pasé mi otra mano por su pecho, frotando su pezón y pellizcando la protuberancia lo suficientemente fuerte como para hacerlo gemir intensamente.

—¿Es lo mejor que puedes hacer? —soltó entre dientes.

¿Estaba tratando de recuperar algo de control? ¿Estaba tratando de incitarme?

—Pensé que serías mejor para follar que esto —añadió, y trató de empujarme con las rodillas.

Sí. Quería presionarme, de acuerdo. Justo al borde del maldito límite.

Agarré sus muslos, sosteniéndolo lo suficientemente fuerte como para dejarle moretones, y los levanté hacia su pecho, y luego empujé mi polla contra su agujero húmedo y me introduje hasta el fondo.

—¿Un mejor polvo que este? —grité con voz áspera.

Se quedó sin aliento, puso los ojos en blanco y tensó el cuello mientras gemía.

Choqué con él una y otra vez.

—Debes tener cuidado con lo que deseas. ¿Crees que puedes manejar esto? ¿Crees que eres tan bueno? —Apreté su pezón y él gritó—. No sirves para nada.

Entonces agarré su garganta, apretando lo suficientemente fuerte como para hacerlo jadear. Sus ojos se abrieron y se pusieron en blanco, con una sonrisa maliciosa en sus labios. Todavía con mi mano alrededor de su garganta, tiré de su cabeza hacia delante y apreté mis labios contra los suyos, hundiendo mi lengua en su boca.

Entonces su cuerpo se puso rígido y se corrió, derramándose sobre su estómago y pecho. Su cuerpo ordeñando el mío, su pulso palpitando bajo mi mano contra su garganta, su gemido bajo vibrando bajo mi tacto.

Como si su orgasmo llamara al mío, como si cantara para mí, me corrí dentro de él otra vez.

Mi frente contra la suya, mi boca contra la suya. Nuestras respiraciones eran cálidas y pesadas, y cuando la habitación dejó de girar, cuando recordé dónde estaba, abrí los ojos y él me estaba mirando.

Me levanté y me aparté de él, deslizándome fuera de su cuerpo, y me quedé allí, jadeando, todavía aturdido.

Ese orgasmo me había sacudido.

Valentine se dio la vuelta y lentamente se puso de pie, como si tuviera que recomponerse. Caminó hacia su baño cojeando levemente y estaba a punto de preguntarle si estaba bien...

—Cierra la puerta principal al salir —dijo, y la puerta se cerró detrás de él.

Bien, entonces.

El señor frío y calculador había vuelto.

Me vestí, saqué otra botella de agua de su frigorífico porque no la echaría de menos, me detuve para darle una caricia al gato Enzo; él estaba sentado en el brazo del sofá mirándome, así que habría sido de mala educación no hacerlo. Me despedí de él y luego cerré la puerta principal detrás de mí cuando salí.

Intenté con todas mis fuerzas no pensar en lo que había hecho.

No en el polvo salvaje y duro, ni el agarre de la garganta, ni los dos mejores orgasmos de mi vida...

Lo había besado.

Había besado al maldito Valentine Tye. No es que él hubiera especificado que besarse no estaba permitido, pero supuse que no era algo que haríamos. Como cruzar una línea prohibida, porque nuestro acuerdo ciertamente no se trataba de intimidad.

Y besar era íntimo, ¿verdad?

Y me esforcé mucho en no pensar en cómo sabía a whisky caro con toques de miel y malta. Y traté de olvidar cómo me había devuelto el beso y cómo se había corrido cuando le chupé la lengua.

No debería haberlo follado boca arriba. Debería haberlo dejado boca abajo, con el culo hacia arriba y empujar su cara contra el colchón de esa manera tan jodida que le gustaba.

Cristo, Marshall.

Deja de pensar demasiado. Deja de pensar en él.

Sí, claro, como si eso fuera a suceder.

Me duché cuando llegué a casa y me acosté en la cama con la polla muy feliz y el corazón confundido y apesadumbrado.

¿Qué había hecho?

CAPÍTULO 8
VALENTINE

EL JUEVES TENÍA molestias al sentarme y moretones en el cuello. Era invierno, así que nadie cuestionó mi jersey de cuello alto y pasé todo el día en mi oficina con instrucciones de que me dejaran en paz.

Mencioné que estaba demasiado ocupado para cualquier otra cosa, lo cual no era exactamente una mentira. Pero era más importante que nadie notara que me quedaba sin aliento cada vez que me movía en mi silla, por lo que podía tocar las marcas de los dedos calientes en mi garganta en privado.

Reviviendo el dolor, el desprecio.

Los recuerdos persistentes de su cuerpo en el mío todavía los podía sentir.

Era una felicidad absoluta.

Me había jodido tan bien.

No estaba seguro la segunda vez, estar boca arriba debajo de él. No era mi posición favorita. Me sentí incómodo y vulnerable y él pareció darse cuenta de ello. Se quitó el suéter y luego, para que no pareciera demasiado íntimo, me sometió y procedió a follarme.

Pude ver su mandíbula apretada, la determinación en su rostro de demostrar lo inútil yo que era, que podía usar mi cuerpo para su propio placer e ignorarme cuando terminara.

Su torso musculoso, sus brazos voluminosos y sus manos fuertes... testimonio de las marcas que había dejado en mi cuello, de la marca del mordisco que había dejado en mi espalda.

Mi sangre se calentó al pensar en ello.

Y me besó. Bueno, había presionado su boca contra la mía y forzado su lengua contra mis labios para entrar en mi boca.

Me avergonzaría admitir que ese fue el punto de inflexión que hizo que me corriera. Había estado cerca todo el tiempo, pero ¿con su mano alrededor de mi cuello y su enorme polla enterrada hasta la empuñadura, y luego su lengua?

Pero no me avergonzaba.

Me negaba a sentir vergüenza por lo que sea que me excitara.

Sabía que no era del agrado de todos, y la mayoría de los hombres que había conocido no estaban preparados para lo duro que me gustaba.

Pero Marshall no tenía ningún problema con eso.

La ventaja de que me odiara, suponía. El lado positivo de que mi padre arruinara el negocio de su padre, una transacción en la que yo no tuve participación, pero, de todos modos, él me odiaba por eso. No podía decir que lo culpara. Mi padre arruinó la vida de mucha gente.

Ni si quiera yo me salvé.

Nadie estaba seguro.

Me pregunté brevemente si debería contarle a Marshall sobre las marcas en mi garganta. ¿Debería saberlo? Probablemente. Pero sólo podía imaginar que probablemente se asustaría, se disculparía profusamente y prometería no volver a hacerlo nunca más.

Y quería que lo hiciera de nuevo.

¿Qué pasaría si se asustara hasta el punto de cancelar nuestro acuerdo por completo? ¿Cómo lo había llamado? ¿Enemigos con beneficios?

Sería lo más noble y tal vez incluso lo correcto. Y Marshall Wise haría lo noble.

Así que no, no se lo diría.

El teléfono de mi oficina sonó y la línea de mi asistente se iluminó.

—Señor Tye, su hermana está aquí para verlo.

Me abstuve de suspirar.

—De acuerdo, gracias. Dile que entre.

Unos segundos más tarde, entró Brooklyn. Era la viva imagen de la elegancia y la gracia, su traje pantalón oscuro se ajustaba bien a su cuerpo demasiado delgado, su abrigo color camel hacía juego con su costosa coleta alta, bien peinada y arreglada.

Entró directamente y se sentó frente a mí.

—Buenos días —dijo.

—Deberías haber llamado.

—Me habrías dicho que no viniera.

—Por una buena razón. Estoy ocupado.

—Siempre estás ocupado.

—Y tú también lo estás.

—Hago tiempo para ti. No como tú desde que regresaste de Melbourne.

Entonces suspiré.

—Bonito abrigo.

—Gracias. Bonito jersey de cuello alto.

—Gracias. ¿Puedo ofrecerte un café?

Entonces se relajó un poco e incluso me dedicó una

sonrisa.

—No. —Y luego blandió su hacha—. Hablé con papá.

Puse los ojos en blanco.

—Antes de entrar en esto, ¿estás de su lado o del mío? Es útil saber dónde acechan tus enemigos.

Sonrió, sus labios brillantes de color rosa pálido suavizaron su rostro.

—Tu lado. Siempre.

Le devolví la sonrisa. Quizás era la única persona en el mundo que realmente me entendía. No es que ella supiera *todo* sobre mí.

No es como si alguien lo supiera.

Excepto por los hombres a los que les había pedido que me follaran con odio.

Excepto Marshall.

—Entonces —dijo ella—. ¿Papá?

Me senté derecho en mi silla y lo lamenté inmediatamente. No oculté del todo la mueca de dolor ante el agudo recordatorio que me dio mi trasero.

—¿Estás bien?

—Sí, me excedí en el entrenamiento de rugby —mentí.

—Por qué diablos te ofreces voluntariamente para que hombres sudorosos te derriben a golpes, nunca lo sabré.

Si tan sólo supiera...

—Sí, ¿qué dijo mi querido padre sobre mí esta vez?

Ahora fue ella quien puso los ojos en blanco.

—En realidad, nada. Solo cómo nadie se compara con su complejo de dios. Lo normal. Se preguntaba si traerte de regreso aquí fue la decisión correcta.

¿Qué?

—Fue idea suya —dije.

—Lo sé.

—Pasar a la industria de la construcción fue su idea. Ya

sabes, en su búsqueda de la dominación global. Si sus cifras de proyección no son las que esperaba, debería haber contratado mejores analistas que le dijeran la verdad en lugar de jodidos empleados lameculos que solo le dicen que lo quiere oír.

Sonrió.

—Lo sé. Todos lo sabemos.

—Excepto él.

Asintió y suspiró.

—De todos modos, pensé que deberías saber que esa fue la perorata de la reunión matutina de hoy.

Ridiculizar a su hijo en una reunión con su junta directiva. Genial.

—Gracias por el aviso.

Ella suspiró y se quedó en silencio por un momento.

—¿Qué tal te va aquí? ¿Contento de estar de vuelta?

No estaba seguro de por qué mi mente saltó directamente a Marshall Wise, como si él fuera lo único bueno en mi vida. Negué con la cabeza.

—Oh, sí. Está bien. Lleyton me llevó de nuevo al rugby y a los entrenamientos. Ha ayudado.

—¿No extrañas la vida en Melbourne?

Ni siquiera tuve que pensar en ello.

—No precisamente.

—¿Y cómo está Enzo? ¿Lleva bien la mudanza?

Eso me hizo sonreír.

—A él no le importa dónde está, siempre y cuando su cuenco esté lleno.

—Bien. —Ella me estudió durante un largo segundo y reconocí la mirada de tristeza contenida en sus ojos. Muy similar a la mía. Antes de que cualquiera de nosotros pudiera decir algo demasiado significativo, se puso de pie.

—Almuerza conmigo el domingo. Solos tú y yo en mi casa. A la una en punto.

Habría preferido cenar, dado que mis planes para el domingo por la mañana ahora giraban en torno a un largo baño en una bañera de hidromasaje. Pero Brooklyn me lo pidió y nunca podía decirle que no.

—De acuerdo. A la una en punto.

Su sonrisa era brillante antes de que la ocultara. Nunca habíamos sido buenos para mostrar emociones. Para nada ni para nadie.

—Hay un nuevo restaurante nepalí en el que aparentemente hacen la mejor masa de dumplings de la ciudad. Haré el pedido.

—Perfecto.

Con un movimiento de cabeza y un movimiento de su cola de caballo, se fue. Cómo podía caminar, y mucho menos mantener la estabilidad, con esos tacones, nunca lo sabría. Pero ella era la imagen del aplomo y la gracia refinada que la mayoría de la gente confundía con vanidad. Por mucho que confundieran lo mismo en mí.

Si tan solo supieran que era un estado de ser emocionalmente desapegado artísticamente dominado por haber tenido una infancia jodida.

Después de todo, la gente tendía a dejarte en paz si parecías inaccesible.

A pesar de todo eso, me sentí mejor después de su visita. No éramos cercanos, de ninguna manera, pero ahora que ambos éramos adultos, tal vez podría hacer un mayor esfuerzo. Ella era básicamente la única familia que tenía.

Técnicamente, todavía tenía a ambos padres, pero no estaba seguro de poder llamarlos *familia*.

Lo que fuese que significara esa palabra, no estaba completamente seguro.

Me salté el almuerzo y logré avanzar mucho sin interrupciones, pero no podía ignorar a mi estómago para siempre. A las cuatro en punto, estaba empezando a sentirme hambriento y tenía algunos temblores, así que entré en la sala de descanso del personal en busca de algo...

Para encontrar nada menos que a Marshall Wise riéndose con Olivia de cuentas. Olivia me vio, agachó la cabeza y corrió hacia la puerta, pero Marshall se quedó allí, apoyado contra el mostrador con los pies cruzados, removiendo una taza de té.

Me sonrió... hasta que vio mi cara.

—¿Estás bien?

—Estoy bien. Sólo necesito algo para comer.

Dejó su taza y luego lo pensó mejor y me la entregó.

—Bebe esto. Acabo de hacerlo. Té blanco con dos azucarillos. —Se volvió, abrió la puerta de un armario y sacó un paquete de galletas y una bolsita de patatas fritas—. Ten esto. ¿Cuándo comiste por última vez?

Me encogí de hombros y estuve a punto de decirle que había desayunado café después de perderme la cena anoche también, pero me detuve cuando me di cuenta de que no era asunto suyo. En lugar de eso, tomé un sorbo de su té y me sorprendió lo bueno que estaba con el azúcar.

Normalmente no lo ponía, pero me hizo sentir mejor casi de inmediato. Abrí las galletas y mordisqueé el extremo de una, luego bebí más té.

—Simplemente estuve ocupado —dije sintiéndome mal por no responder.

Parecía preocupado y se cruzó de brazos, esperando a que terminara las galletas, aparentemente.

Llevaba pantalones de trabajo, botas de trabajo sucias, una camiseta de la empresa y una chaqueta de franela. Me molestaba que hiciera el trabajo de construcción tan sexi.

—¿Qué estás haciendo aquí? —pregunté terminando la segunda galleta.

—Tuve que dejar algunas facturas —respondió—. Estaba hablando con Olivia.

—Parecíais muy amigos.

Me arrepentí de haber dicho eso en el momento en que salió de mi boca.

Él sonrió y tomó su té a medio beber de mis manos. Lo sorbió, sonriendo.

—La conozco desde hace años y, créeme, ella sabe que estaría perdiendo el tiempo tratando de engrasar mis ruedas, si sabes a qué me refiero. Conduzco por el carril muy gay.

Le lancé una mirada furiosa y luego fui al frigorífico en busca de algo más. Un poco de zumo, tal vez. No encontré.

—Cristo.

En ese momento, mi asistente pasó corriendo por la puerta.

—Shayla —grité.

Se detuvo y regresó, sorprendida de verme claramente.

—Ah. ¿Sí?

—¿Podemos pedir algunas botellas pequeñas de zumo o limonada para tenerlas a mano para quien lo necesite...? Y tal vez algunas de esas barritas de avena y yogur. Un poco de fruta fresca.

Asintió.

—Sí, por supuesto —dijo y se fue.

Cuando volví a mirar a Marshall, estaba preparando otra taza de té. Se giró y me lo entregó.

—Ten. —Luego abrió las galletas—. ¿Necesitas que te dé de comer?

Miré a mi alrededor. Estábamos muy solos, pero aun así...

Tomé las galletas y me comí una, el sabor salado estalló

en mi lengua, y la tomé con más té. Estuve a punto de agradecerle por hacerlo, su preocupación era cortés pero no necesaria, pero en lugar de eso habló.

—Bonito suéter —murmuró detrás de su taza de té—. No me di cuenta de que el estilo de Steve Jobs estaba de moda esta temporada.

Hasta ahí su preocupación.

—Gracias. Es para ocultar los moretones que me hiciste en el cuello.

También me arrepentí de haber dicho eso en el momento en que salió de mi boca, pero su reacción casi hizo que valiera la pena.

Se atragantó con la bebida y tosió.

—¿Hablas en serio? —Me retiré el ajustado cuello y sus ojos se abrieron como platos—. Mierda.

Tomé un sorbo de té y comí otra galleta.

—No te arrepientas —agregué casualmente—. Porque a mí no me molesta.

Pareció considerar algo por un segundo.

—Bueno, no sé qué es más preocupante. Que no lo siento o que lo encuentro increíblemente sexi.

No fue la reacción que esperaba de él y me agradó.

—Mmm. De todos modos, no es algo que debamos discutir aquí.

—Ah, sí, tus reglas. En mi defensa, no vine aquí para verte y no tenía intención de hacerte una visita social. Entraste aquí todo pálido y con las manos temblorosas, así que solo me aseguraba de que no murieras. Por cierto, de nada.

—Mi nivel de azúcar en la sangre baja cuando me olvido de comer —agregué sin convicción—. No es nada serio.

—¿Te olvidas de comer con frecuencia?

Puse los ojos en blanco. Esta no era una conversación

que iba a tener con él. ¿Por qué estaba teniendo una conversación con él?

—Gracias por el té —dije dando un paso hacia la puerta y deteniéndome en seco.

Porque allí, en la puerta, con su abrigo largo italiano gris y sus ojos fríos, estaba mi padre. Shayla estaba detrás de él, negando con la cabeza y murmurando disculpas, lo que significaba que lo más probable era que él simplemente pasara junto a su escritorio sin siquiera reconocerla.

—Las visitas sorpresa siempre dan sus frutos —afirmó—. Ya veo que no te estoy manteniendo lo suficientemente ocupado.

Escuché a Marshall hacer un resoplido de disgusto y, sin decir una palabra, salió, mirando a mi padre directamente a la cara mientras pasaba. Ningún saludo, ninguna sonrisa, sólo una mueca de desprecio y una mirada de muerte. Justo en la cara de mi padre. Un hombre inferior nunca lo haría...

Podría haberme reído.

Quizás Marshall Wise no fuera tan malo después de todo.

Mi padre lo miró fijamente, sin duda a punto de preguntarme su nombre y su puesto de trabajo, algo que yo no tenía intención de darle.

—No me sentía bien —dije poniéndome en la línea de fuego de mi padre. Funcionó porque su mirada láser se centró en mí—. Pensé en tomar una taza de té. ¿Vamos a mi oficina?

HABÍA ESTADO de mal humor desde el encuentro con mi padre el jueves. El viernes, le pedí a Shayla que filtrara todas las llamadas, pospusiera todas las reuniones y, básicamente, me dejara inaccesible para todos. Incluyendo a mi padre. No es que llamara ni que le importara.

Pero el sábado ya tenía muchas ganas de jugar al rugby. Y también que me follaran fuerte después, pero correr duro y jugar un juego físico era exactamente lo que necesitaba.

Estábamos jugando contra Burwood y habíamos tenido una gran primera mitad. Ganábamos por doce, y yo había hecho dos asistencias de anotación, había tenido una buena carrera de metros y había hecho muchas tacleadas.

Se sintió bien.

El rendimiento físico, el ardor en mis piernas y mis pulmones.

Veinte minutos después del segundo tiempo, Lleyton me hizo un lanzamiento corto y escapé. Esquivé su centro interior y traté de defenderme de su defensa de apertura. Me agarró por las piernas y, mientras me llevaba al suelo, un brazo oscilante vino y me impactó.

No recuerdo cuando me sacaron del campo.

Me volvió el conocimiento cuando estaba en los vestuarios con el fisioterapeuta del equipo y el médico mirándome. Estaba boca arriba, no podía ver muy bien y traté de sentarme, pero el médico me detuvo.

—Quédate ahí —dijo. Estaba acercando algo a mi ojo y me dolió.

—Estás bien, Tye —dijo el fisio—. Te hemos puesto un vendaje, eso es todo.

—¿Cómo está tu cuello? —El médico me estaba mirando a los ojos—. ¿Tienes algún dolor?

Siguió haciéndome pregunta tras pregunta, pero lo único que logró fue molestarme.

—Estoy bien —dije—. ¿Cómo va el partido? ¿Cuánto tiempo nos queda?

El fisio se rio, pero el médico negó con la cabeza.

—No volverás a salir. Tienes que pasar una evaluación de lesión en la cabeza con una lucidez de quince minutos. El partido habrá terminado para entonces. Relájate.

Me quitó la venda de la cabeza y pude ver la gasa ensangrentada. La inspeccionó.

—No debería necesitar puntos. Le pondré un vendaje adhesivo. Pero vas a tener un tremendo morado en el ojo.

Mi ojo ya estaba hinchado. Cuando me quitó la venda, todavía no podía ver mejor y era porque mi ceja ahora tenía el doble de su tamaño normal.

Excelente.

El médico hizo su trabajo: empapó la gasa, limpió la herida, colocó una bandita tipo mariposa en el corte y me vendó la cabeza. Y cuando pasé las pruebas de conmoción cerebral y me dejó ir, solo pude ver los últimos minutos del partido.

Ganamos, pero fue agridulce.

Su número cuatro tuvo el resto del partido en el banco de castigo, y yo tenía una ceja hinchada, un corte sangrante y un dolor de cabeza intenso.

Pero no era reacio a un poco de dolor.

De todos modos, nada que unas cuantas cervezas de celebración después de la victoria en el pub no solucionarían.

Sólo tenía la intención de tomar una o dos. Necesitaba llegar a casa y prepararme para mi cita de las nueve con un tipo de dolor diferente.

La barra estaba a tope; la música estaba alta, las risas aún más fuertes, y supe incluso antes de entrar que los chicos de Ryde estaban allí. Habían jugado en Newport y literalmente tenían que pasar por nuestro pub para regresar a sus casas.

Y por el ruido, podía asumir con seguridad que habían ganado.

Vi a Taka primero. Era difícil pasarlo por alto. El hombre era una montaña. Y, por supuesto, dondequiera que estuviera Taka, Marshall nunca estaba lejos.

Estaba de pie allí, con una cerveza en la mano, riéndose de algo. Llevaba vaqueros y ese suéter de lana que tan bien le sentaba; era de un color castaño cremoso como su cabello, era suave y acogedor, muy cuidado.

Y entonces me vio.

Trató de ocultar su reacción y tal vez nadie más se hubiera dado cuenta. Pero su mandíbula se tensó y sus ojos se endurecieron. Ahora, me había mirado mil veces con el odio de un enemigo jurado. No era ajeno al desprecio de Marshall.

Era lo que más me gustaba de él. El hombre me odiaba.

Pero esta mirada era diferente.

Todavía tenía el vendaje alrededor de mi cabeza y solo podía ver por mi ojo derecho, pero veía bien esa mirada.

Simplemente no sabía lo que significaba.

Lleyton me pasó una cerveza y traté de reírme con ellos, pero la verdad era que mi dolor de cabeza era un poco fuerte y no podía concentrarme. La cerveza no ayudó en absoluto.

Me levanté y Lleyton me sostuvo.

—¿Estás bien?

—Sí, solo voy a orinar.

Me abrí paso entre la multitud, ganándome algunos comentarios y asentimientos del equipo de Ryde sobre mi golpe. Terminé en el urinario, me lavé las manos y luego me miré en el espejo. Estoy seguro de que el vendaje que tenía alrededor de la cabeza hacía que pareciera peor de lo que era, y consideré quitármelo cuando alguien decidió que necesitaba lavarse las manos en mi lavabo.

Sabía por su olor, por la forma en que me rozó y por el cálido timbre de su voz quién era.

—¿Quién te hizo eso? —preguntó Marshall. Se sacudió el agua de las manos y me miró a los ojos en el espejo—. ¿Quién fue?

Ese odio, la rabia apenas contenida, estaba bien en sus ojos. Simplemente no estaban dirigidos a mí.

No estaba seguro de qué hacer con eso.

Antes de que pudiera responder, alguien entró y Marshall salió sin siquiera mirar atrás.

Regresé a las mesas en las que estaba mi equipo, pero ni siquiera me senté.

—Escuchadme, chicos, voy a irme —dije—. Me voy en Uber a casa.

Protestaron a medias, pero seguían mirando mi ojo como si entendieran. Pedí que me llevaran a casa, guardé mi teléfono en el bolsillo y le di una palmada en el hombro a Lleyton.

—Te llamaré por la mañana para ver si no moriste —dijo.

—Sí, gracias. —Me despedí con la mano mientras me giraba para salir.

—Y no te preocupes por el número cuatro de Burwood —gritó Connor—. El bastardo recibirá lo que se le debe.

Miré a Marshall al salir y supe que había oído eso. Su sonrisa me dijo que lo había oído muy bien.

El aire fuera era terriblemente frío y en cierto modo me ayudó con mi dolor de cabeza y mi ceja palpitante. Solo tuve que esperar unos minutos por mi Uber y cuando me subí al oscuro asiento trasero, alguien se deslizó a mi lado.

Alguien con un olor familiar y un suéter de lana suave.

CAPÍTULO 9
MARSHALL

ERA extraño ver a Valentine con la cara magullada. Tenía una venda alrededor de su cabeza. Su ojo izquierdo estaba medio cubierto, pero claramente hinchado y ya tenía hematomas.

Quien lo golpeó, lo golpeó fuerte. Y no fue el típico golpe del rugby. Dios sabía que yo había tenido una buena cantidad de esos golpes accidentales. Este fue un golpe deliberado.

Y me molestó de una manera para la que no estaba preparado.

En formas que no podría explicar correctamente.

Porque hacía apenas unos días, vislumbré rápidamente los moretones que le había dejado en la garganta y, por muy inquietante que fuera, lo encontré caliente.

Yo le había marcado la piel.

Huellas de *mis* dedos cuando agarré su garganta mientras lo follaba. Mientras lo poseía, mientras poseía su cuerpo de manera animal.

Sí, estaba jodido. ¿Yo marcándolo? Estaba totalmente de acuerdo con eso, y él también.

¿Pero alguien más?

¿Alguien más haciéndole daño?

Sí, eso no funcionaba conmigo.

Tan pronto como lo vi, una ráfaga de fuego estalló detrás de mi esternón, brasas al rojo vivo.

Nadie más lo toca.

Nadie más que yo.

Y ese sentimiento, esa posesividad y ese reclamo de propiedad era algo nuevo y extraño.

Porque yo no era su dueño.

Quiero decir, lo era en la cama.

Pero realmente no lo era. No tenía ningún derecho sobre él. No tenía por qué importarme siquiera lo que había sucedido. Antes de nuestro acuerdo, si alguien le hubiera puesto un ojo morado, lo habría encontrado divertido y habría asumido que se lo merecía. Probablemente me habría ofrecido a comprarle una cerveza al tío que lo hubiera hecho.

Ahora quería matarlo.

Número cuatro de Burwood. Segunda fila.

Nadie tocaba al maldito Valentine Tye excepto yo.

Dios, estaba tan jodido.

Y también lo fue escaparse del pub y subirse al Uber con él. Estaba pálido y claramente no se sentía bien. Sus amigos deberían haberlo notado. No lo habían hecho.

Pero yo sí.

—¿Qué crees que estás haciendo? —susurró probablemente para que el chico de Uber no pensara que yo había secuestrado el viaje.

—Asegurándome de llegas bien a casa.

Él resopló.

—Supongo que te ahorras pagar tu propio viaje en una hora.

Dios, me enfurecía.

Como si ahorrar unos cuantos dólares fuera la única razón por la que me uní a él.

—Si no vas a dar las gracias por cuidarte, entonces cállate la puta boca.

Me lanzó una mirada furiosa con su ojo derecho, pero dadas las vendas y el ojo izquierdo hinchado, no llegó a ser amenazante. Habría sido divertido si no pareciera tan dolorido.

Y si no me molestara tanto.

Hicimos el resto del viaje en silencio, nos bajamos en su casa y lo seguí adentro. Entramos en el ascensor y él suspiró mientras subíamos a su piso.

—¿Te duele la cabeza? —pregunté.

Asintió.

—¿Y tú ojo?

Asintió de nuevo, justo cuando se abrieron las puertas del ascensor. Abrió la puerta de entrada y lo seguí adentro. Dejó su billetera y sus llaves sobre el elegante mueble del exhibidor, justo cuando Enzo, el gato, salió a maullarle.

—Sí, lo siento —dijo Valentine—. Te daré de comer. Estoy seguro de que te mueres de hambre.

Enzo le maulló un poco más.

Tiré del brazo de Valentine y lo llevé a la mesa del comedor.

—Siéntate. Le daré de comer al gato.

Pude ver el cuenco de Enzo en el suelo y todavía había algunas croquetas en él. Lo señalé.

—Aún no te has comido todo eso.

Entonces el maldito gato me maulló.

—Está bien, está bien, Cristo.

Abrí una puerta alta que supuse que era la puerta de la

despensa y encontré unas croquetas para gatos de marca veterinaria. Lo levanté para que Valentine lo viera.

—¿Esto?

Valentine casi sonrió.

—Sí.

Enzo me maulló de nuevo.

—Para alguien que no paga el alquiler exiges mucho —le dije. Maulló más fuerte, así que llené su plato con sus estúpidas croquetas sólo para que se callara.

Encontré el botiquín de primeros auxilios en el armario superior de donde había visto a Valentine sacarlo antes, y había algunas pastillas para el dolor de cabeza al lado. Las cogí también y saqué una botella de agua del frigorífico.

—Siéntete como en casa —dijo Valentine rotundamente.

Cerré la puerta del frigorífico con el pie, llevé todo a la mesa y le saqué dos cápsulas.

—Tómalas.

Acerqué una silla y me senté frente a él, con las rodillas entre medias. Tomó las pastillas sin discutir y yo le quité con cuidado el vendaje de la cabeza y le quité la gasa de la ceja.

La sangre se había adherido a la bandita tipo mariposa, y tiró un poco incluso cuando fui gentil y lo hice lentamente. Pero nunca se inmutó.

Tuve que preguntarme sobre su tolerancia al dolor.

Tenía la ceja hinchada y el ojo casi cerrado. Estaba moteado y magullado de rojo oscuro y negro cerca del puente de la nariz. El corte en la comisura de su ceja parecía ser lo de menos.

Parecía muy doloroso.

—Jesús —suspiré—. ¿Tiene algún dolor además del dolor de cabeza?

Medio se encogió de hombros.

—No. El médico palpó a lo largo de mis huesos orbitales. Dijo que nada se sentía roto. Simplemente está hinchado. Y pasé la prueba para diagnosticar contusiones en la cabeza.

Me levanté y fui al congelador a por unos guisantes o maíz. No había de ninguno.

—¿No tienes guisantes congelados?

—Odio los guisantes.

En el congelador, que por lo demás estaba vacío, había exactamente dos bolsas. Trozos de mango congelados y una bolsa enorme de edamame. Lo cogí.

—¿Tienes malditos edamames y no guisantes?

—Me gustan.

Envolví la bolsa en un paño de cocina y la presioné suavemente contra su ojo.

—Espera.

Entonces recordé cómo había estado el otro día cuando lo vi en la oficina. Estaba pálido y un poco tembloroso porque no había comido.

—¿Comiste esta noche?

—No.

—¿Has comido hoy?

Él miró hacia otro lado.

Cristo.

—Desayuné —dijo.

Abrí su frigorífico nuevamente, notando ahora lo vacío que estaba. Claro, había botellas de agua, un pequeño bote de mantequilla cara, un poco de chutney en la puerta, un bloque de queso del caro.

Y nada más.

Luego volví a revisar su despensa y me di cuenta de que tampoco había mucho allí.

—¿Qué es lo que comes?

Enzo vio la despensa abierta como una oportunidad para tener más comida, así que lo levanté y lo abracé. Al menos ahora no me estaba maullando.

—Aquí hay más comida para ti que para tu padre.

Llevé a Enzo a la mesa y me senté; Enzo se sentó en mi regazo.

—¿Qué tipo de pizza te gusta?

Valentine me miró, luego a Enzo y luego se encogió de hombros.

—Cualquiera. No soy quisquilloso.

Saqué mi teléfono y pedí dos pizzas.

—Espero que te guste la pizza de pollo tandoori o la de "amantes de la carne", porque eso es lo que vamos a comer.

—No tienes que hacerlo... nada de esto —dijo en voz baja. Dejó caer la mano y su ojo hinchado le hizo parecer aún más lamentable.

Levanté su mano y la bolsa de edamame hasta su ojo.

—Mantenla ahí.

—No soy ajeno al dolor —murmuró.

Jesucristo.

No quería pensar en eso.

—Entonces —dije dándole una palmadita a Enzo. Empezó a ronronear—. El número cuatro en el equipo de Burwood, ¿eh?

Su ojo bueno se cruzó con el mío antes de apartar la mirada y suspiró.

—Realmente no puedo decirlo con certeza. No lo recuerdo. Me desperté en los vestuarios. Pero dijeron que era el número cuatro y estaba en el banco de castigo, así que...

Asentí lentamente.

—Es un poco conveniente que juguemos con Burwood la próxima semana.

Él resopló.

—¿Qué vas a hacer? ¿Vas a pegarle?

—Joder, sí, lo haré. —Tiré del cuello de su camisa para verle el cuello. Las marcas que había dejado allí habían desaparecido—. Nadie te pone un dedo encima excepto yo.

Puso el ojo bueno en blanco y dejó caer la mano sobre su regazo.

—¿Qué demonios se supone que significa eso?

No sabía lo que se suponía que significaba. Sonaba mejor en mi cabeza, menos posesivo y menos... No sabía lo que se suponía que significaba.

Señalé con mi barbilla a su ojo.

—Esto fue una jugarreta. Un golpe barato y deliberado. Así que se joda el capullo que te hizo esto.

Se puso la bolsa de edamame en el ojo y le hizo un gesto a Enzo, que ahora era una bola de pelo negro ronroneando en mi regazo.

—¿Qué demonios es esto?

—Le gusto a él. Los gatos son muy buenos jueces de carácter.

—Es un traidor y cruzó las líneas enemigas.

Me reí.

—Ser enemigos con beneficios incluye los abrazos del gato.

Valentine se burló de mí, pero luego hizo una mueca.

—¿Por qué no te das una ducha caliente? —sugerí—. Después la pizza estará aquí y luego podrás tomar más pastillas e irte a la cama.

Dejó caer la mano nuevamente.

—¿Qué pasa con nuestro acuerdo del sábado por la noche?

Casi me reí.

—¿Crees que voy a follarte con la cara así?

—Lamento no ser lo suficientemente bonito...

—Me importa muy poco cómo luces, imbécil. Ya tienes bastante dolor, y no hay forma de que te empuje la cara contra el colchón o te apriete la garganta cuando ya tienes dolor de cabeza y una herida en la ceja. Jesucristo, Valentine.

Él se burló e hizo un sonido ronco y sordo. Posiblemente fue un gruñido, y tal vez en otras circunstancias habría sido sexi.

—Entonces, ¿para qué estás aquí? —preguntó en voz baja.

Como si fuera un concepto completamente extraño que alguien quisiera asegurarse de que estuviera bien.

—No te veías muy bien cuando saliste del pub.

Levantó un poco la barbilla.

—Puedes irte una vez que lleguen tus pizzas.

—Las pizzas son para ti idiota. Y esta noche me quedaré aquí. Me quedo en el sofá.

Parecía atónito.

—¿Te quedas?

—Dijiste que no recuerdas haber sido golpeado y te despertaste en los vestuarios. Eso significa que te noquearon. Lo que significa que necesitas que alguien te controle para asegurarse de que te despiertas. Joder, ¿no te dijeron nada de esto?

Negó con la cabeza y se encogió de hombros en una especie de no sé, lo que significaba que no tenía idea de lo que le habían dicho porque quedó noqueado y no podía recordar.

Suspiró resignado, porque sabía que yo tenía razón.

—De todos modos, Enzo y yo ahora somos mejores

amigos. —Le di unas palmaditas, haciéndolo ronronear más fuerte—. Estoy aquí por él, no por ti. No se trata *solo* de ti, imbécil.

Valentine puso el ojo bueno en blanco y, maldita sea, casi sonrió.

—Ahora ve a darte una ducha —ordené—. Te sentirás mejor. Luego podrás comer e irte a dormir con la barriga llena de carbohidratos.

Tampoco le vendría mal verse la cara en un espejo.

Ignorándolo para que hiciera lo que le decía, levanté a Enzo y fui al sofá, encontré el mando a distancia y encendí la televisión.

—Veamos qué podemos encontrar para ver.

Después de unos minutos de ignorar a Valentine, entró en su habitación. Un rato después, escuché la ducha y luego recibí un mensaje de que la pizza estaba aquí. Dejé la puerta entreabierta y cuando puse las dos pizzas en la mesa de café, Valentine salió.

Llevaba pantalones deportivos y una camiseta, tenía el pelo lavado y todavía mojado. Parecía más limpio y fresco, y su cara todavía parecía adolorida.

—Oh, vaya —dije—. ¿Es ese un nuevo color de sombra de ojos? He oído que el ciruela destrozada está de moda esta temporada.

Se sentó a mi lado.

—Muy gracioso.

—¿Aún te duele la cabeza?

Hizo un *hm* que me dijo que sí, por supuesto que todavía le dolía la cabeza.

—Come —dije separando las cajas de pizza.

Para empezar, eligió el pollo tandoori y casi inhaló su primera rebanada. El idiota necesitaba comer más.

—Está buena —dijo tomando otro trozo.

Hablé con la boca llena de "amantes de la carne".

—Debería haber pedido un poco de Coca-Cola.

Me miró fijamente, disgustado.

—Encantador.

Le sonreí. No necesitaba preocuparme por mis modales con él; ya le desagradaba. No había ninguna razón para comportarme lo mejor posible.

—Tus selecciones de Netflix son aburridas —agregué, luego mordí más pizza—. Puedes saber mucho sobre alguien por su lista de seguimiento reciente. —Asentí hacia las miniaturas de su enorme televisor—. ¿Qué demonios es esta mierda?

Masticó y tragó antes de hablar.

—No veo mucha televisión.

—No me sorprende, porque lo que ves es una mierda. —Bajé hasta las películas de acción y encontré la primera película de *Los Mercenarios*—. Aquí es donde están las cosas buenas.

—No hagas clic en...

Demasiado tarde.

—Ahora tendré más recomendaciones de esto. —Agitó su mano hacia la pantalla—. Santo cielo, ¿qué es esto?

—Esto es bueno —dije de nuevo con la boca llena. Apunté mi porción a medio comer al televisor—. Tiene todos los actores de acción de la vieja escuela.

Él suspiró. No sabía por qué, pero molestarlo me hacía feliz.

Observó los primeros dos minutos.

—¿Alguna vez has considerado ver algo educativo?

—Esto es educativo. Si alguna vez necesito saber cómo darle una paliza a alguien, o hacer estallar cualquier cosa, o participar en una persecución de coches, o pilotar un avión mientras me disparan, sabré cómo hacerlo.

—Sabes cómo darle una paliza a la gente —dijo rotundamente—. Te he visto jugar al rugby.

Me reí entre dientes y cogí otra porción de pizza.

—No golpeo a la gente sin una buena razón.

—Has intentado arrancarme la cabeza varias veces.

—Sí. Como dije. No sin una buena razón.

Él sonrió.

Gilipollas.

Enzo llegó oliendo las cajas de pizza.

—Enzo, bájate —dijo Valentine.

Cogí un trozo de salchicha italiana de mi pizza y se lo di al gato, y cuando Valentine me miró mal, le sonreí.

—Cabrearte es lo que más me gusta hacer —dije.

Volvió a gruñir, pero se recostó en el sofá, claramente había comido lo suficiente. Me parecía que tomó dos porciones.

—Necesitas comer más —le dije.

—Tienes que ocuparte de tus propios asuntos.

Resoplé y probé su pizza tandoori y le hablé con la boca llena, sin más razón que porque a él no le gustaba.

—Hm, está muy buena.

Se quedó mirando la televisión.

—Gracias por pedirla. Necesito hacer un pedido de comestibles. Normalmente lo hago los domingos.

—Eso podría explicar por qué no tienes comida aquí —dije—. Y por qué fuiste a trabajar el otro día sin comer. ¿Eso sucede a menudo?

Me lanzó una mirada furiosa.

—Estás terriblemente preocupado por algo que no es asunto tuyo.

—Pero es asunto mío. Si voy a venir aquí y follarte dos veces por semana tan fuerte como te gusta, necesito saber que puedes manejarlo.

En cambio, dirigió su mirada hacia la televisión, pero sus fosas nasales se dilataron.

—Puedo manejarlo muy bien.

Realmente me hizo sentir mucho mejor que él se enfadara conmigo.

Me reí.

—Hm, sí, sí, puedes manejarlo.

Suspiró, su voz era plana.

—Puedes irte cuando estés listo. No necesito que te quedes.

—Oh, me quedo. Sólo por enfadarte.

—Has superado con creces mis expectativas en ese sentido.

Resoplé de nuevo.

—Supero con creces tus expectativas en todos los aspectos. De lo contrario, no me habrías propuesto ser tu ECB.

—¿ECB?

—Enemigos con beneficios.

Suspiró ruidosamente.

—Bien.

—Y no habrías pedido mi polla dos veces por semana si no hubiera superado tus expectativas.

—¿Terminaste?

—Ni siquiera estoy cerca.

—Pero te negaste esta noche, así que no superaste mis expectativas.

Le di masa de pizza a Enzo, ganándome otra mala mirada de Valentine. Luego, para enfadarlo, le di unas palmaditas en la cabeza. A Valentine, no al gato.

—Si eres un buen chico, te chuparé la polla antes de irme mañana.

Estaba furioso.

—Te odio.

—Te odio más. Pero eso es lo que estoy haciendo aquí, ¿verdad? —Me levanté y recogí las cajas de pizza—. Es lo que hace que ser tu ECB sea tan divertido.

Metí las pizzas en el frigorífico y, después de buscar un vaso en algunos armarios, me serví un poco de agua del grifo.

—¿Quieres más agua? —pregunté.

Valentine se levantó.

—No gracias. Me voy a la cama.

—Tómate algunas pastillas más —le dije, recogiendo las pastillas para el dolor de cabeza de la mesa y ofreciéndolas con mi vaso de agua.

—No gracias. Tengo... Tengo algo más fuerte. —Se giró, caminó hacia la puerta de su dormitorio y se detuvo—. No puedo ofrecerte una cama libre porque no tengo. Ni siquiera tengo una manta de repuesto. Si tienes frío...

—Estaré bien —dije—. Si empiezas a sentirte mal o mareado, avísame.

Frunció el ceño al suelo y asintió.

—Buenas noches.

Dejó la puerta entreabierta y, unos momentos después, escuché la cadena del inodoro y se apagó la luz. Vi el resto de la película con Enzo y no escuché nada más que el silencio en la habitación de Valentine.

Probablemente no necesitaba quedarme. Estaba seguro de que estaría bien. Pero había recibido un golpe bastante decente en la cabeza y, por necesidad, alguien debería controlarlo. Había dicho que iba a tomar algo más fuerte que pastillas para el dolor de cabeza, así que estaba bastante seguro de que estaría profundamente dormido. Abrí su puerta lo más silenciosamente que pude y él estaba de lado, durmiendo sobre el lado no golpeado de su cara. Tenía la boca ligeramente abierta y su pecho subía y bajaba.

No se movió.

Dejándolo solo, encontré el baño principal y oriné, luego decidí tener un pequeño tour por su apartamento. Había dicho que no tenía una cama libre pero definitivamente había otra puerta. Me pregunté si iba a ser una sala de sexo pervertido y me decepcionó descubrir que su habitación libre estaba equipada con una cinta de correr, pesas y una esterilla de yoga.

¿Una esterilla de yoga?

Por supuesto, hacía yoga.

Por otra parte, probablemente eso explicaba su increíble fuerza central. Podía doblarlo en algunas posiciones bastante impresionantes mientras lo follaba, y él las manejaba todas. Además, tenía unos abdominales y oblicuos estupendos...

Consideré comprarme una estera de yoga y cerré la puerta.

Su apartamento era precioso, sin duda. Y caro. Muy caro. No conocía a nadie que pudiera permitirse un lugar como éste. Excepto él, claro. Sus muebles eran todos de diseño y había visto su cama suficientes veces para saber que era del tipo súper caro.

Pero su apartamento estaba decididamente vacío. Había muy poco de él en exhibición. Sin toques personales, nada que me hiciera decir: *sí, Valentine Tye vive aquí.*

Quizás ese fuera el verdadero Valentine Tye.

Privado, cerrado, nada personal, solo vibraciones de sala de exposición.

Eso encajaba un poco.

Después de haber visto suficiente, me dejé caer en el sofá y decidí joder un poco más su lista de vistas recientes haciendo clic en las peores películas de acción que pude encontrar, y cuando me aburrí de eso, revisé a Valentine nuevamente.

Ahora estaba boca arriba, roncando suavemente.

Tan típico que estuviera guapísimo incluso cuando dormía con la cara golpeada.

Pero luego murmuró y se estremeció en sueños, inmediatamente haciendo una mueca de dolor y gimiendo. Pero no se despertó, así que entré y me senté a su lado. Toqué su frente con el dorso de mi mano. No sentía calor, pero el contacto lo hizo moverse. Su ojo bueno se abrió.

—Solo estaba controlándote —susurré—. Vuelve a dormir.

Mmm. Quizás debería vigilarlo más de cerca.

Con eso en mente, me quité el suéter y los calcetines y, dejándome los vaqueros puestos, me metí en la cama con él. Yo estaba al otro lado de la cama, el lado más cercano a la puerta, pero eso hizo que él se moviera nuevamente.

—¿Qué estás haciendo? —murmuró.

—Manteniéndote vigilado —le siseé—. Así que cierra la puta boca y vuélvete a dormir.

Incluso con el dormitorio a oscuras, podría haber jurado que sonrió.

Gilipollas.

ME DESPERTÉ ANTES del sol y encontré a Valentine usando mi brazo como almohada, metido a mi costado con su cabeza sobre mi pecho. Estaba profundamente dormido.

¿Qué demonios?

Todavía llevaba vaqueros y una camiseta, lo cual no era demasiado cómodo. Pero su cama... Santo infierno, era la cama más cómoda en la que había estado.

Y él en mis brazos. Su calor corporal, su peso.

Tuve un sueño realmente profundo.

En lo que intenté no pensar. No podía entender el hecho de que era el maldito Valentine Tye.

Estuve tentado de apartarlo, pero recordé su ojo morado, así que lo dejé recostarse sobre mí un poco más...

Sin pensar en lo bien que se sentía. Qué cómodo era, qué tan bien encajaba contra mí. Cómo no me importaría despertarme así con él más seguido.

Intenté no pensar más en eso.

Hasta que tuve necesidad de orinar.

Lo despegué de mí tan suavemente como pude, lo hice girar hacia un lado y me levanté de la cama. La puerta de su baño estaba abierta, así que entré e hice mis necesidades. Su cuarto de baño era todo de azulejos de color gris carbón, lavabo, armarios y grifería negros.

Caro como casi prohibitivo.

El espejo encima de su tocador era uno de esos elegantes retroiluminados e incluso su jabón de manos era una pijería cara con una etiqueta minimalista. Luego, como no pude evitarlo, abrí su gabinete, sorprendido por lo que vi.

No los retinoles para el cuidado de la piel ni los protectores solares, ni siquiera su marca de desodorante o colonia estúpidamente cara cuyo olor me encantaba.

Sino los tres frascos naranjas de medicamentos recetados con su nombre.

No reconocí los nombres de los medicamentos, aunque no esperaba hacerlo. No es que me importara. Porque no era asunto mío.

Pero maldita sea.

Me sorprendió verlo, pero al mismo tiempo no me sorprendió que los tuviera. Tenía problemas, como yo sabía muy bien. Teníamos un acuerdo para que yo lo follara con odio dos veces por semana y a él le gustaba cuando le decía que era un pedazo de mierda y una puta.

Así que, sí, tenía más números que *Reader's Digest*.

Y recordé muy claramente cuando su padre apareció en el trabajo el otro día. Valentine había estado bien; siempre era frío y reservado, eso no era nada inusual. Bueno, no se encontraba bien e incluso agradeció el té y las galletas que le había dado. Incluso había sonreído.

Pero cuando vio a su padre, juraría que un muro de hielo se levantó a su alrededor.

Una pared de hielo tan real como yo de pie junto a él en la sala de descanso.

Ahora bien, si odiaba a Valentine con el poder de un sol ardiente, entonces odiaba a su padre infinitamente más... con el poder de cada sol de los universos. Despreciaba a ese hombre. Lo odiaba de maneras que ni siquiera podía empezar a explicar.

Y tuve la clara impresión de que Valentine también.

Lo odiaba o le temía, no estaba seguro de cuál era. Pero su reacción, ese retroceso visceral, frío como el hielo, fue la reacción de una verdad inédita. Valentine no esperaba ver a su padre; eso había quedado muy claro. Porque habría pensado que sería mejor ocultando su reacción si hubiera estado preparado. Y tal vez si no hubiera pasado tiempo con Valentine durante estas últimas semanas, ni siquiera me habría dado cuenta.

Pero fíjate que lo hice.

Me dije a mí mismo que no era asunto mío porque no me *importaba*.

No me importaba el maldito Valentine Tye.

Cerré la puerta del mueble y salí de su baño. Todavía estaba dormido y pude ver la mancha descolorida alrededor de su ojo.

Debería haberme ido. Debería haberme puesto el suéter y los zapatos, llamar a un Uber y marcharme a casa, pero algo, y no sé qué, me hizo quedarme.

No podía prepararle el desayuno porque no tenía comida en casa, pero podía preparar café y calentar un poco de pizza sobrante.

Enzo me recibió en la cocina. Se sentó allí con su cola envuelta alrededor de sus pequeñas patas delanteras y me estudió de arriba abajo. Estaba bastante seguro de que sabía lo que le hacía a su dueño dos veces por semana y no estaba impresionado.

—Buenos días a ti también —murmuré.

Abrí los armarios, buscando el café. Valentine usaba del tipo cápsula en su máquina italiana de dos mil dólares. Muy lejos de mi tipo de café instantáneo de supermercado. Pero era lo que había.

Tan pronto como abrí la despensa, Enzo se metió entre mis piernas y maulló ruidosamente.

—Oh, quieres hablar conmigo ahora —respondí.

Maulló una y otra vez, aumentando el tono seriamente, y luego vi unas pequeñas latas caras de comida para gatos en el estante lateral. Cogí una y se la enseñé.

—¿Esto? ¿Quieres esto para el desayuno?

Maulló de nuevo e hizo una figura de ocho alrededor de mis pies, frotándose contra mí, lo que tomé como un sí.

Cogí su plato y tiré las croquetas sobrantes a la basura, y tan pronto como abrí la lata, saltó al mostrador junto a mí.

—Bueno, estoy bastante seguro de que no tienes permitido subir aquí —le dije echando con una cuchara el repugnante paté de sardinas en su plato—. Pero no se lo diré a tu padre si te portas bien.

—¿Decirme qué?

Tanto Enzo como yo levantamos y encontramos a Valentine de pie cerca de la pared.

—Nada —respondí—. ¿Verdad, Enzo?

Permaneció en silencio.

Le sonreí a Valentine.

—¿Ves? Soy su favorito.

Dejé su plato nuevamente sobre la pequeña alfombra y Enzo saltó y comenzó a devorar su comida.

—¿Por qué le diste de comer?

—Porque me dijo que quería una lata de esas para desayunar.

—¿Él te dijo?

—Sí. Inmediatamente después me dijo que yo era su favorito.

Valentine se burló de mí.

—Está bien, doctor Doolittle.

Ignorando su actitud, pude ver mejor sus ojos. La hinchazón había bajado un poco y al menos ahora se le veía el globo ocular, pero estaba muy negro y morado, y el corte al final de la ceja había sangrado un poco durante la noche.

—Tu ojo se ve mejor —le dije.

—Mmm.

—¿Qué tal tu dolor de cabeza?

Parecía molesto, pero finalmente se encogió de hombros.

—Está bien.

—Creo que encendí tu máquina de café —dije—. ¿Necesita calentarse o algo así?

Se acercó arrastrando los pies, presionó un botón y luego sacó dos tazas de café de un armario.

Saqué las pizzas del frigorífico.

—¿Platos?

Valentine fue a otro armario, sacó un plato y lo puso sobre la encimera.

—Entonces, ¿no eres una persona mañanera? —pregunté—. ¿O te duele la cabeza y simplemente no quieres decirlo? ¿O estás enfadado porque todavía estoy aquí?

Se dio la vuelta, se apoyó contra el mostrador y se cruzó de brazos.

—Sí.

Resoplé y dejé algunas rebanadas de "amantes de la carne" en el plato, luego las metí al microondas. Pero, por supuesto, no sabía cómo hacerlo funcionar porque su microondas era de los caros y raros.

Dio un suspiro molesto y lo encendió por mí. Luego encontré las cápsulas de café y fui a poner una en la máquina, pero eso también molestó a Valentine, porque suspiró y me apartó para poder hacerlo.

Para cuando recalentamos la pizza y preparamos los cafés, estaba realmente molesto. Por supuesto que eso me hizo feliz.

Llevó su taza a la mesa del comedor y se sentó, y yo tomé mi café y la pizza. Cogí una rebanada y le empujé el plato. Levantó la nariz.

—No desayuno.

Esta vez logré masticar y tragar antes de hablar.

—Deberías. Vi lo que te pasó el otro día cuando no comiste.

Me fulminó con la mirada.

Le acerqué el plato.

—Come.

—No, gracias.

—Come —dije.

—No. Voy... Voy a almorzar con mi hermana. —Negó con la cabeza como si le molestara haberme dicho eso.

—No sabía que tenías una hermana.

Él frunció el ceño y no reveló más detalles.

—Se te permite comer más de una vez al día —agregué—. De hecho, tres comidas al día son populares desde hace algún tiempo. Las llaman desayuno, almuerzo y cena, aunque, por supuesto, existen variaciones regionales. Y los tentempiés entre comidas están de moda. Y si juegas y entrenas para un deporte de contacto...

—¿Ya terminaste?

—¿De molestarte? No. Podría hacerlo todo el día.

Dejando lo de molestarlo a un lado, todavía no había comido nada, y esto claramente se iba a convertir en un juego de quién podía ser más terco, así que jugué sucio.

—Come medio trozo de pizza o no te chupo la polla antes de irme.

Me miró fijamente, luego miró por la pared de cristal hacia el sol de la mañana y dejó escapar un suspiro.

—Deberías conseguir un trabajo como negociador de la policía.

Resoplé, pero luego miré su pizza aún sin comer y suspiré dramáticamente.

—Es una pena. Tenía muchas ganas de comerte la polla. Quiero decir, tú has comido la mía dos veces y yo no he probado la tuya ni una sola vez. ¿Cómo es eso justo?

Su mirada se posó en la mía y... ¿Estaba tratando de no sonreír?

—Bien —cedió agarrando una porción de pizza—. Cristo.

Mordí mi último trozo y sonreí mientras masticaba.

Puso los ojos en blanco.

—Eres tan asqueroso.

Sin embargo, comió tres bocados de pizza, así que técnicamente gané. Pero seguí mirando su ojo... parecía dolorido.

—Ahora puedes tomar ibuprofeno —le dije—. Ayuda con la hinchazón. Y deberías conseguir un poco de aloe vera. Directo de la planta si puedes. Aplicarlo alrededor de tu ojo. Ayuda con los hematomas.

—¿Terminaste de decirme qué hacer? —preguntó de un modo rotundo.

Dolor de ojo o no, realmente quería un poco de polla antes de irme.

—No. Decirte qué hacer me pone cachondo. —Aparté el plato y mi taza de café vacía, haciendo espacio en la mesa frente a mí—. Trae tu culo aquí y dame tu polla.

Se le dilataron las fosas nasales, pero dejó la taza de café y se levantó. Lo puse en su lugar, justo entre mis rodillas, y lo empujé para que su culo estuviera sobre la mesa. Le separé las piernas con las rodillas y le bajé los pantalones deportivos.

Iba en plan comando, así que tuve fácil acceso y él ya estaba medio duro. Quería que supiera que no era el único que podía chupar pollas como un profesional. Por qué quería que supiera esto, no podría empezar a decirlo. Sólo quería que supiera que podía dejarlo exhausto, hecho polvo y saciado, sin importar en qué forma decidiera tomarlo.

Quería que fuera una puta para mí, que suplicara por ello.

Así que se la chupé hasta dejarlo a un centímetro de su vida. Lo hice tan bien que tenía un pie levantado del suelo y la cabeza hacia atrás, el cuerpo arqueado, gimiendo como la puta que era.

Toqué su cuerpo como un instrumento afinado y bebí cada gota que me dio.

Cuando terminó, casi se desplomó sobre la mesa, recostándose con las piernas abiertas, jadeando y con espasmos.

Estaba tan jodidamente sexi.

Y odiaba que me excitara tanto. Odiaba que cada pequeña cosa que hacía me cantara como nadie más lo había hecho. Mi pene lo quería las veinticuatro horas del día, los siete días de la semana, quería estar enterrado dentro de él cada minuto de cada maldito día.

Y con él tumbado sobre la mesa frente a mí como un maldito festín... Podría haberlo tomado tan fácilmente. Sin lubricante, sin preparación; simplemente levantar su culo y sumergirme completamente en él. Habría gritado y le habría encantado cada segundo.

Podría tenerlo. Tan fácilmente.

Me puse de pie, me bajé la cremallera de los vaqueros y saqué mi polla.

Estaba tan tentado... Estaba tendido frente a mí, con los pantalones hasta los muslos y el trasero *justo ahí*.

Intentó sentarse, así que lo empujé hacia abajo, con mi mano presionada contra su pecho.

—Quédate ahí —dije cogiendo mi polla y bombeando—. Debería follarte ahora mismo —espeté—. Debería hacer que te doliera.

Abrió más las piernas.

Retándome.

Tentándome.

Como la puta que era.

—Necesitas aprender cuál es tu lugar —le siseé acariciándome la polla.

Ya tan cerca. Tan jodidamente cerca.

—Y tu lugar está debajo de mí, tomando todo lo que te dé.

Él gimió y me incliné sobre él, con mis bolas sobre su polla. Con mi mano todavía sobre su pecho, lo sujeté y disparé mi carga, trazando rayas sobre su vientre y su pecho.

Dios, se sentía tan bien.

Como si acabara de marcar mi territorio, como si fuera

su dueño. Como si él fuera mío para hacer lo que quisiera, y cuanto más lo trataba como una mierda, más le gustaba.

Porque conocía su lugar.

Guardé mi polla en mis vaqueros y golpeé ligeramente el lado ileso de su cara.

—Qué buena puta. —Su polla se movió, así que sí, le gustó. Abrí más sus piernas y acerqué su trasero a mi entrepierna—. Será mejor que tengas tu trasero listo para mí el miércoles por la noche. Porque no seré tan paciente.

Él sonrió y arqueó la espalda, como si mis palabras golpearan algo dentro de él.

Jesús.

Lo dejé, todavía acostado sobre la mesa del comedor con sus pantalones deportivos alrededor de los muslos, cubierto con mi semen, y me fui.

CAPÍTULO 10
VALENTINE

EL ALMUERZO con mi hermana fue realmente agradable. Ella casi había muerto cuando me quité las gafas de sol y vio mi ojo y procedió a sermonearme sobre los peligros del rugby.

Gracias a Dios, no lo había visto anoche.

La hinchazón había bajado mucho y el corte estaba sanando. Ya no era necesario la bandita mariposa. Pero los colores... negro, morado, azul y rojo, parecían hacerlo verse peor.

Podía ver bien y al palpar la cuenca del ojo estaba sensible pero no había ningún dolor agudo, por lo que no había nada roto.

Y aparte de los sermones de mi hermana, era agradable tener a alguien preocupado por mí.

Como Marshall estaba preocupado. Claro, se burló mucho de mí y dijo cosas divertidas simplemente para molestarme. Pero él *había* estado preocupado. Había venido a casa conmigo y atendió mi cara herida. Me había alimentado y había dormido a mi lado para vigilarme de cerca.

Tenía unas manos sorprendentemente suaves. Cuando

me limpió la herida, me sorprendió lo hábiles que podían ser sus manos callosas. Normalmente era duro conmigo, sujetándome, agarrándome con fuerza.

Pero anoche no.

Y durmió en mi cama... Nunca había dormido tan profundamente. Tal vez era sólo que no estaba solo, que por alguna extraña razón me sentía seguro con él, lo cual era ridículo considerando las cosas que me hacía, las cosas que le pedía que me hiciera. Quizás la razón por la que me sentía seguro con él, o el hecho de que confiaba en él, era un testimonio de lo jodido que estaba.

Pero Dios, había dormido bien. Incluso mientras dormía, tenía vagos recuerdos del calor de su cuerpo, de sus fuertes brazos.

Quizás eso había sido un sueño.

Maldito fuera.

Marshall Wise.

Se suponía que no me debía gustar que se hubiera quedado a pasar la noche. Se suponía que no me debía gustar que me hubiera amenazado con desayunar. O cómo me chupó la polla o me sujetó y se corrió encima.

Dios, cómo había hecho eso. Y luego simplemente se fue como si yo fuera algo que pudiera usar como mejor le pareciera.

Era tan bueno en eso.

No. Deja de pensar en él.

Mientras siguiera despreciándome, estaríamos bien...

—¿Valentine? —me llamó Brooklyn—. Te perdí por un tiempo allí.

—Oh, lo siento —respondí bebiendo mi agua mineral—. El sol me está adormeciendo.

Sonrió hacia el cielo.

—Es precioso, ¿verdad?

Era agradable. El calor del sol en un frío día de invierno. Había pasado demasiado tiempo desde que me senté y lo disfruté.

—¿Has tenido noticias de mamá? —preguntó.

Negué con la cabeza.

—No. —No durante meses—. ¿Y tú?

Tomó un sorbo de su spritzer y puso los ojos en blanco.

—Hace unas cuantas semanas. Estaba en Londres creo. O... —Agitó la mano—. En algún lugar por allí.

—¿Busca una destilería de ginebra que le permita nadar en un barril?

Rio.

—Muy probable.

Nuestra madre nunca había estado interesada en nosotros. Fuimos criados por niñeras y *au pairs*, y ninguna de ellas se quedó mucho tiempo. Brooklyn era tres años mayor que yo y había asistido a una escuela privada para chicas; y yo a una escuela privada para chicos. Básicamente, habíamos hecho todo lo posible para no estar en casa. Nuestras vidas apenas coincidieron. Hasta la universidad, la edad adulta, cuando intentábamos encontrarnos.

Como ahora.

Ella me gustaba. Incluso la amaba. De la misma manera que amabas a un hermano. Había una especie de vínculo, algo en común. Nuestro vínculo era nuestros terribles padres.

Ni todo el dinero del mundo podría comprarnos amor.

—¿Qué harás con el trabajo? —preguntó.

—¿A qué te refieres?

Ella asintió intencionadamente hacia mi cara.

—Tu ojo. Papá se volverá loco si te ve así. En el trabajo, nada menos.

—Lo superará. —Me burlé, una reacción común ante

cualquier mención de mi padre—. Me lo hicieron jugando al rugby. No es como si la policía me arrestara por llevar coca e ir con prostitutas y tratara de salir del problema peleando.

Rio otra vez, que era la reacción que esperaba.

—Dios mío, ¿has oído lo último?

Feliz de no ser más el tema de sus preguntas, me reí y bebí un sorbo de mi bebida.

—No. ¿Qué ha hecho ahora?

Mattias, nuestro primo, era una fuente constante de escándalo y vergüenza familiar. Un hombre que priorizaba el sexo y el alcohol por sobre todo lo demás, y alguien que mi padre decidió fingir que no existía.

¿Estaba mi padre orgulloso de que sus dos hijos se portaran mejor? Para nada. Usaba a Mattias contra nosotros como un excelente ejemplo de lo que no se debía hacer, de lo desvergonzado, grosero e irrespetuoso que era.

Si tan sólo supiera lo que yo hacía.

Dios, él ni siquiera sabía que yo era gay, mucho menos acerca de mi perversión con la humillación y degradación.

Era más barato y productivo que la terapia, y Dios sabía que lo había intentado. Todos habían hablado de mi relación con mi padre y probablemente podía entender por qué habían dado ese salto. Después de todo, él era la mitad del desastre paternal que me moldeó hasta convertirme en quien era. Pero él no era la única razón; mi madre tenía partes iguales de culpa en el conjunto de la paternidad fallida.

Pero había hecho las paces con ese lío hacía mucho tiempo.

No necesitaba un cierre o aceptación o un diálogo abierto con mis padres para poder seguir adelante con mi vida. No eran la razón por la que anhelaba la degradación sexual y, como un psiquiatra intentó explicar, la falta de amor de mi padre no era la razón por la que era gay y buscaba consuelo en los hombres.

Ese había sido un primer y último encuentro muy corto con ese idiota.

Quiero decir, Jesús maldito Cristo. Debería haber hecho que anularan su titulación. Probablemente lo habría hecho si no me hubiera expuesto en el proceso.

Pero no se requería ningún análisis psicológico críptico.

Tenía padres jodidos. ¿Y qué...? Toma un número y ponte en la cola. Ahora era un adulto y tomaba mis propias decisiones para mi futuro y mi bienestar.

¿Y sobre todo?

Realmente me gustaba que un hombre dotado como un caballo me sujetara y me penetrara profundamente. Si me insultara mientras me sostenía fuertemente, aún mejor. Y si me dolía durante un día después y podía imaginarme sintiendo su polla todavía dentro de mí, doble ventaja.

Marshall cumplía todos esos requisitos.

Yo no exigía nada más de él que eso, y él no exigía nada más de mí. Era el arreglo perfecto.

La noche anterior, cuando se quedó y durmió en mi cama, había sido una excepción a la regla. Nada más.

—Entonces —dijo Brooklyn, habiendo terminado de contarme todo sobre Mattias. Ella tomó un sorbo de su bebida y sonrió—. ¿Ves a alguien?

Visiones de Marshall Wise llenaron mi mente. Su cuerpo, su polla. La forma en que me follaba, los sonidos que hacía cuando estaba dentro de mí. Sus manos sobre mí, la forma en que me sostenía, lo suficientemente fuerte como para marcarme.

Pero también cómo mimaba a Enzo y cómo mi gato gilipollas lo adoraba.

La forma en que Marshall sonreía.

El sonido de su risa.

Cristo.

—No —respondí rotundamente—. ¿Tú?

Me estudió por un momento, luego negó con la cabeza y volvió la cara hacia el sol.

—Cielos, no. Soy demasiado engreída y estoy demasiado cómoda con la soledad y mi propia compañía para cualquier otra persona. O eso me han dicho.

Me reí y, al acercarme, brindé mi vaso con el de ella.

—Brindemos por eso.

Me sonrió.

—Gracias, mamá y papá, por tan maravilloso rasgo familiar.

Me eché a reír, lo que hizo que me doliera el ojo.

—Ay.

Rio.

—Necesitas conseguir un poco de aloe vera.

Asentí y sonreí mientras tomaba un sorbo de mi bebida.

—Sí. Eso me dijeron.

⁂

CONSIDERÉ NO IR A TRABAJAR, como había sugerido Brooklyn, porque mi padre lo odiaría y pensaría que afectaría negativamente a su empresa, y Dios no permitiera que su hijo fuera visto como algo que no fuera perfecto.

Pero tenía trabajo que hacer y no me importaba lo que pensara la gente.

Si tuviera reuniones cruciales o teleconferencias con clientes importantes, probablemente habría hecho otros arreglos. Podía entender el deseo de tener una apariencia perfecta con los compradores extranjeros, pero todo lo que tenía en la agenda esta semana se podía hacer desde mi oficina. No tenía que ver a nadie... excepto la reunión del lunes por la mañana con los encargados de obra.

Entré a la sala de conferencias exactamente a las ocho y me encontré con una multitud que guardó silencio cuando me vio.

Dejé mi iPad sobre la mesa y señalé mi ojo todavía morado, al que todos estaban mirando. Pensé que lo mejor sería aclararlo cuanto antes.

—Partido de rugby. Me gustaría bromear y decir que deberíais ver al otro chico, pero ni siquiera *yo* lo vi.

—Santo cielo... —dijo Harris claramente aturdido—. Lo siento. Ni siquiera sabía que jugabas al rugby.

—Sí.

—¿Ganasteis? —preguntó Carl con una mueca sonrisa.

—¿Mi equipo? Sí. ¿Yo? —Hice un nuevo gesto hacia mi ojo—. No tanto.

Alguien resopló.

Marshall.

—¿Has considerado usar un casco? —preguntó.

Mi mirada se encontró con la suya y él sonrió mientras golpeaba su libreta con su bolígrafo, pero había algo en sus ojos que me decía que tal vez hablaba en serio. Como si quisiera que usara un casco protector para no lastimarme.

—Lo tendré en cuenta —respondí, sosteniendo su mirada por un momento. Luego cambié de tema—. De acuerdo, ya basta de mí. Esta semana estará bastante ocupada sin que yo os entretenga más tiempo, dado que el final del año financiero se acerca rápidamente. Debéis presentar todas las facturas...

Mantuve la reunión breve y agradable, utilizando viñetas para repasar temas de importancia. Había tomado en serio el consejo de Marshall. Esta gente no estaba interesada al ámbito corporativo al que yo estaba acostumbrado. Querían datos rápidos para poder volver al trabajo.

Me gustaba eso.

Y la idea del desayuno también había sido buena.

La semana pasada me enteré por Andrews sobre el cambio en el control de tráfico, que tuvo un impacto indirecto en su lugar de trabajo, y tal vez no lo hubiera sabido de otra manera. Y la charla del desayuno de hoy con Harris cuando mencionaron, de pasada, que habían tenido experiencia de primera mano con soluciones de energía verde.

Y eso era algo que había reservado para un posible trabajo que surgiría en septiembre.

Aunque el tiempo adicional con Marshall en un entorno público y profesional no era tan fácil como pensé que sería.

Cuando me preparé un café, de repente él estaba a mi lado.

—Tu ojo se ve mucho mejor —murmuró.

—Gracias. El aloe ayudó.

Cogió una hamburguesa con huevo y beicon y fingió que no estábamos conversando.

—¿Has desayunado?

—Lo haré ahora —murmuré, revolviendo mi café, fingiendo que no lo conocía.

Cogió una segunda hamburguesa y me la ofreció.

—Necesitas comer.

Y luego se fue, hablando de nuevo con Carl y Jaman como si este intercambio secreto no hubiera ocurrido de ningún modo. Durante la siguiente media hora, lo vi mirar en mi dirección una o dos veces y luego se puso de espaldas a mí.

¿Hizo eso para no seguir mirándome?

Me hubiera gustado pensar que así era. Que lo molestaba. Que tuvo que obligarse a *no* mirarme.

Que me metí en su cabeza. Que eso le molestaba. Que eso lo hizo enfadarse conmigo o consigo mismo. No me importaba cuál, siempre y cuando él se desquitara conmigo el miércoles por la noche.

Cuando miré la siguiente vez, ya no estaba.

Me dije a mí mismo que no me importaba, que no sentía su ausencia. Y que él se asegurara de que comiera comida de vez en cuando no significaba nada.

Porque no era así.

Marshall Wise no significaba nada más para mí que un acuerdo sexual mutuamente beneficioso. Me daba exactamente lo que necesitaba y aparentemente dejarle usar mi cuerpo para su propia gratificación era exactamente lo que él necesitaba.

No era nada más que eso.

Nunca podría serlo.

Éramos demasiado diferentes, de dos mundos muy diferentes. Aparte de que yo era su jefe, sin olvidar un factor muy importante: Marshall Wise me odiaba. Mi familia había lastimado a la suya de maneras que yo nunca podría entender o apreciar del todo. Él nunca me perdonaría lo que hizo mi padre, ni debería hacerlo.

Y esa cruda comprensión se asentaba como un frío y grasiento bulto de miedo en mi estómago, un dolor sordo detrás de mis costillas.

Así que me dije a mí mismo que dejaría que me follara más fuerte este miércoles. Que lo animaría a hacerlo.

Y que me lo merecería.

El hecho de que lo necesitara y me encantara era una ventaja adicional.

No estaba seguro de por qué estaba empezando a

sentirme en conflicto con eso. Tampoco tenía ninguna intención de sacar los trapos sucios.

No.

Guardé esas tonterías y cerré bien la tapa. Y conté las horas hasta el miércoles.

CAPÍTULO 11
MARSHALL

EL OJO de Valentine no se veía tan mal el lunes por la mañana como pensé. No se veía bien, déjame decirlo así. Pero el corte se estaba curando bien, la hinchazón había desaparecido en su mayor parte y el morado oscuro se estaba desvaneciendo y pronto se volvería de ese verde y amarillo enfermizo.

Pero todavía no comía lo suficiente, y nunca sabré por qué le puse una hamburguesa para desayunar en la mano en la reunión de encargados.

Podría decirme a mí mismo que era porque si iba a follarlo un par de veces a la semana, él necesitaba cuidar de sí mismo. Pero su necesidad de que lo insultara mientras lo follaba duro me hizo cuestionar su autoestima tal como estaba, y si iba a agregar que no se cuidaba a sí mismo, entonces tal vez estaba en una búsqueda de autodestrucción, y eso no era un viaje al que me inscribiría.

Entendía que todo ese asunto de "sométeme y fóllame" era caliente. Y entendía que a algunas personas les gustaba ser degradadas o elogiadas, y eso me parecía completamente bien.

¿Pero no tenían esas personas fe en que sus parejas sexuales los cuidarían? ¿Confiar en que sus parejas sexuales garantizarían que se satisficieran *todas sus necesidades*?

No sabía lo suficiente sobre ese estilo de vida y tal vez fui un idiota por lanzarme de cabeza sin hacer preguntas ni establecer límites.

Sin duda, asegurarme de que Valentine comiera suficiente comida era lo mínimo indispensable.

No quería echarme atrás. No quería abandonar nuestro acuerdo. Porque a pesar de todos sus defectos, Valentine tenía razón en una cosa.

Era todo muy caliente.

Básicamente había tenido un semi erección permanente desde que comenzó todo este acuerdo. Había invadido casi todos mis pensamientos de vigilia. Me encontraba pensando en él cuando estaba en la ducha, cuando estaba atrapado en el tráfico, cuando estaba a la mesa del comedor de mis padres durante la cena del domingo.

Cuando estaba en casa el lunes por la noche... Por eso también me encontré buscando en Google mierda como *la mentalidad detrás de los comportamientos sexuales* y *los rasgos de comportamiento de sumisión sexual*.

¿Qué había dicho Valentine la primera vez?

Había probado los clubs BDSM, pero no eran lo suyo porque *en realidad* no lo odiaban.

Y necesitaba a alguien que *realmente* lo odiara.

Cristo.

¿Esto me superaba?

Estaba empezando a pensar que sí.

¿Dejaría de verlo?

No.

Todavía me desagradaba el tío. De hecho, me molestaba muchísimo y me daba una gran alegría cabrearlo.

Pero no era el completo imbécil que pensaba que era.

Había más capas en él de las qué había supuesto, y ciertamente no tenía la vida perfecta que pensaba que tenía. Claro, tenía dinero. Nació con ello, sí. Pero también trabajaba duro para tenerlo.

No le tenía lástima.

Ahora podía ver que era un hombre con sus problemas y demonios, como cualquier otra persona. No era infalible. Dios, estaba lejos, muy lejos de ser perfecto.

Pero no estaba seguro de si todavía lo odiaba.

Y el hecho de que tuviéramos relaciones sexuales sin condón... Por mucho que pudiera decirme lo contrario, eso significaba algo para mí. No era algo que hubiera hecho con nadie más, y una parte extraña y primitiva de mí amaba el hecho de poder correrme dentro de él.

Él, especialmente. Que fuera Valentine Tye quien tomara mi semilla. Que, como algún razonamiento jodido, yo era su dueño. Un tío que había sido un adversario toda mi vida se inclinaba y tomaba mis corridas porque yo era su dueño.

Y eso era un poco jodido.

—¿Qué te pasa? —preguntó Noah. Habíamos terminado de entrenar el martes por la noche y después fuimos a tomar unas cervezas en el pub. Extrañaba beber con estos chicos, mis últimas sesiones de bebida del sábado después del partido se habían quedado en el camino, y se sentía bien beber un poco y hablar de cosas sin importancia con los chicos.

Pero mi mente había regresado a Valentine. De nuevo.

—Nos abandonaste los últimos sábados —añadió Taka—. ¿No me digas que alguien te clavó sus garfios?

Me reí.

—Joder, no.

Taka empujó su cara hacia la mía.

—Mierda. ¡Te estas sonrojando! ¡Estás *saliendo* con alguien!

Le di un empujón y me reí.

—Vete a la mierda. No salgo con nadie. Nadie me tiene enganchado.

Todos se rieron y tuve que cuestionar mi capacidad para mentir.

¿Era mentira?

Jesucristo, Marshall.

—No has salido con nadie en las últimas semanas, Wise —dijo Millsy, luego tomó un trago de su cerveza—. Te has ido temprano, no has bebido, no has peleado con nadie.

Negué con la cabeza.

—Eso no es cierto.

Más o menos lo era y todos lo sabíamos.

Noah negó con la cabeza hacia mí.

—Estás jodidamente atrapado.

Le apunté con mi botella de cerveza.

—Eso es una mierda.

Taka se rio.

—Podría haber sido convincente si hubieras intentado no sonreír, amigo mío.

—¿Quién es? —presionó Millsy.

—Nadie.

—Vamos, danos un nombre.

—No hay nadie.

—¿Quién es el afortunado? —preguntó Taka.

—¡Nadie!

—¿Quién es el pobre tío que tiene que aguantar tu polla? —preguntó Noah—. ¿Puede siquiera caminar al día siguiente?

No pude evitar reírme. Compartía vestuario y duchas

con estos tíos. Me habían visto y todos habían hecho bromas. Tenía una gran polla. Esto era de conocimiento común y, a menudo, el remate de muchos chistes. No era un insulto.

Escondí mi sonrisa detrás de la cerveza.

—Estáis delirando.

Millsy negó con la cabeza con tristeza.

—Hemos perdido a otro, muchachos. —Hizo la señal de la cruz con su botella de cerveza—. Descanse en paz Marshall Wise. El hombre puta ya no vive.

Todos alzaron sus cervezas como si fuera un brindis de despedida a los caídos.

Resoplé y tomé un trago de mi cerveza.

—Estáis diciendo tonterías.

Millsy hizo un gesto alrededor de la barra. Había una multitud decente para un martes por la noche.

—Entonces demuestra que estamos equivocados. Ve a buscar a alguien al azar ahora mismo.

Me burlé.

—No.

—¿Ves? —dijo como si demostrara algún punto—. No es como que no te hayas follado a nadie en estos baños, seamos realistas.

Bueno, eso era cierto.

—Sólo porque no tengo ganas, no significa nada.

Millsy levantó una ceja y Taka se rio.

—Sí. Está perdido.

Di otra mirada alrededor de la barra. Es decir, había algunos tíos que sabía que estarían dispuestos a hacerlo. Y técnicamente podría hacerlo... si quisiera.

Pero no quería.

Y no porque fuera una regla del acuerdo que tenía con Valentine.

Simplemente no lo necesitaba, porque... bueno, porque mis necesidades estaban siendo verdaderamente satisfechas.

Con Valentine.

Maldita sea.

Los chicos bromearon un poco más y a mí ni siquiera me importó. Si hoy era mi turno de ser el blanco de sus bromas, que así fuera.

Pero el miércoles en el trabajo las bromas continuaron tan pronto como Taka y Millsy llegaron. Taka entró, bailando un poco con *"Llover Boy"* de Billy Ocean mientras Millsy se reía a carcajadas.

—No eres gracioso —le dije.

Millsy respondió cantando *"Let's Hear It for the Boy"* y Taka continuó con su estúpido baile, ambos pensando claramente que esto era lo más divertido que jamás habían hecho.

Y tal vez lo hubiera sido si yo no hubiera estado dando vueltas toda la noche pensando en lo que habían dicho. Cómo estaba perdido, cómo alguien me había clavado las garras y que descansara en paz el hombre puta.

Tuve que gritar por encima de ellos para que pudieran oírme.

—La próxima persona que cante hoy estará limpiando mierda durante un año.

Ambos se callaron.

Y luego, porque al parecer cuando cantas sobre el diablo, él aparece.

—Ah, Marshall —dijo Taka señalando el aparcamiento—. El jefe está aquí.

Me volví y encontré a Valentine entrando. Dejé caer la cabeza hacia atrás con un gemido.

—Simple y jodidamente genial.

Lo cual, luego me di cuenta, Valentine escuchó.

—¿Tienes algún problema, Wise? —dijo mientras se acercaba.

Mierda.

—Ay, no seas demasiado duro con él, jefe —dijo Taka con su enorme y adorable sonrisa—. Justo estábamos burlándonos de él porque fue y se buscó un novio.

Los ojos de Valentine se dirigieron a los míos.

—No es algo que pensáramos que veríamos alguna vez en nuestras vidas —añadió Millsy—. Tengo que decir que siento lástima por el pobre hombre que dominó a este.

Pasé ambas manos por mi cabello y dejé escapar una lenta bocanada de aire, tratando de calmarme.

—Como os dije a ambos anoche, idiotas, no, no tengo novio. Y este no es el lugar para sacar el tema, así que, si ambos pudierais callaros la boca, sería genial. —Luego le di a Valentine una mirada exasperada—. Entonces no, no hay problema aquí. ¿A qué debo el privilegio de esta visita inesperada y en un momento impecable hoy?

Su mandíbula se contrajo.

—Hablemos en privado, por favor —murmuró, giró sobre sus talones y comenzó a caminar de regreso a su auto.

Les lancé a Taka y Millsy una mirada de muchas-gracias-joder y seguí a Valentine. Caminó todo el camino de regreso a su coche donde ni siquiera se dio la vuelta. Tendríamos una conversación lado a lado extraña.

—¿Qué. Mierda. Fue. Eso?

Bien, entonces no era una gran conversación...

—Eso —respondí—, fue un remanente de anoche cuando la mitad de mis compañeros de rugby me acusaron de tener a alguien porque ya no me cabreaba y quería pelear con la gente después del partido de los sábados. Los abandoné los últimos fines de semana y se dieron cuenta.

Aparentemente la idea de que me ate a un solo hombre es muy divertida.

Las fosas nasales de Valentine se dilataron y su mandíbula se movió, pero mantuvo la vista al frente.

—No les dijiste nada...

—¿Estás loco? —Resoplé—. Como si alguna vez les fuera a contar algo. O a alguien, en todo caso.

Su mirada se cruzó con la mía con precisión láser.

Esbocé una sonrisa.

—No me creerían si los dijera.

Me miró fijamente, estudió mis ojos, buscando lo que sólo Dios sabría.

—Mmm.

No pude resistirme a dar un pequeño pinchazo.

—¿Estás celoso? Cuando dijeron que tenía novio, ¿pensaste que era otra persona?

Me frunció el ceño.

—No seas ridículo.

Y otro pinchazo.

—¿Pensaste que era el final de nuestro acuerdo? ¿Estabas triste?

Estaba furioso.

—Extrañaría una parte de ti. —Su mirada bajó a mi polla y volvió a subir—. Y nada más.

Me reí.

—Mentiroso.

—Si piensas...

—Tu ojo se ve bien.

Cerró la boca y sus fosas nasales se dilataron mientras intentaba respirar por un poco de calma.

—Eres tan exasperante.

—Todo es parte del acuerdo.

Negó con la cabeza y, maldito fuera ese cabrón, casi sonrió.

—Lo más probable es que tu equipo de trabajo esté mirando.

—Cien por ciento de posibilidades de eso, sí. Probablemente estén haciendo apuestas para ver si alguno de nosotros lanza un puñetazo. Las probabilidades estarán a mi favor, para que lo sepas.

Valentine puso los ojos en blanco.

—No serías lo suficientemente rápido.

Solté una carcajada.

—Ah, ¿de verdad? ¿En serio? ¿Deberíamos aceptar esa apuesta?

—Mi casa, esta noche a las siete.

—No tendrías ninguna posibilidad.

—Oh, no te preocupes —dijo—. Tengo toda la intención de dejarte ganar.

Ahora fui yo quien sonrió. Era un hijo de puta.

—¿Viniste aquí por algo relacionado con el trabajo? ¿O simplemente para verme? ¿Me extrañaste? ¿Quieres hacerlo tres noches a la semana?

Sus ojos se encontraron con los míos, atrevidos, y él sonrió.

—Me gustan los desafíos.

Jesús, maldito Cristo.

Ahora que... ¿Hablaba en serio?

—Pero, sobre el trabajo —dijo abriendo la puerta de su coche—. Necesitaré todos tus informes para el viernes y el equipo de aire acondicionado debe adelantar su calendario, así que estarán aquí la próxima semana. Y llegó tu envío de cableado óptico; la instalación comienza hoy.

Qué...

—¿De qué demonios estás hablando? —Señalé al edificio donde, sí, mi equipo estaba observando—. ¿Cómo es posible? Joder.

Podría haber gritado eso y mi equipo definitivamente lo escuchó.

Valentine me sonrió mientras subía a su coche.

—Que tengas un buen día.

Su puerta se cerró y el silencioso ronroneo del estúpidamente caro motor me cabreó aún más. Dio marcha atrás para salir de donde había aparcado, sonriendo mientras salía del estacionamiento, y así que Dios me ayudara, recordé por qué lo odiaba.

Sí.

Esta noche a las siete en punto iba a machacarlo.

Regresé pisando fuerte hacia donde estaba esperando mi equipo.

—Bueno, parecía una conversación divertida —dijo Taka—. Maldijiste, ¿entonces estás despedido?

—Si ese pedazo de mierda se atreve a despedirme, será porque le di un puñetazo en su estúpida boca.

Su estúpida y jodidamente *talentosa* boca...

Todavía estaban esperando una explicación.

—Cambio de planes —dije—. La instalación del aire acondicionado se adelantará para la próxima semana. La instalación de fibra óptica comienza hoy.

Se quedaron mirando.

Asentí.

—Por eso maldije.

—Yo debería darle un puñetazo —dijo Millsy—. ¿La semana que viene? ¿Cómo podemos tener esto listo para la próxima semana?

Respiré profundamente y exhalé lentamente.

—Lo lograremos. Porque será sobre mi cadáver que el puto Valentine Tye me venza. —Todos asintieron, listos para ir a trabajar. Como sabía que estarían. Nunca me decepcionarían. Y si Valentine pensaba que fracasaría, entonces no me conocía, nada.

Y sí, lo machacaría esta noche. Me lo iba a follar tan intensamente que mañana no podría sentarse.

O, como pensé más tarde, después de haber tenido que llamar a los electricistas y rogarles que dejaran todo e hicieran lo que pudieran en dos días, si realmente quería hacer sufrir a Valentine, no debería follarlo como *él* quería que lo hiciera.

Sí. Sonreí. *Perfecto*.

Si quería jugar juegos estúpidos, ganaría premios estúpidos.

Que lleguen las siete.

ENTRÉ en casa de Valentine con una misión. Y con envases de comida tailandesa para llevar porque sabía que no habría comido.

—¿Qué es eso? —preguntó mirando la bolsa en mi mano.

—La cena.

Dio media vuelta y se alejó.

—No creo que la cena fuera parte de nuestro acuerdo. Creo recordar que la frase "entras, me follas y te vas" fue la especificación.

Dios, se veía bien. Llevaba pantalones de chándal negros y una camiseta gris de manga larga que probablemente costaban más que todo mi conjunto, incluidas las botas. Su cabello estaba un poco húmedo y olía a fresco, y maldito fuera, apostaba a que su piel estaba caliente...

Mantente concentrado, Marshall.

Dejé la bolsa de comida para llevar sobre la mesa del comedor.

—En realidad, creo recordar que la especificación real fue "entrar, llenarte de semen y marcharme" pero el sentimiento es el mismo.

Enzo trotó hacia mí y se enroscó alrededor de mi pierna. Lo cogí en brazos.

—Hola, pequeño. Esta comida no es para ti.

Maulló y le lancé una mirada a Valentine.

—Me dice que aún no le has dado de comer.

Valentine puso los ojos en blanco y suspiró.

—Te está mintiendo.

Llevé a Enzo conmigo para coger algunos platos. Si a Valentine le molestaba que le agradara a su gato, lo iba a aprovechar al máximo. Estaba bastante seguro de que también odiaba a Enzo en la encimera de su cocina, así que ahí fue donde lo puse.

Cualquier cosa era munición en la guerra.

Me lavé las manos en el fregadero de la cocina con su jabón caro y me sequé las manos con su elegante paño de cocina. Recogí dos platos y los llevé a la mesa. Mientras tanto, Valentine nunca dijo una palabra.

Se quedó allí con los brazos cruzados, mirándome y con la mandíbula apretada.

—Esto no es follar.

Le sonreí y luego tomé su barbilla entre mi índice y mi pulgar.

—Todavía no, no lo es. —Giré su cabeza hacia un lado, para poder ver mejor su ojo—. Mmm. Te curas rápido. Es bueno saberlo.

Sus fosas nasales se dilataron y sus ojos brillaron.

—¿Es esto una venganza por lo de hoy?

Sonriendo, me senté a la mesa y saqué los envases de comida para llevar de la bolsa.

—No sé de qué estás hablando, y... —Levanté dos dedos—. La regla número dos era no hablar de trabajo. Ahora siéntate y come.

Respiró profundamente unas cuantas veces, claramente enfadado, y se sentó lentamente. Le entregué algunos palillos, muy complacido de que esto también pareciera molestarlo.

—No estaba seguro de lo que te gustaba —dije sirviendo un poco de ambos recipientes en mi plato—. Así que compré lo que me gustaba y pensé que podrías comerlo.

Permaneció inmóvil durante unos segundos.

—¿Y si dijera que no tengo hambre?

Comí un poco y tragué.

—¿Necesitas que te ate y te obligue a alimentarte?

—Podrías atarme y obligarme a hacer muchas cosas —respondió con frialdad—. Comer no es una de ellas.

Me metí un poco de carne con chile en la boca y la mastiqué lentamente.

—Si no cenas, no tendrás postre.

Sabía a qué postre me refería.

—Mmm. Picante —dije levantándome. Busqué dos vasos de agua y puse el suyo frente a él. Cuando volví a sentarme, acerqué mi silla mucho más a la suya.

Puso los ojos en blanco, pero comió un bocado de pollo y arroz. Y después de ese, tomó dos más.

—Mmm —tararee, un estruendo gutural bajo. Deslicé mi mano por su muslo—. Buen chico.

Su mirada me golpeó, no con calor o fuego sino con pura molestia. Quizás incluso una pizca de odio.

Sonreí mientras comía más.

Esto iba muy bien...

Con mi mano todavía en su muslo, agarré su pierna y puse su muslo sobre el mío. Obviamente, no estaba seguro de qué hacer con eso. Sorprendido e inseguro. Pero le dejó las piernas abiertas.

Esos pantalones suaves no ocultaban nada.

Maldición.

Cuando se dio cuenta del juego que estaba jugando, intentó cambiar las reglas. O tal vez simplemente se excitó, no estaba seguro. Pero empezó a comer con más énfasis en tarareos de placer, lamiéndose los labios. Jugó con los palillos que tenía en la boca y los sacó lentamente. Bebió su agua como si fuera néctar de los dioses.

Nunca apartó su pierna de la mía.

Pero giró las caderas y arqueó un poco la espalda.

Joder, era un putón.

Deslicé mi mano por la parte interna de su muslo hasta el bulto de sus pantalones. Pero ignoré su polla y en su lugar le acaricié los huevos. Le gustó, pero pareció frustrarlo, lo que me hizo sonreír.

—¿Ocurre algo? —pregunté.

—No —suspiró.

—Bien. —Cogí un trozo de carne y se lo llevé a los labios—. Abre.

No lo hizo.

Entonces tomé sus bolas en mi mano y las apreté.

—Abre.

Gruñó, pero obedeció, así que le solté las bolas y le di la carne.

—Buen chico.

Estaba furioso, casi gruñéndome mientras masticaba.

Comí un poco de pollo y arroz y luego intenté darle un

poco más de comida. Apretó sus labios en desafío y yo apreté sus bolas nuevamente.

Abrió la boca.

Así que le acaricié las pelotas como recompensa y le di una caricia lenta a su polla. Sólo a través de sus pantalones, no piel con piel.

No había sido *tan* buen chico.

—Si quieres que te toque correctamente, tienes que comer más.

Me fulminó con la mirada, pero comió dos bocados más, mi agarre en sus bolas se apretó hasta que obedeció.

Mantuvo las manos a los costados todo el tiempo y mantuvo su pierna sobre mi muslo. Podría haberme detenido en cualquier momento. Podría haber dicho la palabra no.

Pero nunca lo hizo.

Hasta que, después del último bocado, negó levemente con la cabeza.

—Estoy lleno.

No sé por qué me hizo feliz que me dijera que ya había comido suficiente. No iba simplemente a cumplir con jugar este juego; ya había tenido suficiente y me lo dijo. Yo respetaba eso.

—¿Crees que te has ganado el postre? —pregunté en voz baja, frotando sus pelotas y provocándolo con un suave apretón.

—Sí.

Deslicé mi mano debajo de la cintura de sus pantalones y le di algunas caricias a su suave polla.

—Eres una puta.

Y ahí estaba. Ese parpadeo lento, esa sonrisa sutil. Ese lugar al que necesitaba ir, necesitaba que yo lo llevara.

Y lo iba *a* llevar.

Me levanté y su pierna se deslizó de la mía. Mantuve mi mano alrededor de su polla y con la otra mano tomé un puñado de pelo, le obligué a echar la cabeza hacia atrás y lo besé con fuerza.

Metí mi lengua en su boca, haciéndome dueño de su lengua, mientras acariciaba su polla y tiraba de su pelo.

Él gruñó en mi boca, su polla palpitaba en mi mano.

Que puta tan sucia.

Aparté mi boca de la suya y lo miré a los ojos. De mala gana liberé su polla de mí agarre.

—Dormitorio. Ahora.

Le tomó un segundo registrar las palabras. Sus ojos vidriosos se centraron en los míos y luego desapareció en su habitación. Metí los recipientes con las sobras al frigorífico, puse los platos en el fregadero y lo seguí.

La botella de lubricante estaba sobre su cama y una toalla doblada. Ahora estaba sin camisa, su pálido torso provocándome, burlándose de mí. Dios, quería pasar mis manos por todo él.

Se deslizó sus pantalones sobre la curva de su culo y me miró por encima del hombro como si estuviera pidiendo permiso. Asentí y, mierda, los dejó caer por sus piernas.

Estaba completamente erecto y jodidamente hermoso.

Y yo todavía estaba completamente vestido.

Me quité las botas, él extendió la toalla sobre la cama y se arrodilló sobre ella. Luego abrió la tapa del lubricante y comenzó a aplicárselo en el culo, y yo me quedé mirándolo con los vaqueros abiertos, incapaz de apartar la mirada.

El cabrón sonrió, disfrutando de la audiencia, disfrutando del control que tenía sobre mí.

Dios, si tan solo supiera...

Si tan solo supiera el control que tenía sobre mí.

Deslizó un dedo dentro de sí mismo y gimió como la puta que era, y recordé lo que estaba haciendo.

Ahora, lo había follado muchas veces con mis vaqueros todavía puestos, un polvo rápido y listo, como él quería.

Pero esta noche yo estaba a cargo de las reglas y tenía toda la intención de hacer todo lo posible para cabrearlo. Lo quería enfadado hasta el punto de perder la cabeza... antes de darle lo que tanto deseaba.

Así que me desnudé completamente y mantuve mi camiseta en las manos. Estaba bastante claro que quería que me pusiera al lado de la cama y lo follara por detrás. Pero hoy no iba a hacer eso.

Fui hacia él y agarré su muñeca, deteniendo la mano con la que se estaba jodiendo.

—Date la vuelta —ordené—. Lo único que estará dentro de ti esta noche soy yo.

Él sonrió mientras se giraba, todavía de rodillas, todavía hermoso.

—Dame tus manos —murmuré.

Él lo hizo y las até con mi camiseta. Su pecho subía y bajaba en respiraciones lentas y medidas, una calma para él que no estaba seguro si amaba o temía.

Luego lo obligué a tumbarse boca arriba y le abrí las piernas, separándoselas. Me arrodillé en la cama entre ellas y apliqué más lubricante. Toqué su culo, follándolo con los dedos, estirándolo lentamente, y por el pliegue de su frente, supe que no le gustaba.

No le gustaba el hecho de que estuviera siendo amable.

Llevó sus manos atadas a mi pecho, ahora molesto. Incluso intentó pelear conmigo, luchar, provocar una reacción. Así que empujé sus manos por encima de su cabeza hacia el colchón y abrí más sus muslos con mis rodillas.

—Lo obtendrás cuando te lo dé —le dije, con mi nariz cerca de la suya.

Sus ojos brillaron con calor y frustración.

—Simplemente no creo que lo desees lo suficiente todavía.

Se burló de mí y presioné mis labios contra los suyos, lenta y suavemente.

A él tampoco le gustó mucho. Me gruñó, frustrado, e intentó liberar sus manos.

Entonces, manteniendo sus manos inmovilizadas en la cama con una mano, le pellizqué la barbilla con el pulgar y el índice, abriendo su boca para poder besarlo de verdad. Enredé mi lengua con la suya y él gruñó, la lucha abandonó su cuerpo mientras me devolvía el beso.

Podría decirme que lo odiaba, pero su cuerpo nunca mentía.

Luego levantó las caderas, enganchando sus piernas detrás de mis muslos, tratando de atraerme hacia él.

Quería tanto mi polla.

Pero no estaba lo suficientemente desesperado. Aún no.

Así que besé su mandíbula hasta su cuello, raspando con mis dientes la suave piel. Dios, sabía increíble. Quería lamer cada centímetro de él.

Bajó las manos de nuevo. Aún atado con mi camiseta, era mucho más fácil controlarlo. Empujé sus brazos hacia arriba por encima de su cabeza y sujeté sus codos, inmovilizándolo para poder lamer más de él.

Su clavícula, ese hueco en la base de su garganta.

Eso lo hizo jadear.

Sí, eso le gustó mucho.

Primero me moví hacia su pezón izquierdo. Lamiéndolo con mi lengua, chupándolo, pellizcándolo con mis labios.

Todo su cuerpo reaccionó. Levantó las piernas, arqueó la espalda, su polla se sacudió entre nosotros y gimió.

—Eres una jodida puta —murmuré, luego comencé a trabajar en su pezón derecho.

Esta vez gimió más fuerte y bajó las manos atadas para cubrirse la cara. Mordió mi camiseta que estaba atada alrededor de sus muñecas y gimió de nuevo, pero ahora era un sonido de pura frustración.

Empujé sus manos de nuevo sobre su cabeza y acerqué mi nariz a la suya.

—¿Lo quieres?

Asintió.

—Dime que lo quieres.

—Lo quiero.

Lo besé y mordí suavemente su labio inferior.

—¿Cuánto lo deseas?

Él gruñó en respuesta y yo me reí antes de besarlo nuevamente y hundir mi lengua en su boca. Levantó sus caderas, tratando de colocar mi polla en su agujero.

Me retiré, irguiéndome en toda mi altura junto a la cama, contemplando la vista. Estaba tendido delante de mí, con las piernas abiertas, la polla dura y los labios rojos e hinchados. Tenía las manos atadas por encima de la cabeza y el pecho palpitaba.

Era jodidamente hermoso. Se veía tan sexi así que me dejó sin aliento.

Ignoré el latido de mi corazón, el golpe contra mis costillas que debería haberme hecho detenerme. Debería haberlo llamado como era. Que tal vez no odiaba a Valentine tanto como antes...

El maldito Valentine Tye.

Dios, Marshall. ¿Qué estás haciendo?

Cogí el lubricante y me enfoqué en él.

—Eres una puta tan desesperada —dije mientras lubricaba mi erección—. Te quedas así frente a mí, diciéndome lo mucho que necesitas mi polla.

Doblé sus piernas, acerqué su trasero al borde de la cama y presioné la cabeza de mi polla contra su agujero. Me incliné sobre él y lo miré directamente a los ojos. Intentó apartar la mirada, así que agarré un puñado de su pelo y hablé contra sus labios.

—Mírame mientras te follo.

Su respiración se entrecortó y sus labios se abrieron. Sus ojos se abrieron y su mirada se clavó en la mía mientras empujaba dentro de él. Ese calor apretado, la resistencia, el deslizamiento a casa.

Sus párpados se agitaron, su respiración era aguda y superficial, pero mantuvo sus ojos en los míos.

—Qué buena putita —dije con voz áspera.

Me di cuenta de que estaba acunando la parte superior de su cabeza con ambas manos, todavía agarrando su cabello, tirando con fuerza mientras luchaba por el control.

Se sentía tan jodidamente bien.

Como nadie que hubiera tenido jamás.

Empujé hasta el fondo y él gritó, con la espalda arqueada y el cuello tenso. Tener la boca abierta así era irresistible. Presioné mis labios contra los suyos, besándolo profundamente, hundiendo mi lengua mientras comenzaba a deslizarme adelante y atrás en su culo.

Él gruñó y gimió, y el sonido se enroscó alrededor de mi columna. Ya estaba a punto de correrme y era demasiado pronto. Esto no iba a ser un polvo rápido. Quería más esta vez.

Rompí el beso y pasé mis labios por su mandíbula hasta su oreja, besando y chupando, enterrando mi cara contra su cuello. Penetrándolo lenta y profundamente, consiguiendo cada gramo de placer.

Así era como me follaría a otra persona.

Así no era como me follaba a Valentine.

Pensé en hacer esto para molestarlo porque él lo odiaría.

Pero los sonidos que hacía, la forma en que bajaba sus manos atadas sobre mi cabeza, cómo se balanceaba en mis embestidas... No odiaba esto, para nada.

Pero no podía parar.

Quería que esto fuera medido y significativo.

¿Significativo?

¿Qué demonios?

Saqué ese estúpido pensamiento de mi cabeza.

Disfrútalo, Marshall. Olvídate de todo lo demás. No existe nada más excepto el calor húmedo y la presión...

—Joder, te sientes tan bien —dije, mi voz llena de moderación. Me hundí en él hasta el fondo y me quedé allí.

Él gimió como una estrella porno y levantó más las piernas, y no estaba seguro de poder contenerme por mucho más tiempo. Estaba enterrado hasta las bolas dentro de él, la mayoría de los chicos no podían soportarlo, pero él se balanceaba adelante y atrás.

Jooooooder.

Me aparté y me puse de pie, agarrando sus costillas y deslizando mis manos hasta sus caderas, empujándome en él.

Gimió, casi un grito, y se corrió, chorros de semen cubrieron su vientre y su pecho. Su cuerpo rígido y su trasero apretando mi longitud.

Joder, sí.

Justo así.

Deslicé mis manos debajo de sus hombros, enterré mi rostro en su cuello y lo embestí una y otra vez hasta que fue demasiado, demasiado difícil de contenerme, y dejé que ganara mi orgasmo.

Me corrí en su interior, derramándome y pulsando, y él gimió y suspiró al sentirlo.

Pasaron unos segundos hasta que mi mente dejó de dar vueltas y mis sentidos regresaron flotando a mi cerebro. Estaba respirando con dificultad. Mis huesos eran gelatina. Me reí en su cuello y luego lo mordí por diversión.

Gruñó y trató de apartarme de él. Salí lentamente, mi polla estaba sensible y de alguna manera todavía no estaba lista para dejar de follar.

Nunca me cansaría de él. Quería follarlo las veinticuatro horas del día, los siete días de la semana, e incluso eso probablemente no sería suficiente.

Usé la toalla para limpiar el semen de nuestros vientres y pechos, y él giró sobre su costado como si fuera a deslizarse de la cama y levantarse.

—Sí, no lo creo —dije empujándolo sobre su frente. Me arrodillé en la cama y lo arrastré más arriba para que quedara en el medio del colchón. Abrí sus muslos con mis rodillas y me tumbé encima de él.

Necesitaba recuperar el aliento y aún no estaba listo para irme.

Además, no me oponía a los abrazos después del sexo. Se sentía... agradable.

No quería exactamente abrazar a Valentine, pero el contacto de todo el cuerpo fue cálido y bienvenido. Mi pecho contra su espalda, sus brazos cerca de sus almohadas, su cabeza vuelta hacia un lado.

El hecho de que mi polla estuviera encajada en su culo tampoco era exactamente terrible.

Pasé mis manos por sus brazos y besé su hombro.

—¿Quieres que te desate las manos?

—No.

Sonreí en su nuca.

—Eres un niño travieso —murmuré.

Presionó su cara contra el colchón y levantó un poco las caderas.

Jesús.

Raspé mis dientes a lo largo de su nuca, mordisqueando la piel con un pequeño mordisco, luego lo besé para aliviarlo. Pasé mis manos sobre las suyas, sobre mi camiseta que ataba sus muñecas, y entrelacé mis dedos con los suyos.

Se quedó quieto debajo de mí.

—¿Vas a follarme de nuevo?

Giré mis caderas, acercando mi polla hasta detrás de sus pelotas.

—Sí. Quiero follarte toda la noche. —Besé su hombro—. ¿Cuánto crees que puedes soportar?

Canturreó.

—Todo lo que puedas darme.

Giré mis caderas un par de veces y él levantó su trasero. Urgiéndome, desesperado por más.

Cristo. Era tan insaciable como yo.

Presioné mis labios contra el borde de su oreja.

—Mi polla nunca ha querido un culo como quiere el tuyo.

Jadeó y trató de levantarse. ¿Para arrodillarse? ¿Para alejarse? No estaba seguro.

No me importaba.

Empujé sus manos hacia abajo y lo inmovilicé con mi cuerpo.

—Te mueves cuando te diga que te muevas. Si quiero follarte así, lo haré. Y tomarás tantas corridas como te dé.

Él gimió, todavía intentando levantar las caderas. ¿Un

cambio involuntario? ¿O deliberado? No lo sabía. No me importó.

Puse mi mano en su cadera y lo sujeté.

—Te dije que no te movieras.

Gimió.

Suspiró.

Con la otra mano, agarré su cabello y le di un tirón, con mis labios en su oreja.

—Eres una puta que no sirve para nada —susurré.

Sonrió. Jodidamente sonrió.

Cristo, mi polla estaba lista otra vez. Mantenerlo presionado me excitaba tanto como ser presionado lo excitaba a él. Decirle que no valía nada y que me lo iba a follar... No debería excitarme.

Pero así era. Como nada que hubiera hecho antes.

Quería estar dentro de él todo el maldito tiempo. Quería correrme dentro de él.

Mío.

Quería reclamarlo, poseerlo.

Me levanté y estaba a punto de protestar hasta que escuchó el clic de la botella de lubricante. Luego presionó la frente contra el colchón y levantó una rodilla.

Me di un nuevo suministro rápido de lubricante y estaba a punto de verter un poco en su entrada... hasta que vi...

—Mierda —respiré. Una pequeña gota de mi semen goteaba de su agujero—. Oh, joder, eso está caliente.

Abrí sus nalgas y, usando mis pulgares, abrí un poco su agujero.

—No necesitas lubricante —dije—. Ya estás mojado.

Nunca me cansaría de verlo.

Él gimió y trató de arrodillarse, ofreciéndose, instándome a tomarlo.

Así que lo empujé hacia abajo de nuevo, presioné mi polla contra su agujero usado y lo penetré. Hasta el fondo, con un empujón largo y fuerte.

Él gritó, tratando de alejarse de la intrusión, así que le sostuve los brazos por encima de la cabeza y lo mantuve quieto hasta que se acostumbrara.

—Puedes tomarlo —murmuré detrás de su oreja. Le lamí la nuca, mordisqueando la piel con los dientes.

Luego besé su hombro, su cuello, acaricié con mi nariz su cabello hasta que su respiración se calmó y se relajó. Podría fácilmente haber presionado mis manos sobre sus omóplatos y follarlo fuerte, y estaba seguro de que él hubiera querido que hiciera exactamente eso.

Así que, en cambio, nos mecí lentamente, en un deslizamiento maravilloso, tan lento y tortuoso como me atreví. Ya me había corrido dentro de él y estaba a punto de recibir una segunda dosis.

¿Cómo podía no estar harto de esto? Ni siquiera me había corrido todavía y ya tenía muchas ganas de volver a hacerlo.

¿Cómo podía querer todavía más?

Dios me ayudara, quería hacer esto para siempre. Con él. Con el maldito Valentine Tye. De entre todas las personas.

Lo estaba follando lentamente de nuevo y le encantaba. Profundicé más las embestidas, duro, lento y seguro, mientras besaba cada centímetro de piel que podía alcanzar. Gruñía con cada embestida, levantando las caderas para recibirlas.

Quería estirarlo, eliminar cualquier obstáculo y problema, y abrazarlo. Quería besarlo, asegurarme de que comiera bien. Quería hacerlo sonreír.

Quería arreglarlo.

Así que lo abracé más fuerte y lo follé más lento. Me perdí en el calor de su cuerpo, en sentirlo debajo de mí, en los sonidos que hacía, en los jadeos y gemidos.

Perdí toda noción del tiempo.

Y tal vez por primera vez, me perdí por completo.

Todo lo que existía era él.

Y cuando mi orgasmo se apoderó de mí, planté mi semilla profundamente y él arqueó la espalda para recibirlo todo.

Me desplomé encima de él y ninguno de nosotros intentó moverse. Me quedé dentro de él, justo donde quería estar, hasta que nos di la vuelta. Yo era puro peso muerto. Estaba hecho un desastre y apenas podía mantener los ojos abiertos.

Pero Valentine se arrodilló en la cama y me puso su dura polla en la cara.

—Olvidaste algo —dijo. Con sus manos todavía atadas con mi camiseta, tomó puñados de mi cabello y metió su polla en mi boca, y procedió a follarme la boca.

Y lo dejé.

Esto no era parte de nuestro acuerdo.

Esto no era para lo que me había inscrito.

Pero le dejé hacerlo.

Lo quería. Me encantó y tomé cada gota de su orgasmo.

Se desplomó en la cama, retorciéndose por las réplicas. Me reí y le quité la camiseta de las muñecas, luego lo atraje a mis brazos.

Encajó perfectamente contra mí, como la maldita pieza de un rompecabezas. Estaba cálido. Olía a él mismo, pero también a mí, a sexo y sudor.

Fue divino; un aroma hecho sólo para mí.

Cerré los ojos por sólo un segundo y mi corazón latía

con fuerza por diferentes motivos. Ni el esfuerzo, ni el maratón cardiovascular que acabábamos de hacer.

No, era ruidoso, dos tallas más grande, por motivos de Valentine.

La razón era el maldito Valentine Tye.

Estaba demasiado cansado para preocuparme. Demasiado exhausto, demasiado pesado, demasiado cómodo.

Demasiado feliz.

—CREO QUE ESTOY EN PROBLEMAS —murmuré.

Taka me miró con la cabeza inclinada. Me acababa de preguntar qué pasaba. Estábamos en los vestuarios antes de nuestro partido de rugby. Estaba saltando de puntillas calentando. Aparentemente para él parecía molesto.

—¿Qué quieres decir? —preguntó con nada más que preocupación en su rostro—. Sé que has estado ocupado en el trabajo, preparándolo todo para los chicos del aire acondicionado, los informes administrativos y todo eso. Pero lo terminamos a tiempo. Todo está bien hombre.

Salté un poco más sobre las puntillas y sacudí los brazos.

—No sobre el trabajo.

El céntimo cayó.

—Ah. El nuevo novio.

—Él no es mi novio.

—Pero tú quieres que lo sea.

Mis ojos se posaron en los suyos.

Los últimos tres días, desde que salí del apartamento de Valentine antes del amanecer del jueves por la mañana, habían sido una locura total.

—No puede suceder.

Mierda.

¿Quería siquiera que sucediera?

Bastante seguro que sí.

—Ay, ¿por qué no? —preguntó. Mira, lo que pasaba con Taka era que era un alma pura. Un jodido hombre, enorme, pero gentil y amable e irradiaba un jodido sol. Todos lo amaban, su sonrisa era contagiosa.

Y creía en cosas como enamorarse y ser felices para siempre.

—Si quieres que esto suceda, encontrarás la manera —añadió.

Dejé de rebotar y me quedé quieto.

—Maldita sea. —Negué con la cabeza, enfadándome conmigo mismo por dejar que las cosas llegaran tan lejos.

No había dejado de pensar en Valentine. Sobre cómo mi corazón estaba empezando a traicionar mi mente.

—No puede suceder —repetí—. No puedo decirte nada más y lo siento. Pero se suponía que iba a ser algo sin ataduras, y...

—Y ahora hay ataduras.

—Solo de mi lado —admití, y tal vez esa era la parte que más me dolía. Porque Valentine nunca lo haría... Dejé escapar una larga bocanada de aire—. Este sentimiento es jodido.

Taka me dio una palmada en el hombro.

—Tal vez deberías decírselo.

Negué con la cabeza.

—No. Seguramente ese sería el final.

—¿Seguro?

—Completamente seguro.

Porque el propósito de nuestro jodido acuerdo era que yo lo odiara. Eso era todo lo que quería. Incluso había dicho que fingir odio no era suficiente.

Por supuesto, no lo había follado exactamente con odio

el miércoles por la noche, y por mucho que probablemente intentara negarlo, lo había disfrutado.

¿Pero si le dijera que ya no lo odiaba?

Me diría que habíamos terminado, y esa era la razón del bulto en mi vientre y el extraño dolor opresivo en mi pecho.

Odiaba este sentimiento.

Taka me sacudió un poco.

—Aclara tu cabeza —dijo—. Tenemos un partido que jugar. Y Burwood lucha hasta el final. Te necesitamos en tu mejor versión.

Bien.

Burwood.

Le sonreí.

—Considéralo hecho.

Salimos al campo y ganamos el sorteo. Pateamos primero, directo a su segunda fila, su número cuatro tomó el balón. Alineé a ese cabrón y le golpeé la nariz con el codo.

Cayó como un saco de mierda, con la nariz sangrando, y yo caí sobre él, con el codo sobre sus costillas.

—Por Valentine Tye —escupí.

Luego me separaron de él y se produjo una pequeña pelea, pero todo terminó bastante rápido. Mis compañeros me gritaron sobre qué demonios estaba haciendo y el árbitro me expulsó del partido.

Ni siquiera había tocado el balón.

Pero no me importó. Mi trabajo estaba hecho. Su número cuatro fue llevado al hospital por su nariz rota, pero eso tampoco me importó. Ese cabrón obtuvo lo que se merecía y no lo lamenté.

Sin embargo, mi entrenador estaba realmente enfadado. Estaba tan enfadado que ni siquiera podía hablarme y supe que había decepcionado al equipo. Habían luchado duro por la victoria y merecían celebrarla.

No estaba exactamente de humor para beber, pero pensé que quedarme e invitarlos a unas cuantas rondas era lo mínimo que podía hacer.

Nadie realmente cuestionó mi arrebato. Estaban acostumbrados a que yo buscara peleas y fuera la razón por la que los fines de semana de borrachera a veces terminaban con los puños ensangrentados. Negaron con la cabeza y algunos se rieron de mí y de mi mal genio.

Excepto Taka. Sabía que diría algo y no tuve que esperar mucho. Puso una cerveza en mi mano.

—Entonces, dime —dijo casualmente. Estábamos solo él y yo, y la música en el bar estaba lo suficientemente alta como para que nadie más pudiera oírnos—. El golpe que diste hoy no tuvo nada que ver con que él fuera el que golpeó a Valentine la semana pasada, ¿verdad?

Casi me ahogo con mi cerveza.

—¿Qué?

—Aparentemente es el mismo tío. —Tomó un trago de su cerveza, sin mirarme.

Mierda. Joder, joder.

—No es que sea asunto suyo —agregó—, pero estos chicos no han unido los puntos.

—¿De qué demonios estás hablando? —pregunté—. No hay puntos que unir. No sé por qué le pegué a ese tío hoy. Tenía cara de estúpido y yo estaba cabreado.

Taka tomó otro trago de su cerveza.

—Sí. Por tu problema de que sientes algo por alguien que no deberías.

Me detuve frente a él, sus ojos se encontraron con los míos y todo lo que pude hacer fue negar con la cabeza. Sólo negué con la maldita cabeza porque no podía hablar. Mi corazón latía con fuerza y casi me sentía mal. Quería decirle que se callara, pero no podía encontrar las palabras y no podía mentirle. Había sido mi mejor amigo desde el instituto.

Taka me dio una sonrisa triste.

—No se lo diré a nadie —murmuró, luego se llevó la botella a los labios y sonrió—. Pero debo decir que nadie me creería si lo hiciera.

Negué con la cabeza de nuevo, con la boca seca.

—No sé de qué estás hablando.

Rio.

—Eres un mentiroso de mierda, muchacho. Esa mirada de *oh mierda* simplemente te delató. —Sonrió demasiado con aire de suficiencia—. Pensé que algo pasaba con vosotros dos. Primero, dejaste de follar con cualquier que eligieras. Después estuviste demasiado feliz, sonriendo y esas cosas, así que definitivamente estabas recibiendo algo con regularidad. Luego, el fin de semana pasado, básicamente lo seguiste fuera del pub. Y vino a verte al trabajo, donde tuvisteis una conversación privada.

—Eso no es... eso no es lo que parece.

Sus ojos se encontraron con los míos.

—Así que es como un bromance laboral —dijo asintiendo—. Pero la *b* guarda silencio.

Me habría reído de eso si no estuviera ocupado tratando de recordar cómo respirar.

Taka sonrió.

—Lo vi sonriéndote junto a su coche. Quiero decir, también maldijiste. —Él se encogió de hombros—. Lo cual prueba un poco mi punto, porque nadie más puede hacer eso sin ser despedido. ¿Y luego quisiste darle un puñetazo en la boca, así que creo que las cosas van bien entre vosotros?

—Taka —dije. No tenía idea de lo que iba a decir, porque ¿qué podía agregar que no me incriminara?

—Tranquilo, hermano —dijo brindando su botella contra la mía—. Tu secreto está a salvo conmigo. Como dije, nadie me creería de todos modos.

Cuando todavía no podía hablar, apuró su botella y me la entregó.

—Te toca invitar.

Estaba muy feliz de invitarlo a una cerveza si eso significaba que podía alejarme e intentar pensar.

Cuando volví con él, estaba con Noah y Millsy, y me alegré un poco de que se hubiera acabado cualquier posibilidad de conversación. Le entregué su cerveza y bebí la mía, retrocediendo un poco. Realmente no estaba con ganas de conversar, sólo feliz de escucharlos contar tonterías y reírse, pero cuando Taka agitó su botella vacía hacia mí otra vez y me preguntó si quería otra, miré mi cerveza medio caliente.

—No, amigo. Voy a irme —dije.

Algunos de los demás se burlaron de mí por irme temprano otra vez y Taka lo hizo un poco, pero la mirada en sus ojos me dijo que estaba bien.

Conduje hasta la casa de Valentine y aparqué más abajo en la calle como si de esa manera desmintiera la teoría de cualquiera sobre con quién estaba saliendo.

Maldita sea.

Maldito fuera, joder.

Llamé al timbre de Valentine con menos paciencia que buenos modales. Sin respuesta. Lo llamé de nuevo. Sin respuesta.

Comprobé la hora. Eran las 8:54.

Esperé unos minutos y volví a llamarlo por si estaba en la ducha.

Sin respuesta.

¿Dónde cojones estaba?

Busqué su número y lo llamé de mala gana, vacilante y patéticamente.

Respondió al segundo timbrazo.

—Hola.

—Ah, sí, solo um, ¿me preguntaba si estaremos esta noche?

¿Por qué soné tan inseguro?

—Estoy de camino a casa. Llego en dos minutos —dijo, su voz con ese tono suave y confiado que no delataba nada.

—Ah, de acuerdo. Bien. Vale. —Dios estaba siendo patético—. Una vez me dijiste que nunca llegara tarde. Supuse que la misma regla se aplicaría a ti.

—Llegas temprano, así que el hecho de que no esté allí todavía no cuenta.

—Estoy bastante seguro de que sí.

Resopló en voz baja y colgó la llamada.

Gilipollas.

Aproximadamente un minuto después, apareció en la puerta del vestíbulo, viniendo sin duda del aparcamiento subterráneo para residentes. Abrió la puerta y se hizo a un lado. Tenía una bolsa de comida para llevar en la mano.

—Pensé en traer la comida esta vez.

Pulsé el botón del ascensor y luego metí las manos en los bolsillos de la chaqueta.

—Buena idea.

Entramos en el ascensor y él me miró, con un atisbo de sonrisa en su boca estúpidamente perfecta.

—Pareces nervioso —dijo.

Las puertas se abrieron y lo seguí hasta la puerta de su casa, luego lo seguí dentro. Encendió los interruptores de la luz y puso la comida para llevar sobre la mesa del comedor. Enzo salió con un balanceo elegante y un maullido descontento porque su sirviente se atrevía a llegar tarde con su comida.

Valentine sirvió algunas croquetas para gatos, cogió algunos platos y yo todavía estaba allí sin saber qué hacer o decir.

Valentine puso los platos sobre la mesa, pero me estaba mirando. De repente parecía muy triste y habló al suelo.

—Si tienes algo que decir, Marshall, dilo.

Oh, mierda.

Aquí iba...

—Eh... Creo que podríamos tener un problema.

CAPÍTULO 12

VALENTINE

—¿QUÉ QUIERES DECIR CON "UN PROBLEMA"?

Estaba seguro de saber de qué estaba hablando y lo que significaba para nosotros. Sabía que esto había sido demasiado bueno para ser verdad.

Mi buen humor, mi intención de invitarnos a cenar y pasar la noche así, parecían una tontería.

¿Qué estaba pensando?

¿Que teníamos algo más de lo que era?

Cristo, Valentine. Por eso mantienes tus muros levantados.

No me atrevía a mirarlo por lo que él vería en mis ojos.

—Taka lo sabe —dijo Marshall—. Sobre nosotros.

Bueno, entonces lo miré. Conmocionado.

—¿Qué? ¿Cómo?

Levantó las manos.

—No sé cómo. Él... sumó dos más dos. —Negó con la cabeza y luego se pasó la mano por el pelo—. Dijo que me conoce demasiado bien. Supuso que estaba saliendo con alguien, pero no sabía con quién. Me iba después de nuestros partidos y no me emborrachaba ni buscaba peleas.

Luego agregó que viniste a nuestro puesto de trabajo y hablamos. Me sonreíste, sea lo que sea que eso signifique, y maldije delante de ti y no me despediste. —Luego se encogió de hombros—. Y hoy derribé el número cuatro de Burwood, y Taka sabía que fue quien te golpeó la semana pasada...

—¿Tu qué?

Se detuvo y me miró con los ojos entrecerrados.

—¿Yo qué? De todo lo que dije, ¿a qué te refieres...?

—¿Derribaste al número cuatro?

—Tienes toda la jodida razón, lo hice. Desde el saque inicial, el balón fue directo hacia él. Lo alineé y le golpeé justo en la nariz. —Se encogió de hombros nuevamente—. Me expulsaron. Me perdí todo el partido y probablemente también me perderé el de la próxima semana. Después me di cuenta de que era contra tu equipo y al principio estaba enfadado por eso, pero probablemente ahora sea algo bueno.

—Por qué...

—¡Porque Taka lo sabe! Por eso. Y si corro contra ti, entonces...

—Eso no. —Lo interrumpí—. ¿Por qué derribaste al número cuatro?

—Porque se lo merecía. También se lo dije. Cuando estaba sobre un charco de sangre en el campo, le dije que era por ti. Que se joda.

Cerré los ojos y suspiré.

—Cristo, Marshall. ¿Se te ocurrió que por eso Taka lo sabe? ¿Porque dijiste eso?

—Nadie me escuchó —respondió—. Y cara de culo no lo recordará. Estaba demasiado ocupado siendo un saco miserable de...

—Marshall.

—Se lo merecía y no lo siento.

Suspiré de nuevo.

Negó con la cabeza y apretó la mandíbula.

—Te golpeó y nadie te toca excepto yo.

Ah.

Vale, guau.

Sus manos eran puños y se alejó de mí y gruñó.

—¡Mierda! Lo siento, no debería haber dicho eso.

Pude ver el tormento en su rostro en el reflejo de la pared de vidrio.

La verdad era que me había gustado lo que había dicho.

Estaba a punto de decir algo, acercarme a él, no estaba seguro, cuando se dio la vuelta.

—¿Sabes qué? Tampoco me arrepiento de eso. Soy el único que puede tocarte, y si algún cabrón cree que puede hacerte daño, también lo enviaré al hospital. Me importa una mierda. Protejo lo que es mío. Eso es lo que soy y lo que hago, y no me disculparé por ello. Si no te gusta eso, entonces... Entonces, joder, dímelo ahora. —Luego volvió a pasarse la mano por el pelo y gruñó—. ¡Mierda! Debería irme. No debería haber venido esta noche.

Protejo lo que es mío.

Dijo que yo era suyo.

Fue a pasar a mi lado, pero lo sujeté del brazo. Ni siquiera fue mi intención, y me sorprendió tanto como a él encontrar mi mano sobre él.

Me miró, sus ojos quemaban fuego a un lado de mi cabeza, pero mantuve la vista baja.

—No sé lo que estoy haciendo —dijo.

—Yo tampoco —admití en un susurro—. Qué estoy haciendo, qué es esto. No lo sé. —Tragué fuerte—. Simplemente no te vayas.

Cristo, Valentine, ¿podrías ser más lamentable?

¿Cuándo le suplicaste algo a alguien?

Cerré los ojos y negué con la cabeza, intentando silenciar la voz de la razón.

Puso sus dedos en mi barbilla y levantó mi rostro. No quería que viera mis ojos, que viera la honestidad, la vulnerabilidad. El verdadero yo. Pero siguió mirándome hasta que no tuve más remedio que mirarlo a los ojos.

Sus ojos marrones eran tan cálidos, buscando los míos. Finalmente, su mirada se dirigió a mi ceja.

—Tu ojo se ve bien. ¿Jugaste hoy?

—Medio partido —murmuré sorprendido de que mi voz se escuchara—. El entrenador no quería que jugara. Me hizo usar casco.

Marshall esbozó media sonrisa.

—Bien.

Dios, mi corazón latía con fuerza.

No podía apartar mis ojos de los suyos ahora, ni siquiera cuando quería. Sus dedos todavía sostenían mi barbilla, pero luego pasó su pulgar por mi labio inferior, su mirada se centró en el movimiento y dejó escapar un suspiro tembloroso.

Se lamió los labios y se acercó, y supe que me iba a besar.

Nos habíamos besado antes, pero sólo durante el sexo y normalmente cuando él era dominante y agresivo. Esto no iba a ser ninguna de esas cosas.

No podía recordar la última vez que alguien me había besado amablemente.

Mi cerebro me estaba gritando. ¿Quería que esto sucediera? ¿Iba a dejar que me besara?

Dios, creo que sí. Quiero que lo haga. Quiero que me bese.

Mi corazón se apretaba hasta el punto de sentir dolor.

Un dolor que no estaba seguro de cómo solucionar, pero necesitaba descubrir si Marshall sabía la respuesta.

Cerró la distancia entre nosotros, cerró los ojos y presionó sus labios contra los míos. Suave y cálido, lento y amable. Sus labios se separaron y me besó de nuevo, su mano se deslizó hasta mi mandíbula mientras nos inclinaba para profundizar el beso.

Su lengua me provocaba suavemente, y él gemía y suspiraba mientras seguía besándome.

Los sonidos hicieron que mis rodillas se debilitaran.

Qué cojones.

No hubo prisa, ni tira y afloja, ni lucha por el dominio. Sin gestos rudos, sin exigencias.

Había olvidado lo que se sentía al ser besado así, lo bien que se sentía, cómo necesitaba más...

Cuando intenté profundizar el beso, él se liberó y presionó su frente contra la mía. Nos tomamos un segundo para recuperar el aliento, para recuperar algo de control, y puso su dedo índice en mis labios.

—Maldita sea, maldito Valentine Tye —murmuró, luego dio un paso atrás y negó con la cabeza—. Debo estar loco.

Me llevé la mano a la frente y dejé escapar un suspiro.

—Me siento igual. Maldito Marshall Wise.

Sus ojos se encontraron con los míos y se rio.

—Cristo.

Me sentí un poco mejor al saber que él parecía tan en conflicto con esto como yo.

Dio unos pasos hacia atrás para apoyar su culo contra el respaldo del sofá.

—¿Qué hacemos con Taka?

—No conozco a ningún sicario.

Puso los ojos en blanco.

—No es divertido.

En cierto modo lo era. De todos modos, casi sonreí.

—¿Qué le dijiste?

—Lo negué, por supuesto. Pero me llamó un terrible mentiroso. —Se llevó la mano al pecho—. *Soy* un terrible mentiroso. No puedo mentir nada y no puedo mentirle a él.

Asentí lentamente. Taka era un buen hombre. No conocía a ninguna persona que dijera algo malo sobre él.

Lo que decían sobre Marshall era una historia diferente, pero a pesar de todos sus defectos, Marshall era honesto. A la mayoría de la gente no le gustaba ese rasgo en los demás, pero personalmente, a mí me encantaba.

La honestidad, por brutal que fuera, siempre era mejor que la mentira.

—Dijo que no se lo diría a nadie —añadió Marshall—. Estoy bastante seguro de que dijo algo como "de todos modos nadie me creería".

—Entonces, ¿qué podemos hacer? —pregunté—. Ya no iré a tu lugar de trabajo, aunque niego la afirmación de que te sonreí.

Sus ojos se encontraron con los míos y levantó una ceja.

—Por supuesto que lo hiciste.

—Y si creen que debería haberte despedido por maldecir, tal vez podría emitir una primera citación de advertencia, si eso ayuda.

Resopló.

—Por supuesto que no lo harás.

Me reí entre dientes y me volví hacia la mesa.

—¿Tienes hambre? Compré algo de comida japonesa.

Se levantó del respaldo del sofá y apartó una silla de la mesa.

—Siempre puedo comer.

Saqué los contenedores de la bolsa y luego consideré las bebidas.

—¿Quieres vino?

—Claro.

—Cogí la botella de vino blanco del frigorífico y dos copas, y Marshall había servido algo de comida de cada recipiente en dos platos. Tomé asiento y nos serví una copa a cada uno, y pensé que ahora era un buen momento para sacar el tema.

—Con respecto a que Taka diga que no se lo dirá a nadie, yo, eh... Mi vida personal nunca ha sido objeto de discusión. Mi padre nos ha recordado que nuestro perfil público debe permanecer *ileso*, creo que fue la palabra que utilizó.

Marshall me estudió por un momento.

—¿Te refieres a ser gay?

Dios, odiaba esto.

—No lo sabe. Y no puede saberlo —admití en voz baja. Este tema de conversación hacía muy poco por mi apetito. Dios, ni siquiera mirar la comida era bueno—. No me he declarado gay. Ni siquiera mi hermana lo sabe. No sé de qué sería capaz mi padre...

—Oye —dijo Marshall. Dejó el tenedor y deslizó su mano sobre la mía—. Que se joda tu viejo.

Lo miré y resoplé.

—Gracias.

—Taka no se lo dirá a nadie. Tienes mi palabra. —Esperó hasta que encontré su mirada—. Pero Valentine, lo digo en serio. Que se joda tu viejo. Y si no puede soportar la idea de tener un hijo gay, que se joda aún más.

—Mi padre es... —No estaba seguro de tener el tiempo o la energía para repasar la lista.

—Un pedazo de mierda —finalizó por mí—. Eres mejor persona de lo que él jamás será.

Le di una sonrisa triste.

—No es un buen hombre. Eso no es ningún secreto. Nunca pude decirle que era gay. Jamás. No lo entendería. Y si tuviera la opción de elegir que yo esté fuera y feliz o encerrado y miserable, elegiría que sea miserable sin dudarlo. Una parte de mí realmente cree que lo sabe. Él sabe que soy gay y ve mi infelicidad como lealtad hacia él, creo. —Suspiré—. No sé. Es jodido.

—Lo siento —murmuró Marshall—. Es jodido y no es justo para ti.

Solté una risa amarga.

—Dios, te envidiaba en el instituto.

Me miró fijamente.

—¿Tú qué?

—Te envidiaba. Estabas fuera y orgulloso y te importaba una mierda lo que pensara la gente. Eso requirió más coraje del que jamás tendré. Dios, quería ser tú.

—Bueno, no sé si estaba fuera y orgulloso. Me pillaron mirando a los chicos y se metieron conmigo y me insultaron. —Hizo una mueca—. Así que les di un puñetazo, rompí algunas narices y les dije que podían decirle a todo el mundo que les había dado una paliza un tío gay.

Le di una sonrisa triste.

—¿Qué pasa contigo y romper narices?

—Sólo si se lo merecen. —Pinchó un poco de carne y fideos de arroz con su tenedor y esperaba que se los comiera, pero los llevó a mi boca—. Come.

Puse los ojos en blanco y abrí la boca. Odiaba que hiciera esto, que jugara al juego de alimentar a Valentine, pero maldita sea, a una parte de mí también le encantaba.

Luego comió un poco, entonces me dio de comer un poco más, y cuando terminamos de alternar los tenedores, nuestros platos estaban casi vacíos.

Mantuvo su mano en mi muslo y sonrió un poco, lo que afectó mi corazón.

Odiaba que pudiera hacerme eso.

Odiaba permitírselo. Pero me gustaba.

Presionó ligeramente su dedo entre mis cejas.

—Aquí te sale una línea cuando tu mente va a un lugar que no quieres. ¿Qué ocurre?

Negué con la cabeza, ignorando su capacidad de leerme tan acertadamente.

—Nada. Yo...

—Mierda.

Excelente.

Mira, el problema de dejar entrar a la gente es que luego te conocen.

Sí, Valentine. Generalmente así es como funciona. Pero ya es demasiado tarde para eso, ¿no?

Suspiré.

—Yo, eh... No estoy seguro...

Deslizó su palma más arriba de mi muslo.

—Creo que sé. Quieres saber qué significa esto para nuestro acuerdo. Que, si puedo sentarme aquí y ser dulce contigo, entonces eso significa que no puedo ser rudo y follarte duro. Pero ten por seguro, Valentine, que puedo hacer ambas cosas.

Mi pulso se aceleró y sonreí a mi pesar.

—¿Soy tan fácil de leer para ti?

Se rio entre dientes.

—Más o menos. Puedes ser una trampa de acero cuando quieres. Pero creo que ya te entiendo.

Oh, Dios.

¿Por qué eso me asustaba tanto?

—Me entiendes, ¿eh?

Su sonrisa se desvaneció y puso su mano en mi mandíbula y buscó mis ojos.

Nunca me había sentido tan escrutado, tan vulnerable.

Dejó caer su mano sobre mi regazo y en su lugar me apretó la mano.

—Necesitas sexo rudo. Así es como te gusta, y debo ser honesto contigo, me gusta dártelo. Es muy caliente, y follarte a pelo y correrme dentro de ti es lo más excitante que he hecho en mi *vida*. —Dejó escapar un suspiro y negó con la cabeza—. No voy a mentir, creo que es algo primario, como de las cavernas y, maldita sea, mi polla ha estado dura prácticamente sin parar desde que empezamos con esto.

Oh, está bien entonces. Simplemente iba a decir estas cosas en voz alta.

—Pero a veces también necesitas que sea dulce —añadió—. No es nada loco ni personal, simplemente es lo que es. Lo que significa ser humano.

No me gustaba hacia dónde iba esto.

No me gustaba nada de nada.

—Quieres decir que es algo que tú necesitas.

Me fulminó con la mirada.

—No. Es algo que todo el mundo necesita. Quieres que te insulte y te folle rudo en cada ocasión, que así sea. Muy feliz de poder hacerlo. Pero no me digas que esto no te gusta. —Señaló entre nosotros y luego a los platos vacíos—. Porque me impediste irme antes. Te guste o no, algo dentro de ti no quería que me fuera. Y sí, es confuso y un auténtico lío, porque pasé toda mi vida odiándote y, sin embargo, aquí estoy. Es una locura. Pero por alguna maldita razón, necesito suavizar un poco las formas. Que me jodan si sé por qué. Y creo que necesitas que lo haga.

Parpadeé un par de veces. Tenía la boca demasiado

seca. Quería objetar y decirle que estaba equivocado en todos los frentes y en cada punto.

Pero no lo estaba.

De repente no me sentía muy bien. Sentí la palpable necesidad de levantarme y pedirle que se fuera. Decirle que tal vez todo esto fue una mala idea.

Negó con la cabeza.

—No hagas eso —dijo medio severo, medio arrepentido—. Puedo verte retrocediendo en tu cabeza y levantando tus defensas. Tienes esta mirada aterrorizada en tus ojos. Cristo, Valentine. No te estoy pidiendo que salgas del armario ni que lo hagas público. Cristo, nunca lo haría. Sé lo difícil que es eso. No tienes que hacer nada con lo que no te sientas cómodo. —Suspiró—. Lo único que digo es que no necesitas levantar muros a mí alrededor. No necesitas estar a la defensiva conmigo. Ya no. Delante de mí puedes ser tú mismo. Sin pretensiones ni tonterías.

No sabía qué decir. Todo lo que pude hacer fue negar con la cabeza. Porque era más yo mismo con él de lo que jamás había sido con nadie más.

Marshall se encogió de hombros.

—No te pido nada más de lo que tenemos ahora.

—¿Qué tenemos ahora?

—Sí. Lo que sea esto. Este acuerdo. Sea la mierda que sea. Nada tiene que cambiar nada.

—Pero ha cambiado.

—¿Por incluir qué? ¿Cena? Sí, porque como dije, si voy a follarte cómo quieres, necesito saber que estás bien para hacerlo. Que esto no es una espiral descendente de autodestrucción y que no te importa lo que le pase a tu cuerpo. Resulta que me gusta usar tu cuerpo como juguete para follar y lo necesito en buen estado de funcionamiento.

Cristo. —Dejó caer la cabeza hacia atrás con un suspiro de frustración.

Y me encontré sonriendo.

—¿Un juguete para follar? En buen estado de funcionamiento.

Levantó la cabeza y sus ojos se encontraron con los míos. Suspiró de nuevo cuando me vio sonreír y la comisura de su boca se levantó.

—Cristo, Valentine. No sé lo que estoy haciendo. Sé que sea lo que sea esto, no puede ser nada más. Y eso está bien. Pero dentro de lo que sea esto, tal vez podamos pedir comida a domicilio y no ponernos raros. Es sólo comida. Si realmente quieres que no haga nada más que aparecer, follarte e irme, dímelo ahora mismo.

¿Es eso lo que quería?

Lo era al principio. Era todo para lo que tenía moneda emocional. Pero ahora... Bueno, ahora no estaba seguro...

Mi teléfono sonó en ese momento en el mejor o en el peor momento, posiblemente entre ambos. Saqué mi teléfono del bolsillo y vi *Padre* en la pantalla. Marshall también lo vio.

Gemí porque mi padre era la última persona en el planeta con la que quería hablar en este momento.

—Contéstale —dijo Marshall.

Sabiendo que si ignoraba a mi padre sólo empeoraría las cosas, respiré hondo y respondí.

—Hola.

—La integración de Melbourne avanza más rápido de lo esperado y supervisarás el proyecto esta semana. Tu vuelo sale mañana a la una y regresas en el vuelo de las siete del jueves por la noche. Camilla te enviará los detalles del vuelo.

Me levanté y caminé hacia el respaldo del sofá.

—¿Qué? Pensé que tú estarías en Melbourne para la integración de esta semana.

—Así iba a ser. Ahora estoy en Taiwán solucionando un problema con un proveedor.

—No puedo simplemente levantarme e irme. Tengo una semana muy ocupada...

—Si tu equipo no puede soportar tu ausencia durante cuatro días, has fracasado como gerente.

La mano de Marshall en mi espalda me sorprendió, pero agradecí el toque. Cálido y fuerte. Sus manos de trabajador, callosas y ásperas, eran maestras del tacto. Me masajeó los hombros y bajó, acercándose detrás de mí mientras mi padre me hablaba al oído sobre mis defectos como sucesor de su imperio.

Entonces las manos de Marshall se deslizaron hacia mi frente y desabotonaron mis vaqueros. Intenté darme la vuelta para decirle que no, ¡porque estaba hablando por teléfono con mi padre! Pero él me mantuvo quieto y empujó mis caderas contra el respaldo del sofá.

Mi padre empezó a hablar de que el dominio de la industria requería un nivel de crueldad, de que su éxito se debía a su perspicacia salvaje. Mientras tanto, Marshall me bajó lentamente la bragueta, me bajó los vaqueros y luego me inclinó sobre el respaldo del sofá.

Pensé que iba a intentar follarme sin lubricante, y no había manera de que pudiera permanecer callado durante eso, pero luego sentí su cálido aliento antes de que su lengua lamiera mi agujero.

—Oh —dije.

Mi padre se detuvo a mitad de la frase. De todos modos, no había estado escuchando.

—¿Qué fue eso?

—Lo siento, se me cayó algo —logré decir.

—¿Qué estás haciendo? —gritó mi padre—. ¿Me estás escuchando?

—Te escucho... estoy comiendo —dije—. La cena.

Marshall se rio entre dientes mientras su lengua recorría mi piel sensible y la metía dentro de mí culo.

Es decir, me había duchado después del rugby, pero no esperaba esto. Me preocupaba no haber estado lo suficientemente limpio... pero luego empezó a follarme con la lengua. Contuve el aliento y traté de no hacer ningún sonido al exhalar.

—Valentine —gritó mi padre.

Buen maldito Dios.

—Lo siento. Está caliente. La cena, quiero decir —dije con la voz tensa—. Melbourne mañana. Entendido. Adiós.

Colgué la llamada, sabiendo que mi padre estaría *enfadado*, pero en ese momento no me importaba.

—Joder, Marshall.

Se rio, su aliento caliente sobre mi piel, su lengua húmeda y explorando...

Dulce cielo, ¿qué me estaba haciendo?

Se puso de pie y me levantó por la parte de atrás de mi camisa, sus labios presionaron contra mi oreja.

—Cada vez que tu padre te llame, te comeré el culo, porque que se joda. —Presionó su erección contra la raja de mi trasero—. Te follaría mientras le hablas, pero haces los ruidos más obscenos.

Gemí y se rio antes de apretar con más fuerza mi camisa. Tiró de mi garganta y empujó mis caderas contra el respaldo del sofá con su cuerpo, la erección en sus vaqueros me hizo gemir.

—Mira tú reflejo —ordenó dándole un pequeño tirón a mi camisa apretándose en mi garganta—. Mira lo jodidamente sexi que estás.

Volví la cabeza hacia la pared de cristal, hacia nuestro reflejo de cuerpo entero. A mis vaqueros debajo de mi culo, a él presionado contra mí, mi espalda arqueada debido a la camisa tirando de mi garganta.

A su cuerpo musculoso, a sus fuertes brazos.

Su completo control sobre mí.

—¿Quieres que te folle aquí mismo para que puedas mirar?

Mis rodillas casi cedieron.

—Sí, por favor.

¿Por favor?

¿Acababa de decir por favor?

Se rio entre dientes.

—Ve a buscar el lubricante.

Me soltó y casi me tambaleé, y traté de caminar lentamente hacia mi habitación, como si fuera yo quien tomara las decisiones aquí, pero fue un puto esfuerzo concertado no correr.

Regresé y él había recogido la mesa y había metido las sobras en el frigorífico. Dejé el lubricante en el respaldo del sofá y comencé a quitarme los vaqueros.

—Para —ordenó, de pie allí con ese bulto impresionante en sus vaqueros. Dios, ni siquiera sabía cómo lo encajaba en los pantalones.

Ni siquiera sabía cómo encajaba en mí.

Pero me detuve.

—Nunca dije que te desvistieras —murmuró. Me sostuvo la barbilla y giró mi cabeza para mirar nuestro reflejo—. Quiero que mires.

Oh, Dios.

Sabía muy bien lo que estaba haciendo. Mi corazón se aceleró y traté de recuperar el aliento.

—Estaré fuera esta semana. No habrá sexo el miércoles, así que será mejor que lo hagas bien.

Pasó su nariz por la columna de mi garganta y sonrió mientras chupaba mi nuez. Luego abrió mi camisa, los botones saltaron y cayeron al suelo, haciéndome jadear.

Me dio la vuelta y me inclinó de nuevo sobre el respaldo del sofá. Tomó un puñado de mi cabello y me hizo mirar nuestro reflejo, a él inclinándose sobre mí, presionándose contra mí. Dominándome. Poseyéndome.

—Mírame follarte.

No me atrevía a apartar la mirada.

Derramó lubricante en la raja de mi culo y lo introdujo dentro de mí, prendiendo fuego a mis entrañas.

—¿Qué tan adolorido quieres estar mañana? —preguntó desabotonándose su propia braga. Sacó su polla, bombeando el grueso eje—. ¿Quieres sentirme cada día que no estés?

Abrí las piernas.

—Por favor.

Se presionó contra mí, entrando lentamente y hasta la empuñadura. Me agarré al asiento del sofá y gemí contra un cojín, casi cayendo hacia delante. Pero sostuvo mis caderas, manteniéndome justo donde estaba. Fue implacable y perfecto, y nuestro reflejo fue fascinante.

Tenía los vaqueros alrededor de los muslos, las manos en mis caderas y me inclinaba sobre el respaldo del sofá. La altura perfecta. El ajuste perfecto.

Sus caderas se encontraban con mi trasero, su monstruosa polla llenándome por completo, su cabeza echada hacia atrás en éxtasis.

No podía quitarle los ojos de encima.

Definitivamente lo sentiría cada día que estuviera fuera.

¿No era eso lo que él quería? ¿Qué recordara de quién era la polla que me poseía?

Joder, sí.

Su ritmo se hizo más rápido, sus uñas se clavaron en mis caderas y su polla estaba increíblemente más dura, más grande, y con un rugido ronco, se corrió dentro de mí. Sentí cada pulso, cada chorro de semen.

Sentí todo.

Dejó caer su frente hasta la mitad de mi espalda, respiraba entrecortadamente y salió de mí muy despacio.

—Oh, joder, eso estuvo caliente —jadeó. Mantuvo su mano en mi espalda baja, manteniéndome inclinado sobre el sofá, y en nuestro reflejo, observé mientras inspeccionaba su obra.

—Eso es lo más sexi que he visto en mi vida —murmuró—. Cristo, mírate. —Me puso de pie, ayudándome a ponerme de pie, manteniendo sus brazos alrededor de mí y su boca en mi nuca, besándome y gimiendo. Mis ojos se encontraron con los suyos en el reflejo—. Eres una puta, ¿no? ¿Mira lo sexi que eres? —Luego tiró de mi cabello, inclinando mi cabeza para poder besar mi cuello—. Lleno de mi semilla. Dios, quiero follarte toda la noche.

Gemí y mi polla palpitó, lo que él vio en el reflejo.

Sonrió y besó el lugar donde mi hombro se encontraba con mi cuello y me estremecí.

—Creo que te follaré en la ducha —decidió—. ¿Alguna petición, Valentine?

Dios, la forma en que dijo mi nombre.

No debería sonar así viniendo de él.

Negué con la cabeza.

—Lo que quieras hacerme.

Se rio entre dientes y me mordió el hombro, deslizando sus manos alrededor de mi polla. Empezó a acariciarme.

—Es peligroso decirme eso.

Sonreí mientras dejaba caer la parte posterior de mi cabeza sobre su hombro y me inclinaba hacia él, dejándolo masturbarme. Su polla medio flácida presionando contra mi trasero. Una de sus manos se deslizó hasta mi pectoral y apretó mi pezón.

—Toda la noche —murmuró—. Toda la maldita noche.

ABORDÉ mi vuelo a Melbourne la tarde siguiente casi sin dormir y con el trasero más dolorido de lo que jamás creía haberlo tenido.

Ignorando esa calidez floreciente en mi pecho al recordar que me preparó el desayuno, ignorando el desconocido latido de mi corazón cuando pensé en su sonrisa y saboreé la molestia y la dolorosa punzada en mi trasero.

No había dejado de sonreír todavía.

CAPÍTULO 13
MARSHALL

OH, sí. Estaba en serios problemas. Profuuundos. Como la fosa de las Mariana de profundos.

¿Y sabes qué?

No me importaba.

El maldito Valentine Tye me había hecho un lío, había trastornado todo lo que creía saber sobre él, sobre mí, y yo estaba extrañamente bien con eso.

—Tu padre es un bicho raro —le dije a Enzo. Estaba en su trasportín para gatos en el asiento delantero de mi camioneta.

¿Por qué? Porque lo iba a cuidar mientras Valentine estaba en Melbourne cuatro noches. Era un aviso demasiado corto para la guardería de mascotas, y Valentine se negó a dejarlo en la estancia de emergencia con poco aviso en los veterinarios. Cuando le sugerí que me lo llevaría, Valentine estaba claramente inseguro.

—¿Si quisieras quedarte aquí? —había contrarrestado—. O incluso simplemente pasar por la tarde para darle de comer...

—No puede estar solo el resto del día —dije sosteniendo a Enzo contra mi pecho—. ¿Qué clase de papá gato eres?

Enzo y yo le lanzamos una mirada de horror.

Era cierto que quedarse en la casa de Valentine probablemente hubiera sido más fácil, pero ¿sería extraño? Sí. Que me diera las llaves de su casa definitivamente sería extraño. Además, ¿sería más probable que me atraparan, me interrogaran o me descubrieran yendo y viniendo de su casa? Quizás, y ese era un riesgo que no podíamos correr.

Llevar a Enzo a mi casa era simplemente lo mejor.

Además, Enzo y yo nos llevábamos bien. El pequeño me amaba.

—Sí, tu papá es un bicho raro —dije de nuevo. Enzo maulló—. Bueno, él no es tan malo. Debajo de ese exterior frío, tiene una puta interior con un gusto por algunas cosas raras. Pero en realidad no es el malo que pretende ser. Lo sabemos, ¿verdad?

Enzo maulló de nuevo.

La primera vez en mi vida tenía una conversación completa con un gato.

Al parecer, la primera vez en mi vida para muchas cosas.

Lo instalé en mi apartamento. Era mucho más pequeño que el de Valentine, obviamente, y muchísimo menos elegante. Mi apartamento estaba en un edificio antiguo y era solo de una habitación, pero era todo lo que siempre había necesitado. Mis vecinos eran amables y mi arrendador había sido fantástico.

No estaba seguro de por qué sentí la necesidad de justificarle todo esto a Enzo. No parecía preocupado en absoluto.

Puse su trasportín en mi cama y cerré la puerta, dejándolo que se acostumbrara a los olores y sonidos, y después de una breve inspección, estaba sorprendentemente bien con todo. Instalé su bandeja de arena en mi baño y luego vimos la televisión un rato.

Sin embargo, hice un poco de trampa al darle de comer pollo barbacoa picado, pieza por pieza, mientras veíamos basura en la televisión.

Y como no pude evitarlo, tomé una foto de Enzo sentado en mi regazo viendo la millonésima repetición de *Rocky*, y cuando estuve seguro de que no había manera de que nadie supiera que era yo en la foto, se la envié a Valentine.

Brindándole a tu hijo una educación sobre los clásicos del cine.

Bueno, sabrían que era yo si hubieran estado antes en mi piso, cosa que muy poca gente había hecho. Taka lo conocía, pero ya sabía sobre Valentine y yo, así que no hacía ninguna diferencia. No era como si lo estuviera publicando en las redes sociales y no había manera de que Valentine lo compartiera con nadie.

Su respuesta llegó unos cinco minutos después.

Es eso... ¿Eso es Rocky?

Resoplé. *A él le gusta.*

A él también le gusta el pescado podrido, así que haz lo que quieras con él.

Me reí, pero no estaba seguro de qué decir a continuación.

¿Se permitía enviar mensajes de texto por diversión en nuestro acuerdo? ¿Estaba cruzando una línea?

Cristo, después de lo que le había hecho en las últimas dieciséis horas, parecía que todo estaba permitido. Nuestras "líneas que no se deben cruzar" eran más bien zigzags dibujados por una ardilla a toda velocidad.

Entonces pensé, *a la mierda.*

Y presioné Llamar.

Sonó tres veces y pude imaginarlo sentado allí mirando su teléfono, horrorizado de que pudiera conversar con él.

Esto no era parte de nuestro acuerdo y me sentí estúpido, demasiado estúpido. Estaba a punto de finalizar la llamada cuando respondió.

—No sabía que las llamadas telefónicas eran parte de nuestro acuerdo.

Me habría sentido castigado si no sonara como si estuviera sonriendo.

—Cuidar gatos tampoco formaba parte de esto y, sin embargo, aquí estamos.

Él suspiró.

—No puedo creer que le hagas ver *Rocky*. Debería llamar a la Asociación para la prevención del maltrato animal.

Resoplé.

—No le estoy obligando a hacer nada. Está sentado sobre mis rodillas como si yo fuera parte del mueble.

Hubo un momento de silencio.

—Así que ya se ha adaptado bien, supongo.

—Muy bien. Se sintió como en casa en cuanto llegó aquí. Estoy bastante seguro de que ahora soy su favorito.

—¿Hubo comida involucrada?

—Por supuesto que sí. No soy idiota.

Se burló y guardó silencio.

Espera. ¿Qué significaba eso?

—¿Crees que soy un idiota?

Entonces rio.

—No.

—Muy bien. —Le di una palmadita a Enzo—. ¿Cómo está Melbourne?

—Frío y húmedo.

—Agradable.

—No precisamente.

—¿Mañana tienes reuniones?

Hizo un sonido de disgusto.

—Sí.

—Mi día va a ser increíble —dije—. Normalmente tenemos estas reuniones de equipo los lunes, pero la razón por la que voy no estará allí, así que no iré.

Otro latido de silencio.

—¿La razón por la que vas?

—Estoy hablando acerca de ti.

—Sí, entendí esa parte —dijo—. ¿Por qué soy la razón?

—Bueno, primero, la única razón por la que iba era para molestarte.

—Una razón tan buena como cualquier otra. —Estaba sonriendo, me di cuenta.

—Entonces comencé a ir a ver si realmente podías sentarte.

Él soltó una carcajada.

—¿Qué?

—Sí. Después de lo que le hacía a tu culo.

Resopló.

—Te lo dije, me gusta el recordatorio.

Me di cuenta de que estaba sonriendo y me dije que debía parar.

—¿Cómo se siente tu recordatorio hoy?

Tarareó un poco.

—Es... agradable.

—Eso es jodido.

—Me gusta lo que me gusta.

—Y me gusta que te guste.

¿Acabo de decir eso?

Cristo.

Piensa en algo más que decir. Piensa en algo más que decir...

—¿Qué tal tu recuperación? —pregunté, luego me arrepentí inmediatamente—. Quiero decir, cuando empezamos esto, dijiste que preferirías que sucediera los sábados por la noche porque así tienes un día para recuperarte. ¿Qué significa eso?

—Un largo baño caliente, por lo general funciona —respondió, su voz suave como la miel—. Un día de relajación en el sofá. A veces con una bolsa de calor o una bolsa de hielo.

Jesús.

—Es más bien un estado de ánimo —añadió en voz baja—. Es difícil de explicar, pero estando solo en casa, no uso nada más que mi bata y me permito disfrutar de los dolores y molestias. Es de seda y la tela fresca y suave contrarresta la incomodidad.

No podía creer lo que estaba escuchando.

—Eh, guau.

—¿Esto te sorprende?

—Ah, no. No es lo que estás diciendo, supongo. No esperaba una respuesta tan honesta.

Resopló.

—¿Preferirías que te mintiera?

—No. No quiero que me mientas nunca.

Entonces más silencio, y estaba empezando a pensar que tal vez había dicho algo equivocado.

—Yo tampoco quiero que me mientas —susurró, su voz tan baja que apenas lo escuché.

Jodida mierda.

—Bien. Agreguemos eso a nuestro acuerdo.

Se rio entre dientes y Enzo eligió ese momento para

hacer un círculo elaborado en mi regazo, se hizo un ovillo y comenzó a ronronear.

—¿Puedes oír eso? —pregunté, acercándole el teléfono al gato—. Está ronroneando. ¿Ves? Soy su favorito.

Le tomé una foto y se la envié.

—Bueno, espero que no tuvieras planes para el resto de la noche —dijo Valentine—. Porque no puedes moverte ahora hasta que él se levante.

Resoplé.

—Sí, puedo.

—No, esas son las reglas para cuidar a los gatos.

—Excelente. Se supone que debo ir a cenar a casa de mis padres.

Se quedó callado otra vez.

—Es cosa de los domingo —agregué sintiéndome mal por mencionar a la familia.

—Suena bien.

—Dejaré *Rocky II* en la televisión para mi nuevo mejor amigo. Ni siquiera sabrá que me he ido.

—Déjale comida y una cama calentita y *no* se dará cuenta de que te has ido —respondió.

—¿No le dejas la televisión encendida?

—Eh, no.

—¿Por qué no?

—Porque es un gato.

Cubrí los oídos de Enzo.

—No le digas eso.

—Oh, Dios mío —murmuró. Sonaba como si todavía estuviera sonriendo.

—¿Cuáles son tus planes para esta noche? —pregunté—. ¿Cena en algún restaurante caro?

—Cielos no. Evito a la gente cuando puedo —respondió

—. Me daré un baño largo y caliente y pediré servicio de habitaciones.

—¿Tienen batas allí? ¿O te llevaste la tuya?

Se rio entre dientes.

—Adiós, Marshall.

—¡No, estaba hablando en serio! Quiero saber con qué imágenes mentales se supone que debo masturbarme esta noche. ¿Es una bata esponjosa? ¿De seda? ¿De qué color es?

Se escuchó el sonido de su risa tranquila antes de que la línea se cortara.

Maldita sea.

Ahora me estaré preguntando...

Maldita sea, apostaba a que la seda se sentía bien contra su piel. Me imaginé pasando mis manos sobre él vistiendo una bata de seda. Por otra parte, una suave y esponjosa también estaría bien.

Mi teléfono sonó con un mensaje. Era una foto. Un baño elegante, de hotel exclusivo, sin duda, con un gran espejo y poca iluminación. Había cortado su cabeza de la foto, pero era Valentine. Absolutamente sin duda. Su espalda en el reflejo, vistiendo una costosa bata de seda gris oscuro que caía sobre sus hombros, revelando un chupetón y una marca de mordisco que le había dejado en la parte posterior de su hombro.

Maldito sea.

Respondí sin tener en cuenta mi orgullo ni nuestro acuerdo.

Eres tan jodidamente sexi. Mis marcas en tu piel son calientes.

Él no respondió y no era necesario. Su foto fue suficiente. Saber que él la había enviado, saber que quería que yo viera las marcas que le había dejado, eso era todo lo que necesitaba.

Si alguien más viera esa foto, no habría manera de que supieran que era Valentine.

Pero yo sí lo sabía.

Y eso de alguna manera hizo que fuera más caliente. Era sólo para mí. Él era sólo para mí.

Estás en muchos problemas, Marshall. Están muy por encima de tu cabeza.

Suspiré y rasqué a Enzo detrás de la oreja.

—Tu padre no es tan malo —murmuré.

Sabía que no era el gato a quién estaba tratando de convencer.

—HOLA, mamá —le dije, dándole un beso en la mejilla mientras caminaba hacia la cocina—. Algo huele bien.

—Gracias. Pensé que un poco de lasaña estaría bien. Hace un poco de frío ahí fuera.

—La lasaña suena genial.

—¿Qué es eso? —Ella asintió intencionadamente hacia la bolsa en mi mano.

—Necesito coser algunos botones.

Sacó su viejo y fiel costurero del armario.

—Aquí tienes.

Saqué la camisa en cuestión. Era una de mis favoritas. Una camisa color canela con botones y palmeras negras que había comprado en alguna tienda de moda. Era súper cómoda y me quedaba perfecta... y había perdido el botón superior cuando Valentine me la quitó.

Por supuesto, yo había reventado todos los botones de su camisa cuando la abrí. No estaba seguro de cómo había perdido sólo uno. Dijo que llevaría su camisa a un sastre para que la arreglara, pero le dije que yo lo haría. Se había reído cuando me preguntó si podía coser un botón, y estaba seguro de que no me creyó cuando le dije que claro que podía; así fue como me criaron.

Pero el recordatorio de que habíamos tenido una educación muy diferente lo hizo callar, así que metí la camisa en una bolsa y no volví a mencionarlo.

Enhebré una aguja y comencé a coser mi botón, sentándome a la mesa de la cocina mientras mamá preparaba un plato de patatas para acompañar la cena.

Hasta que vio lo que estaba haciendo.

—¿Por qué estás usando el rojo?

Me encogí de hombros.

—No me importa de qué color sea —dije introduciendo la aguja por el agujero—. Y tienes un carrete entero de rojo y sólo la mitad del blanco o del negro. Además, un botón con hilo rojo lo hace parecer genial.

El botón negro con una cruz roja de hilo lucía increíble.

Terminé el mío y saqué la camisa número dos, luego puse todos los botones que Valentine y yo habíamos logrado encontrar en el suelo en una pila sobre la mesa. Mamá echó un vistazo al costoso logo de Polo.

—Bueno, esa camisa no es tuya.

—Eh, no. —Hice una mueca—. Pero yo... Podría haberle reventado los botones, así que, en lugar de pagarle a un sastre, dije que lo haría.

Ella frunció los labios y me dio su mejor mirada de madre.

—¿Estabas peleando de nuevo?

Peleando, follando...

—Algo así —murmuré.

—Oh, Marshall —dijo chasqueando la lengua—. Pensé que ya habrías superado esas tonterías.

—¿De qué tonterías estamos hablando? —preguntó papá

mientras entraba. Me dio una palmada en el hombro—. Me pareció oírte entrar.

—Hola, papá —dije—. Sí, sólo necesitaba arreglar una camisa.

—Estaba peleando de nuevo —dijo mamá arrojándome justo debajo del autobús.

—No fue una pelea —mentí—. Era rugby.

Ella me miró fijamente.

—Estabas jugando al rugby con tu camisa buena, ¿eh? —Luego asintió hacia la camisa que sostenía—. Y el tipo con el que estabas peleando también llevaba una camisa de doscientos dólares jugando al rugby, ¿eh?

Antes de que pudiera responder, se dio cuenta del color de hilo que estaba usando.

—Oh, Marshall, no puedes usar hilo rojo en esa buena camisa. —Intentó quitármelo.

La alejé para que no pudiera cogerla.

—Claro que puedo. Dije que volvería a coser los botones. Nunca dije qué color de hilo usaría. De todos modos, le faltará un botón. Si no le gusta, puede comprarse una nueva. Quiero decir, ¿quién viste una camisa de doscientos dólares para jugar al rugby?

Papá se rio.

—¿Cómo fue tu partido de ayer?

—Jugaron bien.

—¿Jugaron? —cuestionó papá—. ¿No jugaste?

Gemí porque sabía cómo terminaría esto.

—Es posible que me expulsaran por una semana.

El suspiro de decepción de mi madre fue largo y fuerte.

—Oh, Marshall.

—Se lo merecía. —Seguí cosiendo el estúpido botón para no tener que ver la mirada que sabía que me estaba dando—. Fue una venganza por haber golpeado a otra persona.

—Aun así, no lo hace correcto —dijo mamá.

Pero papá asintió como si eso tuviera mucho sentido en ese momento.

—Si golpea a uno de tus compañeros de equipo, entonces es presa fácil. Así es como funciona el rugby.

Pero no golpeó a ninguno de mis *compañeros*. No es que le fuera a decir eso a mi padre. Rematé el hilo y lo corté con los dientes.

—Deja eso por ahora —dijo mamá señalando el kit de costura—. Y ayúdame a poner la mesa.

La lasaña de mamá estaba deliciosa y había comido la mitad de mi plato cuando papá movió la comida con el tenedor.

—Entonces —dudó—. ¿Cómo va el trabajo?

Esperaba evitar esta conversación esta noche. Para siempre, si pudiera. Pero aquí estaba... Dejé el tenedor y bebí un sorbo de mi bebida.

—Está bien. Tuve una semana ocupada. El trabajo de Mercer está casi terminado. Las ventanas estarán disponibles esta semana.

Eso no era lo que realmente estaba preguntando y todos lo sabíamos.

—¿Y los nuevos dueños? —preguntó directamente esta vez.

Elegí mis palabras con cuidado.

—Vi al viejo Tye el otro día. Sigue siendo un miserable pedazo de mierda. Pero Valentine... —Maldita sea—. No es tan malo. Siempre pensé que él también era un pedazo de mierda, pero no es tan malo.

Mamá asintió y sonrió.

—Realmente no podemos culpar al niño por las acciones del padre, ¿verdad?

Papá se mordió el interior del labio mientras pinchaba un poco de lasaña.

—Supongo que no. Pero... —Se encogió de hombros—. Él es un Tye, ¿verdad?

Y ahí estaba.

—Lo es —respondí. No había nada que pudiera agregar, negar, argumentar o anunciar. No tenía sentido intentarlo. Pero aún... Sentí una picazón por defender a Valentine, un cosquilleo bajo mi piel por protegerlo.

Lo cual era jodidamente absurdo.

—Estaba pensando en terminar el trabajo de Mercer y renunciar —admití. Ambos me miraron fijamente—. Quizás le pregunte a Mercer si están buscando un encargado de obra.

Papá dejó el tenedor.

—Gracias a Tye Corp. Simplemente tienen que comprar todo a toda costa, sin importar los daños colaterales.

Eso podría ser cierto para su padre, pero Valentine no era así. Negué con la cabeza.

—Tal vez sí, papá. Pero ahora no estoy seguro.

—¿No estás seguro de qué?

—No estoy seguro de irme.

Mamá se acercó y me apretó la mano.

—Has trabajado duro por lo que has logrado allí. No dejes que nadie te quite eso, amor.

Papá asintió lentamente, con el ceño ligeramente fruncido.

—Has trabajado duro. Te has probado a ti mismo. Si quieres quedarte, deberías hacerlo. No dejes que te quiten eso.

Valentine no me iba a quitar nada.

—No entiendo los detalles de la fusión ni nada de eso —dije suavemente—. Eso no es asunto mío. Y el lado de ferreterías de Tye Corp tampoco es asunto mío. —La mirada de mi padre se posó en la mía y me encogí de hombros—. Estoy en la construcción. Y la adquisición ha sido tan fluida como podría haber sido. No trato con el viejo Tye. Me entiendo con la nueva división de construcción. Y son bastante buenos. Al menos hasta ahora. Aún es pronto, pero lo que he visto hasta ahora es decente. Al menos escuchan.

Me encogí de hombros de nuevo, sintiéndome abierto de par en par por defender al maldito Valentine Tye, de todas las personas, ante mi padre. No es que hubiera dicho su nombre en esa última parte, manteniéndolo en "división de construcción" porque si tenía que seguir diciendo su nombre, no estaba seguro de no delatarme.

—Si eso cambia —agregué—, si muestran el culo, entonces me voy. —Comí otro trozo de lasaña y cambié de tema—. Te ha quedado buenísima, mamá. La mejor hasta ahora.

Ella sonrió.

—¿Quieres llevarte un poco a casa?

—Vaya que sí.

—No se la des todo —se quejó papá—. Déjame un poco.

Mamá puso los ojos en blanco.

—Como si no te alimentaras como un rey todos los días de la semana.

Papá le dedicó una sonrisa descarada que le dijo que sabía muy bien que ella lo mimaba.

Me reí, feliz de que el tema de conversación hubiera avanzado.

Mamá terminó de coser los botones de la camisa de Valentine mientras papá y yo limpiábamos la cocina, pero no podía quedarme esta noche. Tenía alguien esperándome en casa...

Ese alguien era un gato, pero daba igual.

Era agradable saber que alguien estaría allí. Siempre me había considerado más aficionado a los perros, pero Enzo era genial. Quizás debería considerar la posibilidad de tener mi propio gato. Sólo que uno de un refugio, no uno con pedigrí como Enzo. Tenía el mismo aire elegante de superioridad que Valentine, lo que lo hacía divertido, porque ambos eran blandos por dentro.

Probablemente yo era más bien un tipo de chico duro y noble, pero con actitud.

Enzo me maulló cuando entré por la puerta. Estaba bastante seguro de que solo estaba interesado en la lasaña porque parecía enfadado porque la metí en el refrigerador en lugar de darle un poco.

Pero cuando me metí en la cama, unos momentos después sentí el suave golpe de unas suaves patas aterrizando en las mantas, seguido de un paseo por mi cuerpo y luego un círculo peludo ronroneante se acuñó en la curva de mi hombro y cuello, a un lado de mi cara.

Excelente.

Cogí mi teléfono y saqué una foto, tratando de no incluir mi cara y estaba oscuro, pero estaba muy claro que Enzo estaba dormido sobre mí. Se la envié a Valentine.

Su respuesta llegó de inmediato.

ESE TRAIDOR

Me quedé dormido con una sonrisa y un gato ronroneando en mi cuello.

NO FUI a la reunión el lunes por la mañana. De todos modos, ya tenía suficiente que hacer en el trabajo con el equipo de aire acondicionado. Fui a un entrenamiento de rugby el martes por la noche, donde mi entrenador me hizo hacer sprints hasta que casi vomité, y luego me hizo sostener las colchonetas acolchadas mientras el equipo se turnaba para golpear, y si eso no fuera suficiente venganza, me dijo que estaría en el banquillo en el partido del fin de semana.

No me sorprendió, pero eso significaba que no jugaría contra Lane Cove, contra Valentine.

Eso en sí mismo probablemente fue algo bueno, aunque me decepcionó. ¿Sería amable con él? ¿Lo abordaría más fuerte de lo necesario? ¿Él apuntaría hacia mí? No estaba seguro... pero me hubiera gustado saberlo.

Me hubiera gustado sonreírle desde lados opuestos, enfrentarme a él, ver quién de nosotros era más rápido y mejor.

Suponía que esa competitividad en mí no había cambiado, a pesar de lo que sentía por él ahora.

¿Lo cual es qué, Marshall? ¿Qué sientes por él ahora?

Yo... No lo sé.

No estaba seguro. Ciertamente no lo odiaba como solía hacerlo. Ya lo había establecido. Demonios, incluso me gustaba. ¿Era más que eso?

No lo sabía.

No estaba seguro de que alguna vez pudiera ser más que eso. En realidad, de lo único que estaba seguro era del hecho de que *nunca* podría ser nada más.

Y eso se asentó en mi vientre como una roca. Como un ancla, manteniéndome atrapado contra la corriente que intentaba seguir.

Lo que yo estaba... Era confundido.

Todas las noches mantenía a Valentine actualizado con

una foto de Enzo, ya sea durmiendo encima de mí o tumbado frente a la calefacción. Él contestaba con una respuesta sarcástica.

El martes por la noche le dije que no jugaría el fin de semana. Me respondió que era sólo porque no quería perder contra él.

El miércoles por la noche le envié una foto de Enzo y yo tumbados juntos en el sofá viendo *Depredador*.

Él respondió casi de inmediato.

Hola, Asociación para la prevención del maltrato animal, me gustaría denunciar un delito...

Su sentido del humor me sorprendió. No sé por qué. Imaginaba que me sorprendía que tuviera sentido del humor. Siempre era tan serio, tan distante, tan... frío.

Excepto que no lo era.

Ya sabía que extrañaría tener una razón para enviarle un mensaje de texto.

No iba a preguntar, pero me superó...

¿Cómo vamos a intercambiar al niño mañana por la noche?

Pero él no respondió con un mensaje de texto. Mi teléfono sonó en mi mano.

—¿Intercambiar al niño? ¿Es esto una demanda de rescate?

Me reí.

—Podría ser. Me gusta tenerlo aquí. —Rasqué a Enzo debajo de la barbilla por si acaso.

—¿Está ronroneando?

—Sí. Le gusto. Y le gustan las películas de acción de los años ochenta. Incluiré una lista cuando te lo deje.

—Sabía que era una idea terrible. Primero lo dejas dormir en tu cama, luego lo haces sufrir con películas terribles.

—Está bien, parece que tienes la idea errónea de que lo dejo o lo obligo a hacer cualquier cosa. No lo *dejo* dormir en mi cama, él simplemente hace lo que le viene en gana. Quiere tumbarse en el sofá conmigo y ver a Arnie. Es su elección. Quiero decir, ¿*tú* puedes obligarlo a hacer algo?

Valentine se rio entre dientes.

—No. No puedo.

—Exactamente mi punto.

—Parece que disfrutas demasiado de tenerlo.

—Lo sé. Ahora estoy pensando que debería adoptar uno.

—¿Un gato?

—Sí.

Hizo un sonido feliz, un suspiro, pero como si estuviera sonriendo.

—Y lo llamaré Arnie.

—Ay, Dios mío.

—O Rocky.

—Eso es peor.

—Si por peor te refieres a increíble, entonces sí.

Se rio. En realidad, se rio. Tiró de algo dentro de mí.

—Eh, sobre la entrega —dijo—. Puedo acercarme y recogerlo. Ya has sufrido bastantes molestias.

—¿A qué hora llega tu vuelo?

—Llego a las siete. Cuando llegue a casa...

—Te recogeré en el aeropuerto.

No tenía idea de por qué dije eso.

—Llevaré a Enzo conmigo —agregué rápidamente—. Pero no entraré a la terminal a buscarte porque sería raro y no puedo dejar a un niño en el coche, así que te esperaré en el punto de recogida exprés. Así que no llegues tarde.

Se quedó en silencio durante un largo segundo.

—No tienes que hacer eso —dijo en voz baja.

—Bueno, más o menos tengo que hacerlo —respondí,

tratando de actuar con calma—. Verás, esta noche es miércoles y normalmente a esta hora ya estoy hasta las bolas dentro de ti, y según los términos de nuestro acuerdo, cualquier retraso debe rectificarse lo antes posible.

Soltó una carcajada.

—¿Es así?

—Sí.

—No recuerdo ese término.

—Créeme, mañana por la noche a esta hora, lo recordarás muy bien.

Se rio cálidamente.

—Entonces lo esperaré con ansias.

Joder, sí.

Mientras estaba en racha de hacer demandas, dije:

—Creo que deberías usar esa bata. Cuando llegues a casa, no en el aeropuerto. Jesús. No saldríamos del aparcamiento antes de que te follara.

Suspiró, casi un gemido.

—No me importaría.

Jadeé.

—No haremos tal cosa. ¡Habrá un niño en el coche!

—Enzo no es un niño.

Puse mi mano sobre los oídos de Enzo.

—No le hagas caso, pequeño.

—Cristo —murmuró Valentine—. Estoy bastante seguro de que vio lo que me hiciste sobre el respaldo del sofá, así que...

Me reí.

—Ese fue uno de mis mejores trabajos.

Valentine volvió a reírse.

—Sí, lo fue.

Ambos nos quedamos en silencio por un segundo, así que decidí terminar antes de que se volviera incómodo.

—Mañana por la noche a las siete.

—Terminal tres.

—Avísame si te retrasas.

—Te avisaré.

Colgué antes de que pudiera decir algo estúpido como buenas noches o dulces sueños.

Intenté no pensar en cómo sonreía o en cómo mi corazón latía de forma extraña. En cambio, pensé en él vistiendo esa bata para mí y en lo que podría hacerle.

La noche de mañana no podría llegar lo suficientemente rápido.

CAPÍTULO 14
VALENTINE

LA INTEGRACIÓN de Melbourne avanzaba rápidamente y había algunos problemas que necesitaban solución. Nada importante, pero el papeleo y los aspectos legales eran tediosos y consumían mucho tiempo, y era bueno tener a alguien de la alta dirección, como yo, en el terreno para supervisarlo. Mi padre había tenido razón al enviarme.

Podría haber pasado las noches con viejos ligues o en bares discretos como antes. Había pasado años allí, moviéndome en círculos ocultos para tratar de aliviar una picazón insaciable.

Pero ya no necesitaba hacer eso.

No anhelaba nada.

Todas las necesidades que tenía estaban cubiertas, y de manera muy satisfactoria.

Marshall cumplía cada deseo sexual, cada necesidad sexual, cada obsesión sexual que podía tener.

También estaba llenando otra vacante en mi vida. No era algo que pensé que alguna vez querría, pero las interacciones no sexuales eran agradables. Había evitado muy deliberadamente el afecto. No llevaba bien el apego emocional y nunca había necesitado la compañía de otros.

Pero sus mensajes de texto todas las noches mientras estuve en Melbourne fueron lo más destacado de cada día.

Me encontraba sonriendo mucho después de que termináramos de hablar.

No podía estar cien por ciento seguro y dudaba en admitirlo, pero estaba empezando a sentir algo muy parecido a felicidad.

Toda mi vida me había conformado con estar nada más que contento. En mi experiencia, la decepción acompañaba a la esperanza, por lo que conformarse con relaciones sin condiciones era la opción más segura.

Hasta Marshall.

Y ahora me iba a recoger en el aeropuerto.

Por supuesto, traería de vuelta a Enzo, pero luego existía la promesa de sexo. ¿Cómo podría decir que no?

No quería decir que no.

Quería ver a Marshall. Negar eso sería una mentira descarada. Aunque mientras caminaba por la terminal hacia la zona de recogida donde él había dicho que estaría, me sentía mareado.

Tenía mariposas.

Lo cual era ridículo. Podría mentir y decir que estaba anticipando que me follaría intensamente. Pero la forma en que me sonrió cuando me subí a su camioneta hizo que mi corazón latiera con fuerza y el estómago me diera un vuelco. Tuve que morderme el interior del labio para no devolverle la sonrisa.

No era la promesa de sexo.

Era él.

—¿Qué tal en Melbourne? —preguntó mientras se incorporaba al tráfico—. ¿Tienes todo arreglado?

Asentí.

—Sí. Gracias por venir a buscarme. No esperaba que lo hicieras.

—No hay problema. El niño y yo hicimos un viaje por carretera. Le agrada mi gusto musical.

Enzo maulló desde el asiento trasero.

—¿Ves?

No pude evitar reírme.

—Estoy bastante seguro de que fue un grito de auxilio.

Marshall sonrió mientras conducía.

—Hemos tenido una semana de chicos. Pasando el rato, viendo la televisión. Ha sido divertido. Para que lo sepas, le gusta la lasaña de mi madre.

Lo miré fijamente.

—¿Le diste lasaña?

—No se trataba tanto de *alimentarlo* sino de que trataba de comer de mi plato o de mi tenedor. —Se encogió de hombros—. Se volvió un poco loco por eso, no voy a mentir.

Oh, Dios mío.

—Voy a tener que volver a entrenarlo. Tenía modales cuando lo dejé.

Rio.

—No. Estoy bastante seguro de que simplemente sabe que puede pisotearme.

Enzo maulló de nuevo.

—Está bien, pequeño —dijo Marshall—. Estaremos en casa pronto.

Dios, la forma en que le hablaba... Odiaba que me gustara tanto.

—¿Quieres que me pase por algún autoservicio? —Me preguntó—. ¿O quieres ir a casa y cuidar de los asuntos primero y pedir comida a domicilio después?

—¿Cuidar de los asuntos?

—Suena mejor que follar. —Se encogió de hombros—. ¿A menos que prefieras que te pregunte si quieres orgasmos o comida primero? ¿O quieres que te taladre primero? ¿O...?

—Entiendo el punto.

—¿Entonces? ¿Cuál es tu respuesta?

—Ninguna comida de un autoservicio me atraerá jamás, lo siento.

—¿Ni siquiera Maccas?

—Especialmente no.

Miró por el espejo retrovisor.

—Está bien, Enzo. Te llevaré unos *nuggets* de pollo.

—Él no va a comer *nuggets* de pollo.

Me lanzó una mirada rápida e hizo una mueca.

Oh, cielos santo.

—¿Le diste *nuggets* de pollo?

Se removió en su asiento.

—Mira, aquí está la cuestión. Yo...

—Nunca volverás a cuidar de él.

Jadeó.

—No es justo. Ya le dije que puede quedarse conmigo la próxima vez que estés fuera de la ciudad. Y dijo que eso le gustaría.

Ésta era, de lejos, la conversación más ridícula que jamás había tenido.

¿Por qué estaba sonriendo?

—Está bien, sin comida de autoservicio —dijo Marshall—. Orgasmos, perforaciones y folladas primero. Comida después.

La promesa se acurrucó cálida y baja en mi vientre.

—Bien.

Llevé a Enzo a mi apartamento y Marshall sacó mi bolsa de viaje, mi mochila de mano y otra bolsa más pequeña de su coche. Abrí el transportín y saqué a Enzo.

Me dio un cabezazo de bienvenida en la cara y estaba ronroneando.

—Oh, ¿quién es el traidor ahora? —preguntó Marshall. Dejó mis maletas cerca de la puerta y puso su bolsa más pequeña sobre la mesa del comedor—. Veo como es.

Le di una sonrisa engreída y suavemente dejé a Enzo en el suelo.

—¿Qué hay en la bolsa?

Sacó mi camisa y la levantó.

—Botones cosidos por un servidor.

Miré más de cerca la camisa y luego a él.

—Con hilo rojo.

Sonrió.

—Sí. —Señaló el botón superior de su propia camisa, que ahora me di cuenta de que también estaba cosida con algodón rojo—. Hacemos juego. Y el rojo coincide con el logo rojo de Polo que llevas, así que parece deliberado. —Luego se encogió de hombros y se mordió el interior del labio—. Y si usas esta camisa, es como si estuvieras diciendo que Marshall hizo esto, y nadie más que nosotros lo sabremos.

¿Qué demonios?

No tenía idea de qué hacer con eso.

—Quieres que use algo que me identifique como tuyo —le pregunté en voz baja.

Hizo una mueca y sus mejillas se sonrojaron.

—Suena raro cuando lo dices así. Y para ser honesto, era solo el hilo de algodón que tenía mamá, pero lo pensé más tarde. Verte usarlo sería como mi sello en ti. —Se encogió de nuevo.

Dejé escapar un largo suspiro, tan firme como pude.

—En realidad suena un poco atractivo.

Sus ojos se encontraron con los míos.

—¿Te gusta la idea?

—Me gusta cuando me marcas —admití—. Chupones, marcas de mordeduras.

Su mano fue a su polla y se la acomodó. Su bulto muy impresionante. Que quería, necesitaba sentir dentro de mí.

Enzo maulló a su cuenco vacío y yo negué con la cabeza.

—Primero le daré de comer —murmuré.

En la cocina, puse el cuenco sobre la encimera, cogí una lata de la despensa y la estaba abriendo cuando Marshall entró detrás de mí. Sus manos recorrieron mi espalda y masajearon suavemente mis hombros.

Me resistí a inclinarme hacia él.

Apenas.

Luego pasó sus manos alrededor de mi cintura, hasta mi camisa, y lentamente desabotonó el botón superior. Luego el segundo, lento y tortuoso, luego el tercero.

Me había olvidado por completo de alimentar a Enzo.

Con un dedo lento, Marshall empujó suavemente la camisa de mi hombro. Besó la piel; sus cálidos labios y su cálido aliento me provocaron un escalofrío. Luego bajó la camisa y supe lo que estaba buscando.

El chupetón y la marca de mordida que le había mostrado en la foto que le envié.

—Están descoloridos —murmuró—. Necesito hacerlos de nuevo.

Gruñí.

—Sí, así es.

Pasó su mano por mi culo y gimió.

—Le daré de comer al gato. Ve a prepararte. Tendrás lo que sea que quieras de mí —murmuró acariciando mi nuca —. Tu deseo, mi orden.

Mis rodillas se sentían tan temblorosas que no sé cómo

conseguí caminar. Llevé mi bolso al baño y me di la ducha más rápida de mi vida, pero necesitaba quitarme de encima el bullicio del aeropuerto y eliminar el estrés de los últimos cuatro días.

Me sequé y me puse la bata porque él había dicho que le gustaría follarme con ella y quería ver su cara cuando saliera y me viera usándola.

No me decepcionó.

Se detuvo, atónito. Sus labios se separaron y parpadeó, y su aliento salió rápidamente.

—Jesús —susurró.

Sonreí demasiado con aire de suficiencia, pero maldito fuera. Me sentía deseado, querido. Sexi.

Caminó hacia mí, sus ojos mirándome de arriba abajo, pero no llegó a tocarme. Estudió mi cuello y con un dedo suave, el más mínimo de los toques, lo deslizó por mi cuello, debajo del cuello de la bata, y jadeó.

—Tu piel es tan cálida —murmuró.

—Ducha hirviendo —respiré—. Piel caliente, seda fría.

Suavemente reveló una clavícula y la besó, sus suaves labios recorrieron la columna de mi garganta. Sus cálidas manos recorrieron mi cuerpo, deslizando la seda bajo su tacto, y desabrochó el fajín. La bata se abrió y él miró hacia abajo, inspeccionándome, mi cuerpo, mi polla medio dura.

Gimió.

—Me estás matando. —Puso su dedo debajo de mi barbilla y me besó suavemente—. ¿Dónde y cómo lo quieres?

—No me importa, siempre y cuando me lo des.

Me pellizcó la barbilla entre el pulgar y el índice y me besó de nuevo. Pero esta vez abrió mi boca con la suya, hundió su lengua y me acompañó de regreso a mi habitación.

—Sube a la cama —ordenó—. Arrodíllate y levanta tu culo para mí.

Oh, joder, sí.

Hice lo que me pidió, moviéndome lentamente y saboreando el susurro y el deslizamiento de la seda sobre mi piel con cada movimiento. Se estaba desnudando detrás de mí y vi la botella de lubricante aterrizar en la cama a mi lado, pero no hice ningún movimiento para cogerla.

Mi trasero estaba escondido debajo de la bata y tampoco hice ningún movimiento para levantarla. Quería que él hiciera todo. Quería que él tomara el control total, que hiciera lo que quisiera conmigo. Que usara mi cuerpo como mejor le pareciera.

Entregar ese control era mi parte favorita.

En ese momento, me sentía más libre que nunca. Especialmente con Marshall, porque confiaba completamente en él.

Era una rendición total.

Se arrodilló en la cama detrás de mí y sonreí mientras levantaba mi culo y dejaba que mis brazos cayeran a mis costados, la tensión ya se estaba disipando.

Su cálida mano encontró la parte baja de mi espalda, deslizándose por mi trasero hasta la parte posterior de mi muslo, deslizando la seda sobre mi piel. La levantó, exponiendo mi culo y dejó escapar un suspiro.

—Joder —susurró. Frotó la seda sobre mi piel, luego la colocó, deslizándola sobre mi culo y mis pelotas, la subió a mi espalda y cintura, continuó hacia delante, moviéndola, cosquilleando, suavemente.

La sensación fue exquisita y tortuosa, y gemí.

—Iba a intentar tomármelo con calma —dijo con voz espesa—. Pero lo deseo demasiado. Necesito follarte salvajemente.

La tapa de la botella de lubricante se abrió y, un segundo después, un líquido frío se derramó por la raja de mi culo, su pulgar lo extendió, sin tacto y lo hundió.

—Necesito correrme dentro de ti —dijo reemplazando su pulgar con la cabeza roma de su polla.

Dios, sí.

—Hazlo.

Pero no me embistió, presionó y provocó, golpeó mi entrada y gimió mientras empujaba un poco la punta antes de retirarse.

Me puse de rodillas y le gruñí.

—Deja de perder el tiempo y hazlo. Lo juro por Dios, Marshall.

Me sonrió, con una mirada astuta y salvaje en sus ojos mientras me agarraba la nuca y empujaba mi cabeza hacia el colchón.

—Quédate ahí abajo —espetó. Soltó mi cuello y mantuvo su palma presionada contra mi columna, empujó su polla contra mi agujero y se metió en mí.

Debería haber mantenido la boca cerrada.

Había olvidado lo grande que era, cuánto de él podía tomar.

Intenté alejarme y él me empujó con más fuerza.

—Tú lo querías —gruñó—. Tómalo, joder.

Respiré profundamente, tratando de encontrar ese lugar en mi mente. Ese lugar que me encontraba paz.

Luego me atrajo hacia atrás. Estaba en cuclillas, enjaulándome en sus brazos para que yo estuviera casi sentado sobre su polla. Su pecho presionado contra mi espalda, su aliento entrecortado y caliente en mi oído.

—Relájate y respira para mí —murmuró—. Sólo respira. Sé que puedes tomarlo. Puedes tomar cada centímetro de mí. Eres una puta para mi polla —susurró besando mi cuello —. Te encanta.

Dios, sabía qué decir. Sabía exactamente cómo decirlo para hacer que me relajara. Para hacerme derretir. Con sus fuertes brazos rodeándome, una mano sosteniendo mi bata contra mi pecho y la otra alrededor de la base de mi garganta.

Su polla enterrada dentro de mí.

—Joder, te sientes tan bien —dijo. Luego gimió con un sonido frustrado, como si estuviera tratando de no correrse ya.

Dejé caer mi cabeza hacia atrás y él comenzó a levantar las caderas, golpeando más profundamente en mí. Sus dedos comenzaron a clavarse en mi piel y presionó su rostro contra la seda de mi espalda, besando mi columna.

—Joder, sí —gritó—. Oh, Dios. —Luego su agarre sobre mí se hizo más fuerte, bajó la bata, raspó con sus dientes hasta mi omóplato y mordisqueó la piel.

Mañana estaría plagado de chupetones y marcas de mordiscos.

No podía esperar.

Soltando mi garganta, Marshall presionó su mano por mi pecho y estómago hasta mi polla, y dejé escapar un grito tan pronto como me rodeó con sus dedos.

Estaba sobre estimulado, cada nervio en llamas mientras él acariciaba mi polla hipersensible. Me penetraba, lenta y profundamente, mientras me sostenía en mi lugar, masturbándome al mismo tiempo que me daba sus embestidas.

No podía moverme, estaba inmovilizado y enjaulado por su cuerpo, empalado y a merced de su mano. Quería follarle el puño, pero él tenía el control total.

Estaba en el cielo.

—Voy a correrme dentro de ti —espetó jadeando—. No puedo aguantar más.

Gruñí.

—Dámelo —le rogué—. Por favor. Déjame tenerlo.

Dejó escapar un rugido y se corrió en mí, sujetándome por las caderas y metiendo su gruesa polla tan profundo como pudo.

Sentí cada pulso, cada disparo, cada sacudida de su cuerpo.

Fue surrealista y divino. Que él pudiera poseerme así. Hacerme suyo, para hacer conmigo lo que quisiera. Me acunó, gimiendo y jadeando, sus manos deslizando la bata de seda contra mi piel.

Y cuando pensé que ya había terminado, nos empujó hacia delante, con mi cara en el colchón y su mano en mi hombro, mi trasero todavía empalado en su polla. Me inmovilizó así, todavía enterrado dentro de mí.

Siguió follándome rudo, duro, sin piedad.

Así como sabía que lo necesitaba. Me llevó a ese lugar que sólo él conocía. Donde el dolor y el placer se volvían uno.

—Sí, te encanta —dijo mientras se estrellaba contra mí una y otra vez—. Tu culo lleno de mi semen, lleno de mi polla, y todavía no es suficiente.

Me corrí con un grito y él me sujetó con más fuerza, su mano, sus caderas, su polla.

Mi orgasmo bailó en la línea entre el dolor y el placer, intenso y abrumador. Todo mi cuerpo se sacudió bajo su agarre, un orgasmo tan poderoso que vi estrellas, y él siguió follándome.

Cuando mi mente volvió a estar en línea, no podía decir si él volvió a correrse o si era mi cuerpo el que se contraía tanto. Estaba sin aliento y jadeando, dividido entre necesitar que se detuviera y no dejarlo ir nunca.

Cuando no podía soportarlo más, se desplomó sobre mí, con su peso sobre mi espalda y su aliento caliente detrás de mi oreja. Todavía estaba atormentado por convulsiones incontrolables, y cuando él salió de mí, las cosas empeoraron.

—Joder —grité, todo mi cuerpo contrayéndose, temblando—. ¿Qué demonios me hiciste?

Se rio entre dientes, besando mi hombro. Bajó mi bata lo mejor que pudo y acarició con su nariz la parte posterior de mi cabeza hasta que nuestros cuerpos se calmaron. Estaba flotando en ese lugar maravilloso donde nada más importaba.

Me iba a doler mañana.

Demonios, estaba empezando a sentirlo ahora.

—Voy a prepararte un baño —murmuró Marshall mientras me besaba la nuca—. Pídenos algo de cenar.

—Mmm. —No era capaz de nada más.

Se rio de nuevo y me besó detrás de la oreja.

—Quédate aquí.

—Mmm.

No podría haberme movido si hubiera querido.

Se alejó de mí, dejando una bocanada de aire frío en su lugar. Intenté protestar, pero luego levantó las mantas para cubrirme. Escondí mi rostro para ocultar mi sonrisa.

Estaba tan agotado, tan usado y dolorido. También estaba lo más feliz que podía recordar haber sido.

No intenté encontrarle sentido. No intenté separarlo y analizar la secuencia. No quería inspeccionar el pegamento que actualmente me mantenía unido.

Tenía demasiado miedo de lo que pudiera encontrar.

Sabía que era sólo una solución temporal. Se suponía que sólo sería una solución temporal. Después de todo, no había manera de que Marshall quisiera jugar este jodido juego para siempre. No importa cuánto deseaba que lo hiciera.

Me sobresalté cuando algo cálido tocó mi cara. No había sido mi intención quedarme dormido...

—Despierta, dormilón —susurró. Volvió a acariciar suavemente mi mejilla—. Tu baño está listo.

—Mm-mm —murmuré. No quería levantarme. No quería enfrentar la realidad. No quería que terminara esta sensación de flotar.

—He pedido la cena. Debería estar aquí cuando salgas del baño. —Lentamente me quitó las mantas y casi me levantó. La bata, ahora arrugada y cálida, se abrió.

Marshall gimió mientras tomaba mi mano, de hecho, la sostuvo, y me acompañó hasta el baño principal. Estaba vestido con vaqueros y camiseta, y podría haberme decepcionado si no se viera increíblemente sexi. Esos vaqueros estaban hechos solo para él, sus muslos, su culo y el delicioso y omnipresente bulto de su paquete.

El baño estaba cálido, la bañera estaba llena hasta sus dos tercios de capacidad y las columnas de vapor danzantes como dedos me invitaban a entrar.

Marshall estaba detrás de mí y, sin decir una palabra, me quitó la bata de los hombros, dejando al descubierto cada trozo de piel como un premio. La dejó deslizarse por mi espalda, atrapándola antes de que cayera al suelo, y presionó sus labios en un punto sensible en mi omóplato.

Donde me había mordido.

—¿Duele? —murmuró.

—En el buen sentido —susurré—. Esta sensible y suave, y me recuerda dónde has estado.

Apoyó su frente en mi hombro.

—Valentine —susurró, luego acercó su nariz a mi nuca y me dio un cálido beso en la nuca.

Fue algo tan íntimo de hacer. Qué cosa tan personal y dulce de hacer. Cómo podía ser tan rudo cuando lo necesitaba y luego ser tan gentil cuando la situación lo requería...

Y nunca había necesitado suavidad.

No antes de él.

Cuidaba de mí mismo y me iba bien. Era resiliente y autosuficiente. Me había anclado para resistir cualquier tormenta.

Hasta él.

Tomó mi mano y me ayudó a entrar en la bañera, y me sostuvo hasta que me senté y me apoyé en el respaldo de la bañera, con la cabeza apoyada en el reposacabezas. El agua estaba caliente, tal vez demasiado, pero sacaba a la superficie cada dolor, cada punzada.

Incluso las cicatrices que nadie podía ver se sentían en carne viva y doloridas. Expuesto completamente.

Como si mi ancla estuviera perdiendo fuerza y yo me estuviera dejando a la deriva. Era aterrador y abrumador a la vez.

Soltó mi mano y rápidamente agarré sus dedos, luchando contra la repentina necesidad de llorar. De repente sentí como si me estuviera ahogando y él fuera mi único salvavidas.

—Quédate.

No había querido decir eso. No tenía idea de qué me sacó esas palabras, pero tuve que tragar el nudo que tenía en la garganta. Cerré los ojos como si eso de alguna manera ayudara a ocultar mis lágrimas.

¿Por qué cojones estaba llorando?

Jesús, ayúdame, ¿qué me había hecho? Tal vez pensaría que era el vapor o el sudor del agua caliente...

No era idiota ni ciego.

Marshall liberó su mano y pensé con seguridad que iba a escabullirse. ¿Por qué estaba tan emocional esta noche? Las emociones no eran algo con lo que luchara. Normalmente simplemente las empujaba hacia mi interior hasta que no podía sentir nada...

Pero se quitó la camiseta y los vaqueros, luego se metió detrás de mí.

—Mierda —dijo agachándose, con las piernas a cada lado de mí—. Joder, esto es como lava. ¿Por qué no dijiste que lo preparé demasiado caliente?

No pude evitarlo. Me reí y él me atrajo hacia él, su brazo alrededor de mi pecho, y me abrazó así hasta que me sentí mejor. Hasta que los dolores musculares desaparecieron y el dolor en mi pecho también disminuyó.

Hasta que llegó la cena, cuando tuvo que bajar al vestíbulo a buscarla. Salí y me sequé, optando por pantalones de chándal y una camisa de manga larga. Marshall regresó vestido con vaqueros y camiseta y sin zapatos.

—¿No tienes frío? —pregunté.

—No, mi temperatura corporal interna ahora es de cuarenta y tres grados gracias a ese baño.

Había pedido pasta, que estaba absolutamente divina, y como si supiera que era exactamente lo que necesitaba. Un baño caliente, la barriga llena de carbohidratos y sueño.

Ni siquiera objeté cuando me llevó al sofá y me envolvió con mi cabeza en su pecho. Eligió algún estúpido programa de televisión y ni siquiera me importó, porque los círculos que dibujaba en mi espalda y sus dedos en mi cabello, su calidez, su fuerza, eran sublimes.

Fue íntimo y dulce y no se parecía a nada que hubiera experimentado antes.

Toque físico suave sin ningún preludio al sexo.

Eh. Extraño.

Pero qué agradable.

Me sentía seguro y querido. Sabía que no había ninguna conexión emocional por su parte y le dije a mi corazón que no se emocionara demasiado.

Simplemente disfrútalo tal como es. Disfruta de este momento mientras dure.

Quería permanecer despierto y disfrutarlo todo el tiempo que pudiera, pero mis ojos seguían traicionándome. Y sabía que eso significaba que se iría. No sabía por qué eso dolía tanto. No quería estar solo.

Dios, las emociones eran jodidamente terribles.

—Estoy tan cansado —murmuré—. No puedo mantener los ojos abiertos.

Y como él sabía exactamente lo que necesitaba, incluso si yo no lo sabía, tomó a Enzo y apagó las luces.

—Entonces vámonos a la cama.

Lo miré fijamente.

—¿Qué... qué crees que estás haciendo?

Su mirada se encontró con la mía en la habitación a media luz.

—No te dejaré solo esta noche.

Mi corazón casi se detuvo antes de acelerarse, me ardía la nariz y me lloraban los ojos.

Cristo. ¿Por qué estaba destrozado esta noche?

—Estaba hablando de Enzo —logré decir. Ambos sabíamos que no estaba hablando de Enzo.

Pasó su brazo por mi hombro y me llevó a mi habitación.

—Él viene a la cama con nosotros.

—No lo dejo que suba a mi cama.

—Pero yo sí. —Le dio a Enzo un gran beso y luego lo puso suavemente en la cama—. Y me quedaré esta noche, así que somos un paquete.

Pero Enzo saltó de la cama. Marshall se desanimó y yo sonreí.

Cuando nos metimos bajo las sábanas, Marshall rápidamente me abrazó. Me envolvió fuerte, mi cabeza sobre su hombro, su pierna sobre mi muslo. Nunca había sido una persona afectuosa, nunca había sido de abrazar.

Pero vaya, esto estaba siendo increíblemente bueno.

—No puedo creer que Enzo me haya decepcionado —murmuró—. Teníamos un trato. Pasaba todas las noches en mi cama conmigo, básicamente sobre mi cabeza, ronroneando su pequeño motor. Y ahora no soy lo suficientemente bueno.

—Te dije que era un traidor.

—No le compraré más *nuggets* de pollo.

Me reí.

—Bien.

Luego se escuchó un ruido sordo en el costado de la cama y suaves pasos de gato hacia Marshall.

—Sí —dijo—. Sabía que te gustaba, mi pequeño. No me refiero a los *nuggets*. Por supuesto que te conseguiré unos cuantos.

Cristo.

Enzo empezó a ronronear mientras se ponía cómodo y yo estaba demasiado cansado y feliz para preocuparme.

Marshall apretó su brazo a mi alrededor y besó un lado de mi cabeza. Estaba cálido y protegido en sus brazos; ningún monstruo me encontraría en mis sueños esta noche.

Sonreí en la oscuridad, deseando saber qué era esto o por qué quería que esto fuera real y no solo un acuerdo estúpido. Por qué quería que fuera así todas las noches y por qué el Marshall en mi mente ya no me miraba con furia. No me disparaba láseres con odio y desprecio.

En cambio, sonreía.

¿Por qué eso no me molestaba? ¿Por qué me hacía feliz?

¿Por qué me *él* me hacía feliz?

Valentine deja de pensar demasiado. Disfruta de lo que sea que sea esto mientras dure.

—¿Qué fue eso? —preguntó Marshall, medio dormido.

Me tomó un segundo alcanzarlo.

—¿Qué?

—Murmuraste algo. —Me dio un apretón y se acurrucó más cerca, sus brazos y manos me sostenían con fuerza—. Está bien. Te tengo.

Y era eso, eso, justo ahí, lo que me asustaba muchísimo. Porque él *sí* me tenía. Me conocía de maneras para las que no estaba preparado.

Era tan bueno fingiendo que no sentía nada. Toda mi vida, puse un límite a mis emociones y las encerré con llave. Pero esto parecía demasiado grande para contenerlo, demasiado grande para ignorarlo.

Y tal vez, sólo tal vez, ya no quería ignorarlo más.

CAPÍTULO 15
MARSHALL

REALMENTE FUE algo bueno que estuviera fuera del partido del sábado. Por supuesto, fui al partido y animé a los chicos. Pero no tuve que enfrentarme a Valentine.

Ya era bastante difícil ver el partido, observarlo a él y no ser parte de ello. Pero mi corazón estaba en mi garganta cada vez que lo abordaban, cada pelea, y contenía la respiración hasta que se ponía de nuevo en pie. Si hubiera estado en el campo con él, a saber que habría hecho.

Y una vez, nuestro segunda línea, Simons, lo derribó. Aunque tengo que decir que Simons era un buen chico, un compañero de equipo, incluso amigo. Lo conocía desde hacía años, pero tuve que meter las manos en los bolsillos de mi abrigo para no salir corriendo al campo y cortarle la cabeza por abordar a Valentine de esa manera. Todos en mi banco decían cosas como "buena tacleada, buena tacleada" y probablemente fue una *buena tacleada*, pero no me gustó el hecho de que derribara a mi Valentine.

¿Mi Valentine?

Estaba perdiendo la maldita cabeza.

Valentine no era *mi* nada. Aparte de mi enemigo con

beneficios. No es que aún fuéramos enemigos... Mi no-amigo con beneficios. Un polvo frecuente. Alguien con quien tenía un acuerdo.

Alguien que me importaba.

Alguien por quien estaba empezando a preocuparme mucho.

Contrólate, Marshall.

Dejando a un lado todo lo sentimental, fue un buen partido de rugby. North Ryde y Lane Cove eran los dos únicos equipos invictos hasta el momento, por lo que siempre iba a ser un partido difícil. Pensé que Lane Cove podría derrotarnos en la segunda mitad, pero mis compañeros mantuvieron su línea y cuando Taka corrió, nadie en su equipo pudo detenerlo. Era demasiado grande, demasiado fuerte y demasiado bueno.

Ganamos por cuatro puntos.

Me puse de pie delante del banco y aplaudí a nuestros muchachos fuera del campo mientras corrían hacia los vestuarios. A algunos les di una palmada en la espalda. A Taka, por supuesto. No a Simons.

Pero luego me quedé allí y aplaudí a los chicos de Lane Cove también, porque era una buena actitud deportiva. Miré a Valentine a los ojos mientras él pasaba corriendo a mi lado, solo por un breve segundo, y hubo una leve sonrisa en su rostro. Junto con el sudor y una mancha de tierra, bien podría haber sido su protector bucal lo que lo hizo sonreír.

Pero me gustaba pensar que era yo.

Y más tarde, cuando estábamos en el pub, me puse de espaldas a donde estaba sentado Valentine. Tuve que hacerlo para evitar mirarlo cada dos segundos.

—Oh, joder —murmuró Taka—. Amigo, tómatelo con calma.

Hice una pausa, mi botella de cerveza en mis labios.

—¿Qué?

—Si sigues mirando hacia allá, te delatarás.

—Oh, vete a la mierda —respondí—. No estoy mirando a ninguna parte. Estoy de espalda a él.

A él.

Dije *él* como si acabara de admitir que *era* Valentine, cuando la semana pasada lo negué. Y en el trabajo estábamos tan ocupados que no teníamos tiempo para conversaciones privadas. ¿Y ahora qué? ¿Dije *él* como si fuera de conocimiento común?

Cristo. Taka tenía razón. Me iba a delatar.

Taka sonrió porque sabía que tenía razón.

—Y eso lo hace más obvio cuando sigues girando la cabeza.

Puse los ojos en blanco, pero sabía que él me cubría. Taka tenía una visión clara por encima de mi hombro. Su mirada pasó de Valentine a mí.

—Si te sirve de consuelo, él está tratando de no mirarte tanto como tú intentas no mirarlo a él.

¿*Qué?*

Tuve que obligarme a no mirar. *No te des la vuelta. No mires por encima del hombro.*

—Oye, gran partido, tío —le dijo uno de los chicos de Lane Cove a Taka de camino al baño.

—Gracias —dijo Taka, levantando su botella de cerveza.

Bueno, ahora que casi lo había admitido…

—Le dije que lo sabías —dije, luego bebí un sorbo de mi cerveza con la mirada fija en la pared del fondo—. Pero nadie más puede saberlo.

—No se lo diré a nadie.

Miré a los ojos de Taka. Le confiaba mi vida, pero ahora también le confiaba Valentine.

—Nadie puede saberlo, Taka. No se ha declarado. Su padre, no sé qué le haría...

¿Qué le haría su padre? ¿Matarlo? ¿Arruinarlo? ¿Despedirlo? ¿Enviarlo lejos?

Negué con la cabeza.

—Nadie más puede saberlo.

—Genial —dijo con su gran sonrisa—. Nadie me creería de todos modos.

Asentí porque eso era cierto.

—Pero gracias por confiármelo —añadió.

Me sentí mal por mentirle.

—Nunca quise ocultártelo. Simplemente no es mi secreto para contarlo, ¿vale? Tiene sus razones para ser...

—¿Un gilipollas?

—Como es. —Luego agregué—: Y un gilipollas. Excepto que no lo es. —Negué con la cabeza porque esto era ridículo—. No sé qué demonios es.

Taka sonrió mientras tomaba un trago de cerveza.

—Nunca pensé que vería el día.

—¿Ver el día de qué?

—Donde pillaras sentimientos por alguien.

—No he pillado sentimientos. —Por favor, qué cosa más estúpida de decir.

—Donde un chico consiguiera atraparte.

—No estoy atrapado.

Presionó la barra con el pulgar como si estuviera aplastando un insecto.

—Bajo el pulgar, amigo mío.

—Ah, vete a la mierda.

Taka se rio justo cuando alguien intentaba pasar.

—Disculpa —dijo un chico, con la mano en mi costado mientras se abría paso entre la multitud. Le di una breve mirada y me resultó vagamente familiar. Creo que tal vez lo llevé a casa una vez. Quizás eso explicaba la forma en que me tocó... esperanzado en que se repitiera.

Hace unas semanas, ese movimiento me habría hecho seguirlo a los baños. Ahora me moví para dejarlo pasar sin pensarlo dos veces.

Taka me dio una mirada penetrante.

—Ese es exactamente mí punto, hermano.

Puse los ojos en blanco.

Entonces alguien más me rozó para pasar.

—Disculpa —dijo, su voz cálida y familiar. Esta vez me giré y me encontré cara a cara con Valentine, su mirada se centró en la mía y sonrió—. Tal vez no deberías quedarte de pie en el pasillo.

Me enfadé, pero luego noté la camisa que llevaba. La camisa blanca con los botones que había cosido con hilo rojo.

Y si usas esta camisa, es como si dijeras que Marshall hizo esto y nadie más que nosotros lo sabremos.

Mi mirada se encontró con la suya y sonreí.

—Tal vez deberías pasar por otro sitio.

Sus fosas nasales se dilataron, pero su amigo Lleyton intervino y empujó a Valentine para alejarlo de mi lado. Me miró con desdén.

—Cálmate, Wise —dijo, luego le sonrió a Taka—. Oye, Taka, buen partido hoy.

Taka, por supuesto, ahora estaba sonriendo.

—Gracias, hombre.

Mi corazón latía con fuerza y la sangre bombeaba.

Esa pequeña interacción fue interesante.

Había usado esa camisa porque le dije que era como decir que yo había sido quien arrancó los últimos botones, que nadie más que nosotros lo sabíamos.

Pero yo lo sabía.

La estaba usando para mí.

Cuando finalmente encontré los ojos de Taka, se rio.

—Sí, nadie sospechará nada. Dime, ¿os odio-folláis o algo así? Porque, Jesús. —Negó con la cabeza.

Resoplé y bebí lo que quedaba de mi cerveza.

—Algo como eso.

—Hola, Valentine —dijo alguien en voz alta, llamando mi atención inmediata—. ¡Feliz cumpleaños, hombre!

Me volví ante eso, porque ¿qué demonios?

Lleyton y él estaban hablando con un grupo de chicos cerca de los baños. Parecían los típicos chicos ricos de colegios privados, y Valentine les estrechó la mano y se rio falsamente, y...

—Ah, gracias —dijo Valentine.

¿Su cumpleaños?

¿En serio?

¿Cómo no lo sabía? ¿Cómo un maldito imbécil cualquiera en un bar sabía eso y yo no?

La ira subió a mi sangre, mil agujas punzantes en mi corazón.

Valentine desapareció en los baños y yo dejé mi botella vacía en la barra.

—No lo hagas, hombre —dijo Taka en voz baja.

Lo miré.

—¿Hacer qué?

—No entres allí.

Estaba tan jodidamente enfadado, irracional y estúpidamente, y herido.

Estaba herido.

Esto era una tontería.

Saqué un billete de veinte de mi bolsillo y lo puse en la barra.

—La próxima ronda corre por mi cuenta —dije—. Estoy fuera.

Me di vuelta y me abrí paso entre la multitud, desesperado por respirar aire fresco. Sentí que me estaba ahogando.

¿Por qué?

¿Por no saber que era el cumpleaños de Valentine?

Que nunca me lo dijera. Que no era algo que pensara que yo debería saber.

Que yo no era... ¿Que no éramos lo que estúpidamente había pensado que éramos? Y me hubiera gustado pensar que estábamos en la misma página, especialmente después de esta última semana, todos los mensajes de texto, yo quedándome con él, bañándome con él porque estaba dolorido cuando había intentado fingir que no lloraba. No estaba quejándome. Me quedé a pasar la noche y lo abracé mientras dormía porque no estaba tan bien como decía. Era un desastre y quería hacerlo sentir mejor.

Yo estaba muy superado por la situación, y él...

Él no era más de lo que alguna vez dijo que sería.

Cristo.

Comprobé la hora. Eran las ocho y media. Treinta minutos antes de nuestra hora habitual de encuentro a las nueve de la noche.

Lo que tenía ganas de hacer era volver al interior del pub, emborracharme y olvidarme por completo de él. O ir a casa a lamerme las heridas.

Pero lo que tenía que hacer era ser un puto adulto y hablar con él.

No había querido forzar su mano, descubrir qué demonios éramos, pero aparentemente esta noche era el momento.

O acabaríamos... o seríamos algo más.

Solo había tomado unas cuantas cervezas, así que

conduje hasta su casa y me senté en la cerca de ladrillos bajo el jodido frío esperándolo. Cuanto más tiempo pasaba sentado allí, más decidido estaba. Le envié un mensaje de texto.

¿Sigue en pie lo de las nueve?

Mi estómago era un nudo enorme y mi corazón se apretaba con fuerza.

No quería que terminara con esto, pero al final de la noche, al menos sabría dónde estábamos.

Un golpe en la puerta de cristal del vestíbulo me sobresaltó. Era Valentine y abrió la puerta cuando me levanté.

—¿Llevas esperando mucho? —preguntó.

Negué con la cabeza y pasé junto a él. Pulsé el botón del ascensor y subimos en silencio hasta su piso.

Fue incómodo.

Y horrible.

Abrió la puerta de entrada y se hizo a un lado para que yo entrara primero. Enzo salió a recibirnos y Valentine lo tomó, sosteniéndolo como un escudo para lo que sabía que vendría.

Me detuve en su cocina con los brazos cruzados.

—Sólo dilo —murmuró Valentine, su rostro era una máscara de tristeza—. Claramente algo anda mal.

—¿Es tu cumpleaños?

Suspiró.

—Sí.

—¿Hoy?

—Mañana, en realidad. —Asintió lentamente—. Ese chico... estábamos en el mismo año en la universidad. También es su cumpleaños, por eso lo recuerda.

Me froté la cara con las manos, tratando de calmarme, dejar de lado mi dolor y obtener algunas respuestas.

—He estado tratando de pensar por qué no me lo dijiste

—dije—. Y lo único a lo que sigo volviendo es que obviamente estamos en páginas diferentes. Incluso libros completamente diferentes.

Negó con la cabeza.

—No.

—Creo que lo estamos. Porque aquí estaba pensando que tal vez teníamos algo, y es jodidamente obvio que no sientes lo mismo.

Negó con la cabeza nuevamente, pero Enzo luchó por bajarse, y tan pronto como Valentine lo soltó, comenzó a maullar a su plato.

—No sé cómo me siento —susurró Valentine—. Estoy... confundido. No... No puedo...

Enzo maulló y maulló y Valentine gimió.

—Está bien, está bien —dijo claramente nervioso. Fue a la despensa, sacó la comida para gatos y le preparó la cena a Enzo, nervioso, ahora le temblaban las manos y Enzo siguió maullando hasta que dejó el plato. Entonces Valentine dio un paso atrás y negó con la cabeza, llevándose la mano a la frente y los dedos temblorosos. Enzo finalmente se quedó callado, pero Valentine estaba pálido, abrió la boca para decir algo y trató de hablar, con los ojos muy abiertos y llorosos. Jadeó como si no pudiera recuperar el aliento. Una y otra vez, luchó por conseguir suficiente aire.

Ay, dios mío.

Estaba enloquecido.

Valentine Tye estaba teniendo un ataque de ansiedad.

Fui hacia él y lo rodeé con mis brazos, abrazándolo.

—Está bien —lo tranquilicé, aunque no estaba seguro de que lo estuviera.

—Lo siento —murmuró—. Lo lamento.

—No te disculpes —susurré frotando su espalda—. Estoy aquí.

Asintió y luego sacudió la cabeza, todavía jadeando por aire.

—Solo necesito... para recuperar el aliento... Necesito mis pastillas.

Sus pastillas.

¿Las que estaban en su baño?

—Yo las traeré —dije corriendo hacia su habitación. Cogí todos los frascos de medicamentos recetados de su armario porque no sabía cuáles necesitaba y cuando salí, estaba sirviéndose un vaso de agua.

Dejé las pastillas en el mostrador y él abrió un frasco, con las manos temblorosas, y tiró un poco, persiguiéndolas con agua.

Negó con la cabeza.

—Lo siento. De verdad.

Le quité y dejé el vaso, luego lo empujé contra la encimera de la cocina, rodeándolo con fuerza con mis brazos. Todo su cuerpo temblaba, su respiración era corta y agitada.

—No te disculpes.

—Pánico —murmuró con su cara contra mi pecho—. Tengo ataques de... pánico.

Cristo.

Algo más que no sabía sobre él.

—Está bien —susurré frotando su espalda—. Estarás bien.

Nos quedamos así durante mucho, mucho tiempo, hasta que su respiración se normalizó. Hasta que las pastillas hicieron efecto.

—No he tomado una en mucho tiempo —dijo con la frente contra mi cuello.

Froté su espalda un poco más.

—¿Te sientes bien ahora?

Asintió, fue casi imperceptible. Pero cuando quise alejarme, su agarre sobre mí se hizo más fuerte.

—Lo siento —dijo—. Por no decírtelo. Los cumpleaños no son algo que celebre. En realidad, nunca lo he hecho.

—¿Nunca?

Negó con la cabeza y se encogió de hombros, inseguro.

—Mi hermana y yo... nuestros padres no estaban... nadie...

¿Padres? No podía recordar la mención de su madre.

—Tus padres eran unos idiotas y, tu hermana y tú merecíais algo mejor.

—Lo sé. —Asintió todavía sin dejar de abrazarme—. No pensé en decírtelo porque... porque lo olvidé. No me olvidé de decírtelo. Olvidé que era mi cumpleaños.

Jesucristo.

Lo abracé más fuerte y besé un lado de su cabeza.

—Lamento haberme enfadado. Escuché a ese chico decirte feliz cumpleaños y me dolió. Él lo sabía y yo no. Y yo... No sé lo que pensé.

Sí, no lo pensaste. Pensaste que esto se trataba de ti. Ni por un momento te detuviste a pensar en él.

—Eres la única persona que me conoce, Marshall. Sólo tú —dijo. Se apartó y tenía los ojos vidriosos. Nublados. Sí, las drogas definitivamente estaban funcionando—. Pensé que ibas a decir que habíamos terminado y... Entré en pánico.

Sí, me di cuenta.

—No quiero terminar esto —susurré besándolo suavemente—. Pensé que ibas a decirme que este sentimiento no era parte de nuestro acuerdo.

Sonrió con tristeza.

—Este sentimiento.

Asentí.

—Este sentimiento confuso.

Resopló.

—Yo también lo siento.

—Necesitamos hablar —dije—. Pero tal vez mañana.

Asintió.

—Mañana. Por favor, no me dejes solo esta noche.

Tomé su rostro y presioné mis labios contra los suyos.

—No me iré. Por favor, no me digas que todo esto es unilateral.

Negó con la cabeza.

—No lo es. Pero no sé qué es. No quiero que nada cambie. No puedo ofrecerte nada más que esto. Me mostraste... cosas. Cosas especiales.

Fruncí el ceño.

—Te mostré amabilidad. Y es un poco jodido pensar que eso es especial.

—Es especial para mí. Y no sólo me mostraste amabilidad. Me mostraste lo que era posible y lo que podía tener. Y lo que me perderé cuando me dejes. Lo que nunca volveré a encontrar. Todo lo que quería era que me follaras. Nunca pedí nada más y ahora no sé vivir sin ello.

—No voy a ir ninguna parte.

—Aún no. —Dios, se veía tan jodidamente triste—. Nunca podré salir, Marshall. Nunca podré decir que soy gay.

—Lo sé. —Pasé mi pulgar por su mejilla—. No espero que lo hagas.

Estudió mis ojos y mirarlo fijamente me llevaba a lugares para los que no estaba preparado. Realmente necesitábamos hablar, pero esta noche no era el momento para esta conversación. No cuando estaba así, con sus parpadeos lentos y su sonrisa perezosa.

Miré su camisa y toqué el primer botón.

—Bonito hilo de color rojo.

Sonrió.

—Gracias. —Entonces pareció recordar algo—. Oh. Ese chico en el bar que puso su mano aquí —dijo deslizando su mano hasta mi cintura—. ¿Por qué hizo eso?

¿El tipo que pasó rozándome? ¿El que pensé que mi antiguo yo se habría follado en el callejón, pero el nuevo yo ni siquiera lo consideró? El chico con el que creo que follé una vez en el callejón...

—No me gustó —dijo Valentine frunciendo el ceño.

Me reí.

—¿Es por lo que viniste e hiciste lo mismo?

—No me gusta cuando otros chicos te tocan.

¿Estaba celoso?

Bueno, me gustó más de lo que debería, y estaba a punto de burlarme, pero entonces sonrió, echó la cabeza hacia atrás y trató de mirarme.

—Creo que tomé demasiadas pastillas.

—¿Cuántas tomaste?

Se encogió de hombros.

—Dos. ¿Tres?

—¿Cuántas se supone que debes tomar?

—Una.

Mierda.

—¿Necesitas que te lleve al hospital?

Resopló.

—No. Necesito dormir. Estoy muy cansado. Y estoy bamboleante ahora mismo.

Bamboleante. Valentine Tye acaba de decir la palabra bamboleante.

—Está bien, entonces vamos a llevarte a la cama.

Asintió, sacó su teléfono del bolsillo y lo dejó sobre el mostrador, y noté un mensaje de texto en su pantalla.

¿Sigues en pie nuestro encuentro de las nueve?

Mi mensaje.

Espera...

—¿Ese es mi mensaje de texto? —pregunté—. ¿Por qué mi nombre aparece en el emoji de pizza de tu teléfono?

Se rio, y que Dios me ayude, su sonrisa era increíble, drogado o no.

—Pizza. Veintitrés centímetros. Polla profunda... Quiero decir, pizza profunda.

Solté una carcajada.

—¿Qué...?

Se rio y se sintió pesado contra mí.

—Es gracioso.

En realidad, más o menos lo era.

Me reí entre dientes, atónito.

—Tienes que irte a la cama. Puedo asegurarte que esta noche no habrá pollas de veintitrés centímetros de profundidad.

Él gimió y apoyó todo su peso contra mí, apoyando su cabeza en la curva de mi cuello. Me dio una palmada en el pecho.

—No te vayas.

Dios mío, Valentine.

—No me iré. Enzo y yo podemos ver *Rambo*. No lo ha visto.

Suspiró, manteniendo la cabeza gacha.

—Yo tampoco la he visto. ¿Podría verla?

Calculé que ni siquiera pasaría de los créditos iniciales, así que ¿por qué no?

—Claro.

Llegamos al sofá y él se plantó encima de mí, entre mis piernas, recostado con su rostro en mí pecho. Suavemente pasé mis dedos por su cabello hasta que sus ojos se cerraron, y Enzo saltó y se unió a nosotros.

Me podría acostumbrar a esto.

Realmente me gustaba.

Habían pasado tantas cosas esta noche. Admitimos cosas, pero no las discutimos. Definitivamente necesitábamos hablar, aclarar las cosas, pero por ahora era suficiente.

Esta noche había aprendido algunas cosas sobre Valentine.

Él había dicho que sentía algo por mí. Sentimientos que lo confundían. Se asustó cuando pensó que lo iba a dejar. Se había sentido abrumado y le entró el pánico. Tenía tratamiento para sobrellevarlo, así que era algo con lo que había aprendido a vivir. Nunca había celebrado sus cumpleaños porque a sus padres les importaba una mierda. Ni siquiera sabía que tenía madre, pero él había dicho *padres*.

Había dicho que yo era la única persona que conocía su verdadero yo.

Y tal vez cuando vine aquí esta noche, mis sentimientos también habían sido confusos. Saliendo del pub, sin saber qué significaba nada. Pero acostado allí en su sofá, con él en mis brazos y su gato ronroneando a nuestro lado... Mis sentimientos eran bastante claros.

Ya no odiaba a Valentine Tye.

No lo había hecho desde hacía algún tiempo.

No sabía lo que significaba para nosotros ni hacia dónde íbamos desde aquí. Pero él estaba en la misma página que yo. Y por esta noche eso era suficiente.

ME DESPERTÉ ALREDEDOR de las seis y el amanecer apenas entraba por la ventana del dormitorio de Valentine. Estaba acostado de lado, frente a mí, profundamente dormido. Tenía el pelo revuelto y los labios entreabiertos. Se veía pacífico y tan jodidamente hermoso.

Y hoy era su cumpleaños.

Y si nunca había celebrado un cumpleaños, entonces debería hacer que nunca olvidara este. Lo haría todo para él. Empezando por el desayuno.

—¿Por qué me miras? —murmuró.

Me reí.

—¿Cómo puedes saberlo con los ojos cerrados?

Hizo una mueca y se dio la vuelta, enterrando su hermoso rostro en la almohada.

—No seas raro.

Besé su nuca.

—Feliz cumpleaños.

Se quedó paralizado por un segundo y luego gimió mientras se desinflaba. ¿Se acordó de anoche?

—Mmm.

—Voy a prepararte el desayuno —le dije.

Gimió de nuevo.

—Café.

—Desayuno.

—Café para el desayuno.

Me reí y le di una palmada en el culo antes de levantarme de la cama. Me puse los vaqueros, fui a su refrigerador y no encontré absolutamente nada. Su despensa seguía igual.

—Jesucristo —dije lo suficientemente alto como para que él me escuchara—. ¿Alguna vez comes?

Su respuesta fue medio murmurada, medio ronca.

—Café.

Encendí su máquina de café y saqué dos tazas. Enzo decidió unirse a mí y saltó sobre la encimera de la cocina. Me maulló.

—Buenos días. ¿Quieres desayunar? Al menos aquí hay comida para ti.

Vertí unas croquetas en su plato y, cuando sonó la máquina de café, preparé una taza para cada uno. Las llevé a su habitación.

—Café de cumpleaños.

Gimió de nuevo.

—¿En serio? —Sin embargo, se sentó, apoyándose contra la cabecera.

Le entregué su taza y me senté en el borde de la cama.

—Sí, porque no hay desayuno de cumpleaños. Voy a tener que salir a buscar algo.

—Simplemente haz que lo entreguen.

—¿El desayuno?

—Seguro. ¿Por qué no?

—¿O podríamos ir a una cafetería?

Su mirada se posó en la mía y me di cuenta de que había metido la pata. No, no podíamos salir a ningún lado...

—Podríamos ir a donde nadie te conozca —agregué—. A las playas del norte o algo así.

—Mi hermana vive allí.

Por supuesto que sí.

—Podríamos conducir hasta Newcastle —sugerí, aunque era una idea estúpida—. O simplemente conducir y pedir algo para llevar. No tenemos que bajar del coche. ¿Maccas? Le debo algunos *nuggets* a Enzo.

Valentine casi sonrió mientras tomaba un sorbo de café, pero no dijo nada.

Y esta era la realidad de ver a alguien que no había salido del armario, que nunca podría ser visto en público conmigo. No solo con cualquier chico, sino especialmente conmigo. Un chico con quién había tenido una pelea pública durante más de una década.

Yo también era su empleado.

Me estaba mirando.

—No es muy divertido, ¿verdad?

—Sólo quería hacer algo para tu cumpleaños —murmuré—. En realidad, no tiene por qué ser nada. Podemos pedir el desayuno. O puedo hacer un viaje rápido al supermercado.

Sus ojos se encontraron con los míos.

—Esto es suficiente para mí —dijo—. Es más de lo que he tenido nunca.

Cristo.

Simplemente me hizo más decidido a hacer algo.

—Está bien, iré corriendo a la tienda. Voy a hacerte el desayuno. En realidad, te voy a preparar el desayuno y tú me vas a ayudar. Tardaré diez minutos. —Me puse de pie, sin aceptar un no por respuesta—. Y si Enzo intenta decirte que no ha desayunado, está mintiendo.

Me puse el suéter y las botas, cogí las llaves y me fui hasta el supermercado más cercano. Compré todos los ingredientes esenciales para el desayuno, luego fui a la sección de pasteles e incluso encontré algunas velas de cumpleaños.

Porque, a la mierda todo.

Miré dos veces los globos pequeños y decidí que era demasiado estúpido, llegué al final del pasillo y volví por un estúpido globo porque a la mierda si eran infantiles.

Y un estúpido ramo de estúpidas flores de supermercado en la caja registradora.

Porque a la mierda eso también.

Regresé al apartamento de Valentine con los brazos llenos y lo encontré recién duchado y sonriendo.

—Has tardado veinte minutos, no diez. —Entonces se dio cuenta de lo que estaba sosteniendo—. ¿Qué cojones...?

Primero le di las flores.

—Feliz cumpleaños.

Se quedó allí, atónito, tal vez horrorizado. No las cogió. Simplemente se quedó mirándolas.

—Marshall...

—Son sólo flores de supermercado. Estaban en la caja. Fue una idea estúpida —dije sintiéndome como un tonto de primera categoría.

Hasta que se puso sentimental.

—Nunca nadie me había comprado flores —susurró.

Oh, mierda.

Ay, Dios.

—Bueno, para ser justos, nunca había comprado flores para nadie. Excepto para mi madre, por supuesto. —Luego, mientras me comportaba como el mayor idiota de todos los tiempos, saqué el pequeño globo, lo metí en el ramo y se lo tendí.

Dejó escapar una risa entrecortada y los tomó, su barbilla temblando un poco.

—Gracias.

—Feliz cumpleaños —dije de nuevo.

Él asintió y miró las flores como si fuera un ramo de flores confeccionado y galardonado.

Luego saqué la tarta y las velas. Era una de esas pequeñas, no mucho más grande que un panecillo, para ser honesto. Rápidamente le puse una vela y la levanté.

—Y esto. —Me encogí de hombros—. No tengo un encendedor.

Dejó escapar una risa lastimosa.

—¿Una tarta?

—Bueno, sí. Es lo que suele pasar en los cumpleaños. —Me estremecí, porque Dios, todo esto era incómodo—. Pero primero tienes que desayunar. Esa es la regla. Bueno, esa era la regla en mi casa mientras crecía.

Me encogí de hombros nuevamente.

Mierda.

Valentine se rio, pero se secó una lágrima de la mejilla.

—Cristo, esto es... No sé por qué estoy llorando.

Dios, ¿por qué dolía tanto verlo llorar?

—No quise entristecerte —murmuré. Todo esto fue una mala idea...

Negó con la cabeza rápidamente, más lágrimas brotaron de sus ojos.

—No, no lo hiciste. Yo, eh... No esperaba esto. Es solo... Quizás sea lo más lindo que alguien haya hecho por mí.

Oh, maldito sea.

Dejé la tarta sobre la mesa y me acerqué a Valentine, rodeándolo con mis brazos.

—No aplastes mis flores —murmuró en mi suéter, sosteniendo las flores a un lado.

Entonces, por supuesto, Enzo decidió intentar robar la tarta.

—No —dije lanzándome hacia él. La salvé antes de que le clavara los colmillos—. Pequeño amigo, teníamos un trato. ¿Recuerdas?

Valentine levantó de la mesa al ahora gato enfadado y lo dejó sobre el sofá, y yo tomé la tarta y la bolsa de la compra de la mesa y los llevé a la cocina.

—Está bien, es hora de preparar el desayuno.

Saqué el pan turco, los huevos, el beicon, los tomates en rama y un frasco de salsa holandesa y comencé a buscar una tabla de cortar y diferentes cuchillos. Valentine retrocedió, apoyándose contra el mostrador, con los brazos cruzados.

—Tú puedes ayudar —dije.

Tenía una sonrisa extraña.

—Pero estás haciendo un buen trabajo. Nunca me di cuenta de lo atractivo que es tener un hombre que conozca mi cocina.

Tomé el cuchillo corto y afilado y se lo entregué.

—Tomates Roma. Córtalos en laminas.

Sonrió.

—Mmmm, mandón. Sabes que me gusta eso.

Puse una sartén sobre la costosa vitrocerámica que dudaba que hubiera sido usada alguna vez.

—Y dije que no había postre hasta después del desayuno. —Pronto tuve el beicon chisporroteando y los tomates mal cortados friéndose, y lo puse a preparar más café mientras tostaba el pan turco y batía los huevos.

Unos minutos más tarde, nos sentamos a la mesa con un buen desayuno de cumpleaños.

No había dejado de sonreír todavía.

—Está muy rico —dijo—. No puedo creer que hayas hecho todo esto.

Tomé un sorbo de mi café.

—No puedo creer que no puedas cortar tomates.

Rio.

—Te dije que no cocino.

—Tendremos que preparar una cena después. Algo fácil.

—La comida a domicilio es fácil.

—La comida a domicilio es cara.

Él se encogió de hombros.

—Tengo dinero y, sinceramente, pagaría sólo para que

mi cocina no fuera un desastre. —Señaló las hoyas sobre la vitrocerámica.

—Voy a limpiar esto —dije—. Sólo porque es tu cumpleaños. Cuando preparemos la cena, ambos limpiamos al cincuenta por ciento.

Seguía sonriendo y se comió todo lo que había en el plato. Demasiado para querer solo café... Pero entonces apareció esa línea entre sus cejas.

—¿Qué ocurre? —pregunté.

Sus ojos se encontraron con los míos.

—Nada. Solo estaba pensando.

—Lo sé. Tienes una línea justo aquí —dije señalando por encima de mi nariz.

Sonrió irónicamente.

—Me conoces tan bien.

No estaba seguro de hacerlo, pero considerando lo reservado que era y lo cerrado que era hacia los demás, ¿tal vez sí?

—¿Cuándo es tu cumpleaños? —preguntó.

—Quince de agosto.

—¿Algún hermano o hermana? —Hizo una mueca—. Nunca mencionaste ninguno.

Negué con la cabeza.

—Soy hijo único.

—¿La relación más larga?

—Ooh, directo a ese tipo de preguntas —dije—. Cinco meses. Se llamaba Kevin.

Frunció el ceño.

—Cinco meses...

—Yo tenía veintidós años, él treinta.

—¿Quién terminó?

—Él.

No estaba seguro si estaba contento o enfadado.

—¿Por qué? ¿Qué le pasaba?

Me reí.

—No encajaba bien —cité—. Físicamente, quiero decir. No le gustaba... prefería una polla más pequeña.

Valentine se rio.

—Su pérdida, honestamente. Tu polla es la mejor que he probado.

Oh, Jesús.

—La mejor, ¿eh?

Asintió.

—Con diferencia.

—¿Cuál es tu relación más larga?

Inhaló profundamente y suspiró al exhalar.

—Ninguna. Nosotros, sea lo que sea esto. Sólo he tenido algunos encuentros. Algunos se repitieron. Mayormente no. Nunca quise a nadie cerca. No soy exactamente una persona fácil con la que estar, digámoslo de esa manera. Es más fácil estar solo que explicar mí... vida, mi trabajo, mi familia. Y nunca encontré a nadie que fuera compatible. —Se encogió de hombros—. Hasta...

—Hasta mí.

Su mirada se cruzó con la mía y asintió levemente. Pero luego puso los ojos en blanco.

—No te pongas presumido. No se trata solo de ti.

Me reí.

—No. Se trata de ti también. —Me levanté y llevé nuestros platos al fregadero—. Ve a hacer algo. Me encargo de limpiar.

Se quedó allí sentado durante unos segundos, con el ceño fruncido de nuevo, y luego empezó a recoger la mesa. Cuando terminé de llenar el lavavajillas, dejé correr un poco de agua caliente con jabón en el fregadero para ablandar la suciedad de las cacerolas y de repente Valentine se detuvo detrás de mí. Puso sus manos en mi cintura y presionó su frente contra mi columna.

—Gracias —susurró.

Sonreí, no dispuesto a darme la vuelta en caso de que él se alejara. Deslicé mis manos sobre las suyas para mantenerlo justo donde estaba.

—¿Es la primera vez que me tocas primero?

Se quedó en silencio por un momento.

—Te dije que no te volvieras presumido. —Luego resopló—. Y me parece recordar un incidente en el baño que yo inicié.

Me reí.

—Ah, sí. Cuando me metiste en un cubículo para poder hacerme una mamada.

—Te empujé dentro del cubículo para que no comenzaras una pelea.

—Y entonces pasaste a chuparme la polla.

Lo sentí sonreír contra mi espalda.

—Había oído que tenías una polla enorme. Necesitaba verlo por mí mismo.

Me reí.

—Ah, como una pizza profunda de veintitrés centímetros, ¿verdad?

Él resopló y liberó sus brazos. Se apoyó contra la encimera de la cocina, un poco sonriendo, un poco no.

—Sí, lo siento.

Gire para mirarlo.

—No lo sientas. Es gracioso. Me sorprende que tengas sentido del humor.

Hizo una mueca.

—No, no sobre el emoji de pizza. Yo... perdón por la noche pasada. Me asusté un poco. —Señaló con la cabeza las pastillas recetadas que aún estaban en el mostrador.

Pensé que tal vez las había guardado cuando fui al supermercado, pero no, todavía estaban allí. Deliberadamente supongo, para que él pudiera sacar a relucir esta conversación—. ¿Quieres saber para qué sirven?

Ah, tío...

—Si quieres decírmelo, entonces sí. No me debes ninguna explicación. —*Aquí va todo*—. Para ser honesto contigo, Valentine. Las vi en el mueble de tu baño hace un tiempo.

Su mirada se encontró con la mía.

—Ah.

—Estuve totalmente fisgón. Lo siento. Pero como dije, no me debes una explicación. Si necesitas medicamentos, tómalos. Es así de simple. No es necesario que te sientas avergonzado o afligido.

—No estoy... avergonzado. —Negó con la cabeza, luego se cruzó de brazos y los descruzó, luego buscó bolsillos que no tenía.

Extendí la mano y tomé su mano, presionándola.

—Está bien.

—No me avergüenzo —dijo nuevamente—. Yo solo... No es fácil admitir la debilidad.

—No es una debilidad Valentine.

Hizo una mueca y luego dejó escapar un largo suspiro antes de alcanzar el primer frasco de pastillas.

—Estas son pastillas para dormir. No las tomo muy a menudo, pero a veces mi mente no deja de dar vueltas. Si tengo muchas cosas que hacer en el trabajo o si he tenido que lidiar con mi padre... —Se deshizo de cualquier línea de pensamiento que fuera esa. Luego cogió otro bote—. Estas son para la ansiedad. Tampoco las necesito muy a menudo, pero a veces me sorprende. Si es algo grande o algo que no puedo controlar...

Como la idea de que me fuera.

Le froté el brazo y le dejé ordenar sus pensamientos.

—A veces siento como si todo se estuviera acercando a mí y no puedo respirar.

—Como anoche.

Asintió.

—Pensé que me ibas a decir... —Negó con la cabeza nuevamente y se rio—. Mierda. Esto se complicó, ¿no?

—En realidad, no —dije—. No tiene por qué ser así.

—Cuando tú... —Frunció el ceño como si estuviera enfadado consigo mismo—. Cuando me follas, todo se detiene. No existe nada más. Mi mente se queda en silencio y nada más me importa.

Ah, vale. No es lo que esperaba, pero...

Se lamió la comisura de la boca y asintió.

—Me gusta el dolor porque centra mi atención, y me gusta cuando eres rudo y cuando me usas para tu placer. Estoy seguro de que probablemente haya una lista de un psiquiatra explicando punto a punto por qué eso es de estar jodido, pero lo único que sé es que me gusta. Toda mi vida la gente se ha rendido o inclinado ante mí por quién soy, por quién es mi padre. Sí, Valentine. Lo que quieras, Valentine. —Puso los ojos en blanco—. Pero no tú. Me doblegas, me sujetas y me insultas, me dices que no valgo nada y, por alguna maldita razón, eso me valida. Me recuerda que no soy invencible, que soy humano.

Cristo.

Entonces se cruzó de brazos y miró fijamente la pared. El vulnerable Valentine se había ido, el orgulloso y desafiante Valentine había ocupado su lugar.

—No quiero que eso cambie —añadió—. No quiero que este acuerdo cambie. Y eso podría ser egoísta por mi parte porque se trata de lo que quiero y lo que siento. Pero no debería sorprenderte saber que soy egoísta.

—¿Entonces todavía obtienes lo que quieres, todavía esperas que ceda, que le dé a Valentine Tye todo lo que exige, aunque acabas de decir que te gusta cuando no lo hago?

Hizo una mueca.

—No. —Luego suspiró—. Sí.

—Está bien, para que no nos confundamos.

Suspiró.

—Marshall.

—No, lo entiendo. Es todo acerca de ti.

Sus ojos se encontraron con los míos y levantó la barbilla.

—Se supone que debes odiarme, ¿recuerdas?

Solté una carcajada.

—Ah, ¿entonces de eso se trata esto? Estás empujándome y presionándome para obtener una reacción. Bueno, déjame decirte algo, Valentine. Quieres que te sujete y te folle tan fuerte que no puedas sentarte durante dos días; no necesitas hacerme enfadar para que haga eso. Sé que te gusta. Te gusta duro. Te gusta que te posea, que te utilice. No necesito estar enfadado contigo para hacer eso. Te lo daré tan fuerte como puedas tomarlo porque así es como a mí también me gusta.

Su mandíbula se hinchó y sus fosas nasales se dilataron, un calor familiar llenó su mirada.

—Pero no te odio —admití en voz baja—. Espero que eso no sea un problema. Quiero decir, no me gustas especialmente, Valentine.

Me estudió por un segundo hasta que intentó no sonreír.

—Bien. Porque a mí tampoco me gustas especialmente.

—Genial. —No ayudó que yo le devolviera la sonrisa.

—Entonces —dijo—; Ahora que hemos aclarado eso, creo que se mencionó el sexo de cumpleaños. Bueno, lo llamaste postre, pero estabas hablando de...

—Ooh, la tarta —dije recordándoselo. Saqué la vela de la tarta, fui al fogón de gas y lo encendí. La llama de la placa de gas dio un fogonazo, encendí la vela y con cuidado la volví a colocar en el pastel. Se lo sostuve—. Pide un deseo.

Sus ojos se posaron en los míos y su sonrisa vaciló un poco.

—¿Un deseo?

—Sí, es algo típico de las tartas de cumpleaños.

Se quedó mirando la llama por un segundo, pero luego, muy suavemente, apagó la vela.

—Feliz cumpleaños, Valentine.

—Gracias —murmuró.

Dejé la tarta en el mostrador.

—Hay que cortarla y comerse la primera rebanada. Ésa es otra regla de cumpleaños.

—Pero son las ocho de la mañana.

—Es tu cumpleaños. —Saqué un cuchillo del cajón y se lo entregué.

—Pero deseaba que me inclinaras sobre el sofá y me follaras. Eso es lo que deseaba y aún no ha sucedido.

Me reí.

—Oh, créeme, también haremos eso. Pero primero hay que cortar la tarta.

Puso los ojos en blanco, pero estaba sonriendo, y podría haber sido estúpido, pero nadie antes había hecho una celebración para él en su cumpleaños, así que, qué diablos.

Le canté la canción de cumpleaños.

Creo que estaba avergonzado por mí. Pero le dio un mordisco al primer trozo, luego me obligó a darle un mordisco, y era demasiada azúcar, pero luego se puso de puntillas y me besó.

Sólo un beso.

Y a pesar de todas las cosas sucias que habíamos hecho juntos, ese simple besito fue lo más dulce. Me tomó por sorpresa y mariposas revolotearon en mi estómago. Él nunca había iniciado el contacto y ciertamente nunca me había besado primero. Claro, había tenido su lengua en mi garganta, pero este parecía, con diferencia, el beso más íntimo.

—Gracias —murmuró con las mejillas teñidas del rosa más suave.

Maldición.

—No te pongas presumido —le dije, repitiendo lo que me había dicho antes e ignorando el latido de mi corazón—. Ahora, vamos a cumplir ese deseo de cumpleaños.

CAPÍTULO 16

VALENTINE

MARSHALL SE FUE ALREDEDOR de la hora del almuerzo. No estaba seguro de la hora exacta porque me había dejado hecho polvo sobre mi cama, y estaba tan completamente perdido que me había vuelto a quedar dormido.

Bueno, me dio una palmada en el trasero al salir y me dijo que tuviera un feliz cumpleaños.

Créeme, después de lo que había pasado horas haciéndome, lo fue.

Mi mejor cumpleaños hasta la fecha.

El timbre de mi teléfono me despertó. Era Brooklyn y supuse que solo me desearía un feliz cumpleaños, pero no, tenía algo que hacer en la ciudad y dijo que llamaría cuando terminara. Me dijo que almorzaríamos tarde.

Me pareció bien.

Quité las sábanas de mi cama y lavé todo, Dios mío, qué desastre, y me duché de nuevo, sonriendo ante el dolor en mi trasero. Sonreí mientras ordenaba la cocina, recordando cómo Marshall se había reído de mi intento de cocinar. Sonreí a las flores en mi mesa y al globo infantil.

Sonreí al recordar lo que me había hecho. Una vez contra el respaldo del sofá y la segunda vez en mi cama. Juro que todavía podía sentirlo dentro de mí...

Sonreí mientras me subía al coche de mi hermana.

—Feliz cumpleaños —dijo alegremente.

—Gracias.

Se incorporó al tráfico y miró en mi dirección varias veces.

—Te ves feliz.

Casi me reí.

—¿En serio?

—Mmm —dijo—. ¿Alguna razón en particular?

Resoplé.

—Sobre la base de que puedo incriminarme a mí mismo, la defensa descansa.

Ella puso los ojos en blanco y se rio, pero afortunadamente lo dejó pasar.

Me llevó a un lugar en el puerto para almorzar tarde y me sorprendió lo mucho que lo disfruté. Disfruté el viaje, disfruté del sol, disfruté de la compañía.

Fue simplemente agradable.

—¿Has tenido noticias de mamá o papá? —preguntó.

Negué con la cabeza.

—¿Para desearme un feliz cumpleaños? Por supuesto que no. ¿Estás sorprendida?

Suspiró.

—No. —Ella frunció el ceño ante la vista—. Honestamente, que se jodan.

Le sonreí. Fue reconfortante saber que sentíamos lo mismo, que nos teníamos el uno al otro. Aunque, mientras miraba al otro lado del agua, me di cuenta de que tampoco nos conocíamos bien.

No tenía idea de qué estaban haciendo sus amigos más

cercanos o incluso si ella todavía tenía los mismos amigos. No tenía idea de lo que hacía en su tiempo libre.

Al igual que ella sabía muy poco sobre mí.

Ni siquiera le había dicho que era gay. ¿Estaría ella de acuerdo con eso? Probablemente. ¿Le importaría siquiera?

—Entonces —dijo bebiendo su spritzer—. La otra vez que quedamos dijiste que no salías con nadie, pero estabas muy sonriente cuando te recogí.

—¿No se me permite sonreír?

Resopló.

—Por supuesto. Simplemente no es... No es una vista habitual en ti, eso es todo.

Eso fue justo. Suspiré y apuñalé la fruta de mi bebida con la pajita.

—Podría estar saliendo con alguien —dije.

No tenía idea de por qué.

No tenía idea de lo que me poseyó.

—Aunque no es nada serio —agregué—. Sólo un poco de diversión. Y muy en secreto. No puedo decir mucho más que eso.

—Ah, ¿ni siquiera un nombre?

—No.

—¿Una inicial?

—No.

—Pero eso no es justo.

—Si te sirve de consuelo, eres la única persona a la que se lo he dicho.

Sus ojos se iluminaron.

—Ooh, entonces es un gran secreto.

—Sí, enorme.

Tomó un sorbo de su bebida y volvió a mirar la vista.

—Entonces, ¿puedo preguntarte algo?

Oh, joder. Esto no me gustó en absoluto...

—No puedo decirte más de lo que ya he dicho.

Se mordió el interior del labio.

—¿Papá lo desaprobaría?

—Con vehemencia.

Rio.

—Entonces bien. Aun mejor.

La miré a los ojos y brindé mi vaso con el de ella, y ambos nos reímos.

Entonces cambió de tema, hablando de un contrato de trabajo y de otro contratista de la empresa que estaba siendo difícil...

Y en lo único que podía pensar era en decírselo.

Hace cinco minutos lo habría negado y le habría dicho que no fuera ridícula... y ahora tuve que evitar dejarlo escapar.

Quería decírselo a alguien.

No, no sólo alguien. Brooklyn. Quería decírselo a mi hermana. No sobre Marshall, en sí mismo. Sólo el hecho de que la persona con la que estaba saliendo era un chico.

Las palabras estaban ahí en la punta de mi lengua, pero las tragué con lógica y miedo. No era algo de lo que pudiera retractarme jamás, ¿y si a ella no le gustaba?

Entonces suponía que no tendría familia alguna.

El viaje a casa en coche fue tranquilo y fue mi culpa porque ahora tenía estos pensamientos estúpidos en mi cabeza y no desaparecían.

Mi estado mental lánguido y feliz en el que Marshall me había dejado esta mañana ya había desaparecido por completo.

—¿Estás bien? —preguntó. No me había dado cuenta de que nos habíamos detenido, estábamos aparcados delante de mi bloque de apartamentos.

—Oh, claro —dije rápidamente—. Muchas gracias por el

almuerzo. Realmente lo disfrute. Deberíamos hacer esto más seguido. No sólo en los cumpleaños.

Ella asintió, pero había algo en sus ojos que se parecía mucho a preocupación.

—Mira, no quise presionar antes. Si no puedes decirme quién es, está bien. Me alegra que estés feliz, eso es todo. Al menos uno de nosotros está recibiendo algo...

—Estoy saliendo con un chico —espeté. Joder, joder, joder—. La... La persona que estoy viendo es un hombre. Ahora ya sabes por qué es un secreto. Siempre ha sido un secreto. Cristo, no tengo idea de por qué te lo dije. No debería haber dicho nada.

Entonces cometí el error de mirarla a la cara.

Sorprendida habría sido quedarse corto.

Mierda.

Busqué a tientas la manija de la puerta y la abrí.

—Tengo que irme —murmuré saliendo—. Gracias, de nuevo, por el almuerzo o... por todo.

Cerré la puerta y casi corrí hacia mi edificio. ¿Qué había hecho? ¿Qué había estado pensando?

Cristo, Valentine. Eso fue estúpido, estúpido, estúpido, estúpido...

Pulsé el botón del ascensor hasta que las puertas se abrieron y me temblaban tanto las manos que luché por meter la llave en la puerta. Cerré la puerta detrás de mí, apoyándome en ella con las manos en las rodillas, tratando de recuperar el aliento.

Esto no estaba bien.

Segundo ataque de pánico en dos días. Esto no era nada bueno.

Respiré larga y profundamente, tratando de controlar todo.

Pero entonces sonó mi intercomunicador. Pude ver

Brooklyn en la pantalla. Estaba mirando a la cámara, con la mano apretada sobre el botón. El zumbido era como una perforación, sin fin. Presioné el intercomunicador sólo para detenerlo.

—Valentine abre la puerta —dijo.

Todavía no podía hablar.

—Si no me dejas entrar te grito lo que tengo que decirte desde aquí. Todos en el edificio pueden oírme.

Maldito infierno.

La dejé entrar y la vi tomar el ascensor.

Sentía el pecho apretado, los pulmones contraídos y sentía frío y calor al mismo tiempo. Le abrí la puerta de entrada y apenas llegué al sofá cuando ella entró.

Necesitaba sentarme.

Me miró y frunció el ceño.

—Oh, Valentine —susurró.

—No busco tu aprobación o validación —dije con voz débil.

Se acercó, se sentó a mi lado y me dio unas palmaditas en la rodilla.

—Puedes relajarte —dijo suavemente—. No me importa si eres gay. En realidad, siempre me pregunté si eras gay o bisexual, pero nunca lo supe con seguridad. De todos modos, no es asunto mío. No es asunto de nadie.

No podía creer lo que ella estaba diciendo.

—Nunca se lo he contado a nadie —logré decir. Intenté respirar profundamente y exhalar lentamente. Fueron necesarios algunos intentos para hacerlo bien.

Esperó a que la mirara. Eso también me llevó un tiempo.

—Por papá, ¿verdad?

Me reí sardónicamente; las lágrimas ardieron en mis ojos.

—Claro.

Gruñó en voz baja.

—Valentine, escúchame. No puedes vivir tu vida temiéndole.

¿Qué...?

—Para ti es fácil decirlo. Quiero decir, gracias. Si tan sólo hubiera sabido eso antes.

Hizo una mueca.

—Lo sé. Lo lamento. Lo que quise decir es que no quiero que vivas con miedo de él. No deberías tener que hacerlo. Sé lo controlador que es contigo. Y sé que conmigo fue distinto. Quiero decir, básicamente no existo porque su primogénito no fue un hijo y tengo la "suerte" de ser mujer. Odia a todas las mujeres, especialmente en las empresas. Y sí, eso es una mierda, pero me fue fácil comparado contigo. Lo sé.

Asentí, secándome una lágrima estúpida de mi mejilla.

—Lo odio.

—Entonces renuncia.

La miré como si hubiera perdido la cabeza.

—No puedo. Ni siquiera sé si me gustaría. Me gusta mi trabajo. Yo solo... Lo odio a él. Vivo con esta constante decepción. Todo el maldito tiempo estoy a punto de destrozar la cáscara de huevo bajo mis pies, necesitando que todo sea perfecto porque, que Dios me ayude si no lo es. Me está preparando para tomar el control algún día y Dios, no sé si quiero eso. No quiero esa responsabilidad. Esa presión. —Negué con la cabeza—. Y él se volvería loco porque yo haría todo diferente a él. No soy como él. Quiere que sea una réplica, una mini versión suya, pero no soy como él. Me niego a serlo.

Brooklyn puso su mano en mi espalda y me dio unas palmaditas. Era incómodo y le costaba tener que consolarme con un toque físico. Dios, éramos tan parecidos, tan jodidos emocionalmente, que habría sido divertido si no fuera tan triste.

—No te pareces en nada a él —dijo—. En nada.

—Nunca podré declarar lo que soy —dije con nuevas lágrimas brotando de mis ojos—. Ni con él ni en público, porque arruinaría la imagen de su empresa. —Imité su voz—. Dios no lo quiera.

Me dio una sonrisa triste.

—Valentine, déjame preguntarte una cosa. —Hizo una pausa para lograr el efecto—. ¿Qué sabe sobre ti? Me refiero sobre tu vida personal. ¿Qué sabe él?

Me encogí de hombros, tratando de pensar.

—Nada. Sabe que juego al rugby. Eso es todo.

—Pero eso no es nada personal. No conoce a tus amigos, ni tu comida favorita, ni tus pasatiempos. Ni siquiera tu cumpleaños. ¿Sabe siquiera dónde vives? ¿Ha estado aquí alguna vez?

Negué con la cabeza.

—No.

—Entonces, ¿por qué sabría con quién sales?

La miré fijamente. Quiero decir, sabía qué punto estaba tratando de expresar. Y era válido.

—Estoy bastante seguro de que él lo sabría si estuviera saliendo con un chico.

Negó con la cabeza.

—No, no lo haría.

—Me fotografiarían con un hombre. No puedo tener una cita. No puedo ser visto en público. Cristo, justo esta mañana Mar... —Mierda—. El chico con el que estoy saliendo quería invitarme a desayunar. Pero no pude. Ni siquiera puedo hacer eso por él. Y créeme, sería mil veces peor si papá leyera sobre el heredero de Tye Corp en una cita con un hombre en lugar de escucharlo de mí. Quiero decir, ¿te imaginas las consecuencias? Le daría un puto derrame cerebral.

Me dio una sonrisa triste y asintió porque ambos sabíamos que tenía razón.

—Lo entiendo —ofreció suavemente—. Sólo digo que él no lo sabría. Salir en público, tal vez. Pero lo que haces en privado, él no tendría ni idea. Así que al menos disfrútalo. Y gracias por decírmelo. Si quieres traerlo a almorzar a mi casa, puedes hacerlo. No necesitas esconderte de mí, ¿vale?

Me puse a llorar de nuevo.

—Gracias.

Ella dejó escapar un suspiro.

—Entonces, Mar... Casi dijiste su nombre. ¿Mar, Marcos? ¿Martin? ¿Es Martin?

Me reí.

—No. Y no te lo voy a decir. —Me llevé la mano a la frente—. No puedo creer que esté teniendo esta conversación contigo. Increíble, para ser honesto. Yo nunca... Nunca pensé que se lo diría a nadie.

Hizo una mueca de tristeza.

—¿Nadie sabe nada?

—No. Nadie sabe. Quiero decir, Lleyton sabe que soy gay, lo sabe desde la universidad, pero ni siquiera él sabe con quién estoy saliendo. Es... complicado. —Dejé escapar un largo suspiro—. En realidad, es un gran desastre. Destinado a fracasar desde el principio.

Me estudió durante un largo momento.

—Pero te gusta.

Mi mirada se posó en la de ella.

—Yo, eh... No soy exactamente material para citas. Seamos realistas.

Me miró muy sorprendida.

—Pero te gusta.

Me dejé caer en el sofá y me tapé la cara con las manos.

—Mierda.

Me dio unas palmaditas en la rodilla.

—Entonces tienes que hacer que funcione. Ese es el único consejo de hermana mayor que puedo darte. Como si fuera una experta en relaciones —resopló—. Mi período de relación más largo fue de apenas un mes. ¿Cuánto tiempo hace que tú y No-Martin estáis saliendo?

Resoplé y traté de pensar...

—Eh, dos meses, tal vez.

—Jesús, Valentine. Eso es prácticamente casarse en el mundo gay.

Ni siquiera me molesté en responder a eso.

—Entonces, tienes sentimientos por él —dijo—. Y tú y yo sabemos que los sentimientos son como... —Hizo una mueca de disgusto.

—¿Lo peor que puede pasar?

—Exactamente. Pero quién sabe... No pueden ser tan malos. Otras personas parecen disfrutar de sentir... emociones.

Solté un suspiro.

—No creas la mentira. Todo esto es completamente terrible.

—Por tu sonrisa esta mañana me di cuenta de lo terrible que fue. —Ella sonrió y me dio unas palmaditas en la rodilla antes de levantarse—. Debería irme. —Miró la mesa del comedor—. Oh, querido. ¿Te compró esas flores? Son espantosas.

Jadeé.

—Déjalas en paz. Son las únicas flores que me han regalado.

—Son las flores más llamativas que he visto en mi vida.

—Las compró en el supermercado.

—Sí, se nota.

—Cuando fue allí al amanecer a comprar cosas para poder prepararme el desayuno.

Hizo un puchero.

—Bueno, eso es dulce. Pero el globo...

—Es la mejor parte, así que cállate.

Rio.

—Sí, vale. Puedo decir cuánto te desagrada.

Me hundí y volví al punto de partida. No iba a contarle sobre la tarta en el frigorífico. Y entonces sonó mi teléfono. Lo saqué, medio esperando que fuera Lleyton, cuando vi el emoji de pizza.

¿Me estaba llamando?

—¿Es él?

—No.

—Contesta. —Sonó y volvió a sonar. Señaló a mi teléfono—. ¡Contéstale!

Entrando en pánico, presioné Responder.

—¿Hola?

Antes de que Marshall pudiera decir algo, Brooklyn se inclinó más cerca de mi teléfono.

—Hola, ¿eres Martin? ¿Mario? ¿Mark? Sé que comienza con una M.

—Cristo, Brooklyn. ¿En serio?

Marshall estaba en silencio.

—Eh, ¿hola?

—Lo siento, es mi hermana —dije—. Ya se iba. —Señalé la puerta.

Ella sonrió al salir, pero cuando abrió la puerta, me miró a los ojos.

—Haz que funcione —dijo, y se fue.

Suspiré.

—Dios mío, lo siento mucho —dije por teléfono. Sólo hubo silencio. Miré la pantalla y todavía estaba en activo la llamada—. ¿Hola?

—Sí, estoy aquí... ¿Quiénes cojones son Martin y Mario?

Me reí.

—Nadie. Casi dejé escapar tu nombre. Saqué la M. En realidad, fue más bien un Mar... antes de que me diera cuenta. Cree que tu nombre es Martin. Lo siento mucho.

Más silencio.

—¿Tú, eh, le hablaste de mí?

Me reí de nuevo, empezando a sonar un poco histérico.

—Se lo dije a mi hermana hoy que soy gay. —Más risas, más lágrimas—. Uf. Mierda.

—Mierda —suspiró—. ¿Estás bien? Que dijo... Quiero decir, ¿estás bien?

Me reí, negué con la cabeza y luché contra las lágrimas ridículas de nuevo.

—Creo que lo estoy.

—¿Quieres que vaya? Puedo estar en tu casa en veinte minutos.

—No, está bien. Estoy bien, en realidad. Fue mejor de lo que esperaba. Ella estuvo genial.

—¿Estás seguro? Es algo importante, Valentine.

—Sí —susurré—. Es muy importante. Pero estoy bien. Yo... Para ser honesto, me vendría bien un tiempo a solas. Ha sido una semana muy ocupada, con el trabajo y contigo. Lo siento si eso suena duro. Sólo necesito algo de tiempo para asimilar esto.

—No. No pasa nada. Lo entiendo.

Me llevé la mano a la frente.

—No puedo creer que se lo dije. Iba a hacerlo, luego no

lo hice, luego no iba a decírselo *de ninguna manera* y luego lo dejé escapar.

—¿Y casi dijiste mi nombre?

Gruñí.

—Casi. Pero ella no sabe quién eres.

—¿Por qué estabas hablando de mí?

—Me preguntó si estaba saliendo con alguien. Dije que no, en realidad no.

—Mierda.

—También dijo que yo estaba sonriendo cuando me recogió a la hora del almuerzo. Tenía que decirle algo. Difícilmente podría decir que fue porque acababas de escariarme y engrasarme.

—¡Ay, dios mío! —Soltó una carcajada—. Escariar y engrasar. Tendré que recordar eso.

—Créeme, no dejaré que lo olvides.

Resopló.

—Bien.

—Así que tuve que apaciguarla con algo. Dije que tal vez estaba saliendo con alguien, pero no era público.

—Mmm.

—No pienses ni por un segundo que es porque me gustas.

—No me atrevería —dijo. Definitivamente estaba sonriendo, me di cuenta.

Respiré profundamente y exhalé lentamente, tratando de entender todo lo que había sucedido.

—¿Cómo te sientes? —preguntó.

Me di cuenta de que estaba sonriendo.

—Me siento bien. Más ligero que en mucho tiempo.

Hizo un sonido feliz.

—Me alegro por ti.

Yo también estaba feliz. Y entonces recordé que me había llamado.

—¿Me llamaste por algún motivo en particular?

—Bueno, voy a cenar temprano a casa de mis padres; voy en mi coche, es hacia donde me dirijo ahora mismo, y me preguntaba si habías comido algo. Supuse que no lo habrías hecho, porque eres tú, así que iba a pedirte una pizza de cumpleaños. ¿Pero sabes lo difícil que es encontrar una pizzería que entregue una pizza de veintitrés centímetros? No de veinte o veinticinco centímetros, específicamente de veintitrés centímetros.

Me reí de eso.

—Piensan que soy raro.

—No puedo imaginar por qué.

Rio.

—Entonces, ¿has comido? Ni siquiera estaba seguro de que estarías en casa.

—Almorcé tarde. Y sí, estoy en casa, y aunque aprecio el sentimiento, una pizza de veintitrés centímetros de diámetro hubiera sido divertida. Sinceramente, no tengo hambre. Y si luego tengo hambre, tengo tarta en la nevera.

Se quedó en silencio por un segundo.

—¿Estás seguro de que estás bien? Si quieres que vaya, para que no estés solo...

Su oferta se instaló detrás de mis costillas, una sensación cálida para la que no estaba preparado.

—Estoy bien, pero gracias.

—Está bien —dijo—. No pienses ni por un segundo que es porque me gustas.

Resoplé.

—Ni se me ocurriría.

Terminó la llamada y me quedé sentado allí durante unos buenos cinco minutos, sonriendo como un idiota. Me hizo sentir mareado y tonto. No eran sentimientos que normalmente apreciaría, pero por alguna razón, hoy, no me importaba.

LA REUNIÓN del lunes por la mañana fue breve y directa. Fue un momento muy ocupado para todos y agradecí la asistencia de todos los encargados. Las pequeñas charlas posteriores fueron productivas e informativas y fomentaron un ambiente de equipo.

Algo por lo que podría agradecerle a Marshall, aunque no lo haría. Ya le había dicho que había sido una buena idea. Si se lo dijera de nuevo, su ego podría reventar.

Como cuando mi asistente entró con un trozo de tarta y las velas encendidas.

—Un pajarito me dijo que ayer era el cumpleaños de alguien —dijo.

No necesitaba preguntar quién era el pajarito. Porque estaba de pie allí al fondo de la habitación con los brazos cruzados y una sonrisa en el rostro.

Gilipollas.

Fue horrible cuando la gente me cantó feliz cumpleaños. *Horrible.*

Pero también fue algo agradable.

No es que alguna vez lo admitiera, y seguro que nunca se lo diría a Marshall.

Se propuso prepararse otro café a mi lado mientras me entregaban el primer trozo de tarta.

—¿Supongo que eres el culpable de esto? —murmuré.

Sin mirarme, sonrió mientras removía su café.

—No sé de qué estás hablando.

Cuando todos terminaron y se fueron, ayudé a limpiar todo y atrapé a Marshall mientras salía.

—Un momento, señor Wise. En mi oficina, si no te importa.

No esperé a ver si me seguía. Sabía que lo haría. Le sostuve la puerta y la cerré detrás de él. Se sentó en la silla frente a mi escritorio.

—¿Hay algo en lo que pueda ayudarte? ¿Señor Tye?

—Hm —dije arreglando el botón de mi chaqueta mientras me sentaba—. Miércoles por la noche.

—¿Qué pasa?

—Pensé que tal vez podríamos encontrarnos en tu casa.

Miró rápidamente a su alrededor y luego me miró con cautela.

—¿Por qué?

Sabía que me preguntaría eso y no tenía ninguna razón válida. Ninguna que fuera a admitir, de todos modos.

—Pensé que la gente podría empezar a reconocer tu camioneta, ya que te has convertido en un visitante habitual.

Sonrió.

—Estoy bastante seguro de que nadie nota una camioneta de trabajo de doble cabina en ninguna parte. Tu coche en mi casa sería una historia diferente. Se hará notar. Y posiblemente te robarán los neumáticos y las llantas.

No había pensado en eso.

—Puedo usar un Uber.

Su mirada se encontró con la mía.

—¿Tienes tantas ganas de ver mi casa?

—No. —Levanté la barbilla, desafiante y adepto a mentir, aparentemente—. ¿Por qué me importaría cómo es tu casa?

O no tan hábil, porque resopló.

—Sí, está bien, está bien. Quieres venir a mi casa, eso es genial. Llega a las siete porque prepararás la cena.

—Eso no fue... eso es... podemos hacer un pedido.

Levantó su mirada de ni lo intentes.

—Las siete en punto y cocinamos nosotros.

Suspiré, odiando que realmente sonara divertido. Dios, ¿en qué me había convertido?

Marshall hizo una mueca.

—Pensé que nunca íbamos a discutir esto en el trabajo.

—Podría haberte enviado un mensaje de texto —admití —. Pero también quería no-agradecerte por decirle a Shayla que era mi cumpleaños.

Sonrió.

—No "de nada". —Luego se encogió de hombros—. Sentirse especial es parte de la experiencia de cumpleaños.

Puse los ojos en blanco.

—Y necesitaré tu dirección.

—Podrías buscarla. La tienes archivada.

—Podría. Pero no lo haré. O me la das tú mismo o no la buscaré. No usaré nada, información o cualquier otra cosa, que no estés dispuesto a darme. Ya te lo dije.

Intentó no sonreír.

—Bien.

Sacó su teléfono y digitó un mensaje, mi teléfono sonó un segundo después.

Luego levantó su teléfono.

—Ah, y cambié tu nombre por el emoji de melocotón.

Lo fulminé con la mirada.

—Que lindo.

Me sonrió.

—Deberías estar agradecido. Quería poner un emoji de lavadora, pero no hay ninguno.

—¿Una lavadora?

—Sí. Le pongo muchas cargas.

Solté una carcajada. Tuve que obligarme a no sonreír, tratando de enfadarme con él.

—Te odio.

Se puso de pie y, con ambas manos sobre mi escritorio, se inclinó hacia delante sonriendo.

—Te odio más.

Se dio la vuelta y salió, y yo me senté allí sonriendo a mi puerta. Dios, era un imbécil.

Shayla entró y se detuvo.

—¿Todo bien, señor Tye?

Cambié la expresión de mi cara.

—Sí, estoy bien. —Abrí mi agenda—. Vale, esta semana...

CAPÍTULO 17
MARSHALL

LA CENA del miércoles por la noche iba a ser fácil. Yo era un hombre sencillo, la verdad sea dicha. No necesitaba cenas elegantes en restaurantes caros. Sabía que con toda probabilidad Valentine y yo nunca podríamos tener una cita en público, y sí, era una mierda, pero era lo que era.

¿Que viniera a mi casa?

Algo muy importante.

No estaba seguro de por qué era tan importante o por qué exactamente quería quedar en mi casa. Pero lo sentía como un gran paso.

Podía adivinar que tenía curiosidad y quería ver cómo vivía, que quería saber más sobre mí. Pero también estaba dando un gran salto fuera de su zona de confort.

Estaba bajando la guardia. Se lo había contado a su hermana y eso era algo enorme.

Gigante.

Y ahora quería venir a mi casa.

Sí, Valentine Tye estaba empezando a descongelarse. Los muros helados que había construido a su alrededor estaban empezando a derretirse.

No sabía dónde terminaría ni qué significaría para nosotros, pero estaba feliz de ir paso a paso.

Empezando por la cena.

Justo a las siete, alguien llamó a mi puerta, abrí y lo encontré allí de pie, su aspecto jodidamente sexi, vestido con vaqueros oscuros y un suéter color carbón, sosteniendo una botella de vino.

Como una cita.

Joder.

Sonreí y me hice a un lado.

—Pasa.

Dio un paso incómodo adentro y no dio otro más. Estaba claramente nervioso, y en lugar de bromear, tuve que recordarme que esto era muy impropio de él. Era nuevo para él y era, muy probablemente, su primera cita.

Si eso era lo que era.

—Por aquí —dije guiándolo a través de la pequeña sala de estar hasta la cocina—. Espero que te guste la pasta de pollo marroquí.

Miró los ingredientes que tenía en la encimera de la cocina.

—Para comer, sí. ¿Para hacer? Eh...

—Estarás bien.

Me entregó la botella de vino y se encogió de hombros.

—Yo, eh... Me pareció de mala educación presentarme sin traer algo.

—Deberías haber traído a Enzo. A él le gusta estar aquí.

Valentine miró a su alrededor y se metió las manos en los bolsillos traseros.

—Es una casa agradable.

Me reí. No porque mi casa no fuera agradable, sino por lo incómodo que parecía él.

—Está bien —dije mirando a mi alrededor—. He vivido

aquí durante unos cinco años. Es pequeño. Un dormitorio, pero la cocina y el baño están bien. El propietario es amable. No he tenido problemas y no me cobra una fortuna. Estoy bastante seguro de que es porque le arreglé el marco de la ventana. —Señalé la ventana de la sala al lado de la puerta del balcón—. Y reemplacé las arandelas en los accesorios de la lavandería. Me tomó cinco minutos. Ese fue el mes en que me mudé. Él me llama *el chico bueno.*

Valentine sonrió.

—Entonces no te conoce nada.

—Cierra el pico. Soy el chico bueno.

—Me obligas a preparar la cena, así que sí, mantendré un no a eso.

—Hablando de eso —dije entregándole el cuchillo más grande—. Lo primero que tenemos que hacer es cortar la berenjena en rodajas y espolvorearla con sal.

—¿Como un exorcismo?

Resoplé.

—Sí. Como un exorcismo. —Cogí la berenjena y, rodeándolo con mis brazos, le sostuve la mano con el cuchillo, mostrándole cómo cortarla en rodajas para no masacrarla como había hecho con los tomates el otro día.

—Esto es innecesario —susurró.

Le besé la nuca.

—No estoy de acuerdo. Los juegos previos comienzan ahora.

Soltó una risa que sonó muy parecida a un tarareo. Ciertamente no le importó cuando cortamos la cebolla y el pimiento de la misma manera, o cuando le puse la nariz en la nuca, o cuando presioné mi polla contra su culo.

Hasta que llegó el momento de cortar los muslos de pollo crudos.

Lo dejó caer y se estremeció.

—Dios mío, ¿por qué se siente así?

—¿Nunca habías tocado pollo crudo?

Tenía los ojos muy abiertos.

—¿Por qué habría de hacer eso?

Me reí porque realmente habíamos vivido vidas diferentes. Pero decidió que llenar la olla con agua para la pasta era más su fuerte mientras yo cortaba el pollo. Sin embargo, le hice agregar los condimentos, le pedí que enjuagara la berenjena y la cortara en cubitos, y luego lo freímos todo en una sartén grande, le agregamos un poco de crema y lo servimos todo junto.

Lo vi dar su primer bocado. Sus ojos se iluminaron y habló con la boca llena.

—Está riquísimo.

Me reí.

—Que elegante.

Volvió a pinchar más comida.

—Cállate.

Estaba feliz de verlo feliz. Lo cual nunca le admitiría. Dios no lo quiera.

—He estado en Marruecos —dijo como si lo explicara.

—¿Tú has ido?

Asintió y tomó un sorbo de vino.

—Viajé después de la universidad. Hice una de esas giras locas: vi treinta países en tres meses. —Se encogió de hombros—. Fue divertido.

—¿Con quién viajaste?

—Lleyton.

Asentí, resistiendo el impulso de gruñir.

Valentine se rio.

—¿Celoso?

—No.

—Mentiroso. —Sonrió mientras tomaba un sorbo de

vino—. Es un buen amigo. También es muy sincero y ha apoyado mi gran secreto.

Y entonces me sentí mal.

Hasta hace tres días, antes de contárselo a su hermana, Lleyton había sido la única persona que sabía que Valentine era gay.

—Me alegro de que lo tengas.

Me estudió durante un largo momento.

—Estoy tratando de decidir si eso es sincero.

—Lo es. Lo soy. Me alegro de que tuvieras una persona de tu lado.

Sonrió mientras pinchaba otro trozo de pasta y se lo comía.

—Todavía no puedo creer que se lo dije a mi hermana —dijo en voz baja—. Y no puedo creer que ella estuviera de acuerdo.

Lo estudié por un segundo, sus rasgos finos, cabello y ojos oscuros, y parecía más... feliz. No solo contento. Valentine Tye rara vez parecía feliz. Siempre estaba muy serio. Incluso agobiado. Pero ahora mismo parecía más *feliz*.

—Debe ser un gran alivio —dije—. Como si te hubieran quitado un peso de encima.

Asintió lentamente y sus labios se torcieron en una media sonrisa.

—Sí. ¿Fue así para ti?

—Eventualmente. Al principio fue un asco, pero los que importaban se quedaron. A los que no les gustó, me dio igual.

Sus ojos se encontraron con los míos y asintió.

—Me gusta. Eres mucho más valiente que yo. Ni siquiera puedo salir del armario ahora, mucho menos cuando era sólo un adolescente.

—No salir del armario no se debe a falta de valentía.

Para algunos, no salir del armario es una cuestión de super- vivencia. Y no juzgues tu propia historia con la de nadie más. Debe ser el momento adecuado para ti. Nadie más.

Tragó saliva y pareció considerar mis palabras.

—¿Cómo se...? ¿Cómo se lo tomaron tus padres?

Dejé escapar un suspiro.

—Estuvieron bien. Más sorprendidos que cualquier otra cosa. Creo que pensaban que todos los gais eran afeminados o hacían ballet o algo así. —Puse los ojos en blanco—. Y yo jugaba rugby y quería trabajar en la construcción. Pero al final del día, sólo querían que yo fuera feliz. Me llevo muy bien con mis padres.

Él asintió lentamente.

—¿Puedo decirte algo? —pregunté.

—Claro.

—No solíamos ser cercanos. Cuando era niño, mi padre nunca estaba en casa. Trabajaba en su tienda, abierta hasta el cierre los siete días de la semana. Nunca asistió a un partido o torneo, nunca asistió a ningún evento escolar. Siempre éramos solo mamá y yo. Y eso estaba bien. Él traba- jaba duro. —Suspiré—. Y entonces entró Tye Corp y acabó con la tienda. Mi padre quedó devastado.

Valentine hizo una mueca.

—Lo lamento.

—No lo lamentes. Ciertamente no fue tu culpa. Aunque te culpé durante una década —dije riendo un poco —. Al final nos hizo un favor.

Sus ojos se encontraron con los míos.

—¿Cómo?

—Papá pensó que nos había fallado. No era el gran proveedor que se había propuesto ser. Pero se dio cuenta de que todavía tenía lo que realmente importa. Mamá y yo lo apoyábamos y lo amábamos, y lo ayudamos a superarlo.

Consiguió un nuevo trabajo y lo amaban; todavía está con ellos después de todos estos años, y nos fue bien. —Me encogí de hombros—. Aunque tuvimos que vender la casa grande y cambié de colegio.

—Todavía debe haber sido difícil para ti. Y tus padres.

—Seguro. Pero salimos bien de esto. Hizo a mamá y papá más fuertes como pareja. La casa que tienen ahora es más pequeña, claro. Pero es un buen hogar. Es la casa de mi familia. Y, sinceramente, el sistema de escuelas públicas es mejor que esa mierda privada a la que fuiste. Conocí a Taka el primer día. Hemos sido mejores amigos desde entonces.

Sonrió un poco tristemente.

—Taka es un buen hombre.

—Lo es.

Se mordió el labio inferior y frunció el ceño.

—Mis padres... —Negó con la cabeza—. No recuerdo la última vez que estuvieron en la misma ciudad, y mucho menos en la misma casa. No he visto a mi madre en... —Puso cara de pensativo—. Dos años, creo. Lo último que supimos fue que estaba en Londres encurtiendo su hígado en una fábrica de ginebra. Antes era París. O Singapur. No lo recuerdo.

Oh, demonios.

—Y mi padre...

—Tu padre es un idiota.

—Oh, él es más que eso —murmuró Valentine—. Él es intrigante. No confío en él. Creo que lo amo como un hijo podría amar a su padre, pero no me agrada. Me hizo lo que soy hoy y eso no es exactamente un cumplido. —Suspiró—. Crecí en una casa muy lujosa. No diría que crecí siendo un privilegiado porque no los había. Tuvo un gran costo. He estado en modo autosuficiente y de autoconservación desde que era un niño. He estado solo desde el jardín de infancia, más o menos. Tenía una niñera que me llevaba a lecciones de kárate. Hasta que mi padre se enteró y la despidió. —Levantó dos dedos—. Durante cinco años ella me llevó, dos veces por semana, y él no tenía idea hasta que conseguí mi cinturón negro y estúpidamente se lo dije, pensando que estaría orgulloso de mí. —Puso los ojos en blanco—. Imagínate no saber dónde estuvo su hijo dos días a la semana durante cinco años. No tenía idea. Yo tenía diez años.

Jesucristo.

—Pero sé cómo funcionar. Sé cómo sobrevivir, cómo dejar de lado las emociones, cómo no mostrar nunca debilidad porque eso es lo que me enseñó mi padre. —Su sonrisa era amarga—. Para él, las personas son sólo un medio para lograr un fin. Incluyéndome a mí. Nunca podría salir del armario con él. Ni ahora ni nunca. Sería... —Sus ojos se encontraron con los míos—. Me aislaría, me despediría, me repudiaría. Lo perdería todo.

—Pero te ganarías a ti mismo.

Valentine sonrió con tristeza.

—Me tengo a mí. Estoy muy acostumbrado a ser simplemente yo.

—Entonces nunca se lo digas —le dije—. Que se joda. Él no merece conocer tu verdadero yo. No merece nada de ti. Especialmente si sólo va a usarlo en tu contra. Que se joda.

Sus ojos se encontraron con los míos y sonrió más genuinamente.

—Eso es exactamente lo que siento. Y no se trata del dinero cuando dije que lo perdería todo. Sé que suena así, pero...

—Pero, ¿qué?

—¿Quieres saber qué es lo que realmente quiero hacer?

—¿Y eso que es?

—Sólo quiero... —Negó con la cabeza y se rio—. Ni

siquiera sé lo que quiero hacer. Estoy preparado para asumir el cargo de director ejecutivo algún día.

Jesús. Ahora que lo había dicho, era algo obvio, pero no era algo que hubiera considerado antes.

—¿Quieres serlo?

Él se encogió de hombros, lo que para mí era un no. Ciertamente no era un sí.

—No lo sé —respondió—. Pero incluso si lo hiciera, tío, haría las cosas muy diferentes. Me gusta mi trabajo. Soy bueno en eso. Pero... pero no lo sé. Nunca se me permitió considerar nada más. Era lo que se esperaba de mí.

—Lo lamento.

Él se encogió de hombros nuevamente.

—Está bien. Realmente me gusta mi trabajo. Ahora tengo la división de construcción, como bien sabes. Que mi padre me la entregara es una prueba de fuego para hacerme cargo de toda la corporación cuando se jubile, estoy seguro.

No estaba seguro de qué decir, y menos aún de cómo debía decirlo.

—¿Considerarías alguna vez hacer otra cosa? ¿Algo por tu cuenta?

Inhaló profundamente y suspiró.

—No sé. Probablemente no. No estoy del todo descontento con mi vida. Yo solo... Ojalá algunas cosas fueran diferentes.

—Tu padre.

—Sí. Ojalá le importara. Ojalá no estuviera tan consumido por el éxito y el dinero. Pero desear cosas imposibles es un ejercicio inútil. No necesito la decepción o la angustia. Mi vida es lo que es y yo soy quien soy. —Encontró mi mirada y sonrió—. ¿Y qué más podría hacer? No estoy hecho para nada más. No soy bueno en nada más y prefiero no darle a mi padre la satisfacción de verme fracasar.

Dios, eso era tan injusto.

—Serías bueno en cualquier cosa que te propusieras.

Resopló.

—Deberías tener cuidado, Marshall. Estás empezando a dar la impresión de que te gusto.

Resoplé.

—Bueno, joder, no es verdad, así que supéralo.

Él sonrió y pareció que nuestra conversación seria había terminado.

—Entonces... —Cambié de tema—. ¿Tienes cinturón negro en kárate?

—Hace mucho tiempo. No he practicado en quince años.

—¿Y sólo te tomó cinco años? Entonces eres bueno en todo lo que haces, ¿verdad?

Puso los ojos en blanco e ignoró el cumplido.

—Empecé a ir de nuevo al Dojo los lunes por la noche. Desde que regresé aquí a Sídney. Es solo por diversión. Me gusta la disciplina. Es bueno para mi mente.

Le sonreí.

—Kárate, ¿eh?

—Nada serio.

—Pero *podrías* pelear conmigo —agregué—. Cuando te presiono y te obligo. De hecho, podrías detenerme si quisieras.

Rio.

—¿Por qué querría detenerte? Tú y yo sabemos que te lo ruego.

Le sonreí y luego se lo di.

Ni siquiera tuvo que rogar.

GANAMOS el partido del sábado y el equipo de Valentine también. Habíamos oído que aparentemente él había jugado un gran partido y fue nombrado jugador del partido. Por lo general, eso significaba tomar unas copas en el bar, así que no me sorprendió cuando mi teléfono sonó con un mensaje.

Llegaré tarde. Lo siento. Bebiendo.

Eso fue a las ocho y media, así que pensé que llegar a su casa alrededor de las nueve y media sería tiempo suficiente. No hubo respuesta cuando toqué el timbre y él no respondió cuando le envié un mensaje de texto.

¿Qué tan tarde?

Me senté en la pared de ladrillos en las sombras, preguntándome si debería irme a casa. No podía culparme de escapar cuando él era quien llegaba tarde y no se comunicaba.

Le envié otro mensaje de texto a las 9:40.

Hasta luego, Valentine. Me voy a casa.

Porque, que se jodiera. Hacía mucho frío y yo estaba sentado fuera, en la oscuridad, esperándolo como un ladrón en la noche. Podría haberme quedado en el pub con mi equipo y tomar unas copas con los chicos en lugar de estar de guardia para darle a Valentine lo que quería.

Estaba enfadado conmigo mismo por ceder ante él.

Salté de la pared justo cuando sonó mi teléfono. Era él, por supuesto.

—Hoooola —dijo claramente muy borracho.

—¿Dónde estás?

Se escuchó un ruido sordo y después otro más, y pude escuchar la voz apagada de alguien.

—Jesucristo, Valentine. ¿Dónde están tus llaves?

¿Parecía que se había caído?

—¿Dónde estás? Iré a buscarte —dije comenzando a caminar de regreso a mi camioneta.

Hubo otra voz y sonó como una risa… pero entonces me di cuenta de que no lo estaba escuchando a través del teléfono. Me di la vuelta, de regreso a la entrada del edificio de Valentine, y allí estaba.

Era incapaz de levantarse, siendo medio cargado, medio arrastrado por Lleyton.

Mierda.

Me quedé allí con mi teléfono en la oreja y Valentine se rio mientras se balanceaba hacia el suelo. No me vio, pero Lleyton seguro que sí.

Valentine intentó hablar por teléfono.

—¿Todavía estás ahí? —Su voz resonó en mi teléfono y Lleyton se dio cuenta de inmediato.

—¿Qué mierda?

Valentine levantó la vista, me vio y se rio, balanceándose en el agarre de Lleyton.

—Bueno, joderrr —dijo Valentine—. Esincómodo.

Fue a hacerme un gesto, pero perdió el equilibrio y fui a ayudarlo. Tomé su otro brazo y lo puse sobre mi hombro.

—Cristo todopoderoso, Valentine.

—Necesito sus llaves —dijo Lleyton.

Registré los bolsillos de Valentine y las encontré.

—Vamos, vamos a entrar.

Logramos llevarlo al vestíbulo y presioné el botón de la puerta del ascensor, y adivinando que ya habíamos superado el punto de preguntarnos cómo sabía dónde vivía Valentine, presioné el botón de su piso.

—¿Qué diablos bebió? —pregunté.

—Tequila —respondió Lleyton—. Simplemente tomó demasiados y luego no podía mantenerse en pie.

—Es porque no come —respondí mientras se abrían las puertas. Lo llevamos por el pasillo y abrí la puerta principal.

Sabía qué puerta era la suya. Sabía dónde estaba el interruptor de la luz. Conocía el camino a su dormitorio.

Ya no se podía negar nada.

Lo dejamos sobre la cama y él gimió y cerró los ojos. Le quité los zapatos y lo tapé con las mantas. Lleyton se quedó allí, con la mandíbula abultada y la mirada acerada.

—¿Quieres empezar a explicar?

Enzo eligió ese momento exacto para entrar corriendo, venir directamente y maullarme. Maulló y maulló y lo levanté.

—Enzo, mi chico. Hemos hablado de esto. —Ignorando a Lleyton, saqué a Enzo de la habitación de Valentine y me dirigí hacia la cocina. Sabía lo que quería y la pequeña molestia no se callaría hasta que se lo diera.

Lo puse sobre el mostrador, fui a la despensa y tomé las croquetas de Enzo, le llené el tazón y devolví las croquetas a su lugar.

Sí, también conocía la cocina de Valentine.

Cristo.

—Estás muy familiarizado con su casa. Y su gato —dijo Lleyton. Ahora tenía los brazos cruzados—. ¿Quieres decirme qué cojones está pasando?

Suspiré.

—Valentine y yo... nosotros... Tenemos una especie de acuerdo.

Sus ojos se entrecerraron.

—¿Tú? ¿Eres el chico con el que ha estado saliendo?

Espera...

—¿Sabías que estaba saliendo con alguien?

—Podría tener alguna idea. Pero ni en un maldito millón de años habría adivinado que eras tú.

Resoplé.

—Yo igual.

Negó con la cabeza lentamente, claramente incrédulo.

—¿Tú?

Asentí.

—Os odiáis el uno al otro.

Me reí.

—Lo sé. Es lo que lo hace funcionar.

Parpadeó un par de veces.

—¿Qué cojones dices?

Suspiré encogiéndome de hombros. Mi respuesta inmediata fue estar a la defensiva, pero él era el mejor amigo de Valentine, así que necesitaba controlar mi temperamento.

—¿Estás enfadado porque soy yo? ¿O porque no lo sabías?

Apretó la mandíbula y se quedó mirando.

—Ambos.

—Lamento decírtelo, pero no se trata de ti, Lleyton. Se trata de él. Sabes por qué no puede decírselo a nadie y sabes por qué no puedes contarle a nadie que yo estoy aquí.

—Podría habérmelo dicho.

—¿Por qué lo haría? No es como si estuviéramos saliendo o viéndonos en serio —respondí. No me sentó bien decir eso en voz alta, pero desafortunadamente era la verdad—. Nos encontramos para follar. Nada más.

Valentine murmuró desde su habitación, seguido de un ruido sordo bastante grande. Corrí a su habitación y lo encontré tratando de descubrir cómo funcionaba la puerta. Se giró hacia adentro y él se tambaleó, casi cayendo, pero lo atrapé.

—Oye —dijo sonriéndome.

Cristo, estaba borracho. Lindo, pero borracho.

—¿Qué estás haciendo? —pregunté—. Regresa a la cama.

—Tennngo hambrrree. —Intentó ir a la cocina y

entonces vio a Lleyton. Se enderezó, pero corrigió demasiado rápido su postura y lo atrapé de nuevo—. Mierda.

—Sí, mierda —dijo Lleyton señalando cómo todavía lo sostenía—. ¿Qué mierda, Valentine?

Valentine intentó hablar en serio, pero me miró y se rio.

—¿See lo hasss contado?

—No le dije nada. —Llevé a Valentine a la mesa del comedor y lo senté—. Quédate aquí. Te traeré algo de comer.

Fui a la cocina y revisé su frigorífico, no encontré nada más que condimentos, el beicon y los huevos que había comprado el otro día y un bote de mantequilla.

Pero en el congelador, junto al edamame congelado, había un paquete de pan turco, así que lo saqué y lo puse a descongelar. Tuve que preguntarme si había comprado algunos bollos para intentar replicar lo que habíamos hecho en su cumpleaños.

Cuando el pan estuvo descongelado, lo metí en la tostadora y le freí unos huevos con beicon. Le di un vaso de agua.

—Bebe.

Lleyton estaba sentado frente a Valentine y Valentine suspiró.

—Es malo —murmuró, pero al menos tomó un sorbo de agua—. Discute mucho yyy me hace comer.

Ignoré la forma en que Lleyton miró en mi dirección. Serví los huevos revueltos y el beicon, unté con mantequilla el pan turco y lo puse frente a Valentine.

—Come.

Valentine resopló.

—¿Lo ves?

Se las arregló para sostener el tenedor y darle unos cuantos bocados, pero Dios, no era un espectáculo agradable.

—¿Quién diablos le dejó emborracharse tanto?

Lleyton me lanzó una mirada furiosa.

—Te he visto en peores condiciones que esta. —Pude ver el momento en que lo recordó—. Cuando te llevó a casa. Esa noche en Bondi.

Sí, hace mucho tiempo.

Me quedé allí, con los brazos cruzados. Dios, esto era un gran desastre. Todo parecía tan complicado. Se suponía que nunca iba a complicarse.

Valentine habló con la boca medio llena.

—Ya comí suficiente —dijo apartando su plato. Al menos había comido algo. Se puso de pie, balanceándose al tropezar con sus pies, y rápidamente lo atrapé.

Se rio y empuñó mi suéter mientras intentaba acercarme para besarme.

—Eh, tú.

Instintivamente miré a Lleyton, lo que hizo que Valentine lo mirara a él. Soltó mi suéter.

—Mierda.

Sí, mierda.

—Joder, estoy borracho —dijo—. El tequila no es bueno.

—Tienes que irte a la cama —le dije.

—Mmm.

Lo llevé a su habitación y lo volví a acostar. Encontré un balde junto al cesto de su ropa sucia, lo puse a su lado y extendí una toalla sobre el colchón cerca de su almohada. Llené un vaso de agua en la cocina, mientras Lleyton estaba sentado allí mirándome, y cuando lo puse junto a la cama de Valentine y cerré la puerta, Lleyton todavía estaba sentado allí. Tenía los brazos cruzados y una expresión neutral.

—Me quedaré en el sofá —dije—. En caso de que vomite mientras duerme. —Lleyton todavía me miraba fijamente, así que señalé el sofá—. ¿A menos que quieras?

Todavía no dijo nada.

—¿Qué? —pregunté—. Si tienes algo que decir, dilo.

—Dijiste que esto... —Agitó su mano en mi dirección general—. Era solo para follar. Nada más, ¿eh? Ni citas ni nada por el estilo.

—No.

—Seguro que a mí me parece así.

No me importaba lo que le pareciera a él.

—Bueno, no lo es.

—Me parece que realmente te preocupas por él.

Puse los ojos en blanco.

—Conoces su cocina como si vivieras aquí. Dios, sabías dónde estaba la comida para gatos. ¡El gato sabe quién eres!

—Porque lo cuidé durante cinco días —dije, y luego me di cuenta de mi error.

Lleyton me miró fijamente.

—¿Te confió a Enzo?

Joder.

—Le gusto a Enzo.

—Porque estás aquí todo el tiempo. —Me lanzó una mirada que me desafió a discutir—. Como haces que Valentine cocine, te aseguras de que coma. Veis películas juntos. Le compraste flores, joder. —Señaló las flores moribundas que aún estaban sobre la mesa—. A mí me parece que estáis saliendo.

—Era su cumpleaños. Y a nadie le había importado nunca su cumpleaños, así que... Intenté hacerle algo decente.

—Porque te preocupas por él.

Negué con la cabeza.

—Eso no es... no sabes nada.

Se pasó la mano por el pelo y se rio entre dientes,

mirando la pared de cristal. Luego, con un suspiro, se volvió hacia mí.

—Marshall...

—¿Por qué te importa a quién ve?

—Porque nunca había salido con nadie. Nunca había tenido ningún tipo de relación. Jamás.

—Que tú sepas.

—No. —Negó con la cabeza—. Sé que ha tenido algunos encuentros. Sé que puede pasar una noche con alguien. Y no me importa con quién folle. Honestamente, para lo que me importa, podría estar follándose al Papa. Mientras esté feliz, bien por él. Eso es asunto suyo y no mío.

—Me alegra que estemos de acuerdo en eso.

Se burló.

—Cristo, Marshall. Aún no lo entiendes. Me hablaba de un club de hombres y de los polvos con desconocidos, pero nunca te mencionó ni una sola vez. ¿Por qué crees que es?

—No sé. Porque... bueno, porque no hay nada que contar.

—Mierda. Me hablaba de los encuentros porque no significaban nada. Pero no me habló de ti porque hay *algo* que contar. Lo que sea que sea esto entre vosotros, en realidad significa algo para él.

Negué con la cabeza, sin atreverme a creerlo.

—Nunca se ha abierto a nadie —dijo Lleyton en voz más baja—. Nunca ha dejado que nadie entre en su mundo, en su vida. En todos los años que lo conozco. Excepto tú.

Entonces lo miré, sin estar seguro de lo que quería que dijera.

—Y no puedes decirme que no te preocupas por él. —Señaló la puerta del dormitorio de Valentine—. Porque está bastante claro que sí.

Negué con la cabeza, me pasé la mano por el pelo y dejé escapar un profundo suspiro.

—Nunca podrá ser otra cosa. No puede... no podemos...

—Estoy bastante seguro de que ya lo sois.

Negué con la cabeza nuevamente porque esto era ridículo.

—Mira, lamento que no te lo haya dicho. Acordamos no decírselo a nadie. Su padre reaccionaría...

—Lo sé.

—Simplemente no te enfades con él. Si quieres culpar a alguien, échame la culpa a mí. No a él. Te necesita en su vida. Necesita... —Joder—. Necesita personas en su vida que realmente se preocupen por él.

Lleyton me estudió durante un largo momento antes de asentir lentamente, como si acabara de demostrar su punto, y ese fue el final de la conversación.

—Abre su puerta para que puedas oírlo si vomita —dijo, y se fue.

Me quedé allí, en el apartamento mayormente a oscuras, en silencio, preguntándome cómo cojones habíamos llegado a esto.

CAPÍTULO 18
VALENTINE

ME DESPERTÉ VOMITANDO, sorprendido al ver un balde al lado de la cama.

Agradecido.

No tenía idea de cómo llegó el recipiente ahí ni quién lo había colocado. No recordaba haberme acostado. Todo estaba borroso y sentí como si me hubieran golpeado la cabeza con un hacha.

Volví a caer en la cama con un gemido y cerré los ojos, esperando que el dolor me matara rápidamente. Por favor, ten compasión.

El sufrimiento.

Cristo, la agonía.

Me desperté y vomité de nuevo, y sólo después de volver a acostarme me di cuenta de que el balde estaba limpio.

Me volví a dormir, sin poder hacer mucho más, y me desperté de nuevo. Por suerte, no vomité. El balde estaba limpio otra vez y no lo había imaginado. Significaba que alguien estaba aquí.

¿Alguien me estaba cuidando?

Tenía recuerdos de Lleyton llevándome a casa. Me había caído de su coche. Lo recordé ayudándome a levantarme, ayudándome a caminar.

Dios, le debía mucho.

Especialmente si había limpiado mis baldes de vómito. Cristo.

Logré sentarme en el borde de la cama, preguntándome cómo era posible seguir vivo con un dolor tan cegador en la cabeza. Tenía que caminar hasta allí, aunque la brillante luz del sol probablemente me mataría.

Sostuve el marco de la puerta y gemí. El brillo, estar erguido, caminar... nada de eso fue bueno.

—¿Qué tal la cabeza?

No era la voz de Lleyton.

¿Marshall?

—Fatal —susurré tratando de no pensar en vomitar de nuevo—. Por qué estás... ¿Qué estás haciendo aquí?

—¿No recuerdas anoche?

Negué con la cabeza, arrepintiéndome de inmediato. Logré llegar a la cocina con los ojos medio cerrados para protegerme de la luz del sol.

—Corre las cortinas. Por favor.

Marshall se rio, pero un momento después las cortinas se cerraron y la habitación quedó afortunadamente más oscura.

—Gracias.

Entonces estaba a mi lado, con un vaso de agua y unas pastillas para el dolor de cabeza en la mano.

—Toma.

Los acepté, aunque mi estómago estaba indeciso ante la oferta.

—Cristo.

Resopló.

—Bueno, ahora que he visto que sobreviviste, debería irme.

—Acaso tú... ¿el balde?

—Sí, lo limpié.

Cerré los ojos ante el horror.

—Gracias. Y lo siento. Dios.

—Estabas increíblemente borracho.

Asentí, con los ojos todavía cerrados.

—Lo siento.

—Está bien, pero quizás quieras llamar a Lleyton. Hazle saber que todavía estás vivo.

Entonces miré a Marshall.

—No... No recuerdo mucho.

—Sabe lo nuestro —dijo Marshall—. Yo estaba aquí cuando te trajo a casa.

Ay, Dios.

Cerré los ojos y suspiré.

—Joder.

—Está bien —dijo Marshall en voz baja—. Probablemente le duele más que no se lo hubieras contado tú. Quiero decir, no se suscribirá a mi club de fans en el corto plazo, pero no está enfadado contigo.

Puse mis manos sobre la encimera de la cocina y dejé caer la cabeza hacia delante. Ni siquiera podía entender nada de eso debido al dolor de cabeza tan intenso. Tendría que lidiar con eso más tarde.

No podía pensar en nada.

—Necesito una ducha —dije—. Gracias por quedarte. Gracias por limpiar... todo el desastre. No puedo creerlo... —Puaj. Mi estómago no estaba contento—. Necesito darme una ducha. Tal vez sentarme en la bañera y tratar de no morir.

Marshall se rio y lo único en lo que podía pensar era en ir al baño.

Me di una ducha caliente y dejé que el agua me golpeara la nuca y la cara. No volví a vomitar, por suerte. Pero Dios, no estaba bien. Me sentí ligeramente mejor cuando me vestí y esperaba encontrar que Marshall se había ido.

Pero no, allí estaba sentado en el sofá con los pies sobre mi mesa de café, Enzo en su regazo.

—Pensé que debería quedarme para ver si realmente sobrevivías en la ducha. Alguien tendría que dejar entrar a los paramédicos.

Caminé hacia donde él estaba, me dejé caer en el sofá a su lado y me incliné con la cabeza sobre su hombro.

—La muerte sería misericordiosa en este momento —murmuré.

Se rio.

—¿Sabes qué necesitas?

—Un francotirador.

Volvió a reír.

—Necesitas una hamburguesa, patatas fritas y Coca-Cola con todo su azúcar.

Gruñí.

—Oh, no, realmente no lo necesito.

—Te ayudará.

—Me matará.

—Bueno, o te arregla o te mata, de cualquier manera, ganas. Vamos.

—¿Ahora? —Gemí de nuevo, aunque sonó como un quejido—. ¿Realmente me odias tanto?

Resopló.

—Sí. Vamos.

Pero...

—Llevo pantalones de chándal.

—Adónde te llevo, a nadie le importará.

Se levantó, nos dejó a Enzo y a mí en el sofá y regresó con una sudadera con capucha y mis zapatillas. Luego, cuando se dio cuenta de que yo no podía participar en vestirme, lo hizo por mí.

Me puso la sudadera con capucha, metió mis pies en las zapatillas y me levantó.

—Vamos. Te hará sentir mejor.

Cogió mi billetera y mis llaves y me arrastró hacia la puerta. Estaba en su camioneta a medio camino de la calle Lane Cove cuando me di cuenta de lo que estaba pasando.

—¿A dónde vamos?

—Donde sirven las mejores hamburguesas de la ciudad. Me lo agradecerás.

—Estoy bastante seguro de que no lo haré.

Nunca en mi vida había salido de casa con mis viejos pantalones deportivos y mi sudadera con capucha. Supuse que ayudaría a ir de incógnito, porque nadie que yo conociera me miraría dos veces yendo vestido así.

También ayudaba que nadie que yo conociera estuviera jamás en el lugar al que me llevó. Era un pequeño local de comidas rápidas de la década de 1960. Había un quiosco de periódicos a un lado de la puerta principal y un estante con frutas y verduras al otro. El cartel de Coca-Cola en el frigorífico de bebidas estaba descolorido, el suelo era de linóleo viejo y las pocas mesas baratas de pino viejo. Los tableros de menú detrás del viejo mostrador eran pizarra escrita con tiza, llenos de escritura desordenada.

No era nada a lo que estuviera acostumbrado. Nada caro. Si hubiera estado con alguien más, me habría dado la vuelta y me habría ido.

Pero una mujer baja y mayor miró a Marshall y le sonrió.

—Oh, Marshall, mírate.

—Señora, Younis —dijo—. ¿Qué tal está?

—Bien, bien, muy bien —dijo—. ¿Cómo está tu madre?

—En buen estado físico.

Ella sonrió.

—Me alegro mucho. Dile que la saludo. Le tendré huevos esta semana.

—Se lo haré saber.

—¿Qué puedo prepararte hoy?

—Una cura para la resaca.

Luego me miró.

—Ah. Hamburguesas, ¿no?

Cristo. ¿Me veía tan mal?

Marshall se rio.

—Ponnos dos.

Asintió y se dirigió a la cocina.

—Os lo prepararé.

Nos sentamos en la mesa del fondo y Marshall puso una botella de Coca-Cola delante de mí.

—Bébete todo.

Tenía un vago recuerdo de Marshall poniendo comida frente a mí anoche y diciéndome que comiera.

—¿Me hiciste comer anoche?

—Sí. Te cociné unos huevos con beicon. Comiste un poco. No fue bonito. Le di a Enzo las sobras.

Entrecerré los ojos y negué con la cabeza. Horrorizado, avergonzado.

—Dios.

—Tuviste una buena noche, ¿eh?

Lo miré y volví a cerrar los ojos. Me dolía mucho menos.

—La tuve. Hasta que alguien dijo que todo el mundo

tenía que invitar una ronda al jugador más valorado, y luego todo fue cuesta abajo considerablemente rápido.

—¿Estaban tratando de matarte?

—No lo sé. Pero fui lo suficientemente estúpido como para beber lo que me dieron.

—Fue un poco estúpido, sí. —Estuvo en silencio un largo segundo—. Entonces, premio al jugador más valorado, ¿eh?

Me encogí de hombros.

—Jugué bien.

Resopló.

—Bueno, al menos, tú anotaste ayer.

Le tomó un segundo a mi dolorido cerebro darse cuenta. Lo miré. Él estaba sonriendo, pero sí, había incumplido nuestro acuerdo.

—Uf, sí. Lo siento. Anoche no estaba en forma para nada y, para ser sincero, tampoco creo que hoy tenga mi mejor momento. Te debo una puesta al día o...

Él soltó una carcajada.

—No me debes nada. No estoy llevando la puntuación. Jesús. Sólo bromeaba.

—Te la debo —respondí—. Por lo de anoche. Por hacerme comer algo y el balde...

Levantó dos dedos.

—Dos veces.

Ay, Dios mío.

—Lo siento mucho. Y gracias, y Dios todopoderoso, estoy tan avergonzado. Me siento terrible.

—Te ves terrible.

Me puse la capucha y me hundí en mi silla.

—Me pregunto si hay un nivel de terribilidad al que sucumbir antes de morir.

—Bueno, me alegro de que no seas melodramático ni

nada por el estilo —dijo con una sonrisa—. Deja de ser quejicas.

Me quejé.

—Por favor se amable conmigo.

—No tengo ninguna compasión por las heridas autoinfligidas.

—Pero estoy sufriendo.

—El tequila te hará eso.

Casi me atraganto.

—Te pagaré para que nunca vuelvas a decir la palabra con T.

Se rio de nuevo justo cuando la señora Younis trajo dos bandejas de comida. Las dejó sobre la mesa y me dio unas palmaditas en el hombro.

—Come, te ayudará. El alcohol no es bueno.

—El alcohol es muy malo —dije. Al menos *ella* estaba siendo amable conmigo.

Marshall, por otra parte, parecía disfrutar de mi estado. Señaló con la cabeza la montaña de comida frente a mí.

—Te lo digo, las grasas saturadas, la sal, el azúcar y la cafeína solucionarán cualquier resaca. Y estas son las mejores hamburguesas de Sídney.

No parecía especialmente apetecible, pero olía bien. Era una hamburguesa alta con todo: una enorme hamburguesa de ternera, cebollas fritas, huevo frito, remolacha, tomate y queso fundido. Las patatas fritas estaban apiladas a un lado, cubiertas con sazonado. No estaba seguro de poder comer nada de eso.

Marshall tomó su hamburguesa y de alguna manera logró darle un mordisco. Él gimió y el jugo de la hamburguesa le corrió por la mano.

—Está deliciosa.

Tenía razón en una cosa. Me arreglaría o me mataría, y

en ese momento no me importaba qué dirección tomara. Y tenía un poco de hambre.

Di un pequeño bocado y bebí un sorbo de Coca-Cola.

—Oh, vamos —dijo—. Puedes abrir la boca más que eso. Sé que puedes. Lo he visto de primera mano.

Lo miré, abrí la boca como una pitón y le di un gran mordisco.

Rio.

—Ahí tienes.

Fue lo mejor que había comido jamás.

Me había comido la mitad y algunas patatas fritas antes de darme cuenta. Odiaba que tuviera razón. Me recosté en mi asiento y me froté el vientre. No me atrevía a exagerar.

Marshall se limpió la boca y terminó de masticar.

—¿Mejor?

Asentí.

—Pero ya terminé.

Miró lo que quedaba, pero asintió. No sé cuál era su fascinación por mí y que comiera. Como si realmente le importara si lo hacía o no...

No estaba en ningún estado para pensar en eso.

—¿Conoces a la mujer detrás del mostrador? —le pregunté.

—Jugué rugby con su hijo en el instituto. Venimos aquí desde que tenía quince años. —Luego se encogió de hombros—. Mis padres viven a unas calles de distancia.

—Oh.

Entonces, alguien pudiera vernos aquí...

Pero nadie nos veía. La gente entraba y salía de la tienda de comidas rápidas y nunca nos miraba dos veces. No es que alguien me reconociera con esa vieja ropa de casa y la capucha puesta, aunque pensé que tal vez reconocerían a Marshall.

Pero a nadie le importó.

Si hubiéramos conducido mi coche, quizás la historia hubiera sido diferente. O si realmente nos hubiéramos querido vestir apropiadamente e ir a una buena cafetería en Bondi o a las playas del norte, entonces sí, tal vez alguien nos habría mirado dos veces.

Pero aquí, ¿usar pantalones deportivos y conducir una camioneta de trabajo? Parecía no importarle a nadie.

Me gustó.

Bebió el resto de su Coca Cola.

—¿Listo para ir a casa?

No precisamente. No quería que mi tiempo con él terminara.

—Claro.

Al salir, tomó una bebida deportiva del refrigerador, pagué la cuenta y volvimos a la camioneta. Y por alguna estúpida razón, no quería despedirme.

La idea de volver a casa solo me inquietaba.

Me ponía triste.

Condujo unas cuantas manzanas y miró en mi dirección.

—¿Estás bien? ¿Te sientes mejor?

—Muchas gracias —admití—. Estabas cien por ciento en lo cierto. Ahora sólo me falta pasar el día en el sofá viendo la televisión y estaré bien.

Sonrió, pero no mordió el anzuelo.

Cristo, iba a tener que preguntar.

¿Podría?

Dios, ¿y si dijera que no?

Tenía el estómago revuelto y no tenía nada que ver con la hamburguesa o la resaca. Esto eran nervios. No sólo sentía mariposas. Tenía todo el zoológico.

Era ridículo.

No, podría ir a casa y limpiarlo todo, hacer un pequeño pedido de abarrotes para comprar más café y un poco de ese pan turco que Marshall compró el otro día, y relajarme solo el resto de la tarde.

Como lo hacía todos los días. Como lo había hecho toda mi vida.

Excepto que ahora no quería.

Marshall se detuvo en mi casa y apagó el motor, y yo todavía no había dicho nada.

—¿Estás seguro de que estás bien? —preguntó, sus ojos cálidos como la miel.

Asentí.

—Estoy bien —respondí automáticamente. Mi respuesta en piloto automático.

—Mierda. —Mi mirada se posó en la suya y suspiró—. No puedes mentirme, Valentine. Tienes esa línea de pensamiento entre las cejas y aprietas las yemas de los dedos cuando estás nervioso.

Dejé de presionarme las yemas de los dedos.

—Yo no miento.

Se rio.

—Solo di lo que quieras decir.

Abrí la boca, con tantas ganas de preguntar, pero no podía expulsar el aire para pronunciar las palabras.

—Valentine —dijo en voz baja.

—¿Quieres subir? —pregunté apresuradamente—. No es necesario. Sé que probablemente tengas cosas que hacer o algún sitio al que ir. Pero yo... —Maldito infierno—. No estoy seguro de querer estar solo hoy. —Dejé escapar un largo suspiro, sin creer que acababa de admitir eso en voz alta. A Marshall Wise, precisamente.

¿Por qué él, entre todas las personas? ¿Dices eso como si fuera algo malo?

Él es la única persona que te entiende, Valentine. La única persona que alguna vez te ha entendido. Tienes sentimientos por él y lo sabes.

Negué con la cabeza ante la estúpida voz de la razón.

—No importa —dije abriendo la puerta y saliendo.

—Espera —dijo—. Cristo, eres impaciente. Déjame salir del maldito coche. —Salió y se puso a caminar a mi lado—. ¿Era tan difícil preguntarme?

Dios, si tan sólo supiera. Abrí la puerta del vestíbulo.

—Sí, en realidad lo fue. Y no pienses ni por un segundo que es porque me gustas.

Se rio y abrió la puerta, sosteniéndola para mí.

—Sí, por supuesto que no. —No hice contacto visual con su reflejo en el ascensor, pero supe que estaba sonriendo—. Elegiré lo que vamos a ver en Netflix.

Gilipollas.

Una vez en casa, me llevó al sofá. Él boca arriba, acostado, yo entre sus piernas con la cabeza apoyada en su pecho. Esto parecía ser lo nuestro. Daba un sorbo a mi bebida deportiva de vez en cuando y él me frotaba la espalda en círculos y jugaba con mi cabello. La calidez de su cuerpo, su tacto, su enorme polla presionada contra mi vientre, era todo el consuelo que necesitaba. Ignoré la forma en que mi corazón ansiaba esto, lo anhelaba, y la satisfacción me hizo sentir más relajado de lo que me había sentido en mucho tiempo.

Entonces Enzo se unió a nosotros y tal vez me quedé dormido.

Hasta que mi teléfono sonó con un mensaje de texto. Era Lleyton.

¿Sobreviviste?

Suspiré. Me había olvidado felizmente de que se enteró sobre nosotros, de que estuvo aquí y de que me trajo a casa.

—No respondas —dijo Marshall.

Lo miré.

—¿Qué?

—No respondas con un mensaje de texto. Llámalo. Necesitas hablar con él, Valentine. Se merece eso.

Auch.

Me senté entre sus piernas, e ignoré el bulto siempre presente en sus vaqueros.

—¿De qué lado estás?

Se rio entre dientes.

—Aquí no hay bandos. Es tu mejor amigo, le ocultaste algo y él lo descubrió. Como Taka y yo.

—Exactamente. No soy el único malo de la película.

—Le pedí disculpas a Taka, cara a cara. Y tú no eres el malo... Bueno, lo serás si respondes por mensaje de texto. Llámalo.

Lo miré mal.

Levantó una ceja.

—¿Quieres que lo llame por ti?

Resoplé.

—Me gustabas más cuando no interferías.

Se rio de mi queja.

—¿Entonces te gusto?

—No. Te odio.

Sonrió como si hubiera ganado un premio.

—Te odio más.

Le gruñí a Marshall y marqué el número de Lleyton, lo que claramente lo sorprendió. Me di cuenta por su voz cuando respondió.

—Eh, hola, ¿todo bien?

—Sí —dije dándole a Marshall otra mirada fulminante porque era culpa suya—. Todo está bien. Sólo quería llamarte para agradecerte por traerme a casa anoche. —Me encogí—. Y decirte que lamento no haberte contado sobre... Marshall.

Marshall se rio en voz baja y le lancé una mirada furiosa.

Tuve la sensación como si Lleyton se pasara la mano por la cara.

—Debo decir que me sorprendió.

—A mí también.

Lleyton se rio y dejó escapar un suspiro.

—Lo que más me sorprendió fue la forma en que te cuidó.

—¿Qué?

—Él te preparó la cena. Le dio de comer a Enzo. Me dijo que lo mantuviera en secreto para protegerte. Puso un balde al lado de tu cama y durmió en el sofá en caso de que vomitaras mientras dormías.

Lo sé.

Sé que hizo todo eso.

Miré a Marshall, donde yacía frente a mí con Enzo ahora sobre su pecho. Estaba mirando la televisión, tratando de ignorarme teniendo esta conversación.

—Así que él no es el imbécil que siempre pensamos que era —añadió Lleyton.

—No, no es el imbécil que creíamos —murmuré.

Marshall me miró entonces y puse los ojos en blanco.

Lleyton resopló.

—Quizás quieras tener cuidado —dijo—. No sé qué acuerdo crees que tienes, mencionó algo sobre simplemente follar, pero por lo que vi, es más que eso. Sé que las relaciones no son lo tuyo, así que odio ser yo quien te lo diga, pero tienes una relación.

Resoplé una carcajada.

—¿Qué?

—En caso de que estés tan ajeno como él, él ya está perdido. Ese hombre está coladísimo por ti.

Negué con la cabeza.

—No seas ridículo.

Lleyton se rio.

—¿A qué hora se fue esta mañana? ¿Te preparó el desayuno?

Joder.

Joder.

Mierda, joder.

—Dios mío —dijo Lleyton—. Todavía está allí, ¿no? —Luego rugió, riendo—. Dale mis saludos.

—No.

Se rio un poco más.

—Mi caso concreto. Y si sirve de algo, me alegro por ti. Entonces, ¿son ciertos los rumores sobre su polla de caballo?

—Voy a colgarte.

Se rio y colgué la llamada, dejando mi teléfono sobre la mesa de café. Hice un puchero y Marshall resopló.

—¿Todo fue bien?

—Dijo que te saludara de su parte.

Marshall sonrió al televisor, todavía acariciando a Enzo detrás de la oreja. Enzo parecía muy engreído en el pecho de Marshall.

—Oye, gato —murmuré—. Estás en mi sitio.

Enzo no se movió y Marshall se rio entre dientes, pero tampoco lo movió. Hice un puchero más prolongado.

—Me gustaba más cuando estabas aquí solo para tener sexo. Cuando entrabas y me follabas, y cuando yo era el favorito de Enzo.

Marshall se rio.

—Eres lindo cuando tienes resaca y estás de mal humor.

Pero si sigues haciendo pucheros así, encontraré un mejor uso para esa boca.

Una sacudida de calidez me recorrió.

—No te burles de mí. —Miré su polla—. Aunque para ser muy honesto contigo, no sé cuánto confiaría en mi reflejo nauseoso hoy, así que tal vez tengas que callarme de otra manera.

Se sentó, dejó a Enzo en el sofá, tomó mi mano y me arrastró a mi habitación. Tomó mi rostro entre sus manos y me besó, lento y sensual, saboreando nuestras lenguas. Y las palabras de Lleyton volvieron a mí.

En caso de que estés tan ajeno como él, él ya está perdido. Ese hombre está coladísimo por ti.

Oh, Dios.

Por la forma en que me besaba, pensé que Lleyton podría tener razón. Y me di cuenta de que no estaba horrorizado, ni siquiera asustado. En cambio, hizo que mi corazón se acelerara y mi vientre se calentara. Hizo que mi piel picara por todas partes, en el buen sentido. De una manera que se sentía viva.

Me sorprendió lo feliz que me hacía.

Pero entonces Marshall me empujó sobre la cama, me inclinó y me folló intensa y rudamente.

Como si me odiara.

Como si no pudiera tener suficiente de mí.

Como si me amara.

CAPÍTULO 19
MARSHALL

SALÍ de casa de Valentine con tiempo suficiente para hacer algunas compras de camino a casa, ducharme y estar en casa de mis padres para cenar.

No había planeado pasar la mayor parte de mi fin de semana con él, pero no estaba enfadado por eso.

De hecho, me gustó un poco.

Y cuando había estado tan nervioso al preguntarme si quería volver a su casa... ¿Cómo podría decir que no? Fue dulce.

Era dulce, lo quisiera o no. Le gustaba ser abrazado, quisiera admitirlo alguna vez o no. Le gustaba la compañía, por mucho que el viejo Valentine lo discutiera.

¿Pero este nuevo Valentine? Y *era* un nuevo Valentine. Ya no era el imbécil frío y distante que había pretendido ser. Al menos no conmigo.

Y no me enfadó que Lleyton supiera de nosotros. Eso también me gustó.

Había menos presión, menos estrés, y confiaba en que Lleyton guardaría el secreto por el bien de Valentine. Y creo que parte de Valentine necesitaba que Lleyton lo supiera.

Había cumplido con algunos temas personales en las últimas semanas. Primero le dijo a su hermana que era gay, después Lleyton se enteró de lo nuestro...

Había escuchado la mayor parte de su conversación telefónica. Había sido difícil *no* oírlo estando él sentado entre mis piernas. Había oído a Lleyton admitir que yo no era un imbécil, que le gustaba cómo lo había cuidado.

Lo escuché decir algo sobre una relación y luego lo escuché decir:

"Está coladísimo por ti" y mi corazón casi se detuvo. Esperaba que Valentine se pusiera a la defensiva o incluso se enfadara.

Al menos lo negara.

Pero se limitó a negar con la cabeza, con las mejillas rojas. Luego hizo un puchero, ese perfecto labio inferior, el color aun calentando sus mejillas, y maldito fuera...

Cada parte de mí lo deseaba.

Mi polla siempre lo quería. Eso no era nada nuevo. Pero ahora mi corazón lideraba la carrera.

Sabía que él nunca estaría preparado para darle un nombre a esto que había entre nosotros. Lleyton había dicho *relación*, y a mí me encantaría llamarlo así. Valentine lo había llamado un acuerdo, y lo era.

Supuse que todas las relaciones eran una especie de acuerdo.

Pero ya habíamos superado con creces la etiqueta de enemigos con beneficios.

Había sido su yo profesional habitual en la reunión de encargados del lunes por la mañana, como si no hubiera tomado mi polla durante horas el día anterior, como si no me hubiera rogado que me corriera dentro de él, y me decepcionó que fuera frío. Le pedí una reunión privada después.

Pero él vino a mi casa el miércoles por la noche en lugar de que yo fuera a la suya. Volvimos a preparar la cena, que fue básicamente una hora de juegos previos, y después de comer, lo llevé a mi cama donde lo volví loco, mapeando su cuerpo, tomándolo tortuosamente despacio mientras exprimía cada gota de placer de él.

El sábado, después de nuestros partidos de rugby, todos los equipos regresaron a nuestro pub local. Taka, los chicos y yo, ya estábamos allí, casi todos borrachos y alborotadores. Estaba sobrio y me reía de sus estúpidas tonterías cuando entraron los chicos de Lane Cove.

Lleyton entró con Valentine un paso detrás de él e hice lo mejor que pude para ignorarlos. Los ojos de Lleyton se encontraron con los míos, le di un pequeño asentimiento y me di la vuelta.

Después de un rato, Taka me dio un empujón en el hombro.

—¿Qué hiciste?

—¿A quién?

Miró por encima de mi hombro y luego volvió a mirarme.

—¿A quién crees? Sólo me pregunto por qué su mejor amigo sigue mirándote.

Suspiré.

—Lo sabe. Se enteró la semana pasada. Emborracharon a Valentine, Lleyton lo llevó a casa y yo estaba allí. No pude esconderme de eso.

Taka se rio.

—Oh, me hubiera gustado ser una mosca en la pared.

Me reí y bebí un sorbo de agua.

—Todo salió bien. Asombrosamente.

Me miró fijamente durante un rato, un poco sonriendo.

—¿Qué?

—Hermano.

—Hermano, ¿qué?

—¿Cuánto tiempo vas a fingir que odias a ese chico? Porque estoy bastante seguro de que la razón por la que has estado sonriendo estas últimas semanas es lo opuesto al odio.

Puse los ojos en blanco, descartando lo que estaba insinuando, pero en el fondo sabía que tenía razón. Demonios, ya ni siquiera estaba en el fondo. Estaba justo en la superficie.

Bebí un sorbo de mi bebida.

—Como dije antes, es complicado.

—Y como dije antes, no tiene por qué ser así.

Excepto que lo era, y así sería.

Al final, suspiré.

—Sí, no lo sé. Simplemente es lo que es.

—Hola, Wise —dijo una voz.

Me di vuelta y encontré a un tipo que no reconocía. Estaba con el equipo contra el que habíamos jugado y derrotado. Parecía borracho y un poco hecho polvo, sosteniendo un ron con Coca-Cola, mirándome como si me hubiera cagado en su zapato.

Entonces le devolví el favor.

—¿Qué?

—¿Crees que puedes golpear a alguien y salir indemne?

Resoplé.

—¿Golpear? ¿De qué estás hablando?

—Wallace —dijo con una mueca de desprecio—. Le rompiste la nariz.

¿Wallace? Intenté recordar, sin suerte. *Hoy no le rompí la nariz a nadie.*

—¿Quién?

Ahora tenía dos amigos a su lado y claramente se sentía mucho más valiente.

—Sabes quién es.

—Realmente no lo sé. Pero si lo hice, entonces se lo merecía.

Taka asintió a mi lado.

—Wallace Burwood, segunda fila. Número cuatro.

Ah.

Me reí y miré fijamente a Don Borracho Idiotez.

—Ah, sí. Se lo merecía.

Se erizó inmediatamente, infló el pecho, apretó la mandíbula y echó un poco de espuma por la boca. Un tipo a su lado lo tomó del brazo y murmuró algo, y ahora teníamos una gran audiencia.

—¿Quieres salir? —dijo siendo reprimido por sus amigos. Tenía ojos de loco, derramando su bebida—. Te daré lo que te mereces.

Sin quitarle los ojos de encima, dejé mi vaso de agua en la barra.

—Mira, tío. Realmente no estoy de humor para pelear esta noche, pero me lo pediste muy amablemente. —Di un paso hacia él, con el puño apretado y listo...

Entonces intervino la seguridad y empujó al idiota hacia la puerta. Sus amigos fueron con él y algunos de sus compañeros de equipo lo acompañaron afuera, ofreciéndome un saludo de disculpa al salir. La otra mitad de su equipo lo ignoró, así que eso me dijo todo lo que necesitaba saber.

La multitud que nos rodeaba, principalmente mi equipo que me respaldaba, pareció exhalar y relajarse, volviendo a sus conversaciones. Excepto Taka. Seguía de pie en la barra con su bebida en la mano, riendo.

—Te lo pidió amablemente —repitió riendo otra vez.

Me arriesgué a mirar a Valentine y me estaba mirando. También Lleyton. En realidad, la mayoría de su equipo me estaban observando. En su mayoría curiosos, ninguno parecía disgustado o enfadado. Pero Valentine estaba sonriendo.

Volví a la barra.

—Dime —dijo Taka en voz baja—. ¿Qué pasará entre tu hombre y tú cuando volvamos a jugar contra ellos la próxima vez?

—¿Mi hombre?

—¿Quieres que diga su nombre en voz alta?

—No.

Levantó dos dedos alrededor de su botella de cerveza.

—Dos semanas, amigo mío. Jugaremos en Lane Cove en dos semanas. Y estamos invictos y ellos sólo han perdido contra nosotros. Sabes lo que significa.

No fue una pregunta, porque por supuesto que lo sabía.

Iba a ser una final entre North Ryde y Lane Cove.

Valentine contra mí.

—Y no hablemos del trabajo —añadió Taka. Estaba disfrutando demasiado con esto—. El contrato con Mercer finalizará en dos meses. ¿Qué vas a hacer al respecto?

—¿Sobre qué?

—Ibas a renunciar o quemar la oficina central. No recuerdo cuál.

Resoplé y dejé escapar un suspiro.

—Mierda. No sé. —Me encontré con su mirada—. No sé.

Me dio una palmada en el hombro y me empujó contra la barra.

—No me dejarás, ni a él. Niégalo todo lo que quieras. Te conozco, hermano. Y sé que nunca has sido así con nadie más.

Maldita sea.

Saqué un billete de veinte de mi cartera y se lo mostré al camarero.

—Dale a Taka lo que quiera —dije—. Y un poco de súper pegamento para que se calle. —Le di una palmada a Taka en la espalda—. Te veo el lunes.

Salí a la fría noche y me dirigí hacia mi camioneta estacionada en la calle. Había una figura en las sombras y por un segundo pensé que podría haber sido Borracho Idiotez buscando esa pelea que tanto deseaba. Mi ritmo cardíaco aumentó un poco, pero Valentine salió de la oscuridad.

Mi pulso se aceleró por una razón completamente diferente.

—Buenas noches —dijo suavemente.

Sonriendo, abrí las puertas y lo sorprendí tratando de no sonreír cuando entró. Y, curiosamente, toda la incertidumbre sobre lo que éramos y qué tipo de futuro teníamos o no, no parecía importar.

Esa sonrisa, esa sensación de vértigo, eso era todo lo que necesitaba.

—Así que fuiste popular esta noche —dijo mientras comenzaba el viaje hacia su casa.

—¿Con quién? ¿El tío que quería que le rompiera la nariz?

Valentine se rio entre dientes.

—Creo que le gustaste.

Resoplé.

—¿Qué puedo decir? Tengo ese efecto en la gente.

Su teléfono vibró un par de veces y lo sacó de su chaqueta. Vi rápidamente muchos mensajes, pero suspiró y puso su teléfono en silencio.

—¿No vas a lidiar con nada de eso?

—Todo es trabajo —dijo—. Y no. No hay nada que no

pueda esperar. Es sábado por la noche. —Dejó caer su cabeza sobre el reposacabezas—. Nunca se detiene.

—Divertido, ¿eh?

Negó con la cabeza y me miró, su rostro mitad sombra, mitad azul a la luz reflejada del salpicadero.

—No precisamente.

—¿Tuviste un buen partido?

—Mm, jugué bien. Aunque esta semana no me dieron el premio al mejor jugador.

—¿No hubo chupitos de tequila?

—Dios no. —Hizo una mueca—. ¿Por qué dirías eso?

Eso me hizo reír.

—Estás precioso cuando tienes resaca.

Me fulminó con la mirada por la broma.

—Pensé que habíamos acordado no volver a hablar de eso nunca más.

Me reí.

—Sabes que Taka sacó a relucir un buen punto esta noche —dije—. Estamos en la lista para jugar uno contra el otro en dos semanas.

—¿Necesitas prepararte mentalmente para perder? ¿Dos semanas son suficientes?

Me burlé.

—Ah, por favor. Os barreremos. Pero sabes cómo es eso, ¿verdad? Ya os hemos vencido dos veces este año.

Sonrió.

—Sólo uno de esos partidos contó. ¿Y por qué Taka sintió la necesidad de sacar el tema a colación ahora?

—Creo que pensó que lo había olvidado. —Me encogí de hombros, tratando de actuar con calma—. Y él cree que voy a decepcionar a mi equipo si soy suave contigo.

Eso le hizo reír.

—Él claramente no sabe que ser suave conmigo no es lo que hacemos.

Resoplé.

—Ah, no, él no lo sabe.

Cuando entramos a su edificio y luego al ascensor, sonreí ante su reflejo y él me devolvió la sonrisa antes de agachar la cabeza. Y maldito fuera, si sus mejillas no se pusieron rosadas. Hizo vibrar mi corazón y mis pulmones, se sentían demasiado grandes para mi pecho, y de repente el ascensor pareció tan pequeño que fue un alivio cuando se abrieron las puertas.

Abrió la puerta y me la sostuvo. Enzo corrió, maullándonos y enrollándose alrededor de mis pies. Lo tomé.

—Mira, pequeño amigo, sé que no te mueres de hambre, así que puedes dejar de actuar.

Lo puse sobre la encimera de la cocina, a pesar de saber que eso molestaba a Valentine, saqué sus croquetas de la despensa y llené su plato. Coloqué la bolsa de comida para gatos nuevamente en el estante, agradecido por el silencio, y cuando me di la vuelta, Valentine estaba allí de pie, sonriéndome.

Sus brazos no estaban cruzados. Tenía las manos en el mostrador detrás de él y se veía jodidamente relajado y sexi con ese suéter negro. Y espera...

Me acerqué a él, le puse los dedos bajo la barbilla y le inspeccioné el pómulo.

—¿Eso es un moretón?

Rio.

—Es un ligero golpe. Ya sabes, porque juego al rugby.

Intenté sofocar la llamarada de ira.

—¿Quién te lo hizo?

Levantó las cejas y se rio.

—¡Como si te lo fuera a decir! Así podrías taclearlo en algún momento y cortarle la cabeza.

—No me gusta la idea de que alguien más te ponga las manos encima.

Sus ojos brillaron con diversión y fuego.

—Odio decírtelo, pero me tocan mucho durante un partido.

Gruñí.

—Yo seré el que meta mano, gracias.

Parecía gustarle este juego.

—Al igual que te meten mano a ti. En tacleadas, en rucks, scrums. No me ves quejándome.

—Quizás deberías.

—Oh, Dios. —Puso los ojos en blanco—. Entonces esto realmente no te va a gustar. —Sonrió mientras se levantaba el suéter, dejando al descubierto sus abdominales y... un grupo de arañazos marcándole sobre las costillas.

Sabía que eran comunes en el rugby. Los había tenido innumerables veces y también había dado mi parte. Sabía que en realidad no dolían demasiado... pero me molestó verlos en él.

Que cualquiera le hiciera esto.

Toqué suavemente la piel enrojecida.

—¿Estás bien?

—Estoy bien.

—¿Te duelen las costillas? ¿Quién te hizo esto?

Él me sonrió.

—No sé. —Se rio cuando lo miré con el ceño fruncido—. Lo digo en serio. Es difícil ver quién está pisoteando cuando eres tú quien está en el suelo.

Sí, eso no ayudaba.

Se bajó el suéter y tomó mi mano.

—Que te vuelvas todo un neandertal y quieras acabar

con cualquiera que me lastime es muy cavernícola de tu parte.

Probablemente esperaba que rechinara ante la palabra cavernícola y tal vez lo echara sobre mi hombro y lo llevara a la cama... pero él todavía estaba sosteniendo mi mano. No podía dejar de mirar cómo sus largos dedos se entrelazaban tan perfectamente con los míos. Qué bonita sensación.

—Esta es la primera vez que tomas mi mano —murmuré.

Dejó caer mi mano y empujó mi hombro.

—Hasta que lo hiciste raro.

Atrapé su mano y la estreché con la mía.

—No lo hice raro.

Sus ojos oscuros se encontraron con los míos, llenos de luz y algo que no me atrevía a nombrar. Luego se puso de puntillas y besó suavemente sus labios con los míos.

Joder.

—Es la segunda vez que me besas —murmuré.

—¿Estás contando las veces que te beso?

¿Realmente había estado llevando la cuenta?

Aparentemente sí.

Estudió mis ojos.

—¿Quieres que te bese un poco más, Marshall?

—Sí.

Quitó su mano de la mía y la deslizó hasta mi mandíbula. Su palma era cálida, su tacto eléctrico, sus ojos intensos, destellos de miedo y fuego, y acercó mis labios a los suyos mientras sus párpados se cerraban.

Suave y cálidamente, inhalé bruscamente ante la dulzura. Tomó mi labio inferior entre los suyos, acercándome suavemente para poder profundizar el beso. Lo dejé liderar, lo dejé hacer lo que quisiera.

Había una ternura en Valentine que no esperaba, y mi

corazón se apretó y se me debilitaron las rodillas. Sus dedos se enredaron en mi cabello y se deslizaron por mi espalda, acercándome a él.

Quería sostener su rostro y devorar su boca, pero no quería echar a perder esto... lo que sea que fuera. Cuando presionó su frente contra la mía y respiró hondo unas cuantas veces, casi esperaba que me exigiera que lo follara salvajemente.

Pero no, no este Valentine.

—Quiero montarte —murmuró arrastrando su nariz a lo largo de mi mandíbula hasta que sus labios encontraron mi oreja—. Marshall.

Se me cortó la respiración y dulce madre de Dios, cómo dijo mi nombre.

Me tomó cada gramo de control que tenía para no sujetarlo, tomarlo y follarlo.

—Dilo de nuevo —susurré.

Respiró en mi oído.

—Marshall.

Un escalofrío de fuego frío me recorrió.

Joder.

Se rio entre dientes.

—¿Me dejarás montarte?

Le habría dejado hacer cualquier cosa que quisiera conmigo en ese momento.

—Todo lo que quieras.

Sonrió como un demonio, pero luego me llevó a la cama. Me desnudó lentamente y me empujó sobre el colchón, e hizo exactamente lo que dijo que iba a hacer.

Se hundió sobre mi polla y me montó, lenta y profundamente. Él estaba a cargo y era glorioso. Verlo encima de mí, ver su cabeza echada hacia atrás por el placer.

Él controlaba todo: el ritmo, el tacto, la forma en que me

besaba. Me controlaba como a una marioneta atada a un hilo. Me entregué completamente a él, a su poder sobre mí, y cuando me rogó que me corriera dentro de él, también se lo entregué.

ME DESPERTÉ FRENTE A ÉL. Se veía tan tranquilo en la habitación oscura, con una luz tenue que entraba desde el pasillo y la puerta que habíamos dejado entreabierta. Parecía más joven, con sus largas pestañas, su piel pálida y sus labios rosados, su cabello oscuro alborotado.

Podría mirarlo fijamente para siempre.

Se supone que debes odiarlo.

Sí. Pero ya no.

Hace mucho que no lo odio.

—¿Me estás mirando dormir? —murmuró con una sonrisa tirando de su labio. Sus ojos se abrieron—. Es jodidamente espeluznante.

Me reí entre dientes y lo atraje hacia mis brazos, su cabeza sobre mi hombro. Protestó durante medio segundo, pero lo abracé con fuerza y suspiró en señal de sumisión.

—Aún no me gustas —murmuró mientras se acurrucaba más cerca.

—Todavía no me gustas tampoco.

YA ESTABA DESEANDO que llegara el miércoles por la noche. Desde que lo dejé el domingo ya estaba contando los minutos para volver a verlo. Estar otra vez a solas con él.

Se encontraba bien el lunes por la mañana en la reunión de encargados. Tratando de no sonreír y haciendo todo lo posible por ignorarme, no mirarme y definitivamente tratando de *no* hacer contacto visual.

Fue un apuro. Una emoción que hizo que mi corazón galopara. Eso me hacía feliz, caminar por ahí con una sonrisa tonta en el rostro y sin importarme ni una mierda todos los chistes que Taka me hacía.

Estaba demasiado feliz para que me importara.

El martes, después del trabajo, le envié un mensaje de texto a Valentine con la esperanza de que quedáramos pronto.

¿Qué vas a cocinar para cenar mañana por la noche?

Su respuesta llegó aproximadamente una hora después.

Una pizza profunda de veintitrés centímetros. Programada para entrega alrededor de las 7 p.m. Será mejor que no llegues tarde.

Me reí y mi polla comenzó a endurecerse con solo pensarlo. Esperaba que mordiera el anzuelo y me pidiera que fuera. Pero no.

Puedes recibirla esta noche si lo prefieres.

Lo deseo. Pero estoy en la ciudad esta noche para una reunión.

Que lástima. Mi polla se entristeció.

¿Divertida?

No.

¿Entonces Enzo está solo en casa?

Mi teléfono sonó.

—¿Estás más preocupado por él que por mí?

—Sí. Tienes la capacidad de alimentarte por ti mismo. —Entonces lo pensé—. Aunque no lo hagas. ¿Ya cenaste?

Valentine suspiró.

—Sé que puede que te resulte difícil de creer, pero soy capaz de comer. Sí. Estoy en un restaurante ahora mismo.

Bueno, estoy fuera hablando contigo. Les dije que tenía que hacer una llamada importante.

—Esta es una llamada importante.

Se rio entre dientes.

—Es una cena reunión. El tema principal es presupuestos y finanzas.

—Suena terrible.

—Se supone que es algo informal y discreto.

—Ah. Como un engrase de ruedas.

—Algo parecido.

—Bueno, mañana por la noche estaré engrasando tus ruedas. A las siete en punto. Creo que habrá dos platos de tu pizza profunda. Te daré de comer dos veces. Primer plato, luego podrás darme comida de verdad. Tu segundo plato se servirá después.

—Cristo. Ahora tengo que volver adentro con una semierección. Esto es genial, gracias.

Me reí y colgué la llamada. Hacerlo sufrir un poco era parte de la diversión. La anticipación, el deseo.

Y el miércoles en el trabajo casi me mata. Se suponía que era una anticipación para él, no para mí, pero, mierda, quería tanto estar dentro de él. Tuve que masturbarme en la ducha antes del trabajo para no tener una erección en todo el día. Aparte de sujetarme la polla con cinta adhesiva, no era algo que pudiera ocultar fácilmente.

Cuando terminamos el día y llegué a casa, pensé en masturbarme de nuevo, pero recordé que le había ofrecido una doble corrida, así que pensé que era mejor guardar la primera.

Excepto que cuando me estaba preparando para irme a su casa, recibí un mensaje de texto.

Perdón por cancelar. Esta noche no es una buena idea. Lo lamento.

Lo leí y lo volví a leer una docena de veces. Esperé el remate. Esperé otro mensaje de texto, una explicación.

No tuve ninguna.

Presioné Llamar.

Sonó y sonó y me pregunté si respondería.

Si él estaba bien.

Ciertamente no lo cogió.

Esta noche no es una buena idea. ¿Qué mierda significaba eso?

Respondió justo antes de que colgara, pero no dijo nada.

—¿Hola, Valentine? —pregunté—. ¿Qué ocurre? ¿Estás bien?

Suspiró. Su voz era distante, tranquila.

—No ha sido un buen día. No estoy preparado para... cualquier cosa. Lo siento... Lo siento Marshall.

—No te disculpes —le dije—. ¿Estás bien?

Lo oí tragar.

—No sería muy buena compañía esta noche. —Su voz se quebró con la última palabra y dejó escapar un largo suspiro —. ¿Podemos olvidarnos de esta noche, por favor? No sería nada bueno. Te llamaré mañana.

—Valentine.

—Estoy bien.

Odié esas dos palabras. Porque *no estaba* bien.

—Tengo que irme —murmuró, y la línea se cortó.

Cogí mis llaves, cerré la puerta detrás de mí y llegué a su casa en un tiempo récord. Presioné el timbre y cuando no respondió, mantuve mi mano sobre él. Sabía que podía verme. Miré a la cámara y mantuve la mano en el timbre, y unos segundos después la puerta hizo clic.

Apreté el botón de la puerta del ascensor y maldije cada segundo que me llevó llegar a su piso. Aunque abrió la puerta cuando llegué, así al menos no tuve que derribarla.

Todavía estaba vestido con su traje, con la cabeza gacha.

—¿Qué estás haciendo aquí, Marshall? Te pedí que no vinieras.

—Porque algo anda mal. Porque necesitas a alguien, eso es lo que estoy haciendo aquí.

Frunció el ceño y se volvió hacia la cocina.

—No necesito una niñera.

—No, no la necesitas. Necesitas... un amigo.

Llegó a la encimera de la cocina y suspiró.

—¿Es eso lo que eres?

Oh, tío.

Vale, aquí va. Probablemente no estaba preparado para hacer esto, pero era ahora o nunca. Estaba poniendo mis cartas sobre la mesa, al diablo con las consecuencias.

—Yo... No sé lo que tenemos. No sé qué somos. Pero parecías tan triste que no podía soportar la idea de que estuvieras solo. No necesitamos hacer nada esta noche. Pero déjame quedarme contigo. Si necesitas hablar...

—¡No necesito hablar! —Se pasó la mano por el pelo, frustrado y enfadado—. Cristo, Marshall. Tuve un mal día, ¿y qué?

Un mal día.

Ya lo había visto tener malos días. Demonios, incluso había disfrutado de su miseria. Entré aquí antes, vi que claramente *había* tenido un mal día y lo hice arrodillarse y chuparme la polla.

A él le encantó y lo dejé con una sonrisa en el rostro, pero, aun así.

Ahora quería curarlo de otras maneras.

—Puedes hablar conmigo —intenté de nuevo.

Sus ojos estaban salvajes, desconcertados.

—No necesito hablar. ¿Sabes por qué te cancelé esta noche? Porque lo que más deseaba era que me hicieras daño. Que realmente me lastimaras, Marshall. Y sabía que sería jodido. No quería que tuvieras que pasar por eso.

Jesús, maldito Cristo.

—Valentine —murmuré alcanzándolo.

Dio un paso atrás, como si tocarlo en ese momento fuera una mala, mala idea. Levantó la mano y me dijo que no me acercara más.

—Sé lo que vas a decir —susurró—. Dios, Marshall, ¿por qué tuviste que venir aquí esta noche?

—Porque me necesitas.

Se burló.

—No te necesito, joder. No necesito a nadie.

—Eso no es cierto —ofrecí suavemente—. Necesitas hablar con alguien, Valentine.

Sus ojos brillaron de ira, sus fosas nasales se dilataron. Había tocado un nervio. Claramente.

—No necesito un psiquiatra. —Estaba furioso—. No necesito que un médico pretencioso haga una autopsia de mi trauma una vez por semana. He estado allí, lo he hecho y mandado todo a la mierda. Sé cuáles son mis defectos. Sé que cómo soy, no es mi culpa. Soy producto de toda la mierda de mis padres. Sé que el escrutinio público no ayuda. Sé todo esto. Conozco cada línea que un psiquiatra puede decirme y sé cómo lidiar con ellas.

—Valentine...

—Sé cómo afrontarlo, Marshall, para lo que más me convenga. Yo sé lo que funciona para mí. He estado solo desde siempre y así es como me gusta. Sé cómo funcionar. Sé cómo sobrevivir, sé cómo estar solo.

Puse mi mano en su mejilla.

—Ya no tienes que estar solo.

Echó la cara hacia atrás.

—No te necesito.

—Bueno, qué lástima. Me tienes.

—No te quiero.

—Dije que es una jodida lástima para ti.

Me empujó hacia atrás, empujándome con fuerza.

—Marshall, lo juro por Dios, no empieces esto conmigo.

Necesitaba romperse. Necesitaba que lo empujara más allá de su límite, que liberara la presión antes de que explotara.

Entonces me puse frente a él y agarré su camisa.

—¿O qué?

Valentine me empujó, soltando mi mano de su camisa y empujándome hacia atrás.

—O terminaré. Esto, sea lo que sea.

Lo empujé hacia atrás con tanta fuerza que dio un paso atrás para prepararse, luego se lanzó hacia mí, tratando de placarme y luchar. Tratando de lastimarme. Lastimarme como él estaba sufriendo.

Pero yo era más grande y fuerte. Contrarresté su ataque, usando su brazo oscilante para darle la vuelta y empujarlo contra la pared. Su brazo se dobló detrás de él. Usé todo mi cuerpo para sujetarlo a la pared.

Respiré contra la nuca.

—No acabarás lo nuestro —murmuré—. Porque me necesitas. Necesitas esto tanto como yo.

Él luchó y lo sostuve con más fuerza, presionándolo con más fuerza contra la pared.

—No... —dijo—. No te necesito.

No me moví, no disminuí mi agarre.

—No. No quieres quererme. No quieres necesitarme. Pero lo haces.

Valentine negó con la cabeza.

—No.

—Y yo tampoco quiero quererte —murmuré—. Pero te quiero.

Luchó de nuevo, pero lo sostuve firme.

—Suéltame —siseó.

—No.

—Hemos terminado. Este acuerdo ha terminado.

—No, no ha acabado. Estamos lejos de terminar.

Valentine empujó y luchó, tratando de liberarse de mi agarre. Así que lo hice girar y sujeté sus brazos a la pared por encima de nuestras cabezas, con nuestras caras a solo unos centímetros de distancia.

Estaba furioso. Enfadado y... y asustado.

—¿Qué demonios estás haciendo, Marshall?

—Estoy tratando de hacerte ver.

Luchó de nuevo.

—¿Ver qué?

—Que veas lo que vales. Que eres...

—¡Suficiente! —Me empujó fuerte, esta vez de verdad, con fuego y miedo en sus ojos, y honestamente me asustó.

Y lo dejé ir.

Ahora había unos pocos metros entre nosotros, nuestros pechos palpitaban y el aire estaba cargado de estática entre nosotros.

Se burló de mí.

—No sabes una mierda sobre mí. ¿Crees que puedes entrar en mi vida...?

—Sé lo que necesitas. Sé lo que crees que necesitas y sé que estás equivocado.

—No sabes una mierda —gritó—. Simplemente me gusta el sexo duro. No hay nada de malo en eso. Me gusta que me sujeten y...

—¡No estoy hablando de sexo!

Valentine se detuvo.

—Entonces, ¿de qué cojones estás hablando? Eso es todo esto.

—No lo es y lo sabes, Valentine. Jesús, maldito Cristo. —Pasé mi mano por mi cabello, tirando de los mechones. Quería arrancármelo de la cabeza. Maldito fuera—. Tú y yo ya hemos superado eso, ¿no crees? Me necesitas en tu vida y eso te asusta porque has probado algo bueno por primera vez y te asusta muchísimo.

Negó con la cabeza, con los ojos muy abiertos y vidriosos.

—No.

—Mierda. No puedes mentirme.

—No necesito nada...

—¡Me necesitas! —le grité. Cada gramo de frustración, de emoción, estalló dentro de mí. Dios, quería estrangularlo, envolver mis manos alrededor de su garganta, darle una paliza. Pero estaba tan destrozado.

Quería abrazarlo. Besarlo, abrazarlo fuerte y decirle que estaba bien.

Mi voz fue sólo un susurro.

—Necesitas que te ame y eso te aterroriza.

Valentine negó con la cabeza con lágrimas en los ojos.

—Se supone que debes odiarme. Ese era el trato. Se supone que debes odiarme.

—Sí, te odio —murmuré.

Valentine retrocedió confundido.

Cerca de romperse.

—Odio muchas cosas de ti —dije en voz baja—. Odio que pienses tan poco de ti mismo cuando pienso que eres genial. Odio que tus padres te dejen de lado y te utilicen, y te hagan sentir inútil cuando todo lo que haces es por ellos.

Odio que levantes estos muros de hielo como si necesitaras protegerte. Odio que tú...

Valentine se golpeó el pecho y una lágrima se deslizó por su mejilla.

—A mí. ¡Se supone que debes odiarme!

—Odio que ya no te odie.

Cayó otra lágrima y Valentine se la secó.

—¿Sabes qué? Vete a la mierda.

Lo rodeé con mis brazos y Valentine intentó zafarse de mi agarre, pero no hubo lucha en él. No había pelea en él.

Así que lo abracé con más fuerza y Valentine sollozó en mis brazos. Lloró y lloró y me dejó soportar su peso.

—Que te jodan —murmuró entre lágrimas—. Que te jodan por hacerme esto.

Asentí.

—Lo sé.

Se retorció en mis brazos, tratando de liberarse, así que le di algo de espacio, pero mantuve mis manos sobre sus hombros. Él no me miraría.

—Se suponía que nunca debías hacer esto. Estaba bien antes de que entraras en mi vida. Sabía cómo no sentir nada, lo tenía controlado y luego lo arruinaste todo.

Necesitaba desahogarse. Necesitaba sacar esto a la luz.

Valentine se secó otra lágrima de la cara. Sus ojos se encontraron con los míos y sollozó mientras golpeaba mi pecho con su puño.

—¿Quién diablos te crees que eres? Se suponía que eras una follada frecuente. Nada más. Se suponía que debías odiarme.

—Solía hacerlo —susurré.

—Pero ya no lo haces —dijo. No fue una pregunta.

Negué con la cabeza.

La barbilla de Valentine tembló y nuevas lágrimas cayeron.

—Entonces terminamos. Esto está acabado. Lo que sea que fuera esto. No funcionará.

Negué con la cabeza y volví a rodearlo con mis brazos.

—*No* hemos terminado. No hasta que me des una razón mejor. Una *verdadera* razón.

—No te quiero. No te necesito —murmuró Valentine.

—No te creo.

—Estoy mejor sin ti.

Suspiré.

—Si realmente quieres que me vaya, si realmente no quieres que te ame, entonces *dime* que no quieres que te ame y me iré. Me iré ahora mismo.

Valentine sollozó.

—No quiero que me ames —susurró mientras lloraba.

Dejé caer los brazos, lo solté y di un paso atrás, listo para darme la vuelta y alejarme. No quería.

Dejarlo era lo último que quería hacer.

Pero si Valentine no quería que yo... si no creía que nos quedaba algo que salvar... Quizás no estaba listo. Quizás nunca estaría listo.

—Está bien —susurré con lágrimas en los ojos—. No puedo hacer que me ames. Pero puedo amarte. Sé que piensas que no eres amado o que no mereces serlo, pero lo mereces. —Dios, me dolía muchísimo el corazón—. Me gustaría hacerte ver eso.

Me alejé un paso de mala gana y él agarró mi camisa y la apretó con fuerza. Mantuvo la cabeza gacha, pero negó y sollozó.

Ay, Valentine.

—No sé lo que quiero —susurró llorando.

Puse mis manos en la cara de Valentine y lo hice mirarme.

—Estarás bien.

Valentine asintió y más lágrimas cayeron.

—No sé qué... No sé lo que estoy haciendo. No sé cómo hacer esto. Eres el culpable. Estaba bien antes de que aparecieras. Nunca necesité a nadie hasta que tú apareciste.

Lo atraje hacia mis brazos, lo envolví fuerte y besé un lado de su cabeza. Se estaba permitiendo sentir emociones, cediendo a ellas. No era de extrañar que estuviera confundido y se sintiera expuesto y vulnerable. Pero, poco a poco, esas paredes de hielo estaban cayendo poco a poco.

—Lo sé —murmuré—. Pero no me arrepiento. Y no iré ninguna parte.

CAPÍTULO 20
VALENTINE

ME SENTÍA TONTO. Muy tonto. Me permití volverme vulnerable, expuesto como una herida abierta a una infección.

Se suponía que nunca lo permitiría.

Se suponía que nunca debería ser así. Mi vida era mucho más fácil antes de que el maldito Marshall Wise llegara a mi vida. Antes de que me acostumbrara a que él estuviera cerca, a que me cuidara. Que se preocupara por mí.

Casi lloré cuando lo vi en la pantalla del intercomunicador, cuando debió haber corrido a toda velocidad desde su casa a la mía, porque estaba preocupado por mí.

Sabía que dejarlo entrar era una mala idea.

Porque lo necesitaba.

Nunca había necesitado nada ni a nadie en mi vida.

Marshall Wise me arruinó.

Me hizo sentir cosas. Me hizo querer cosas. Me mostró lo que era la felicidad. Me mostró lo que se siente ser importante para alguien.

Me dio un vistazo de cómo se siente el amor.

Y ayúdame, maldito Dios, lo quería.

Por mucho que me asustara.

Nunca me di cuenta de que necesitaba que él luchara por mí.

Y luchó por mí, lo hizo.

De pie allí, en mi cocina, rodeándome con sus brazos y con el corazón palpitante, me abrazó mientras yo lloraba. Aunque finalmente admití que no era tan inquebrantable como pretendía ser.

Admitir que lo necesitaba fue una de las cosas más difíciles que había hecho en mi vida.

Admitir que necesitaba algo fue difícil para mí. Pero entregar mi corazón a alguien, confiar en que no me haría daño, era aterrador.

—Estás bien —susurró besando el costado de mi cabeza nuevamente—. Estoy contigo. Te tengo.

Estaba aquí.

Me tenía. Todo de mí.

Sabía que necesitaba hablar, pero ni siquiera estaba seguro de por dónde comenzar. El principio parecía un buen lugar. Me limpié la nariz mocosa con el dorso de la mano.

—Soy un maldito desastre.

—Lo sé —dijo.

Resoplé una carcajada.

—Es cierto. Soy egoísta y distante.

—Lo sé. Sé quién eres. Sé en lo que me estoy metiendo. —Se apartó y tomó mi cara, secándome las mejillas antes de besarme suavemente—. Pero también sé quién eres cuando solo estamos tú y yo. Conozco al verdadero tú.

—Digo cosas horribles sólo para lastimar a la gente. No es mi intención, solo... — Negué con la cabeza—. Mantiene alejada a la gente.

—Es una cuestión de autodefensa —ofreció—. Pero tú lo vales, Valentine. Lo vales. Mereces algo bueno en tu vida. Y ese soy yo, si no lo has adivinado. Soy lo bueno que te mereces.

Cedí una sonrisa triste y asentí.

—Eres lo *único* bueno en mi vida.

—No, no lo soy. Tienes a tu hermana, tienes a Lleyton. Y Enzo. Y todo tu equipo de rugby. Esos chicos también te respaldan. —Me apartó el pelo de la frente y buscó en mis ojos—. Te tienes a ti. Y eres más fuerte de lo que crees.

Mis ojos se llenaron de más lágrimas y tragué saliva. Dios, estaba tan harto de llorar.

—No puedo ofrecerte nada más que esto —dije de nuevo. Necesitaba que él me entendiera—. No estoy fuera. No sé si algún día saldré.

—Está bien, Valentine.

—Ahora está bien. Pero no siempre será así. No puedo esperar que digas que está bien. ¿Y qué pasa si dentro de seis meses o un año te das cuenta de que no está bien y quieres más de lo que puedo dar? ¿Qué hago entonces?

—Nunca te presionaré para que hagas algo para lo que no estás preparado. ¿Será fácil? No siempre. Pero no espero que así sea. Estoy bastante seguro de que nada contigo será fácil.

Disimulé una carcajada.

—Eso probablemente sea cierto.

—Ahora, sobre todo el asunto del sexo —dijo Marshall.

Abrí la boca para contrarrestar algún argumento, pero él me hizo callar.

—Lo sé. Sé que te gusta. Te gusta que entre, te incline, te llene de semen y me vaya. Sé que te gusta eso. Y todavía estoy de acuerdo con eso porque es muy caliente. Pero a veces te follaré lentamente y te llenaré de semen. Y otras veces te haré el amor durante horas y... —Se encogió de hombros—. Te llenare de semen.

Solté una carcajada, pero asentí. Pensé que iba a decir que ya no podía ser así y me alivió escuchar lo contrario. Porque él *sí* me entendía.

—Gracias.

—Pero no te haré daño —añadió—. No te lastimaré porque sí. Quieres una follada dura, es justo. Lo quieres lento, genial. —Besó mi frente y susurró—: Sólo tienes que hablar conmigo. Sé que no es fácil para ti. Pero si estás teniendo un mal día, dímelo. Si necesitas mimos en el sofá, dímelo. Si necesitas que te deje en paz por un día, dímelo.

—Te dije que me dejaras en paz hoy y te negaste.

—Tiempo a solas para respirar y tiempo a solas para recargar energías, sin exigirme que me aleje porque estás sufriendo. Hay una diferencia. Te ayudaré a aprender la diferencia.

Asentí de nuevo y dejé escapar un suspiro estremecido, tratando de entender todo y sin saber por dónde empezar.

—¿Qué necesitas? Fuera de esto. ¿De mi parte? —No tenía idea de cómo debería funcionar esto—. Ni siquiera sé qué debería preguntarte.

—Sólo necesito que hables conmigo. —Besó mi frente nuevamente—. Y una pizza ocasional, y de vez en cuando, simplemente entrar, inclinarte, llenarte de semen e irme.

Me reí y volví a limpiarme la nariz.

—Suena perfecto. —Tomé una respiración profunda y me serené un poco—. Me gusta lo que me gusta. No es una jodida cuestión psicológica. Lo he discutido extensamente en terapia.

Marshall hizo una mueca.

—Bien. La terapia podría ser algo bueno. ¿Tal vez?

Fruncí el ceño.

—La terapia no puede arreglar mi infancia ni lo que son mis padres. La terapia no puede eliminar todo lo hiriente que han hecho y dicho.

—No. Pero ayuda hablar de ello. Para entender por qué puedes sentirte de cierta manera.

—Sé quién soy —dije rotundamente—. Conozco mi psicología. Conozco mis defectos y conozco mis fortalezas. Si quieres que vaya a terapia, si es absolutamente necesario, lo consideraré. No me opongo a ello. Lo probé antes y fue una pérdida de tiempo. Yo sé quién soy. A veces la gente simplemente está jodida.

Besó mis labios suavemente.

—Yo sólo quiero que seas feliz. Quiero que sepas lo importante que eres para mucha gente. Lo importante eres para mí.

Sonreí con tristeza.

—No sé qué hice para merecerte.

—Eh, me empujaste a un cubículo de baño y me chupaste la polla.

Eso me hizo sonreír.

—Y si volviéramos atrás en el tiempo, lo volvería a hacer.

Pero sabiendo que era hora de ser honesto, suspiré.

—Nunca he necesitado a nadie como te necesito a ti. En toda mi vida, nunca he tenido a nadie. Hasta ti. Yo... —Negué con la cabeza y nuevas lágrimas brotaron de mis ojos—. No es fácil para mí hablar de esto. Y me equivocaré más de lo que acierto, pero quiero intentarlo. Marshall, tienes que prometerme que no me dejarás. Incluso si te alejo. Nunca he confiado en nadie como confío en ti, y si me lo arrojas a la cara, no estoy seguro de cómo sobreviviría.

—No me alejarás porque vas a hablar conmigo, ¿recuerdas?

Asentí.

—No siempre lo haré bien.

—No espero que lo hagas. Tampoco haré las cosas bien todo el tiempo. Pero lo intentaremos. Y hablaremos como adultos. —Luego se encogió de hombros—. Y follaremos como animales.

Solté una carcajada.

—Trato hecho.

Marshall deslizó su mano por mi mandíbula, besándome suavemente, antes de abrazarme larga y cálidamente.

—No te odio, Valentine.

Asentí en su cuello.

—Yo tampoco te odio.

Y así estuvimos ahí en mi cocina por un largo rato, él abrazándome y yo sin dejarlo ir. Dios mío, se sintió tan bien. ¿Cómo era un abrazo tan curativo? Había estado tan hambriento de contacto, de afecto y de bondad durante tanto tiempo que un simple abrazo me parecía oxígeno después de luchar por respirar.

Finalmente, Marshall se apartó, sus ojos se fijaron en los míos.

—¿Quieres contarme qué pasó hoy?

Negué con la cabeza porque mi reacción inmediata, mi reacción instintiva fue retroceder y decir que todo estaba bien. Pero no estaba bien y tenía que aprender a hablar con él, a admitir cosas y a ser vulnerable.

—Mi padre —murmuré.

Aparentemente era todo lo que necesitaba decir porque Marshall gruñó.

—Sé que es tu padre y estoy tratando de no...

—Lo odio. Simplemente me hace enfadar muchísimo. Y no es una cosa en particular, es todo. Cada pequeña situación, cada detalle, cada presión. Cada comentario sarcástico, cada resoplido de arrogancia. Me agota y yo solía ignorarlo.

Solía ser capaz de reprimir cada emoción y fingir que no me dolía, o diablos, que incluso lo merecía, y no sé por qué, pero ya no puedo hacerlo.

Bueno, eso no es cierto.

—En realidad, lo sé —agregué—. Estoy bastante seguro de que es tu culpa.

Sus ojos se abrieron como platos.

—¿Mía? ¿Qué hice?

—Me hiciste sentir cosas, Marshall. Me hiciste lidiar con cosas con las que nunca tuve intención de lidiar. —Se me llenaron los ojos de lágrimas al instante, me ardía la nariz y me temblaba la barbilla. Señalé mi estúpida cara—. ¿Ves? ¿Qué cojones es esto?

Se rio, pero rápidamente me acercó para abrazarme.

—Ven aquí.

Dejé que me abrazara fuerte porque aparentemente lo necesitaba ahora.

—Dios, las emociones son tan jodidamente horribles.

Se rio en voz baja y me frotó la espalda.

—Tan horribles.

Me quedé allí, absorbiendo su calidez y su aroma. Su fuerza.

—Si renuncio ahora, mi padre pensará que es porque no pude soportarlo. Me entregó la división de construcción como prueba y pensará que soy un fracaso.

Marshall suspiró y se apartó. Puso su palma en mi mandíbula, su pulgar acarició suavemente mi mejilla, sus ojos en los míos.

—No fallaste en nada.

Me encogí de hombros porque no sabía qué más hacer.

—No quiero dejar mi trabajo. Me gusta lo que hago. Pero no sé por cuánto tiempo más podré lidiar con él. Fue un idiota hoy. Ha sido vergonzoso y degradante.

Realmente, hoy no había dicho o hecho nada para enfadarme. Por Dios, solo tuve que verlo y me puso en guardia. Me levantó las defensas.

Al final, suspiré.

—¿Y sabes qué? Quizás ese sea el punto. Quizás no estoy hecho para eso. Porque el mundo de las megacorporaciones está lleno de gente como mi padre. Así es como llegó a tener tanto éxito. Es despiadado y no piensa en las personas que pisotea en su ascenso a la cima. —No tenía que decirle eso a Marshall; lo sabía muy bien—. Pero todos esos grandes ejecutivos y directores ejecutivos corporativos son así. Son sólo negocios, dicen. No es personal. ¡Qué montón de mierda! Es *personal,* cada puta ocasión.

Asintió, frunciendo el ceño.

—Lo es.

Sabía que lo entendería.

—No soy así. No puedo hacer eso. Pensé que podía. Pensé que podría simplemente pisar todo y fingir que no importaba, pero no puedo. —Me encogí de hombros de nuevo mientras la realización de asentaba—. Entonces tal vez tenga razón. No estoy hecho para eso. Fallé.

Marshall negó con la cabeza.

—No fallaste. De hecho, supongo que estás haciendo lo contrario de eso.

—No sé qué hacer —admití—. Por primera vez en mi vida, no tengo nada planeado.

Puso sus manos en mi cara.

—Entonces —dijo—. ¿Qué tal si vas poco a poco? No hay necesidad de apresurarse a hacer nada ni de hacer algo que no se pueda deshacer. Creo que hoy ya tomaste una decisión bastante importante. ¿Qué tal si dejamos que el polvo se asiente un poco?

Sabía que tenía razón, pero...

—Tal vez debería hacerlo ahora.

—¿Hacer qué?

Me encogí de hombros.

—¡No sé!

Marshall sonrió y me besó suavemente.

—Quizás tener primero un plan de acción sería una buena idea, ¿no?

—¿O tal vez mi plan es saltar hacia lo desconocido? —Me llevé la mano a la frente porque, mierda, eso fue jodidamente intimidante—. O tal vez no.

Marshall me quitó la mano de la frente y me besó los nudillos.

—Lo que sea que quieras hacer, estoy cien por ciento de acuerdo. Mientras seas feliz.

No tenía idea de cuánto necesitaba escuchar eso hasta que lo dijo.

—Gracias.

—Sólo avísame si ya no vas a ser mi jefe —dijo—. Porque iba a renunciar y decirte que te metieras a toda la empresa en el culo cuando este trabajo de Mercer terminara.

¿Espera?

—¿En serio?

Asintió.

—Al principio. Cuando Tye Corp se hizo cargo y tú entraste, no tenía absolutamente ninguna intención de quedarme. Sólo me quedé porque no quería decepcionar a Mercer. De hecho, iba a pedirles que me contrataran.

Jesús.

—¿Y ahora? ¿Qué vas a hacer, Marshall?

Sonrió.

—Ahora fui y pillé sentimientos, y no me siento bien al irme.

Oh, Dios, justo estaba diciendo estas cosas en voz alta en mi cara.

—Pillaste sentimientos, ¿eh?

Asintió.

—Quiero decir, yo también tuve sentimientos el primer día. Aunque más parecidos a la rabia y el odio. Hombre, quería estrangularte ese primer día. Estaba tan jodidamente enfadado.

—Lo recuerdo —dije recordando su cara cuando escuchó la noticia—. Me miraste con puro disgusto en tus ojos. Fue muy caliente. Entonces supe que quería tus manos sobre mí.

Rio.

—¿En serio?

Suspiré.

—Sí.

Pasó sus manos por mis hombros y por mi cuello, tan suave y cálido.

—¿Cómo esto?

Ignoré el calor en mis mejillas.

—A veces.

Se rio y, sujetándome la cara, me trajo de nuevo para abrazarme. Me abrazó fuerte y suspiró.

—¿Qué tal si organizamos algo de comida, nos sentamos en el sofá y vemos una película horrible?

—¿Te quedarás esta noche? —pregunté, más allá de sonar desesperado. Si toda esta noche no hubiera sido ya una exhibición lamentable, entonces ¿qué daño podía hacer un poco más?—. Quiero que te quedes. Quiero que me dejes hecho polvo esta noche.

Canturreó y levantó mi barbilla para besarme.

—Estoy feliz de dejarte hecho polvo, Valentine. Pero

esta noche no habrá ningún daño. Será lento y profundo, y sentirás todo lo que yo siento por ti.

Me incliné hacia él, derritiéndome en sus brazos. Y eso fue exactamente lo que hizo. Me alimentó, luego me llevó a la cama y me dejó hecho polvo de la mejor manera. De una manera que nunca me había dejado. Me hizo el amor, lento y profundo, tal como dijo que lo haría. Cada emoción en cada beso, cada embestida, cada caricia. Me hizo añicos, astillándome en pequeños pedazos y luego me volvió a unir. Me recompuso, más completo que nunca.

Y en caso de que pensara por un minuto que así era como iba a encargarse del sexo a partir de ahora, hacer el amor en lugar del sexo duro que anhelaba, antes de irse a trabajar a la mañana siguiente, me acostó en la cama, me inmovilizó y me embistió llenándome con otra descarga de semen.

Luego me dio una palmada en el culo y se fue.

Sonreí en mi almohada, estirando mis músculos usados, disfrutando de sentir donde había estado. Mi cuerpo cantaba. Mi corazón estaba feliz. *Yo* estaba feliz.

Fui y me enamoré por primera vez en mi vida.

Estaba enamorado. *Tan* enamorado.

Del maldito Marshall Wise.

Dios ayúdame.

CAPÍTULO 21

MARSHALL

EL PARTIDO contra Penrith el sábado fue complicado, pero logramos conseguir la victoria. Apenas. Hicimos el largo viaje de regreso a nuestro pub para tomar unas copas, pero estaba tranquilo, nadie estaba realmente de humor para celebrar.

De todos modos, tenía que estar en otro lugar.

Al parecer, Lane Cove había destrozado a Warringah y Valentine estaba de buen humor cuando llegué a su casa a las nueve.

Pidió comida japonesa y bebimos unas latas de Asahi mientras yo le hacía ver *Los Mercenarios* en Netflix. Era algo muy propio de novios y, aunque tenía demasiado miedo para preguntar si eso era lo que éramos, me sentí bien.

Básicamente le dije que lo amaba el miércoles cuando tuvo su gran crisis. *Si no quieres que te ame, dímelo ahora mismo.*

Eso es lo que dije.

No había hecho grandes declaraciones a cambio, pero toda su espiral se debía a que sentía cosas que había tratado de ignorar.

Y él podía negarlo hasta ponerse azul, pero yo sabía que me amaba.

Valentine no tuvo mucho amor en su vida y dijo que no estaba seguro de lo que eso significaba. Pero la forma en que me miraba, la forma en que me sonreía.

Era amor.

Y cómo recogió la cena y luego se acurrucó contra mí, con mi brazo sobre su hombro mientras veíamos el resto de la película. La forma en que tomó mi mano y me llevó a la cama, la forma en que me besó, la forma en que hicimos el amor y la forma en que después se quedó dormido en mis brazos.

Eso era amor.

Sabía que tendríamos desafíos y puentes que cruzar. Sabía que no siempre sería fácil. ¿Cuando estábamos solo nosotros? Era tan fácil como respirar. Cuando tomábamos en cuenta el mundo exterior, ¿cómo podrían reaccionar nuestros amigos y familiares?

No tanto.

Simplemente no esperaba que sucediera tan pronto.

Porque el miércoles por la noche vino a mi casa. Había ido al supermercado a buscar ingredientes para que él cocinara porque ciertamente no podíamos ir juntos al supermercado.

Igual que cuando no pudimos salir a desayunar en su cumpleaños.

Porque no nos podían ver juntos.

Porque él no había salido y se suponía que debíamos odiarnos. Porque técnicamente también era mi jefe.

No había manera de explicarlo sin incriminarnos, sin exponernos a ambos. Y estaba bien. No tenía ningún problema en mantenernos en secreto. Era más seguro así. Era más privado y personal, y eso me gustaba un poco.

Hasta que estábamos en mi cocina, él tenía arcadas al intentar tocar el pescado crudo y yo me reía de él...

Y alguien llamó a mi puerta.

Ambos nos detuvimos y nos miramos fijamente, en silencio. Mi corazón latía con fuerza contra mis costillas y Valentine palideció.

Mierda.

Unos golpecitos suaves y rápidos y una voz familiar.

—¿Marshall? Soy yo.

Mi madre.

Casi le dije que fuera a esperar a mi habitación, pero me pareció exagerado. No quería ocultarlo. No debería tener que esconderse como si estuviéramos haciendo algo malo.

—Quédate aquí —susurré, mi mano en su brazo. La cocina estaba oculta desde la puerta principal. Estaría bien —. No entrará a la cocina.

Fui hacia la puerta, me sequé las manos con un paño de cocina y la abrí.

—Mamá —dije—. ¿Qué te trae por aquí? —No quise sonar grosero, pero un pequeño aviso hubiera sido bueno.

Ella sostenía una caja de huevos. De todas las malditas cosas.

—Fui a la tienda de la señora Younis a comprar huevos frescos como me dijiste. Ella quería que te diera esto y yo estaba de camino a casa —dijo mirando por encima de mi hombro—. Me pareció oírte reír.

Casi le dije que era la televisión, pero la maldita tele no estaba encendida.

—Oh, yo, eh... —um.

Ella pasó rápidamente a mi lado.

—Voy a poner esto en la cocina...

—¡Mamá, espera!

Se detuvo en la entrada y vio a Valentine.

—Oh. —Luego me lanzó una mirada desconcertada—. Tienes compañía.

Joder, joder, joder.

—Sí… Yo, eh… Mamá, ahora no es un buen momento. Te lo explicaré más tarde…

Valentine estaba allí de pie en la cocina, más incómodo que nunca. Todavía estaba un poco pálido y estaba agarrado a la encimera de la cocina, pareciendo listo para correr. O vomitar.

—Hola, cielo —dijo mamá, haciendo una mueca. Esto no estaba bien. Ella me entregó los huevos e hizo un movimiento de media onda que fue extraño e igual de incómodo —. Soy Penny. La mamá de Marshall.

Joder, joder.

Tenía que presentarlos. No esperaba que mamá lo reconociera. Ella no lo habría visto en casi veinte años…

—Ah, mamá, este es Valentine. —Tenía la boca tan seca que ni siquiera podía tragar—. Valentine Tye.

Los ojos de mamá se posaron en los míos, muy abiertos por la sorpresa, y no me perdí cómo Valentine se armó de valor.

—Ah —logró decir mamá.

—Encantado de conocerla —dijo Valentine, con la voz tensa.

Mamá pareció recomponerse.

—Sí, encantada de conocerte, cielo. No te reconocí después de todo este tiempo. —Sus ojos se dirigieron a su camisa. La camisa blanca con botones con hilo rojo. Ella me miró y se dio cuenta de que habíamos cosido esos malditos botones hacía semanas.

Y nunca había dicho nada.

Dejé los estúpidos huevos en el mostrador y me acerqué

a Valentine, casi ocultándolo de la vista. Necesitaba saber que tenía mi apoyo, que yo estaba de su lado.

—Mamá —dije—. Valentine y yo somos...

Bueno, mierda. Realmente no sabía lo que éramos.

Levanté la barbilla y le rodeé la cintura con el brazo.

—Estamos juntos, pero es complicado, y estoy seguro de que entiendes por qué nunca dije nada. Es... bueno es...

—Por mí. Yo soy la razón —susurró Valentine—. No soy... No puedo...

—Es por los dos —agregué no queriendo que Valentine tuviera que cargar con esto solo. Lo acerqué un poco más y lo miré directamente a los ojos—. No eres sólo tú, Valentine.

Cristo, parecía miserable y asustado como el infierno.

Afortunadamente, mamá pareció darse cuenta.

—Está bien —dijo con una sonrisa triste—. No es asunto de nadie más. Y debería haber llamado primero, pero estaba conduciendo y sabes que no puedo usar ese Bluetooth. Lo siento por aparecer. Debería irme o tu padre se preocupará.

Me encogí.

—Sí, eh. Y sobre papá...

—Yo me ocuparé de tu padre —dijo dándome esa mirada de no discutir con tu madre—. Todo irá bien.

No estaba seguro de eso.

—Os dejaré volver a vuestra velada —dijo. Luego estudió a Valentine por un momento—. ¿Estás bien amor?

Parpadeó un par de veces.

—Lo siento mucho.

Ella puso su mano sobre su antebrazo.

—No tienes nada por qué disculparte. Soy yo la que lamento haber interrumpido vuestra noche. Asegúrate de que Marshall te cuide, ¿vale? Y si no lo hace, avísame.

Ese fue claramente un intento de aligerar el ambiente y

tal vez incluso hacer que Valentine sonriera. Funcionó, más o menos.

Asintió.

—Lo haré.

Sus ojos se encontraron con los míos, muy abiertos y con tono de disculpa, antes de dirigirse a la puerta. La seguí y la acompañé afuera.

—Lo siento —susurró—. Él no estaba listo.

—Nadie puede saberlo —respondí en voz baja—. Él no ha salido. No puedes decírselo a nadie. Papá, no espero que le ocultes esto, pero él no lo entenderá.

—Él no tiene que entenderlo —dijo—. Él sólo quiere que seas feliz.

—Soy feliz mamá.

Ella asintió, sus ojos húmedos.

—Lamento que sintieras que no podías decírnoslo.

—Yo también.

—Hablaremos de esto más tarde —dijo. Luego habló lo suficientemente alto como para que Valentine la oyera y nos dijo a ambos—: Pero la próxima vez llamaré antes de aparecer. Lo prometo. Pasad buenas noches, chicos.

Se fue y cerré la puerta, sin estar seguro de cómo terminaría esta noche. Como había dicho mi madre, él no estaba listo.

Caminé directamente hacia él y lo abracé con fuerza. Al menos no podría huir si lo estaba abrazando.

—Lo siento —dije—. No sabía que ella simplemente aparecería. Quiero decir, me visita en algunas ocasiones. Pero no se lo dirá a nadie. Lo entiende muy bien.

Sus manos estaban a mis costados, apretando mi camisa.

—Yo también lo siento —murmuró.

Me aparté y tomé su rostro entre mis manos.

—No tienes nada por qué disculparte.

Parecía tan jodidamente triste.

—Tu padre me va a odiar.

—No, no lo hará. Se sorprenderá, digámoslo así. Pero tú no eres tu padre y él lo verá. Llegará a conocerte y... Verá cuánto te amo y entonces no podrá decir ni una mierda.

Los ojos de Valentine se abrieron como platos y me di cuenta de lo que acababa de decir.

Bueno, ya estaba dicho.

—Tú... —Empezó a sonreír y a llorar al mismo tiempo—. Dijiste...

Lo acerqué nuevamente para darle otro abrazo, más que nada para que no pudiera ver mi cara de "oh-mierda".

—Lo dije, ¿y sabes qué? No lo siento. Y es tu maldita culpa. Me hiciste enamorarme de ti con todo ese asunto de "quiero que te corras dentro de mí". ¿Qué se suponía que debía hacer? ¿*No* enamorarme de ti?

Soltó una risa nerviosa.

—Ay, dios mío.

No lo dejaría ir porque no quería reconocer nada de lo que acababa de decir, pero él se echó hacia atrás. Sus brazos rodearon mi cintura, sus ojos se encontraron con los míos.

—Marshall —susurró como si estuviera sin aliento.

—Está bien. No tienes que decir nada y no espero que me lo digas. Pero deberías saberlo. —Sabía que mi cara estaba roja, pero como fuera—. Deberías saber cómo me siento. Mereces saberlo.

—Y tú también —susurró—. Nunca he amado a nada ni a nadie, y eso me asusta muchísimo, pero... —Negó con la cabeza. Su voz fue sólo un suspiro—. Yo también te amo.

Mierda.

Jodidísima mierda.

Estaba sonriendo como un idiota y lo besé.

—¿Fue porque me corrí dentro de ti? Fue eso, ¿verdad?

Él se echó a reír.

—Estoy bastante seguro de que fue eso, sí.

—Lo sabía.

Su sonrisa se desvaneció.

—Voy a joderlo todo, lo sé. Sólo te pido que intentes tener paciencia conmigo. Lamento que tu madre se haya enterado así. Me estaba escondiendo en tu cocina, por el amor de Dios. Lamento que hayas tenido que mantener esto en secreto ante tus padres.

Puse mi mano en su mandíbula.

—¿Sabes qué? Me alegro que ella lo sepa. Y ella se lo dirá a mi padre y luego tendremos que cenar los domingos con ellos, y será vergonzoso e increíble. Y me alegra que Lleyton, Taka y tu hermana lo sepan. Bueno, ella sabe que eres gay y eso es sorprendente porque ahora las personas más importantes en nuestras vidas lo saben. El resto no importa. No me importa nadie más. Ahora podemos ser simplemente nosotros, sin preocuparnos de lo que la gente se entere.

Inhaló profundamente y asintió en mi palma.

—Además de todo el asunto del trabajo.

Asentí.

—Bueno, sí. Ahí está eso.

—Y nuestros compañeros de rugby.

Resoplé.

—¿Te imaginas la expresión de sus caras?

—¿Cuándo sepan que soy gay? ¿O cuando mi equipo derribe al tuyo de lo alto de la clasificación?

Eso me hizo reír.

—Ya quisieras. Pero Dios, no. Pasarán por alto todo el asunto de la homosexualidad cuando descubran quién es tu novio.

Se quedó paralizado y sus ojos se encontraron con los

míos. Dejó escapar un suspiro y negó con la cabeza, luchando contra una sonrisa.

—Cristo. Es una noche para grandes anuncios, ¿no?

Resoplé.

—Aparentemente.

—Tal vez podríamos dejar de cocinar esta noche y pasar directamente al vino y a follar.

Riendo, lo giré para mirar al pescado, con mis manos en sus caderas y mi barbilla en su hombro. Dejé escapar un largo suspiro y besé la parte superior de su hombro.

—Buen intento. La comida primero. Luego vino y sexo.

ESTABA ENTUSIASMADO para el partido del sábado. Valentine se había mostrado satisfecho acerca de cómo Lane Cove iba a vencernos y bajarnos desde lo más alto de la tabla de clasificación.

No podía esperar a verlos intentarlo.

Iba a ser un partido duro. Ellos estaban en buena forma mientras que nosotros apenas habíamos conseguido llevarnos nuestra última victoria. Pero estábamos invictos y ellos sólo habían perdido contra nosotros.

—Eso lo vamos a rectificar hoy —dijo Valentine antes de despedirse de mí con un beso esta mañana. Luego me miró directamente a los ojos y sonrió—. Te derribaré.

Esa presunción, esa arrogancia. Dios mío, solía odiarlo.

Ahora lo veía como un desafío.

—¿Vas a estar bien hoy? —me preguntó Taka. Estábamos en los vestuarios, calentando antes de salir al campo. Estábamos a menos de dos minutos del inicio y mis nervios previos al juego me tenían al borde de las náuseas.

—Sí, estaré bien. —Salté de puntillas un par de veces y

estiré las manos—. Pero hoy tenemos que conseguir la victoria. Él nunca me dejará olvidarlo si no lo hacemos.

Taka se rio y mojó su protector bucal antes de ponérselo.

—Buena suerte con eso.

Salimos al campo y corrimos hacia donde ya nos esperaba Lane Cove. Tenían la ventaja de jugar en casa y la multitud era una mezcla de aplausos y abucheos. Bloqueé esa mierda y me concentré en una cosa.

Valentine Tye.

Odiaba que se viera tan jodidamente sexi con su vestimenta de rugby. Me sonrió por encima de su protector bucal y yo le devolví la puta sonrisa.

Llevaba un casco y sabía que era para evitar otro golpe grave como antes. Pero seguro que hoy nadie se acercaría a él.

Si alguien lo iba a derribar, era yo.

—Vas a caer, Tye —grité.

—Ya quisieras, Wise —gritó en respuesta.

Los ojos de Lleyton casi se salieron de sus órbitas y Taka se rio detrás de mí. El árbitro nos dijo que jugáramos limpio antes de pitar para el inicio. Comenzó el partido y empezamos a jugar.

Conseguimos el balón y ellos mantuvieron su línea, con una defensa firme. Golpearon fuerte y en el primer toque del balón lo perdí.

Como si eso no fuera suficientemente malo, alguien se rio.

Me puse de pie, con el puño apretado, listo para comenzar la pelea, sólo para ver que era Valentine.

¿Le habría golpeado?

Indeciso.

Taka tiró de mí, hacia atrás, por mi camiseta.

—No quieres hacer eso —dijo empujándome de nuevo a mi línea.

Pero unos sets más tarde, cuando Valentine corrió hacia el toque, le hice una entrada limpia, derribándolo contra el suelo con un empujón. Me reí a pesar de ello y golpeé su casco.

—¿Quién se ríe ahora?

Uno de su equipo me apartó de él sin demasiada gentileza, y el árbitro pronto estuvo entre nosotros y nos dijo que nos calmáramos.

Pero hacía años que no me divertía tanto jugando al rugby.

Luego marcaron y eso me hizo concentrarme. Volver al partido, la dignidad en juego.

Hice un pase de ruptura, dándole a Taka una buena pelota y él cruzó la línea a toda velocidad.

Llegamos al descanso empatados a siete, todos. Sabíamos que iba a ser un partido complicado y no nos daban ni un segundo para recuperar el aliento.

Dos minutos después de la segunda mitad, Simons tacleó a Valentine. Fue justo, incluso una buena tacleada, pero algo me irritó. Aparté a Simons de encima, lo que me valió un;

—¿Qué demonios te pasa, Wise? —me dijo alguien de mi equipo, pero solo señalé nuestra defensa.

—Mantén la maldita línea —dije entre dientes.

Valentine se puso de pie y me sonrió, y eso me estimuló aún más. Y la siguiente vez que tuve el balón en mis manos, lo metí debajo del brazo y corrí como un poseso.

Yo podía golpear más fuerte, podía arrasar más fuerte, podía impulsarme más fuerte y aguantar todo un maldito scrum.

Pero él era más rápido que yo.

Me sacó al otro lado de la banda. Nos resbalamos en el césped, la línea de meta estaba a solo unos metros de distancia, y su equipo lo puso de pie con aplausos y palmadas en la espalda. Me puse de pie y quise matarlo.

Por alguna puta gracia de Dios, logramos anotar en el siguiente set. Pero luego, cuando quedaban cinco minutos en el reloj, golpe tras golpe, cruzaron la línea nuevamente.

Gracias a Dios, fallaron el tiro a puerta, sonó el silbato y de alguna manera logramos mantener nuestro título de invictos.

Apenas.

Significaba que tendríamos la próxima semana libre para llegar a la final, mientras Lane Cove jugaba de nuevo por su posición contra nosotros por el campeonato.

También significaba que regresaríamos a su pub para tomar unas copas después del partido. Como de costumbre, su equipo estaba en una esquina, mi equipo estaba en la otra, rara vez nos mezclábamos. A veces nos cruzábamos en el bar o al pasar para los baños.

Como siempre fue.

Le di la espalda a Valentine como siempre lo hacía para no mirarlo fijamente y quedar atrapado sonriendo como un colegial enamorado con corazones en los ojos.

Hasta que vi a Taka sonriéndole a alguien detrás de mí.

—Buen juego —dijo Valentine.

Entonces me volví, sonriendo, porque estaba totalmente perdido.

—Gracias.

—Estaba hablando con Taka —dijo casualmente—. Aunque la forma en que perdiste el balón fue excelente.

Tuve que respirar profundamente e intentar contar hasta diez mientras intentaba no reírme y no estrangularlo.

O besarlo. Dejé mi bebida en la barra y me acerqué, todavía tratando de decidir.

—¿Eso es así?

—Ah, cielos —dijo Taka en voz baja—. Conseguisteis una audiencia, chicos.

Valentine se rio, encontró mi mirada y la sostuvo. Me estaba provocando, incitándome. Pero luego le dio una palmada en el brazo a Taka.

—Buena victoria. —Luego arrojó un billete de cincuenta sobre la barra y pidió algunas bebidas para su mesa.

Tuve que obligarme a respirar profundamente y, cuando miré a mí alrededor, ambos equipos nos observaban como si estuvieran conteniendo la respiración. Esperando que comenzara una pelea, esperando para intervenir.

Valentine iba a recibirla cuando volviéramos a su casa, y sabía sin lugar a duda que eso era lo que estaba haciendo. Estaba tratando de cabrearme lo suficiente como para que cuando entrara a su casa a las nueve en punto, le hiciera pagar. Sería rudo y rápido. Implacable.

Y lo haría. Le daría exactamente lo que quería, exactamente como lo quería.

Era una puta.

Él era *mi* puta.

Cogí mi botella y tomé un trago, dándole la espalda a Valentine y fijando mi mirada en la pared del fondo.

—¿Estás bien, hermano? —Taka me preguntó en voz baja.

—Ah, sí. ¿Que me incite así? Es como un juego previo.

Taka casi se ahoga con su cerveza.

—¿Así como ambos estabais tratando de aplastaros mutuamente en el partido de hoy?

Asentí.

—Sí. Juegos previos.

Él rio.

—Hermano, eso está jodido.

Si tan sólo supiera.

—No tienes idea.

Entonces alguien chocó conmigo por detrás, un poco fuerte, un poco deliberado, y me tiró contra la barra. Pensé que podría ser alguien buscando pelea, así que me di la vuelta, listo para dársela.

Era un tipo cualquiera que estaba bastante borracho. Y familiar. Quizás lo había follado una vez...

Él sonrió y cayó junto a mí.

—Oh, hola extraño —ronroneó arrastrando las palabras.

Intenté ponerlo de pie.

—Sí, está bien, mantente firme, marinero. Tienes los pies tambaleantes.

Se rio y trató de caer contra mí nuevamente.

—¿Quieres sostenerme?

Lo empujé hacia atrás manteniendo el brazo extendido.

—No. No quiero.

Levantó el dedo, para hacer qué, no tenía ni idea.

—Jugaste muy bien hoy.

Entonces, apareciendo de la nada, Valentine estaba allí. Estaba de pie junto a la barra, más cerca de mí de lo que probablemente debería haber estado, y miró a Pies Tambaleantes Desesperadez. Su mirada era fría, su voz como hielo.

—Te dijo que no.

Oh, chico. Jodida mierda.

Algunos miembros de su equipo estaban mirando.

Intenté susurrar lo más discretamente que pude.

—¿Qué estás haciendo?

Valentine se llevó la mano a la frente y miró hacia otro lado.

—No sé.

—¿Estás bien?

Valentine negó con la cabeza justo cuando el borracho más tonto del planeta decidió hablar.

—No sé cuál es tu problema...

Valentine se volvió hacia él y se plantó frente a él, suave y letal.

—Mi problema eres tú.

Yyyyy entonces la mitad del equipo de Valentine se puso de pie, mirándome porque la mayoría de ellos me odiaban y yo estaba cerca de Valentine cuando estaba a punto de comenzar su pelea, lo cual fue jodidamente caliente, por cierto, y su reacción hacia mí hizo que la mitad de mi equipo se diera cuenta.

Levanté las manos porque solo era un espectador en esto.

—¡No hice nada!

Lo que, por supuesto hizo que Valentine se volviera hacia mí, disparando dagas de hielo desde sus ojos.

Fue un poco excitante.

Taka se rio hasta que la mirada de Valentine cayó sobre él. Se enderezó.

—Sí, vale. Estás solo con eso. —Me dio una palmada en el hombro y se hizo a un lado.

Connor y Paul, dos compañeros de equipo de Valentine que sabía que no les agradaba, se acercaron a él.

—¿Cuál es tu maldito problema, Wise? —dijo Connor. Él era el tío que Valentine dijo una vez que quería pelear conmigo, la razón por la que Valentine me empujó al baño esa vez hacía tantas semanas.

No sé qué hice para cabrearlo. Probablemente era mejor que él en algo.

—No tengo ningún problema —respondí—. Todavía.

—¿Sabes lo que creo? —añadió Paul—. Creo que tal vez necesitemos llevar esto afuera.

Me reí. Por dos razones: una, porque pensaron que podían pelear conmigo. Y dos, sólo para cabrearlos.

—¿Queréis perder dos veces en un día?

Connor se enfureció y trató de hincharse como una puta paloma.

Entonces Valentine se interpuso entre nosotros, mirándome. Sus ojos estaban muy abiertos y salvajes. ¿Estaba de mi lado? ¿O estaba del de ellos?

—¿Qué estás haciendo? —pregunté en voz baja.

—No lo sé —respiró—. No sé qué demonios estoy haciendo. —Se llevó la mano a la frente y le temblaron los dedos.

Ah, Dios.

Ya había visto esto antes. Justo antes de que se sintiera demasiado abrumado y asustado.

Agarré su muñeca para llevarlo hacia la puerta. Necesitaba aire fresco. El aire frío y fresco le haría muchísimo bien. Pero aparentemente agarrar la muñeca de Valentine no fue lo correcto porque Paul me agarró del brazo.

—Déjalo ir —dijo tratando de empujarme hacia atrás.

Casi pierdo el equilibrio y Valentine liberó su brazo, y mientras Connor y Paul intentaban llegar a mí, yo intentaba llegar a Valentine.

—Quítate de encima —dije empujando a Connor mientras Paul me agarraba por el cuello.

—¡Suéltalo! —gritó Valentine, luego estuvo frente a mí, con la mano en la muñeca de Paul y los nudillos blancos—. Dije que lo soltaras.

—¿Qué mierda? —gritó Paul liberándose—. ¿De qué puto lado estás?

Entonces Taka estaba en medio de todo con sus enormes brazos extendidos.

—Está bien, muchachos, tranquilos, ¿de acuerdo?

Las manos de Valentine todavía temblaban, dio un paso atrás y se quedó sin aliento.

—No puedo... No puedo... —Todos lo miraban fijamente. Sus ojos se encontraron con los míos—. Marshall. Marshall...

Luché para liberarme, lo sujeté y casi lo cargué afuera, con Lleyton justo detrás de nosotros. Salimos corriendo por las puertas de entrada, lo saqué al aire frío y puse mis manos en su cara, haciendo que me mirara a los ojos.

—Respira, está bien. Sólo respira. —Respiré profundamente con él—. Suave y profundamente.

Valentine parpadeó un par de veces, pero logró tomar una bocanada de aire y luego otra, manteniendo el ritmo conmigo hasta que asintió y se relajó. Lo acerqué a mí y vino sin protestar.

—¿Qué le pasó? —preguntó Lleyton.

—A veces simplemente le cuesta recuperar el aliento —respondí. Me sorprendió un poco que él no supiera sobre la ansiedad de Valentine, pero claro, el hecho de que Valentine ni siquiera le hubiera contado a su amigo más cercano no me sorprendió para nada. Mantuve mi mano en la parte posterior de la cabeza de Valentine, su rostro en la curva de mi cuello—. ¿Estás bien?

Él asintió, pero no hizo ningún movimiento para alejarse. Estaba pesado, exhausto. Avergonzado.

—Lo siento.

Le froté la espalda.

—No te disculpes.

Al escuchar voces detrás de mí, me volví y vi una gran multitud fuera. Principalmente su equipo, algunos del mío, probablemente preguntándose si Valentine y yo estábamos peleando, sorprendidos al verme con mis brazos alrededor de él.

—No hay nada que ver aquí, amigos —dijo Taka, su voz siempre tan tranquila y encantadora.

Lleyton regresó y tanto él como Taka nos protegieron.

—Estás bien —murmuré—. ¿Quieres ir a casa?

Él asintió contra mí, todavía respirando con dificultad.

—Me siento muy estúpido.

—No eres estúpido.

—Ese hombre estaba encima de ti.

¿Cuál? ¿El primero? ¿Dónde intervino Valentine?

—Era un idiota. Le dije que no.

Me miró entonces.

—Sé que lo hiciste. No te culpo. Yo solo... No podía soportar verlo tocarte. Fuese quien fuese quién te tocara. Quería estar contigo, tocarte, y entonces él pensó que podía tocarte. Fue como si encendiera un fuego debajo de mí o algo así, y estuve frente a su cara antes de darme cuenta de lo que estaba haciendo, y sé cómo se vio eso. Lo sé... La gente lo sabrá...

Puse mi mano en su cara.

—No es asunto de nadie.

—Quería decírselo. Dios, casi salgo del armario. Casi lo hice. Casi lo dije delante de todos. Que eres mío y que ese tío necesitaba retroceder. Y entonces Connor se enfrentó a ti, y Dios mío, Marshall, nunca había tenido a nadie a quien defender. Nadie ha sido nunca mío. Si te hubiera golpeado, lo habría matado.

Puse mi mano en su cabello, en su rostro, incapaz de evitar sonreír.

—Eso es un poco excitante.

Suspiró y cerró los ojos.

—No puedo seguir haciendo esto.

—¿Haciendo qué?

—Ocultando. Mintiendo. Mentirle a mi equipo, mentirme a mí mismo. Ocultando quién soy. Ya no quiero esconderme en tu cocina.

—Ay, cariño.

—Quiero ser abierto, Marshall. Necesito salir. Por mí. Necesito dejar de ser tan jodidamente cobarde.

—No eres un cobarde —dije con firmeza, mi frente contra la suya—. Como dije antes, la historia de cada uno es diferente. Si quieres hacerlo por *ti*, entonces genial. Pero no te sientas presionado.

—Estoy harto de esconderme. Estoy harto de no ser yo. No poder hacer lo que quiero, ser lo que quiero. —Sacudió la cabeza—. Lleyton lo sabe, y Taka. Brooklyn lo sabe, más o menos. Tus padres lo saben. Y es un jodido alivio. No puedo empezar a explicarlo... No necesito explicártelo porque ya lo sabes. Mierda.

—Nadie más importa.

Sus ojos buscaron los míos.

—Entonces, ¿por qué debería importarme si ellos lo saben?

—Tu padre...

—No me importa. Si me despide, que así sea. Hace que mi decisión sobre qué hacer sea fácil. Si me repudiara, me estaría haciendo un favor.

Ay, Valentine...

Sus ojos buscaron los míos.

—Una vez dijiste que perderlo por ser fiel a mí mismo no importaba al final porque me ganaría a mí. Y en aquel entonces pensé que eso era una estupidez. —Negó con la cabeza, con los ojos vidriosos—. Pero valgo eso, ¿no? Me lo merezco, ¿verdad?

Casi podría haber llorado. Apenas pude asentir.

—Sí.

—Entonces que se joda todo lo demás.

Me reí, tomé su rostro entre mis manos y lo besé.

Se rio, y sollozó a la misma vez, y apoyó la frente en mi hombro.

—Ya me siento mejor. Incluso simplemente tomando la decisión. Ni siquiera se lo he dicho a nadie todavía. Eh...

—Bueno, sobre eso —dije volviendo la cabeza hacia la audiencia que todavía teníamos en el frente del pub.

—Oh, mierda. —Valentine los miró fijamente y luego a mí. Dio un pequeño paso atrás por reflejo, pero luego parpadeó un par de veces y luego se echó a reír—. Mierda. Bien... Genial.

—¿Aún quieres volver a casa? ¿O quieres que entremos y nos tomemos otra cerveza?

Volvió a mirar a los chicos que estaban fuera y luego a mí antes de dejar escapar un suspiro tembloroso.

—No sé si estoy listo...

—Entonces no entramos. Nos iremos a casa. —Tomé su mano y fui a llevarlo a mi camioneta.

Se detuvo.

—Espera.

Me detuve y esperé a que hablara.

—Si lo dejo, será peor. En mi cabeza. No estaré bien... No podré enfrentarlos en los entrenamientos. —Volvió a mirar hacia el pub como si estuviera evaluando una pelea—. Si lo hago ahora, estará hecho. Como arrancar una tirita, y si alguien tiene algún problema con ello, al menos lo sabré antes del entrenamiento. Saberlo es mejor que... no saberlo. Se me hará la cabeza un lío y todo será malo, y te quiero conmigo...

Apreté su mano.

—Oye. Estaré contigo. Todo el tiempo. Cada segundo.

Sus ojos se encontraron con los míos y asintió.

—Bien.

—¿Estás listo?

Dejó escapar un suspiro y asintió.

—Sí.

Adelante entonces.

Lo llevé de regreso al pub, hacia la multitud, todavía sosteniendo su mano. Estaba agarrando la mía con tanta fuerza que pensé que podría haber estado tratando de rompérmela, pero cada suspiro que dejaba escapar era largo y tembloroso. Todavía estaba tratando de no asustarse, todavía ajeno al coraje que se necesitaba para hacer lo que estaba haciendo.

—¿Estás bien, hermano? —me preguntó Taka. Ignorando a todos los demás, ignorando el silencio.

—Todo está bien.

Mantuvo las puertas abiertas.

—Bien. Entonces mete tu culo dentro. Hace frío aquí fuera y te toca invitar los tragos.

Deja que Taka rompa el hielo. Había una razón por la que todos lo amaban. Pero entramos. Todos se detuvieron y miraron mientras nos dirigíamos hacia el bar, y juro que se podría haber escuchado caer un alfiler.

Valentine todavía iba cogido de mi mano.

Ahora, nadie en su sano juicio se habría atrevido a decir nada. Teníamos a Taka delante y a Lleyton detrás. Y habría aplastado a cualquiera que se atreviera a decirle una mierda a Valentine.

Así que me sorprendí cuando Connor fue el primero en acercarse a nosotros. Esperaba que tuviera atención dental en su seguro médico privado porque estaba a punto de necesitarla.

No me miró, pero le dedicó una extraña sonrisa a Valentine.

—¿En serio? —preguntó—. De todos los chicos, ¿elegiste al enemigo?

Ahora, todavía no estaba seguro de si esto era una rama de olivo o un cartucho de dinamita. Mi instinto fue ir con esto último, defender a Valentine y cortarle la cabeza a Connor. Pero sabía que mi reacción tenía que depender de Valentine. Él tenía que tomar la iniciativa y yo no quería empeorar las cosas.

Valentine levantó la barbilla, sus ojos se dirigieron a los míos y finalmente sonrió.

—En realidad no es tan malo. —Su agarre en mi mano se podía medir en kilos por metro cuadrado, pero suspiró vacilante y se encogió de hombros—. Quiero decir, enemigo es una palabra fuerte.

Connor sonrió y hubo un acuerdo silencioso entre ellos, y justo así, se terminó. Valentine se relajó inmediatamente y dejó escapar un profundo y tembloroso suspiro, y después de un segundo, Connor me miró fijamente.

—Esto no significa que me tengas que gustar ni nada, ¿verdad?

Resoplé.

—Joder, no. Tampoco es necesario que me gustes.

Él sonrió.

—Bien. —Tomó un trago y negó con la cabeza—. Tengo que decirlo, Valentine. Tienes un maldito gusto horrible.

Valentine se rio y se inclinó un poco hacia mí.

—Lo sé.

Entonces Connor debió haberse dado cuenta...

—Entonces, ¿sobre la gran final? ¿Qué sucederá...?

—¿Cuándo os destrocemos? —pregunté, pasando mi brazo alrededor del hombro de Valentine—. ¿Cuándo pasemos toda la temporada invictos?

Los ojos de Valentine se encontraron con los míos, aunque sus mejillas estaban rosadas, estaba sonriendo. Genuina, verdaderamente feliz.

—Ya quisieras.

***

TODO MI EQUIPO fue al siguiente partido de Lane Cove y, como un novio dedicado, aplaudí desde las gradas. Jugó muy bien y estaba tan orgulloso de él que me dolía el pecho. Además, nadie le hizo daño, así que no tuve que matar a nadie.

Siempre era algo bueno.

Ellos ganaron, por supuesto, y eso significaba que me enfrentaría a Valentine en la gran final. Siempre supimos que todo se reduciría a esto. Y podría haber pasado la semana divirtiéndome y siendo un tocapelotas sobre cómo íbamos a ganar, vencerlos, destrozarlos.

Rival contra rival. Novios fuera del campo, enemigos dentro de este, hasta el pitido final.

Excepto que todo mi equipo jugó como un imbécil y yo lideré el desfile. Como si nunca hubiésemos sostenido una pelota de rugby. La única vez que logré escapar de la línea, Valentine me derribó al suelo y perdí el balón. Se levantó, me dio unas palmaditas en la espalda y se rio.

Me habría puesto jodidamente furioso si él no estuviera tan jodidamente feliz.

Perdimos y espectacularmente.

El marcador fue humillante. Ni de lejos lo humillante que iba a ser regresar a su pub para las celebraciones posteriores a la derrota. Y después de mi arrogancia y mi boca grande y gorda durante las últimas dos semanas, iba a merecerlo todo.

Entramos en su bar, cojeando y heridos, entre aplausos y burlas. La sonrisa de Valentine era impresionante, sus ojos sólo estaban puestos en mí.

Odiaba amarlo.

Me entregó una cerveza riendo.

—Jugaste terriblemente.

Ignoré las carcajadas que nos rodeaban.

—No quiero hablar de eso.

Valentine se rio tan fuerte que resopló.

—Esto va a ser muy divertido.

EPÍLOGO
VALENTINE

Novios con Beneficios

SALIR del armario fue lo más liberador que había hecho en mi vida. No podría empezar a describir lo ligero que me sentí después de no tener que llevar semejante carga. En realidad, no me había dado cuenta de lo pesada que era hasta que ya no tuve que cargarla más.

Salir del armario no era algo que pensara que podría hacer en mi vida. Pero Marshall cambió toda mi visión.

Poco a poco me demostró que era posible.

Que valía la pena.

Que me debía a mí mismo ser feliz.

Todas las personas importantes en mi vida lo sabían, y las que no sabían no importaban.

¿Y lo que más me llamó la atención? A nadie realmente le importaba.

Si alguno de mis compañeros tuvo algún problema, nunca dijo nada. Todos me trataron igual. Por supuesto, nunca fui *muy* amigo de la mayoría de ellos. No tenía muchos amigos cercanos.

Pero en general a la gente simplemente no le importaba.

Podía recordar cuando Marshall se había burlado de mí, diciendo que en realidad no era tan popular o famoso como pensaba. Que los medios o el mundo empresarial no pensaban en mí tanto como yo pensaba en ellos.

Y puse los ojos en blanco porque él no lo sabía. *¿Cómo podría saberlo?*

Bueno, en eso también tenía razón.

Nadie se enteró.

A nadie le importaba.

Si Shayla se dio cuenta, no reaccionó ni le importó. Ella lo trataba al venir a mi oficina como trataba a cualquier otro visitante, aunque me dijo que había anotado su cumpleaños en mi calendario...

Entonces ella lo sabía.

Y no le importaba.

Y trabajar con Marshall había sido perfecto. No hicimos alarde de nada y no nos comportamos de manera poco profesional. Aunque sabía que no siempre sería así, y aun así... Todavía no estaba seguro de cuál sería la solución.

La cuestión era que él merecía conservar su trabajo.

Era muy bueno en lo que hacía y cuando el trabajo de Mercer llegó a su fin, ya le había hablado del próximo proyecto para su equipo.

Una vez dijo que el contrato de Mercer sería el último con Tye Corp, pero ahora estaba feliz de quedarse.

Se quedaría por mí.

Pero yo sentía que, si uno de nosotros debía irse, sería yo.

Lo cual dijo que era ridículo porque era mi empresa, la empresa de mi familia. Pero, tío, irse era un sueño. Para hacer qué, no tenía ni idea. No tenía idea de qué haría con mi vida, o cuál sería la razón por la que alguna vez daría el paso.

Simplemente no lo sabía.

Y luego, si me fuera, ¿él querría siquiera quedarse? ¿Mi partida sería en vano?

Tantas preguntas para las que no teníamos respuestas.

Estábamos contentos con cómo estaban las cosas.

Cenábamos y almorzábamos los fines de semana con mi hermana. Ella lo amaba. Incluso tuvimos algunas cenas con sus padres. Al principio fue incómodo, pero los padres de Marshall eran muy buenas personas. Su padre no estaba seguro, lo cual era completamente comprensible, y yo la primera vez estuve tan nervioso que casi vomité.

Pero fueron amables y me recibieron en sus vidas con los brazos abiertos. Era más de lo que jamás hubiera deseado. Simplemente nos propusimos no hablar sobre el trabajo con su padre. Aparte de la primera vez, cuando el señor Wise quiso aclarar las cosas.

—Tu padre... —había comenzado.

—Mi padre es una persona horrible —respondí, porque era la verdad, y después de eso todos nos llevamos bien.

Y durante unos meses todo fue increíble. Fui más feliz que nunca. Los más agradables también. Cada aspecto de mi vida era un maldito sueño.

Excepto uno.

Excepto esa nube oscura de la que nunca podría deshacerme.

Shayla llamó a la puerta de mi oficina antes de entrar.

—Perdón por interrumpir —susurró—, pero tu padre está aquí.

Sin aviso, sin reunión, sin horario.

Sin consideración por nadie más que por sí mismo.

Le di una sonrisa.

—Gracias.

—¿Debería traer té o café?

—No, no se quedará mucho tiempo.

Nunca lo hacía.

Entró sin llamar siquiera a la puerta, con su familiar ceño fruncido y sus ojos fijos en mí.

—Papá —dije sin ponerme de pie. Dejé mi bolígrafo y cerré mi ordenador portátil, aparentando una amabilidad que no sentía—. Esto es inesperado.

Esperaba que me respondiera bruscamente acerca de que siempre lo *esperara*, pero no dijo nada. Se sentó frente a mí y, como siempre, se puso manos a la obra.

—Acabo de ver las cifras de proyección para el próximo año financiero —dijo—. Si quieres seguir siendo viable, necesitarás reducir costos.

¿Reducir costos?

—Apenas llevamos un año operativos —comencé—. Diez meses. Eso no es...

—Sabíamos que era un riesgo y negociamos asumir el costo de incorporar la división de construcción, pero las tasas de interés...

Y así continuó con los aumentos de las tasas de interés, el aumento de los costos de fabricación, los costos de envío y la incorporación de Melbourne. La lista era extensa y entendí que era necesario tomar decisiones financieras.

Pero sin explicación, también sabía que la idea de mi padre de reducir costos era despedir personal.

El costo prescindible, el costo colateral.

El costo humano.

Siempre era el primero en su lista.

Ahora, antes de ese momento, no sabía cuál sería el catalizador para decirle a mi padre lo que pensaba de él, pero aparentemente esto ero todo.

Había aceptado que mi salida de Tye Corp sería un juego largo, e incluso saber que me iría algún día en el futuro había sido esclarecedor. Me sentía bien con mi decisión. Le había contado a Brooklyn mis planes de irme *algún día* y fue emocionante pensar en empezar de nuevo una nueva vida.

Un día.

Bueno, *un día* llegó más rápido de lo que pensaba.

Mi padre quería reducir costes, lo que siempre significaba recortar personal. Y eso significaba despedir a Marshall. Simplemente me decía que arruinara algunas vidas más como si estuviera pisoteando hormigas.

Nunca supe que tenía un límite estricto, un punto sin retorno, pero aparentemente eso era todo.

—O —dije mirando a mi padre directamente a los ojos —, ¿has considerado no recibir millones en dividendos y utilizar esos fondos para cubrir costos?

Me miró fijamente. Frío e incrédulo. Calculador. Sonrió como si estuviera tratando con un ternero desafiante antes de pedir su matanza.

—¿Te atreves a cuestionarme?

No me importaba. Ya no dependía de su aprobación.

—Me atrevo a cuestionar las decisiones financieras erróneas.

—¿Qué sabes sobre las decisiones financieras? —gritó—. Tenemos accionistas...

—No tenemos nada sin personal —espeté—. Quieres tratar a tu preciosa empresa como a una máquina, pero sigues eliminando todos los engranajes y pronto ninguna de las ruedas girará. ¿Quién crees que dirige tu empresa? ¿Tú? —me burlé—. Te diré quién hace funcionar tu máquina. Los empleados. Es la gente sobre el terreno. Cada día. Todas esas hormiguitas intrascendentes que desprecias. Sin ellos no tendrías nada.

Bueno, aparentemente esa no era la respuesta correcta. La oscura tormenta en su expresión estalló. Mi antiguo yo habría estado aterrorizado por la fría oscuridad que me apuntaba, pero ya no.

—Harás bien en recordar tu lugar —susurró—. Para que no te encuentres en la fila de la oficina de desempleo con tu personal.

Casi me reí.

—Conozco muy bien mi lugar. Aunque parece que has olvidado el tuyo.

Me pregunté si esa vena de su frente realmente estallaría. Quería saberlo.

Le sonreí.

—Sabes lo que le sucede a la hormiga reina, papá, cuando todos sus zánganos se dan cuenta de que ya no se preocupa por los mejores intereses de la colonia. Dejan de atenderla y ella muere de hambre. Crees que la reina es la más poderosa de esa colonia, pero no, ella no es nada sin sus pequeños zánganos.

—Tú... —Él estaba furioso—. Eres un desagradecido...

—Soy muchas cosas —dije hablando por encima de él—. No es que lo sepas. No tienes idea de quién soy. No tienes idea de quién es tu hija. No tienes idea de *dónde* está tu esposa. Puede que seas un hombre de negocios exitoso, pero apestas en todo lo demás. Aunque diré que si pensabas que darme la división de construcción me ayudaría a ver qué podía llegar a ser, tenías razón. Porque no quiero llegar a ser nada como tú.

Me temblaban las manos, pero, maldita sea, esto se sentía bien.

—Si quieres despedir a los mejores equipos de construcción que tienes, entonces puedes ser tú quien lo haga porque renunciaré antes de hacerlo. Y haré saber por qué en mi carta de renuncia a la junta. Si deseas contratar subcontratistas más baratos, sigue adelante. Reduce los presupuestos, recorta todos los detalles y disfruta de las demandas que surjan de construcciones poco fiables, porque eso es lo que obtendrás. No dejaré mi nombre adjunto a eso. Y tus accionistas tampoco lo harán.

Esa vena parecía precariamente a punto de estallar.

—No sé con quién diablos crees que estás hablando —susurró, su voz como hielo volcánico—. Te crie mejor...

—No me criaste nada —dije.

Estuve tan cerca de decírselo. Quería decirle que era gay sólo para ver la expresión de su rostro, para ver si esa vena realmente estallaría, para ver si saldría vapor de sus orejas.

Pero entonces me di cuenta, sentado frente a él en el imperio que había construido, que no valía la pena.

No merecía saberlo.

No merecía lo mejor de mí.

—Solo sé esto —agregué—. Que me vaya no tiene nada que ver con si puedo manejarlo. Puedo manejarlo muy bien. Lo que no puedo soportar es ser yo quien haga tu trabajo sucio. Si quieres rehacer los presupuestos y despedir gente, hazlo. Sal y mira a esas buenas personas a los ojos y díselo.

Cogí mi bolígrafo.

—Le prometiste a esta división dos años para cumplir el objetivo, y estás cancelando el proceso a los diez meses. Y cada informe financiero que he proporcionado ha sido mejor de lo esperado, por lo que el verdadero problema aquí es que el equipo de proyección que te dijo que funcionaría no dio en el blanco. En lugar de eso, despide a las cuadrillas.

—No podrían haber previsto una segunda financiera global...

—Eso es exactamente por lo que les pagas. Ese es su único jodido trabajo. Hacer evaluaciones de riesgos y tener planes de contingencia para cada escenario posible. —Incliné la cabeza—. ¿A menos que la incompetencia no fuera suya? ¿Hiciste esa llamada?

Y eso fue todo.

La gota que colmó el vaso.

Se puso de pie, puso ambas manos sobre mi escritorio y me miró furioso.

Entonces me despidió.

Y me reí.

Y así fue como supe que realmente había terminado.

Terminado con su mierda. Terminado de vivir bajo su nube de expectativas. Terminé de vivir a su sombra. Terminé con todos los demás clichés cursis que se me ocurrieron.

Había acabado definitivamente, joder.

Llamé a Marshall de camino a casa y él me siguió hasta mi apartamento unos dos minutos después. Entró corriendo, vio la caja de mis cosas de oficina sobre la mesa, con los ojos muy abiertos y me agarró por los hombros.

—Mierda, ¿qué pasó?

—Ya terminé —dije, todavía sonriendo. Creo que incluso me reí—. Le dije que ya había terminado. Le dije todo lo que quería decirle durante toda mi vida. Le dije que era un padre terrible.

—Mierda.

Me reí de nuevo, probablemente sonando un poco maníaco.

—Y si quisiera despedir a todos y cerrar la división de construcción, bien podría hacerlo él mismo, porque es un jodido cobarde. Vale, bueno, no dije eso exactamente, pero estaba implícito.

—Mierda.

—Y le dije... No puedo recordar todo lo que dije porque me descargué sobre él. —Me llevé la mano a la frente—. Pero luego me despidió. Aunque creo que dimití antes de eso, así que no lo sé.

Marshall se quedó mirando y luego miró alrededor del apartamento, con los ojos aun cómicamente muy abiertos.

—Mierda.

—Sigues diciendo eso.

—¿Le dijiste? ¿Que eres gay?

Negué con la cabeza.

—No. Realmente iba a darle una patada, pero ¿sabes qué? No merece saberlo. No le voy a dar la satisfacción de tomar lo único bueno de mi vida y arruinarlo. Que se joda. He terminado. Ya terminé con él, Marshall.

Se rio y me dio un abrazo. Una especie de abrazo desconcertado, pero aun así se sintió genial.

—Estoy orgulloso de ti —dijo—. Por defenderte a ti mismo.

—Defendí a todos. —Todavía estaba sonriendo como un idiota—. Me siento tan bien. No espero que eso vaya a durar. Cuando la realidad entre en acción. Y no sé qué significa para Shayla o para cualquiera de los miembros del personal allí. O para tu equipo y tú. Simplemente no lo sé. —Mi sonrisa murió, y *oh, mira, aquí viene la realidad...*

Marshall negó con la cabeza.

—Esto no se trata de mí ni de nadie más. Esto es sobre ti. Necesitabas hacer esto. Para finalmente liberarte de toda esa mierda.

Asentí porque tenía razón.

—Una vez que comencé a contárselo, no pude parar.

Probablemente debería haberme detenido en la analogía de la colonia de hormigas.

—¿En qué?

Resoplé.

—No importa.

Puso sus manos en mi cara y me acercó para darme otro abrazo. Estaba sonriendo, todavía desconcertado, todavía incrédulo.

—¿Entonces se va a deshacer de toda la división de construcción?

—No sé. —Me encogí de hombros—. Tal vez debería haberme ofrecido a quedarme para poder averiguarlo para decírtelo. Lamento eso.

Se rio entre dientes justo cuando mi intercomunicador sonó.

—Yo me encargo —dijo acercándose a la pantalla—. Es Brooklyn.

—Bueno, las comidillas de Tye Corps siguen corriendo sin problemas —dije—. Déjala entrar.

Diez segundos después, Brooklyn irrumpió como un torbellino, arrojó su bolso sobre la mesa y se sentó en una silla del comedor.

—Cuéntamelo todo.

Le conté la historia, completando más detalles para beneficio de Marshall también. Marshall nos preparó café y tomó a Enzo mientras Brooklyn escuchaba cada palabra.

Cuando terminé, ella se recostó y suspiró.

—¿Qué vas a hacer?

—No lo sé —dije—. Por primera vez en mi vida, no lo sé.

Ella sonrió.

—¿Y cómo se siente eso?

Me reí.

—Algo asombroso.

Marshall parecía un poco preocupado, lo cual no era ninguna sorpresa. Había tenido que preocuparse por planes y finanzas futuras toda su vida. Entendía de dónde venía su preocupación y la incertidumbre que avanzaba.

Deslicé mi mano sobre la suya.

—Lo siento. No quiero parecer insensible. Y tan pronto como escuche lo que planea hacer con la división de construcción, serás el primero en saberlo. Te lo prometo.

—Podemos preocuparnos por mí otro día —dijo—. Me alegro de que estés bien. Y estoy orgulloso de ti.

Escucharlo decir eso, sabiendo que lo decía con todo su corazón, me destrozó un poco.

—Te amo —susurré—. No habría tenido el coraje de hacer lo que hice hoy si no hubiera sido por ti.

Mi hermana levantó la mano haciendo una mueca.

—Ah, por favor, tened piedad de la persona soltera en la habitación.

Marshall se rio cálidamente y me apretó la mano.

—Bueno, no me agradezcas todavía. Estás desempleado y probablemente yo lo estaré pronto.

Mierda.

—No es algo malo —añadió—. Simplemente significa que algunas cosas podrían tener que cambiar, eso es todo.

—¿Cómo qué?

—Dónde trabajo, tiempos de viaje, mi unidad. —Hizo una mueca—. Tengo un poco de dinero ahorrado.

—Múdate conmigo —le dije. Tanto Marshall como Brooklyn me miraron fijamente—. Básicamente vives aquí de todos modos, y soy dueño de la casa, por lo que no tendrás que pagar alquiler.

Me miró fijamente.

—¿Eres el propietario?

Hice una mueca.

—Eh, sí.

Marshall se recostó y se pasó la mano por la cara.

—Jesucristo.

Me volví hacia él y le tomé ambas manos.

—Múdate conmigo. Si no te veo en el trabajo, tendré que verte aquí.

—Rara vez nos veíamos en el trabajo.

—Marshall.

—Valentine.

—Eh, hola —dijo Brooklyn—. Todavía estoy aquí. Aún soltera. Lo cual nunca ha sido más evidente que ahora.

Marshall se rio de eso y besó el dorso de mi mano.

—¿Qué tal si nos ocupamos de un gran cambio de vida por turno?

—Deja de ser sensato.

Resopló.

—Uno de nosotros probablemente debería serlo.

—No puedo creer que estés diciendo que no.

—No estoy diciendo que no.

—Entonces es un sí.

—Un eventual sí. Ahora no, pero sí.

Le sonreí.

—Aceptaré eso.

Brooklyn gimió.

—Por el amor de Dios, me vais a hacer descargar Tinder.

Me reí y entrelacé mis dedos con los de Marshall.

—No lo hagas. Los hombres son terribles.

Él resopló y volvió a besar el dorso de mi mano, sin quitar sus ojos de los míos.

—Son absolutamente lo peor.

Brooklyn se puso de pie.

—Oh, Dios mío, os odio a los dos. —Ella agarró su bolso—. Valentine, te llamaré en cuanto tenga alguna noticia.

Nos reímos cuando ella salió, cerrando la puerta tras de sí y la habitación se llenó de silencio.

—¿Estás seguro de que estás bien? —me preguntó Marshall suavemente.

Dejé escapar un largo suspiro, haciendo un balance de cómo me sentía, esperando a ver si la duda o el arrepentimiento asomaban sus feas cabezas. Esperé a que la opresión en mi pecho me ahogara, a que mi respiración se sintiera insuficiente, a que la ansiedad arañara mis entrañas...

No llegó.

—Me siento... genial. Como si derribara la puerta de mi jaula de una patada. Sé que habrá momentos en los que me preguntaré si tomé la decisión correcta y necesitaré que me recuerdes cómo me siento ahora mismo.

Sonrió, sus ojos cálidos y llenos de amor.

—Lo haré. —Me arregló un mechón de pelo y estudió mi rostro antes de que su mirada se encontrara con la mía—. ¿Necesitas algo? Dime que necesitas.

Me reí.

—Estás esperando que te diga un buen polvo duro, ¿no?

Sonrió.

—Bueno, no me sorprendería.

Negué con la cabeza.

—¿Sabes lo que realmente necesito?

—¿Qué?

—Tacos. Y una margarita. En la ciudad. Llevaremos mi coche para que la gente mire. Quiero que miren. Para que puedan verme tomar tu mano y no me importa quién me vea, Marshall. Quiero que vean.

Rio.

—¿Quieres tener una cita?

Asentí rápidamente, muy emocionado.

—Una cita de verdad. En público. Sé que probablemente te suene estúpido, pero en realidad sería mi primera cita. En público. Con un chico. Y quiero que sea contigo.

Hizo una mueca triste y tomó mi mandíbula.

—Eso no suena estúpido. Suena perfecto. —Hizo una pausa y señaló su ropa de trabajo—. Tendré que ir a casa y cambiarme.

—Tienes vaqueros aquí. Puedo prestarte una camisa.

—Tus camisas no me quedan bien.

—Te estarán ajustadas y, sinceramente, estoy de acuerdo con eso.

Puso los ojos en blanco.

—Mis botas tienen cemento.

—Aún mejor. No me importa lo que uses. No iremos a ningún lugar lujoso.

—Valentine, tu idea de un restaurante elegante y mi idea de lo elegante son muy diferentes. Para mí ya es elegante cuando un camarero viene a tu mesa en lugar de pedir en el mostrador.

Me reí.

—Todo lo que escucho son razones para que te mudes conmigo.

—¿Qué...? ¿Cómo? Eso es un gran salto.

—Porque si vivieras aquí, tu ropa ya estaría aquí y estaríamos en camino a comer tacos en lugar de discutir sobre la definición de lujo.

Resopló y se volvió hacia mi habitación.

—Alimenta a Enzo mientras me cambio.

Lo hice y lo encontré en mi baño, pasándose los dedos mojados por el cabello.

—Nuestra primera cita pública y me veo terrible —refunfuñó.

Le agarré el culo.

—Te ves genial.

Vaqueros, uno de mis polos blancos, considerablemente ajustado, y sus botas de trabajo. Perfecto.

—Voy a salir así —dije mirando mis pantalones de traje y una camisa ajustada con botones, con las mangas arremangadas hasta los codos—. ¿O debería cambiarme yo también?

—Ah, por favor. Vistes elegantísimo todos los días de la semana —dijo—. Con tu cabello perfecto y tu rostro perfecto.

—Mmm. Quizás quieras tener cuidado, Marshall. Podría empezar a pensar que realmente te gusto.

—Bueno, no me gustas. —Me empujó fuera del baño—. Vamos, tenemos una cita.

Cogí mi teléfono y mis llaves.

—¿Quieres conducir mi coche?

—Por supueeeeeeeesto que no.

Me reí mientras caminábamos hacia el ascensor.

—Bueno, lo conducirás para traernos a casa porque voy a tomar una margarita. O varias.

Hizo una mueca.

—Cristo. De todos modos, ¿por qué tienes un coche tan caro?

—Porque es hermoso.

—Es pretencioso.

—Es pretenciosamente hermoso.

Se rio de eso, pero luego, en el aparcamiento, mientras caminábamos hacia mi coche pretenciosamente hermoso, se acercó al lado del conductor conmigo.

—¿Qué estás haciendo? ¿Quieres conducir hasta la ciudad?

—No. Estoy abriendo tu puerta. Es una cita. Necesitamos hacerlo correctamente.

Desbloqueé el coche, él abrió la puerta, me tomó la mano para que entrara y, una vez que estuve a salvo dentro, cerró la puerta. Cuando entró y se puso el cinturón de seguridad, todavía lo estaba mirando.

—¿Qué?

—Eres realmente dulce.

—Tal vez quieras tener cuidado —murmuró—. Podría empezar a pensar que realmente te gusto.

Me reí entre dientes y encendí el coche, el motor ronroneó, y capté la forma en que sonrió. Podía quejarse de mi coche todo lo que quisiera, pero era difícil no quedar un poco impresionado.

—Entonces, esta primera cita —dije—. Si estamos haciendo esto correctamente, me tendrás en casa a las nueve y no esperarás más que un beso en el porche cuando me dejes en casa, ¿verdad?

Asintió seriamente.

—Oh, por supuesto. Sólo un beso.

Salí de mi aparcamiento hasta la puerta de seguridad.

—Será mejor que no lo hagas. Tengo grandes expectativas, Marshall. —Entonces pensé que debería aclarar—. Y no me refiero al libro.

Maridos con Beneficios

Desde primeras citas, pasando por ser mi primer novio, hasta la primera noche de Marshall después de mudarse, hubo muchas primicias.

Nuestra primera pelea, que se trató más bien de que yo necesitaba sacarme la cabeza del culo. Disculparme y admitir que me equivoqué fue una mierda, pero la parte de reconciliación fue divertida.

O la primera vez que Enzo se enfermó y lo llevamos

rápidamente al veterinario. No era nada que algunos antibióticos no solucionaran, pero daba muchísimo miedo y nunca había necesitado más a Marshall en mi vida. Él era una auténtica roca de apoyo, sensato y perfecto, mientras que yo era nada menos que un desastre.

Aunque en realidad, eso nos resumía un poco.

Y luego llegó mi primer día en un nuevo trabajo.

Fue con una gran empresa de tecnología y su misión de poner a las personas en primer lugar me pareció adecuada.

Nunca había tenido que hacer una entrevista para un trabajo, y fue desalentador y nauseabundo, pero también emocionante. Tenía una licenciatura, una larga y variada experiencia en análisis de datos, evaluación de riesgos y gestión de recursos, y una sólida trayectoria laboral y una excelente cartera. Era cierto que ese historial laboral era en una empresa familiar, pero era a nivel nacional. Yo era capaz y estaba dispuesto, y con el apoyo inquebrantable de Marshall, también creía en mí mismo.

Él estaba más nervioso que yo y caminaba de un lado a otro cuando regresé de la entrevista.

—¿Come te fue?

Mi sonrisa le dijo todo lo que necesitaba saber, y me rodeó con sus brazos y me levantó.

—¡Estoy tan orgulloso de ti!

Yo también estaba orgulloso de mí.

Y así comenzó mi incursión en el mundo de la Industria Tecnológica. Trabajaba muchas horas, no más de lo que estaba acostumbrado, de lunes a viernes, y pagaban muy bien. También fue una prueba para mi padre de que podía arreglármelas solo.

Había hablado con él exactamente tres veces en el último año. Así que en realidad no era muy diferente a cómo eran las cosas antes, aunque ahora no teníamos el colchón de trabajo para suavizar la cruda realidad de nuestra relación.

Y yo estaba bien con eso.

Marshall todavía estaba en el mismo trabajo. Había habido algunos cambios estructurales y técnicamente todavía estaba bajo la empresa matriz de Tye Corp, pero su división de construcción ahora era una rama aparte del árbol de mierda. Estaba más feliz con eso, y la verdad es que había trabajado duro para llegar a donde estaba.

Merecía quedarse.

Además, trabajaba con sus compañeros, los viajes eran mínimos y la paga era buena, aunque nunca volvió a asistir a otra reunión de encargados el lunes por la mañana.

¿Y yo?

Estaba mucho más feliz. Ni siquiera sabía lo que era la verdadera felicidad hasta que dejé de trabajar para mi padre. Claro, Marshall me mostró lo que era la felicidad, pero esto era diferente. Esto era libertad y autoestima. Estaba seguro de que Marshall tenía mucho que ver con eso y probablemente nunca habría tenido el coraje de hacer la mitad de lo que hice sin él.

Estaba fuera de la sombra de mi padre, disfrutando de la luz del sol por primera vez. Me reía más. Salía más. Era libre. Era libre de ser mi verdadero yo por primera vez en mi vida. Todavía practicaba Karate los lunes por la noche, seguía jugando al rugby y seguía dando lo mejor que tenía.

Había sido un camino sinuoso para encontrar mi verdadero yo, cada paso un hito.

Pero estaba contento y orgulloso de vivir con un hombre al que amaba. Un hombre que me amaba.

Y dos años después, la vida era casi perfecta. No había nada que quisiera cambiar.

Reunirnos con nuestros amigos en el pub para almorzar

el sábado había sido algo que hacíamos fuera de temporada.

Taka estaba allí con su ahora esposa, Rhea, haciendo saltar sobre sus rodillas a su hijo de seis meses, el niño más gordito y lindo que jamás hayas visto. Lleyton estaba sentado al lado de Brooklyn.

Sí, mi hermana.

Habían empezado a hablar en nuestras habituales reuniones y cenas en la ciudad y, para ser honesto, eran una buena pareja. Él sabía todo sobre nuestra jodida familia y yo sabía todo sobre la suya. Después de todo, había sido mi mejor amigo durante años.

Pero luego empezaron a salir juntos sin Marshall y yo, para cenas privadas ocasionales y viajes a la playa, y luego se convirtió en casi todos los fines de semana. Eso había estado sucediendo desde hacía un tiempo, y felizmente fingí que para nada estaba sucediendo mientras Lleyton la miraba como si estuviera ridículamente enamorado. Más o menos de la misma forma en que ella lo miraba.

Era asqueroso.

Amaba a mi hermana y, en los últimos años, nos habíamos vuelto increíblemente cercanos. Simplemente no tenía por qué saber lo que mi mejor amigo le hacía. O lo que ella le hacía.

No, gracias.

—Oh, antes de que lo olvide —dijo Lleyton—. Las inscripciones para esta temporada comienzan la próxima semana. No lo olvides.

Hice una mueca.

—Ah, sí, sobre eso... Tengo un anuncio.

Sus ojos se abrieron como platos.

—¿Qué anuncio?

Hice una mueca.

—No jugaré este año. Me retiro del rugby.

La mano de Marshall se deslizó sobre la mía en mi muslo.

—Yo también.

Taka levantó la mano.

—Ah, lo mismo. Os lo iba a decir hoy. Mi rodilla no da para otra temporada más.

—¿Qué? —gritó Lleyton, echando la cabeza hacia atrás—. Sois todos blanditos. —Luego levantó la cabeza y me miró fijamente—. ¿Por qué? Vamos. Todavía nos quedan algunos años más.

—Todos cumplimos treinta el año pasado —respondí—. Mi cuerpo lo sabe muy bien. —Eso era cierto. Claro, el rugby era divertido y me encantaba, pero a mi cuerpo no le encantaba tanto como a mi corazón, eso era seguro. Y, sinceramente, prefería guardar los dolores y molestias corporales para el dormitorio—. Hombre, estamos ahí contra chicos de dieciocho años. ¿Recuerdas cómo era cuando teníamos dieciocho años? Solíamos reírnos de los viejos contra los que jugábamos.

—No somos tan viejos —gritó Lleyton. Luego me apuntó con su botella de cerveza—. Es porque estás 2-1 arriba de él, ¿no? No quieres que iguale el marcador.

Resoplé.

Lane Cove había vencido a North Ryde dos veces en los últimos tres años, y North Ryde se llevó el escudo el año pasado. Se había convertido en una broma entre nosotros, entre nuestros equipos, que Marshall jugara contra mí, y la rivalidad siempre había sido divertida.

Pero Marshall se había lastimado el hombro el año pasado y eso lo dejó sin trabajar por algunas semanas, y no era algo por lo que quisiera volver a pasar. Así que tomamos la decisión, juntos, de que era hora de que ambos colgáramos las botas.

—Como si North Ryde fuera a vencernos este año de todos modos —bromeé—. Les patearíamos el trasero.

—Ya quisieras —dijo Marshall.

Lleyton se hizo ilusiones.

—Entonces, ¿eso significa que jugareis?

Negamos con la cabeza.

—No.

Él gimió.

—Dais mucha pena. —Me arrojó la tapa de su botella—. Y por la forma en que dijiste que tenías un anuncio, pensé que ibas a decir que te ibas a casar o algo así.

Le arrojé la tapa de su botella. Fuerte.

—Como no. Jesucristo.

La mirada de Taka se dirigió a la de Marshall, y Marshall sacudió levemente la cabeza.

¿Qué mier...?

—¿Qué fue esa mirada? —pregunté señalando entre ellos—. Lo vi.

Taka levantó la mano.

—No hice nada. —De repente encontró a su hijo muy fascinante y evitaba el contacto visual con nadie.

Entonces recurrí a Marshall. Ni siquiera tuve que decir nada. Se removió en su asiento e hizo una mueca.

—¿Casarse sería tan terrible?

Lo miré fijamente. Porque ¿qué cojones? ¿En serio?

—Ah, sí. El matrimonio *es* terrible.

Sus ojos se encontraron con los míos.

—¿Así que no lo harías...? —Él sonrió con tristeza y se enderezó—. Bueno, es bueno saberlo.

—No —espeté. Dios, la expresión de dolor en su rostro golpeó profundamente mi corazón—. Quiero decir, el matrimonio, en general, no es bueno. Un contrato legalmente vinculante ligado a una religión en la que no creo no tiene ningún sentido.

—Eso es muy romántico —dijo Marshall. Su sonrisa no se veía bien.

No se veía nada bien.

Jesús.

¿Realmente quería casarse?

Al parecer quería...

Oh, mierda.

—Pero casarme *contigo* estaría bien —agregué tratando de salvar algo, pero de alguna manera empeorándolo—. Mejor que bien, probablemente. Si no involucra a una iglesia o a mis padres, o...

Lleyton se echó a reír.

—Mejor que bien —repitió Marshall lentamente.

—Bueno, no, en realidad sería genial. Sería increíble. Quiero decir, ya vivimos juntos y eres un gran padre para Enzo. Aunque si quieres que use un anillo para que la gente sepa que te pertenezco, entonces realmente no tiene sentido, porque cada vez que estamos juntos le gruñes a cualquiera que me mire, así que no hay duda...

Marshall me dio unas palmaditas en la pierna.

—Deja de hablar.

Dejé de hablar y todos nos miraban, pero también intentaban no mirarnos. Excepto Lleyton. Él todavía se reía.

Cristo.

Maldita sea.

—Maldita sea, Marshall. Bueno, ahora será mejor que me lo pidas —espeté—. Desde que mencionaste el tema e hiciste toda una escena.

Brooklyn resopló detrás de su botella de cerveza.

—Esto es lo mejor que he visto en mi vida.

Resoplé.

—Oh, cállate. —Aparté mi mano de la de Marshall—. Te odio.

Se rio y tomó mi mano nuevamente entre la suya.

—No, no me odias. Ya no. —Suspiró—. Hemos hecho todo eso de enemigos con beneficios antes. Luego probamos lo de los novios con beneficios. Fue divertido.

¿Fue?

—¿Lo fue?

¿Por qué hablaba en tiempo pasado?

Su sonrisa era perezosa, sus ojos eran cálidos bajo el sol poniente del verano.

—Sí. Pensé que tal vez podríamos intentar lo de los maridos con beneficios. Un día.

—Prometidos va primero —agregó Brooklyn—. Prometidos con beneficios, luego maridos. —Ella hizo una mueca—. Técnicamente.

La miré fijamente, porque Dios, esto realmente estaba sucediendo... Luego de regreso a Marshall.

—¿Qué estás diciendo?

—Bueno, estaba diciendo que tal vez podríamos casarnos algún día, pero si crees que el matrimonio es terrible, entonces...

—No. Quiero decir, sí. Quiero decir, sí, me casaría contigo. Y no, el matrimonio no es terrible. Quiero decir, más o menos lo es, pero no el matrimonio contigo. Sería algo maravilloso.

Brooklyn se rio y se llevó las manos a la cara.

—Oh, Dios, esto es un choque de trenes de principio a fin.

Ignoré a mi hermana porque no podía quitarle los ojos de encima a Marshall.

—¿Entonces es un sí? —preguntó.

Asentí, mi corazón estaba tan lleno que podría estallar.

—S... sí.

Su sonrisa fue espectacular cuando me acercó para besarme y todos en la mesa aplaudieron y vitorearon.

—Te dije que diría que sí —dijo Taka—. Es muy apropiado que le hayas preguntado en el mismo lugar donde empezó todo.

Oh, Dios.

—¿Comenzó aquí? —Lleyton miró alrededor del pub.

Taka se rio y señaló la puerta con la barbilla.

—En los baños.

Le lancé una mirada a Marshall.

—¿Se lo dijiste?

Marshall me sonrió con orgullo.

—Diablos, sí, lo hice.

Lleyton gimió.

—Oh, Dios. ¿Los baños? ¿En serio?

Levanté la barbilla, intentando recuperar algo de decoro.

—No creo que necesite responder eso.

Brooklyn se rio y se acercó para chocar su botella de cerveza con la mía.

—De buen tono.

Deslicé mi mano sobre la de Marshall, entrelazando nuestros dedos. Este hombre, este hombre perfecto quería casarse conmigo. Todavía no podía creerlo y mi mente daba vueltas.

—¿Estás bien? —preguntó Marshall.

Solté una carcajada.

—Ah, sí. Sólo estoy tratando de decidir si no invito deliberadamente a mis padres, o los invito deliberadamente *sólo* para ver la cara de mi padre cuando vea que me voy a casar con un hombre.

Marshall sonrió.

—Eso sería un poco divertido.

Suspiré.

—¿Estás seguro de que quieres casarte conmigo? Quiero decir, sabes a qué te estás apuntando.

—Joder, sí.

Todavía no lo podía creer. Pero usar su anillo, prometiéndonos para siempre, me parecía muy bien.

Claramente había hablado de ello con Taka, así que...

—¿Cuánto tiempo llevas planeando preguntarme?... ¿Desde cuándo?

Sus ojos estaban sonriendo.

—¿Recuerdas cuando estábamos en la categoría Sub10 en ese carnaval de rugby y me aplastaste en la línea lateral para ganar el partido?

Me reí.

—Mentiroso. No lo has planeado desde entonces. Me *odiaste* por eso.

Se rio entre dientes.

—Está bien, tal vez fue esa noche cuando me empujaste al baño.

Resoplé.

—También me odiaste por eso.

Suspiró felizmente.

—Ya no te odio —dijo llevándose nuestras manos a los labios para besar mis nudillos—. Pero no te hagas ninguna idea. Sólo porque quiera estar para siempre contigo y no te odie más no significa que me gustes ni nada por el estilo.

Me reí, muy enamorado.

—Bien, sólo porque dije que sí no significa que me gustes ni nada.

Fin

INSCRÍBETE AL BOLETÍN
INFORMATIVO

Para mantenerte al día sobre las últimas noticias, actualizaciones, obsequios y ventas, puedes suscribirse al boletín informativo de NR Walker.

REGÍSTRATE AQUÍ

SOBRE LA AUTORA

N.R. Walker es una autora australiana a la que le encanta
su género, el romance gay.
Le encanta escribir y pasa demasiado tiempo haciéndolo,
pero no lo haría de otra manera.
Es muchas cosas: madre, esposa, hermana, escritora. Tiene
chicos muy, muy guapos que viven en su cabeza, que no la
dejan dormir por la noche si no les da vida con palabras.
A ella le gusta cuando hacen cosas sucias, muy sucias... pero
le gusta aún más cuando se enamoran.
Solía pensar que tener gente en su cabeza hablándole era
raro, hasta que un día se encontró con otros escritores que le
dijeron que era normal.
Ha estado escribiendo desde entonces...

nrwalker.net

TAMBIÉN DE N. R. WALKER

Español

Sesenta y Cinco Horas (*Sixty Five Hours*)

Los Doce Diaz de Navidad

Código Rojo (*Atrous Series 1*)

Código Azul (*Atrous Series 2*)

Queridísimo Milton James (*Dearest Milton James 1*)

Queridísimo Malachi Keogh (*Dearest Milton James 2*)

El Peso de Todo (*The Weight Of It All*)

Una Navidad Muy Henry

Tres Muérdagos en Raya (*Hartbridge Christmas Series #1*)

Lista de Deseos Navideños: (*Hartbridge Christmas Series #2*)

Feliz Navidad Cupido: (*Hartbridge Christmas Series #3*)

Spencer Cohen, Libro Uno

Spencer Cohen, Libros Dos

Spencer Cohen, Libros Tres

La Historia de Yanni

La Cometa

Davo

Hasta la Luna y de Vuelta

Segunda Oportunidad Al Primer Amor

Venciendo A La Lluvia

El Toque Del Rayo

En La Tempestad

Serie Chicos de la Tormenta Colección: Edición Completa

Títulos en inglés

Blind Faith

Through These Eyes (Blind Faith #2)

Blindside: Mark's Story (Blind Faith #3)

Ten in the Bin

Gay Sex Club Stories 1

Gay Sex Club Stories 2

Point of No Return – Turning Point #1

Breaking Point – Turning Point #2

Starting Point – Turning Point #3

Element of Retrofit – Thomas Elkin Series #1

Clarity of Lines – Thomas Elkin Series #2

Sense of Place – Thomas Elkin Series #3

Taxes and TARDIS

Three's Company

Red Dirt Heart

Red Dirt Heart 2

Red Dirt Heart 3

Red Dirt Heart 4

Red Dirt Christmas

Cronin's Key

Cronin's Key II

Cronin's Key III

Cronin's Key IV - Kennard's Story

Exchange of Hearts

The Spencer Cohen Series, Book One

The Spencer Cohen Series, Book Two

The Spencer Cohen Series, Book Three

The Spencer Cohen Series, Yanni's Story

Blood & Milk

The Weight Of It All

A Very Henry Christmas (The Weight of It All 1.5)

Perfect Catch

Switched

Imago

Imagines

Imagoes

Red Dirt Heart Imago

On Davis Row

Finders Keepers

Evolved

Galaxies and Oceans

Private Charter

Nova Praetorian

A Soldier's Wish

Upside Down

The Hate You Drink

Sir

Tallowwood

Reindeer Games

The Dichotomy of Angels

Throwing Hearts

Pieces of You - Missing Pieces #1

Pieces of Me - Missing Pieces #2

Pieces of Us - Missing Pieces #3

Lacuna

Tic-Tac-Mistletoe - Hartbridge Christmas Series #1

Christmas Wish List - Hartbridge Christmas Series #2

Merry Christmas Cupid - Hartbridge Christmas Series #3

Bossy

Dearest Milton James

Dearest Malachi Keogh

Code Red - Atrous Series #1

Code Blue - Atrous Series #2

Davo

The Kite

Learning Curve

Merry Christmas Cupid

To the Moon and Back

Second Chance at First Love

Outrun the Rain

Into the Tempest

Finders Keepers

Galaxies and Oceans

Nova Praetorian

Upside Down

Sir

Tallowwood

Imago

Throwing Hearts

Sixty Five Hours

Taxes and TARDIS

The Dichotomy of Angels

The Hate You Drink

Pieces of You

Pieces of Me

Pieces of Us

Tic-Tac-Mistletoe

Lacuna

Bossy

Code Red

Learning to Feel

Dearest Milton James

Dearest Malachi Keogh

Three's Company

Christmas Wish List

The Kite

Davo

Learning Curve

Merry Christmas Cupid

To the Moon and Back

Second Chance at First Love

Lecturas Gratuitas:

Sixty Five Hours

Learning to Feel

His Grandfather's Watch (And The Story of Billy and Hale)

The Twelfth of Never (Blind Faith 3.5)

Twelve Days of Christmas (Sixty Five Hours Christmas)

Best of Both Worlds

Otras Traducciones

Italiano

Fiducia Cieca (Blind Faith)

Attraverso Questi Occhi (Through These Eyes)

Preso alla Sprovvista (Blindside)

Il giorno del Mai (Blind Faith 3.5)

Cuore di Terra Rossa Serie (Red Dirt Heart Series)

Natale di terra rossa (Red dirt Christmas)

Intervento di Retrofit (Elements of Retrofit)

A Chiare Linee (Clarity of Lines)

Senso D'appartenenza (Sense of Place)

Spencer Cohen Serie (including Yanni's Story)

Punto di non Ritorno (Point of No Return)

Punto di Rottura (Breaking Point)

Punto di Partenza (Starting Point)

Imago (Imago)

Il desiderio di un soldato (A Soldier's Wish)

Scambiato (Switched)

Tallowwood

The Hate You Drink

Ho trovato te (Finders Keepers)

Cuori d'argilla (Throwing Hearts)

Galassie e Oceani (Galaxies and Oceans)

Il peso di tut (The Weight of it All)

Francés

Confiance Aveugle (Blind Faith)

A travers ces yeux: Confiance Aveugle 2 (Through These Eyes)

Aveugle: Confiance Aveugle 3 (Blindside)

À Jamais (Blind Faith 3.5)

Cronin's Key Series

Au Coeur de Sutton Station (Red Dirt Heart)

Partir ou rester (Red Dirt Heart 2)

Faire Face (Red Dirt Heart 3)

Trouver sa Place (Red Dirt Heart 4)

Le Poids de Sentiments (The Weight of It All)

Un Noël à la sauce Henry (A Very Henry Christmas)

Une vie à Refaire (Switched)

Evolution (Evolved)

Galaxies et Océans (Galaxies and Oceans)

Qui Trouve, Garde (Finders Keepers)

Sens Dessus Dessous (Upside Down)

La Haine au Fond du Verre (The hate You Drink)

Tallowwood

Spencer Cohen Series

Alemán

Flammende Erde (Red Dirt Heart)

Lodernde Erde (Red Dirt Heart 2)

Sengende Erde (Red Dirt Heart 3)

Ungezähmte Erde (Red Dirt Heart 4)

Vier Pfoten und ein bisschen Zufall (Finders Keepers)

Ein Kleines bisschen Versuchung (The Weight of It All)

Ein Kleines Bisschen Fur Immer (A Very Henry Christmas)

Weil Leibe uns immer Bliebt (Switched)

Drei Herzen eine Leibe (Three's Company)

Über uns die Sterne, zwischen uns die Liebe (Galaxies and Oceans)

Unnahbares Herz (Blind Faith 1)

Sehendes Herz (Blind Faith 2)

Hoffnungsvolles Herz (Blind Faith 3)

Verträumtes Herz (Blind Faith 3.5)

Thomas Elkin: Verlangen in neuem Design

Thomas Elkin: Leidenschaft in Klaren Linien

Thomas Elkin: Vertrauen in bester Lage

Traummann töpfern leicht gemacht (Throwing Hearts)

Sir

Tailandés

Sixty Five Hours (Traducción al Tailandés)

Finders Keepers (Traducción al Tailandés)

Chino

Blind Faith (Traducción al Chino)

Japonés

Bossy

Gracias por leer